Franziska Franke
Sherlock Holmes und der Club des Höllenfeuers

Von der Autorin bisher bei KBV erschienen:

Sherlock Holmes und die Büste der Primavera
Sherlock Holmes und der Club des Höllenfeuers

Franziska Franke, in Leipzig geboren, hat nach ihrer Schulzeit, die sie in Essen, Schwetzingen und Wiesbaden verbrachte, an den Universitäten von Mainz und Frankfurt Kunstgeschichte, Klassische Archäologie und Kunstpädagogik studiert. Sie wohnt heute mit ihrem Mann in Mainz, wo sie freiberuflich in der Erwachsenenbildung tätig ist. Mit ihrem Krimi-Debüt »Sherlock Holmes und die Büste der Primavera« erweckte sie den größten Detektiv der Weltliteratur zu neuem Leben und begeisterte Krimifans und Holmesianer.

Franziska Franke

Sherlock Holmes und der Club des Höllenfeuers

KBV

Originalausgabe

www.kbv-verlag.de
E-Mail: info@kbv-verlag.de
Telefon: 0 65 93 - 99 86 68
Fax: 0 65 93 - 99 87 01
Umschlaggestaltung: Ralf Kramp
unter Verwendung von:
Henri Fantin-Latour – Hommage à Delacroix (1864)
Redaktion: Volker Maria Neumann, Köln
Druck: Aalexx Buchproduktion GmbH, Großburgwedel
Printed in Germany
ISBN 978-3940077-93-6

Vorwort des Herausgebers

Nach der Lektüre des ersten Bandes der Manuskripte, die auf dem Dachboden des Hauses aufgetaucht sind, das der Florentiner Arzt Dottor Lorenzo Tristram-Boldoni einer gemeinnützigen Stiftung hinterlassen hat, bezweifelte ich ernsthaft, dass auch die anderen Bände Berichte über den Aufenthalt von Sherlock Holmes in Florenz enthielten. Zu endgültig erschien der Abschied von Holmes, den Mister Tristram auf der letzten Seite des ersten Bandes schilderte.

Um nicht Gefahr zu laufen, für teures Geld die Geschäftsberichte der Firma Boldoni oder die Tagebücher des mitteilungsfreudigen Mister David Tristram ins Italienische übersetzen zu lassen, war es unerlässlich, den folgenden Band der Manuskripte genauer in Augenschein zu nehmen. Ohne übertriebenen Optimismus öffnete ich daher das ledergebundene Buch im Quartformat, in dessen Deckel die lateinische Zahl *II.* eingraviert war. Seine vergilbten, von Stockflecken übersäten Seiten waren mit winzigen Buchstaben in der gleichen kaum lesbaren Schrift vollgekritzelt, die ich schon aus dem vorangegangen Band kannte. Zu meiner freudigen Überraschung gelang es mir, beim Durchblättern mehrfach das Wort *Holmes* zu entziffern, weshalb ich den Band wieder in die versierten Hände der jungen Anglistin gegeben habe, die bereits den ersten Band übersetzt hat.

Nun, wo ich die Übersetzung in Händen halte, stelle ich mit Befriedigung fest, dass sich die Kosten mehr als ausgezahlt haben. Durch den vorliegenden Text konnte der Schleier wieder ein wenig gelüftet werden, der die Jahre 1891 bis 1894 verhüllt, in denen alle Welt glaubte, dass Holmes bei den Reichenballfällen gestorben sei.

Bekanntlich war es ihm aber im letzten Augenblick gelungen, sich in Sicherheit zu bringen. Da er jedoch nicht wusste, ob auch sein Kontrahent Professor Moriaty den Zweikampf am Wasserfall überlebt hatte, war Holmes vorsichtshalber unter dem Decknamen Henry Baker Radcliffe in Florenz untergetaucht. Dort hatte ihn der englische Buchhändler David Tristram wiedererkannt und zur Übernahme eines Fall überredet, der Holmes in die Villa des Kunsthändlers Mortimer Hopper geführt hatte, in der es angeblich spukte. Holmes entlarvte jedoch den angeblichen Spuk als faulen Zauber.

Florenz, den 2.1.2009,
Giorgio Battista Scalzi, Anwalt und Notar

1. Ein unerwartetes Wiedersehen

Es war ein drückend heißer Morgen im Juni des Jahres 1891, und ich saß allein in der Küche der Boldoni und studierte die Tageszeitung. Vor einer Woche hatte ich sowohl meiner schlecht bezahlten Arbeitsstelle in der Buchhandlung *Niccolò Machiavelli* als auch unserer schäbigen Mietwohnung mit der neugierigen Hausmeisterin Lebewohl gesagt. Meine Frau und ich wohnten nun in dem Haus an der Piazza Santa Croce, das seit dem Tod meines Schwiegervaters meinem Schwager Andrea gehörte.

Ich war derart in die Lektüre eines Artikels über einen spektakulären Juwelendiebstahl in einem Florentiner Hotel vertieft, dass ich zuerst gar nicht bemerkte, wie Giovanna, die Haushälterin der Boldoni, mit mir sprach. Plötzlich schnappte ich »Mister Baker Radcliffe möchte Sie sprechen« auf und legte die Zeitung beiseite.

»Wer möchte mich sprechen?«, fragte ich zurück, da ich glaubte, mich verhört zu haben.

Konnte es tatsächlich sein, dass Sherlock Holmes, der in Florenz diesen Decknamen verwendet hatte, mich sprechen wollte? Hatte er Italien nicht längst den Rücken gekehrt?

»Mister Baker Radcliffe«, wiederholte Giovanna missmutig. Wie sie mit vor der Brust verschränkten Armen im morgendlichen Gegenlicht neben mir stand, war sie eine imposante Erscheinung. »Er erwartet Sie draußen, vor dem Haus.«

Noch immer glaubte ich, dass es sich nur um ein Missverständnis handeln konnte. »Aber er ist doch auf dem Weg nach Indien?«, entfuhr es mir daher.

»Offenbar hat er es sich anders überlegt«, erwiderte die Haushälterin mit einem Gesichtsausdruck, der erkennen ließ, dass sie diesen Planwechsel bedauerte. »Ich habe ihn eben mit eigenen Augen gesehen. Man kann ihn ja kaum mit jemand anderem verwechseln.«

Die tiefsitzende Abneigung, die Giovanna gegen Holmes hegte, war weniger darin begründet, dass dieser ihre Verwicklung in den Tod Maestro Boldonis aufgedeckt hatte. Viel mehr verübelte Giovanna Holmes, dass er niemals ein freundliches Wort über ihre Kochkünste verloren hatte. Für die Haushälterin waren Gäste, die man dazu nötigen musste, die von ihr zubereiteten, köstlichen Speisen zu verzehren, eine tödliche Beleidigung.

»Warum ist er nicht ins Haus hereingekommen?«, fragte ich irritiert, denn seit wann war es üblich, Gäste auf der Straße herumstehen zu lassen?

Leider hatte das Hausmädchen an diesem Morgen frei. Sonst hätte Vittoria – die niemals einen derartigen Fauxpas begangen hätte – sicherlich die Tür geöffnet.

»Darüber hat er kein Wort verloren«, antwortete Giovanna kurz angebunden.

Am liebsten hätte ich sie aufgefordert, Holmes hereinzubitten, aber ich wollte es mir weder mit der resoluten Haushälterin verderben noch mit meinem Schwager Andrea, der noch immer darüber verstimmt war, dass Holmes auf seine Kosten in halb Italien recherchiert hatte.

»Dann sollte ich ihn nicht warten lassen«, murmelte ich also vor mich hin. »Sagen Sie ihm bitte, dass ich gleich komme!« Die letzten Worte hatte ich der Haushälterin laut zugerufen.

Sie nickte stumm. Als sie sich durch die Küchentür schob, klapperten die Schlüssel, die sie als Zeichen ihrer Herrschaft über den Haushalt an ihrem Gürtel trug.

Bevor ich mich erhob, stürzte ich noch schnell eine Tasse Kaffee herunter. Dann wickelte ich ein Gebäckstück in eine Serviette, denn die sättigende Wirkung des in Italien üblichen spartanischen Frühstücks war nicht von langer Dauer, und wer mit Holmes zusammenarbeitete, durfte nicht auf drei geregelte Mahlzeiten am Tag hoffen. »Wenn meine Frau zurückkommt, dann seien Sie doch bitte so nett, ihr mitzuteilen, dass ich mit Mister Baker Radcliffe unterwegs bin«, bat ich die Haushälterin, die mittlerweile in die Küche zurückgekehrt war.

Im gleichen Augenblick wurde mir bewusst, dass Giovanna – auch ohne meine Aufforderung – nicht nur meiner Frau Violetta, sondern der gesamten Nachbarschaft alles brühwarm auftischen würde, was sie mitbekommen hatte. Vielleicht hätte ich sie besser um Diskretion bitten sollen, da Holmes momentan großen Wert darauf legte, dass die Welt ihn für tot hielt.

»Selbstverständlich, Mister Tristram«, erklärte Giovanna mit besorgter Miene. »Hoffentlich bleiben Sie diesmal nicht wieder tagelang fort.«

»Das habe ich nicht vor«, erwiderte ich lachend, denn ich konnte der Haushälterin den Vorwurf nicht verdenken. Schließlich war er alles andere als aus der Luft gegriffen, da uns unsere letzte Zusammenarbeit immerhin bis nach Rom und Venedig geführt hatte.

»Sie sollten Mister Baker Radcliffe zum Mittagessen mitbringen«, sagte Giovanna, während ich in der Diele nach dem Hut griff. Verblüfft drehte ich mich nach der Haushälterin um, die ganz plötzlich sichtlich milder gestimmt war. »Er wird immer blasser und dünner. Er besteht ja nur noch aus Haut und Knochen.«

»Ich werde es ihm ausrichten«, versprach ich und war froh, dass Giovanna das Kriegsbeil begraben hatte und gewillt war, Gnade vor Recht walten zu lassen.

Freudig erregt wie ein Kind am Weihnachtsabend öffnete ich die Haustür, lugte hinaus und erblickte tatsächlich die lange, hagere Gestalt von Holmes, der ungeduldig auf dem Bürgersteig auf und ab ging. Einen Augenblick lang war mir zumute, als ob meine Augen mir einen Streich spielten, aber Giovanna hatte recht: Es konnte keinen Zweifel daran geben, dass es tatsächlich Sherlock Holmes war! Er trug die gleiche Kleidung wie bei unserem Abschied in Venedig, nur dass er sich in der Zwischenzeit einen neuen, äußerst eleganten Spazierstock zugelegt hatte.

»Die Küche von Giovanna bekommt Ihnen gut. Sie haben in kurzer Zeit mindestens ein Pfund zugenommen!«, erklärte er, als er auch mich bemerkte. »Ich hoffe, Sie haben etwas Zeit? Wir haben nämlich einen Auftrag.«

Es war unüberhörbar, dass dies eine rhetorische Frage war. Holmes ging selbstverständlich davon aus, dass ich ganz begierig darauf sein musste, ihm bei der Ermittlungsarbeit zu assistieren. Trotzdem war ich leicht verstimmt: Zwar wusste ich mittlerweile, dass Holmes kein Freund großer Worte oder übertriebener Herzlichkeit war, aber diese Selbstverständlichkeit, mit der er plötzlich aus dem Nichts auftauchte und über meine Zeit verfügte, befremdete mich doch etwas. Trotzdem erwog ich keinen Augenblick lang, seine Frage zu verneinen, denn ich hätte dies ewig bereut.

»So viel Zeit, wie Sie wollen«, erklärte ich daher wahrheitsgemäß, denn ich hatte zwar offiziell die englische Korrespondenz der Bildhauerwerkstatt Boldoni übernommen, aber in Wahrheit gab es für mich kaum etwas zu tun, denn die Geschäfte mit ausländischen Kunden wurden in der Regel von dem Kunsthändler Mortimer Hopper abgewickelt.

»Dann sollten wir uns auf den Weg machen«, sagte Holmes voller Enthusiasmus. Er wirkte wie ein passionierter Jäger vor Beginn einer Großwildjagd. »Ein gewisser Mister Harold Percy Wilson erwartet uns bereits.«

Vorsichtig schaute ich zum Haus zurück, inständig hoffend, dass Giovanna nicht an der Tür gelauscht hatte, bevor ich mir ins Gedächtnis rief, dass die alte Haushälterin schwerhörig war und daher unser Gespräch unmöglich hatte mitverfolgen können.

Als ich mich wieder umdrehte, war Holmes bereits dabei, die kopfsteingepflasterte Piazza mit großen Schritten zu überqueren, und ich hatte Mühe aufzuholen. »Ich dachte, Sie wollten nach Indien fahren«, fragte ich, als ich ihn endlich erreicht hatte, denn es verblüffte mich immer noch, dass er plötzlich wieder aus der Versenkung erschienen war.

Holmes warf mir einen tadelnden Blick zu, aber ich war mir nicht bewusst, eine dumme Frage gestellt zu haben.

»Als Engländer bin ich zwar bestens mit Regengüssen vertraut, aber trotzdem ziehe ich es vor, erst nach dem Ende des Monsunregens in Bombay anzukommen. Da das Postschiff, das ich zu nehmen gedenke, in Brindisi ablegt, bin ich nach Florenz zurückgekehrt, wo ich unter Landsleuten bin. Ich habe eine gute Woche Zeit. Dies dürfte mehr als ausreichend sein, um einen einfachen Fall zu lösen.«

Für Holmes war dies sicherlich eine längere Ansprache. Also verkniff ich mir die Frage, warum er sich nicht vorher bei mir gemeldet hatte, denn ich wusste, dass ich Holmes' ungesellige Art nicht persönlich nehmen durfte.

»Wohnen Sie eigentlich wieder bei Signora Rossi?«, fragte ich nach einer Weile, denn schließlich musste ich Holmes im Zweifelsfall erreichen können.

»Selbstverständlich!«, antwortete Holmes. »Ich fühle mich bei ihr schon fast zu Hause. Daher habe ich die gute Signora auch angewiesen, bis auf Weiteres in *meinem* Raum nichts zu verändern.«

Diese Antwort erstaunte mich nicht wenig, denn warum

hatte Holmes sich in Venedig von mir überhaupt verabschiedet, wenn er offenbar geplant hatte, nach Florenz zurückzukehren?

Meine Skepsis musste sich auf meinem Gesicht abgezeichnet haben, denn Holmes fügte hinzu: »Glauben Sie, ich würde meine Stradivari einfach in Florenz zurücklassen?«

»Die hatte ich ganz vergessen«, gab ich zu.

»Ich habe Signora Rossi gebeten, die Geige mit der Post meinem Bruder Mycroft nach London zu senden, wenn ich nicht binnen drei Wochen zurückgekehrt sein sollte. Aber wie Sie sehen, blieb mir vor Abfahrt des Dampfers noch genügend Zeit, um die Stradivari bei ihr abzuholen.«

»Und wohin genau gehen wir gerade?«, fragte ich, als wir die Piazza überquert hatten. Die Glocken des Campanile von Santa Croce schlugen elf Uhr, aber die Sonne brannte mir bereits erbarmungslos auf die Schultern. »Wenn der Weg weit ist, sollten wir bei dieser Hitze lieber eine Droschke nehmen.«

»Zu dem Kunstkritiker Harold Percy Wilson«, verkündete Holmes. »Man ist in seinen Palazzo eingebrochen und hat dabei versucht, ihm ein Gemälde zu stehlen, aber dies kann uns Mister Wilson sicher selbst am besten erklären. Er wohnt nicht weit von hier, am Ende des Borgo Santa Croce, in der Via de' Benci. Daher ist es nicht der Mühe wert, eine Droschke zu rufen.«

»Hoffentlich ist das Gemälde keine Fälschung?«, gab ich zu bedenken. »Mir ist noch immer ganz schwindlig, wenn ich an die kopierten Büsten denke, mit denen wir uns bei unserem letzten Fall herumschlagen mussten.«

»Unwahrscheinlich«, erwiderte Holmes. Dann beschleunigte er sein Tempo und signalisierte mir damit, dass ich ihn nicht länger mit Fragen malträtieren sollte.

Wenn ich irgendetwas an Holmes geradezu hasste, so war es seine Geheimniskrämerei. Stets gab er nur die allernötigsten Informationen an mich weiter, aber ich wollte diesmal endlich eine etwas aktivere Rolle bei den Ermittlungen übernehmen. »Sie könnten mir doch wenigstens mitteilen, wie Sie von dem Diebstahl erfahren haben?«, hakte ich daher hartnäckig nach, als ich wieder aufgeholt hatte.

»Von Mortimer Hopper. Unser Klient ist nämlich Mitglied des *Nuovo Circolo del Fuoco d'Inferno*.[1]«

Fast hätte ich ausgerufen: Wieso weiß ausgerechnet Mortimer Hopper, dass Sie in Florenz sind, und ich wusste es bis heute morgen nicht?, aber ich beherrschte mich, denn mir bei unserer vergangenen Zusammenarbeit klar geworden, dass ich Holmes nehmen musste, wie er war.

»Ich dachte, Hopper hätte von diesen merkwürdigen Séancen Abstand genommen?«, fragte ich nach einer Weile, zumal mir die Aussicht, mit den Freunden des zwielichtigen Kunsthändlers zu verkehren, gar nicht gefiel.

»Er wird wohl seine Meinung geändert haben«, entgegnete Holmes mit aufreizender Beiläufigkeit. »So sind die Menschen nun einmal. Nun, wo es in seiner Villa nicht mehr spukt, ist er gleich wieder zu seiner vorherigen Lebensweise zurückgekehrt.« Holmes deutete auf einen Familienpalast aus dem späten Quattrocento am Ende der Straße. »Wir haben unser Ziel erreicht. Dies ist Mister Wilsons Palazzo.«

Die zur Straße gewandte Außenfassade des Gebäudes besaß etwas Schweres, sogar Abweisendes. Das Untergeschoss aus Bossenmauerwerk war nur von winzigen, vergitterten Fenstern durchbrochen. Auch die kleinen Rundbogen-

[1] Name eines okkultistischen Clubs, zu deren Mitgliedern auch der Kunsthändler Mortimer Hopper zählte.

fester der beiden Obergeschosse, bei denen die Mauerfugen nur noch als flache Zeichnung zu sehen waren, beleuchteten das Innere des Hauses nur höchst unzureichend. Man konnte schon auf den ersten Blick erkennen, dass es sich bei den Florentiner Stadthäusern des Quattrocento in Wahrheit um Stadtburgen handelte, die auch der Verteidigung dienten.

»Kann man mit dem Verfassen von Kunstkritiken so viel Geld verdienen?«, fragte ich erstaunt, denn der Palazzo besaß zwar nur vier Fensterachsen, aber er war gut gepflegt und befand sich in zentraler Lage.

»Einige Aufsehen erregende Studien haben ihn in Fachkreisen bekannt gemacht«, erwiderte Holmes, während er am Klingelzug zog.

Ich vermutete aber eher, dass dieser Mister Wilson die Expertisen geschrieben hatte, die aus den Skulpturen meines verstorbenen Schwiegervater Originale der Frührenaissance gemacht hatten, nachdem diese durch die Hände Mortimer Hoppers gegangen waren.

Nur wenige Sekunden später öffnete ein Diener die Tür, ein hagerer Mann unbestimmbaren Alters im schwarzen Anzug mit Stehkragen und blank polierten Messingknöpfen.

»Mister Henry Baker Radcliffe und Mister David Tristram«, sagte Holmes und gab dem Diener seine Visitenkarte.

Ich beschloss, dass die Zeit mehr als reif war, dass auch ich mir Karten anfertigen ließ, obwohl ich diese normalerweise nicht benötigte.

»Mister Wilson erwartet uns. Wir sind die Ermittler, die Mortimer Hopper ihm empfohlen hat.«

»Wenn Sie vielleicht so freundlich sind, mir zu folgen!«, forderte uns der Diener mit der unnachahmlichen Hochnäsigkeit eines englischen Butlers auf. Offenbar hatte Mister Wilson ihm bereits uns betreffende Instruktionen erteilt.

Als wir eintraten, bemerkte ich, dass der Palazzo einen Innenhof mit schön verzierten Kapitellen besaß. Wir stiegen die Treppe nach oben, die in das Piano Nobile führte. Im Vergleich zur überbordenden Pracht des Domizils von Mortimer Hopper war die Ausstattung des Palazzos einfach, aber stilvoll. Sicherlich lag dies nicht zuletzt daran, dass es sich um ein echtes Renaissance-Gebäude handelte, während in der Villa Hoppers alles unecht war.

Wir gelangten in den Salon, der eine Renaissance-Decke aus dunkelbraunen Holzbalken besaß. Den Abzug des Kamins dekorierte eine Terracottaplatte des Typs, wie sie die Familie Robbia im fünfzehnten Jahrhundert angefertigt hatte. Sie zeigte zwei Putti, die eine *tabula ansata*[2] hielten. Diese trug die Inschrift *my home is my castle*, aber ansonsten schien in diesem Raum – wie überhaupt in dem gesamten Palazzo – die Zeit seit dem Quattrocento stehen geblieben zu sein.

Ein mittelgroßer, korpulenter Mann kam uns entgegen, der schwarze Beinkleider und einen dunkelgrauen Rock trug, der trotz der Hitze zugeknöpft war. Sein graumelierter, zerzauster Haarkranz und die zu großen Gläser seiner Brille verliehen ihm das Aussehen einer Eule. Seine feisten Wangen waren von ungesunder Farbe, und auch seine schlechte Haltung und die gewohnheitsmäßig zusammengekniffenen Augen zeugten von langen Stunden der Lektüre bei karger Beleuchtung.

»Mister Baker Radcliffe! Mister Tristram! Schön, dass Sie kommen konnten!«, begrüßte er uns, und die Erleichterung stand ihm ins blasse Gesicht geschrieben. »Sie trinken doch ein Gläschen Sherry mit mir, bevor wir uns über diese schreckliche Angelegenheit unterhalten?«

[2] Anm.: So nennt man eine in antikem Stil gestaltete Inschrifttafel mit zwei Handgriffen.

Ehe Holmes ablehnen konnte, hatte uns der Kunstkritiker schon auf zwei unbequeme Savonarola-Stühle komplimentiert, deren authentische Wirkung sicherlich nicht durch die Verwendung von Kissen gelitten hätte. Er holte eine Flasche und drei Gläser vom Kaminsims und goss mit einer fahrigen Handbewegung die Drinks ein. Der besorgten Miene des hinter ihm stehenden Dieners war anzusehen, dass er befürchtete, der Hausherr könnte mit dieser Aufgabe überfordert sein.

»Was für ein zauberhaftes, altes Haus«, erklärte Holmes, der auf dem Weg in das Kaminzimmer – oder wie der Hausherr auch sonst diesen Raum nennen mochte – jede Einzelheit förmlich in sich aufgesaugt hatte.

»Ja, das ist es! Aber ich bin noch immer ganz erschüttert!«, sagte Mister Wilson, als er uns die zur Hälfte gefüllten Gläser reichte. »Dass man in seinem eigenen Hause nicht mehr sicher ist! Wir haben den Palazzo erst diesen Frühling bezogen! Wer hätte so etwas gedacht …«

»Ja, ich weiß«, unterbrach Holmes den Redestrom des Hausherrn. Im Gegensatz zu Mister Wilson und mir hatte er noch nicht einmal an dem Sherry genippt. »Es ist unübersehbar, dass Sie etwas derart aus der Fassung gebracht hat, dass Sie mit ihren Gewohnheiten gebrochen haben. Der Zustand Ihres Haars verrät, dass genau dies zwei Tage zurückliegt. Die leichte Druckstelle am Ringfinger ihrer rechten Hand zeigt, dass Sie üblicherweise einen Ehering tragen, den Sie aber heute Morgen im Badezimmer vergessen haben.«

Mister Wilson warf einen kurzen Blick auf seine rechte Hand, und auch ich bemerkte erst jetzt, dass er keinen Ehering trug.

»Da Sie es sagen ...«, stammelte er, völlig überwältigt von der Demonstration der von Holmes entwickelten Methode der Deduktion, die dieser ihm soeben demonstriert hatte. »Was wissen Sie sonst noch von mir?«

»Nichts, außer, dass Sie ein Kunstkritiker, ein Kirchgänger und ein Nichtraucher sind, der sich nichts aus Klaviermusik macht. Das sind Dinge, die klar auf der Hand liegen.«

Mister Wilson tat Holmes nicht den Gefallen, ihn zu fragen, wie er dies festgestellt hatte, sondern er starrte ihn nur in wortlosem Erstaunen an. Was mich betrifft, so konnte ich nur einen der Schlüsse nachvollziehen, nämlich den, dass unser Gastgeber ein eifriger Kirchgänger war, denn auf dem Kaminsims lag ein anglikanisches Gesangbuch, dessen Einband mir aus meiner Schulzeit vertraut war.

»Wenn ich Mister Hopper richtig verstanden habe, ist es dem Einbrecher nicht gelungen, etwas zu entwenden?«, ging Holmes ungerührt zur Tagesordnung über. »Wer hat dies zu verhindern gewusst?«

Mister Wilson kramte ein zerknülltes Taschentuch aus der Hosentasche und betupfte sich damit die Stirn, auf der sich Schweißperlen gesammelt hatten, was sicher nicht nur auf die frühsommerliche Hitze zurückzuführen war. Alles an Mister Wilson strahlte Nervosität und ängstliche Erregung aus. »Unser Hund hat den Einbrecher gestellt. Leider konnte der Halunke entkommen, aber er musste seine Beute zurücklassen. Wir haben auf dem Boden dieses Stück Stoff gefunden. Brutus – so heißt unser Hund – muss es dem Eindringling aus der Hose gerissen haben.« Mister Wilson überreichte Holmes einen Fetzen aus dickem, schwarzem Tuch, das der Diener ihm auf einem runden Holztablett präsentiert hatte. »Mister Hopper war es, der mir die Anschaffung eines Hundes wegen der wertvollen Kunstgegenstände in meinem Palazzo empfohlen hat. Dafür bin ich ihm im Nachhinein unendlich dankbar!«

»Haben Sie den Einbrecher gesehen?«, wollte Holmes wissen, nachdem er sich das Textilfragment unter der Lupe betrachtet hatte. »Können Sie ihn mir beschreiben?«

Harold Percy Wilson schürzte die Lippen. Dann kippte er den restlichen Inhalt seines Glases in einem Schluck hinunter. »Leider nicht! Wie ich schon sagte, der Einbrecher war bereits geflüchtet, als mich das Bellen des Hundes auf den Plan gerufen hat«, gab er zu. »Oder, wenn ich es mir recht überlege, ist es wohl besser so. Am Ende wäre der Einbrecher noch gewalttätig geworden!« Mister Wilson schwieg einen Augenblick lang, sichtlich mitgenommen von dieser unangenehmen Vorstellung.

»Können Sie sich an die genaue Uhrzeit erinnern?«, fragte Holmes.

»Selbstverständlich! Als mich der Hund geweckt hat, habe ich auf die Uhr geschaut. Es war kurz nach zwei Uhr Morgens. Meine Gattin, die ebenfalls wach war, hat mir daraufhin Vorwürfe gemacht. Sie sagte, es sei meine Idee gewesen, dass wir uns diese Bestie zulegen und ich solle daher endlich etwas gegen das grässliche Gekläffe tun. Also bin ich aufgestanden, um nach dem Rechten zu sehen. Für alle Fälle habe ich eine der alten Waffen von der Wand geholt, mit denen das Schlafzimmer dekoriert ist. Dann bin ich auf Zehenspitzen dem Bellen gefolgt, bis ich Brutus fand, der triumphierend neben dem am Boden liegenden Gemälde saß, und ich habe ihm gut zugeredet, damit er aufhörte zu bellen.«

»Und der Lärm, den das Ganze verursacht haben muss, hat keinen der Dienstboten geweckt?«, fragte Holmes mit einem undefinierbaren Gesichtsausdruck.

Der Hausherr griff nach einer Zeitung, die auf dem Beistelltisch lag, und fächelte sich damit Luft zu. »Doch! Er hat sie alle geweckt, aber auch unsere Dienstboten kamen zu spät, um den Dieb zu sehen.«

Holmes nickte, als ob eine seiner Theorien soeben bestätigt

worden sei. »Wie viele Personen leben in Ihrem Haus?«, wollte er wissen und zog ein Notizbuch aus seiner Jackentasche.

»Fünf. Außer meiner Frau und mir sind da der Diener, den Sie eben gesehen haben, die Köchin und ein Dienstmädchen! Aber sie haben bestimmt nichts mit dem Einbruch zu tun. Ich lege meine Hand für mein Personal ins Feuer.«

»Wissen Sie, wie der Einbrecher in das Haus gekommen ist?«, fragte Holmes, ohne auf Mister Wilsons Beteuerung einzugehen.

»Durch das Fenster. Eine Scheibe war eingeschlagen, und ich fand Lehmpartikel auf dem Teppich.«

Holmes nickte und klappte mit einer entschlossenen Bewegung sein Notizheft zu. »Kann ich jetzt das Gemälde sehen, das man Ihnen stehlen wollte?«, fragte er, und wieder war dies eigentlich eine rhetorische Frage.

»Hat Ihnen Mister Hopper denn nicht erzählt, dass er das Bild in seine Villa gebracht hat, weil es dort sicherer ist?«, erwiderte Mister Wilson leicht befremdet.

»Und dann fragen Sie sich noch, wer versucht hat, bei Ihnen einzudringen?«, rief ich spontan aus.

»Sie meinen doch nicht etwa Mister Hopper?« Harold Percy Wilson lachte. »Er wusste, dass dies nicht der Mühe wert war: Das ist es gerade, was mich befremdet! Ich bewahre in diesem Haus einige sehr wertvolle Renaissance-Gemälde auf, und der Einbrecher interessiert sich ausgerechnet für ein zeitgenössisches Werk. Das ist, als ob ein Dieb in ein Juweliergeschäft einbricht und nur ein billiges Imitat mitnimmt!«

»Und warum haben Sie sich dieses Bild dann überhaupt zugelegt, wenn es weit unter Ihrem sonstigen Niveau ist?«, fragte Holmes erstaunt, und ich wunderte mich, dass er nicht gefragt hatte, warum er uns mit der Sache belästigte.

»Weil wir uns ja kaum von Tizian porträtieren lassen konnten. Dieses Kunststück bringen nicht einmal meine Kameraden vom *Nuovo Circolo del Fuoco d'Inferno* fertig.« Mister Wilson schwieg einen Augenblick, um eine größere Wirkung seiner Worte zu erzielen, und schaute dabei beifallheischend zwischen uns hin und her. »Ich meine, selbst meine Clubkameraden können nicht den Geist Tizians dazu bewegen, ein Porträt von uns zu malen!« Er lachte über seinen eigenen Scherz, wurde aber sofort wieder ernst. »So mussten wir uns mit einem Zeitgenossen begnügen, nämlich mit dem Florentiner Maler Adriano Benetti.«

Holmes kramte nach seinem Notizbuch und notierte sich den Namen, ohne sich nach seiner Schreibweise zu erkundigen.

»Könnten Sie mir vielleicht seine Adresse geben?«, fragte er dann, »ein Gespräch mit dem Künstler könnte sich möglicherweise als aufschlussreich erweisen.«

Mister Wilson kratzte sich hinter dem Ohr. »Da muss ich passen. Ich weiß nur, dass Adriano Benetti in Leghorn[3] wohnt«, sagte er dann in einem Tonfall, als ob es ehrenrührig sei, die Adresse des Malers zu kennen, »aber Sie können sich die Reise ans Meer ersparen, wenn Sie der Kirche Santa Trinità einen Besuch abstatten. Adriano Benetti ist momentan dort mit Restaurierungsarbeiten beschäftigt.«

»Signor Benetti ist also nicht auf Ölmalerei spezialisiert?«, fragte Holmes, erstaunt von seinen Notizen aufblickend.

»Doch, eigentlich schon, aber wie ich gehört habe, kann er von seiner Kunst kaum leben. Deshalb war er froh, sich ein Zubrot verdienen zu können. Im Inneren des Gotteshauses wird nämlich gerade die Fassade der Vorgängerkirche freigelegt.«

Ich fand es erstaunlich, wie gut Mister Wilson informiert

[3] Anm.: Leghorn ist der englische Name der italienischen Hafenstadt Livorno. Nach ihm wurde auch die bekannte Hühnerrasse benannt.

war, denn ich selbst hatte von diesen Restaurierungsarbeiten in einer der bedeutendsten Florentiner Kirchen bis zu diesem Augenblick nichts gehört.

»Bei dem Gemälde handelt es sich wahrscheinlich um ein Doppelporträt von Ihnen und Ihrer Gemahlin?«, rekapitulierte Holmes, dem die Mitteilungsfreude unseres Klienten sichtlich zu weit ging.

Auch ich hatte mich schon gefragt, wen dieses »wir« umfasste, das unser Klient verwendet hatte.

»Nein!«, erwiderte Harold Percy Wilson. »Es ist ein Gruppenporträt von fünf Mitgliedern unseres Clubs, darunter meine Wenigkeit.«

Ein grauenhafter Verdacht stieg augenblicklich in mir empor. »Ist Mortimer Hopper einer davon?«, fragte ich argwöhnisch, obwohl ich die Antwort eigentlich schon kannte.

»Selbstverständlich. Er ist eines der Gründungsmitglieder unseres Clubs und einer meiner besten Freunde.«

»Und wer sind die anderen?«, wollte Holmes wissen.

Unser Klient nannte drei weitere Namen, darunter waren zwei offensichtlich weibliche Vornamen.

»Unter den Porträtierten sind auch Frauen?«, fragte Holmes in einem Tonfall, als ob dies etwas hochgradig Befremdliches sei.

»Ja, selbstverständlich«, bestätigte unser Gastgeber. »Elisabeth Dowland und Lady Rutherford, die uns leider verlassen hat.«

Holmes notierte sich auch diese Namen.

»Sie ist gestorben?«, fragte ich und erntete dafür tadelnde Blicke von Holmes, weil ich mich eingemischt hatte, und von Mister Wilson, weil ich ihn falsch verstanden hatte.

»Nein, sie ist mittlerweile bedauerlicherweise auf ihre Güter in Devonshire zurückgekehrt.«

»Aber Miss Dowland wohnt noch in Florenz?«, wollte Holmes wissen.

»Ja, sie hat eine Wohnung nahe des Bahnhofs gemietet«, bestätigte Mister Wilson. »Miss Dowland ist eine hochintelligente und ausgesprochen gebildete Frau, aber mit den Gedichten, die sie schreibt, komme ich, ehrlich gesagt, nicht zurande.«

»Ja, ein Künstler hat es immer schwer, sich bei seinen Zeitgenossen durchzusetzen. Oft erkennt ihn erst die Nachwelt an«, bemerkte Holmes, der mittlerweile eine ganze Seite mit Notizen gefüllt hatte. »Aber ich vermute, dass ihr Club mehr als fünf Mitglieder besitzt?«

»Selbstverständlich!« Mister Wilson sah ihn erstaunt an. »Die Personen auf dem Gemälde gehören alle zum inneren Kreis des Clubs, aber nicht ich war für ihre Auswahl verantwortlich, sondern Sir Rupert Epperstone. Er hat das Gruppenporträt bei Adriano Benetti bestellt, aber da es ihm überhaupt nicht zusagte, habe ich es ihm spontan abgekauft. Wir hatten damals gerade dieses Haus erworben, und es fehlte mir noch ein Blickfang für das Speisezimmer.«

»Haben alle fünf Personen zugleich für das Gemälde Modell gesessen?«, fragte Holmes, und ich wunderte mich darüber, was dies wohl mit dem Diebstahl zu tun haben könnte.

»Glücklicherweise hat Benetti von unseren Körpern nur eine grobe Skizze angefertigt, die die Komposition festlegt. Die Gesichter hat er dann nach Fotografien angefertigt«, erwiderte Mister Wilson, und er holte wieder das Taschentuch aus der Hosentasche, um sich damit die Stirn zu trocknen. »Das Modellsitzen war doch eine höchst langweilige und anstrengende Angelegenheit«.

»Zweifelsohne«, bemerkte Holmes lakonisch, »wie lange hat das Ölbild dann bei Ihnen gehangen, bevor man versucht hat, es zu stehlen?«

Mister Wilson sah uns einen Augenblick lang echauffiert an. Dann stieß er einen lautlosen Seufzer aus. »Das ist genau, was mich so beunruhigt! Stellen Sie sich vor: Das Gemälde war erst drei Tage zuvor geliefert geworden. Die Farbe war sozusagen noch frisch.«

Holmes steckte seinen Notizblock ein.

»Würden Sie nun die Freundlichkeit besitzen, mich einen Blick auf den Tatort werfen zu lassen?«, sagte er. »Vor allem möchte ich den Speiseraum und das eingeschlagene Fenster begutachten.«

»Gern«, erwiderte Harold Percy Wilson mit einer betretenen Miene, die im Widerspruch zu seinen Worten stand. »Aber ich muss Ihnen leider schon im Vorfeld mitteilen, dass die Scheibe bereits ausgewechselt wurde und dass das Dienstmädchen auf Befehl meiner Gattin besonders gründlich im Obergeschoss geputzt hat.«

Holmes blickte unseren Klienten mit einem geradezu gequälten Gesichtsausdruck an.

»Ein derartiger Akt des Vandalismus sollte bestraft werden, und zwar mit mindestens zehn Jahren Kerkerhaft bei Wasser und Brot im Bargello«, sagte er todernst. »Aber ich möchte mir trotzdem ein Bild von der räumlichen Situation machen.«

Mister Wilson machte eine einladende Geste in Richtung Treppe, und wir folgten ihm. Da Holmes unterwegs jedes Detail der Einrichtung mit angespannter Miene studierte, kamen wir jedoch nur sehr langsam von der Stelle. »Mich erstaunt, dass wir nicht das Vergnügen hatten, die Bekanntschaft von Mrs Wilson zu machen«, sagte er unvermittelt, während er eine Stehlampe betrachtete, als ob sich der Täter darin verborgen haben könnte.

»Meine Gattin war von dem schrecklichen Vorfall so mitgenommen, dass sie für einige Tage ans Meer gefahren ist«, antwortete Mister Wilson, und ich verkniff mir mühsam den Kommentar, dass es nirgendwo in Italien mehr Diebe gab als an den Badestränden, wo sich die Touristen tummelten. Wenn die Saison begann, strömten jedes Jahr die Taschendiebe aus den armen Regionen des Landes dorthin.

Außerdem interessierte mich erneut, wieso Mister Wilson so viel Geld besaß. Diesen Palazzo hatte er – wie er selbst gesagt hatte – erst vor Kurzem erworben, und schon machte seine Frau Urlaub an der Küste! Das wollte schließlich alles finanziert sein. Von dem Hund ganz zu schweigen! Ich gleichen Augenblick fragte ich mich besorgt, wo Brutus momentan stecken mochte.

»Sie hat den Hund mitgenommen«, fügte Mister Wilson hinzu, als ob er meine Gedanken gelesen hätte, »und das obwohl sie ihn noch vor einer Woche nicht ausstehen konnte. Inzwischen fühlt sie sich sicherer, wenn Brutus sie begleitet.«

»Haben Sie den Hund Mortimer Hopper abgekauft?«, erkundigte ich mich, denn ich sah vor meinem inneren Auge einen blutdürstigen Kampfhund und war daher heilfroh darüber, dass Mrs Wilson mit der Bestie außer Haus war.

»Aber nein! Wo denken Sie hin? Wir haben ihn bei einer angesehenen Mops-Züchterin gekauft. Sein Stammbaum reicht lückenlos bis in das 18. Jahrhundert zurück!«, erwiderte Harold Percy Wilson geradezu erschrocken, und ich wunderte mich erneut über seinen Wohlstand, denn Rassehunde mit Stammbaum waren ein teures Vergnügen, auch wenn es sich um so groteske Geschöpfe wie Möpse handelte.

»Brutus ist ein Mops?«, fragte Holmes, der offensichtlich über diese Information genauso erstaunt war wie ich selbst.

»Selbstverständlich!« erwiderte Harold Percy Wilson strahlend. Dann öffnete er eine Porzellandose, die auf einem Terrazzo-Tisch lag, und holte einen goldenen Rahmen heraus, der eine Fotografie enthielt. »Das ist unser mutiger Brutus, der den Einbrecher in die Flucht gejagt hat.«

Auf dem Bild posierte eine strenge Frau um die Vierzig stocksteif für den Fotografen. Neben ihr hockte auf einem Samtkissen ein grauer Mops, der mit drolliger Ernsthaftigkeit aus dem Bild herausblickte. Beide wirkten, als ob sie geflissentlich bestrebt waren, jeglichen körperlichen Kontakt zu dem jeweils anderen zu vermeiden.

»Mrs Wilson hat nichts dagegen, dass sie an okkultistischen Sitzungen teilnehmen?«, fragte Holmes mit einem bewundernswürdig ernsten Gesichtsausdruck, während ich große Mühe hatte, nicht zu lachen.

»Nein, warum sollte sie?« Mister Wilson wirkte verblüfft. »Ganz im Gegenteil, sie ist froh, wenn ich etwas unter Menschen komme. Wissen Sie, ich bin ein äußerst häuslicher Typ. Da ich von Berufs wegen das Haus nicht verlassen muss, würde ich sonst womöglich wochenlang keinen Fuß vor die Haustür setzten. So treffe ich mich jeden Dienstag mit meinen Clubmitgliedern, während meine Gemahlin zu ihrem Damenkreis geht, um Bridge zu spielen.«

»Kann ich die Fotografie vielleicht aus der Nähe betrachten?«, fragte Holmes nachdenklich.

»Aber selbstverständlich!« Mister Wilson händigte das Medaillon vor Besitzerstolz strahlend aus. »Ist Brutus nicht ein prächtiger Bursche?«

»Ich interessiere mich eigentlich eher für Ihre Frau«, präzisierte Holmes. »Die Dame auf dem Bild ist doch Ihre Frau?«

Der Kunstkritiker nickte selbstgefällig.

»Irgendwoher kommt sie mir bekannt vor«, sinnierte Holmes.

»Das geht vielen Menschen so«, erklärte Mister Wilson mit hörbarem Stolz. »Sie war in ihrer Jugend eine gefeierte Pianistin.«

Diese Feststellung versetzte mich abermals in Erstaunen. Hatte nicht Holmes dem Kunstkritiker auf den Kopf zugesagt, dass er sich nichts aus Klaviermusik machte?

»Dies dürfte es wohl erklären. Ich habe ihre Frau sicher schon einmal auf einem Bild in der Zeitung gesehen«, sagte Holmes und gab das Medaillon behutsam seinem Besitzer zurück. »Jetzt sollten wir aber endlich den Tatort unter die Lupe nehmen.«

Wir gingen also in den Speiseraum, der einen großen Teil des ersten Geschosses einnahm und an dessen mit rotem Samt bespannter Rückwand das Gruppenporträt gehangen hatte.

»Durch dieses Fenster ist der Einbrecher eingestiegen«, sagte Harold Percy Wilson, auf eines der beiden mit Rundbögen abgeschlossenen Fenster zeigend, die den Raum mehr schlecht als recht erhellten.

Es musste ein sehr schlanker Einbrecher gewesen sein, der es geschafft hatte, sich durch dieses kleine Fenster hindurchzuzwängen. Mir wäre dies jedenfalls unmöglich gewesen.

Holmes öffnete das Fenster, und wir blickten beide hinaus. Obwohl der Palazzo hohe Decken besaß, wäre es selbst für mich ein Kinderspiel gewesen, mit einer Leiter hier hinaufzusteigen. Das einzig Gefährliche daran war – wenn man von der Gefahr, im Fensterrahmen stecken zu bleiben, absah –, dass das Fenster zur Straße führte und man deshalb riskierte, von Passanten beobachtet zu werden. Daher hatte der Einbrecher es auch verständlicherweise vorgezogen, sein schändliches Handwerk um zwei Uhr morgens auszuüben, wenn anständige Bürger schliefen.

»Ich habe keine Leiter gefunden«, erklärte Harold Percy Wilson, der offenbar umso gesprächiger wurde, je näher wir an den Tatort kamen.

Mit gerunzelter Stirn betrachtete Holmes den hochflorigen Orientteppich, der den Boden des Speisesaals bedeckte und auf dem sich wohl die Lehmspuren befunden haben mochten. »Sind Sie sicher, dass die Scheibe von außen eingeschlagen worden ist und nicht von innen?«, fragte er dann.

»Ganz sicher«, erwiderte Mister Wilson. »Schließlich lagen die Splitter auf dem Teppich und nicht unten auf der Straße.«

»Dies wäre auch der Fall gewesen, wenn man das Fenster im geöffneten Zustand eingeschlagen und es dann wieder geschlossen hätte«, präzisierte Holmes, »zu schade, dass Ihre putzwütige Gemahlin alle Spuren hat vernichten lassen.«

Harold Percy Wilson machte zwar einen betretenen Eindruck, wirkte aber auf mich wie ein Mann, der seine Frau nicht vom Putzen hätte abhalten können, selbst wenn er dies gewollt hätte.

»Sie sagten, dass der Dieb wertvollere Gemälde als das Gruppenporträt verschmäht hat?«, fragte Holmes, sich im Raum umblickend, dessen Wände nun kahl waren.

Wortlos öffnete unser Gastgeber eine Tür, und es zeigte sich, dass auf den Speiseraum ein Galerieraum folgte. Ich verstehe nicht viel von Gemälden, aber ich hatte schon auf den ersten Blick den Eindruck, dass die Sammlung von Mister Wilson hochkarätig war.

Auch Holmes wurde von den Bildern magisch angezogen. Er betrachtete ein Gemälde nach dem anderen durch die Lupe, gefolgt von unserem Klienten, dem anzusehen war, dass er geradezu körperlich litt, als Holmes einer der Leinwände so nahe kam, dass er sie fast mit der Nase berührte.

»Wonach suchen Sie eigentlich in meinem Galerieraum?«, fragte der Hausherr, der immer nervöser wurde.

»Nach nichts Bestimmten«, erwiderte Holmes. »Ich möchte mir nur ein Bild der Lage machen. Was ich Sie noch fragen wollte: Haben Sie in jener Nacht sonst noch etwas Ungewöhnliches bemerkt? Zigarettenrauch zum Beispiel?«

Mister Wilson schnappte hörbar nach Luft. »Wo Sie es sagen!«, rief er aus. »Mir ist die schlechte Luft aufgefallen, aber ich habe sie nicht mit dem Einbruch in Verbindung gebracht.«

Holmes steckte mit einer entschlossenen Bewegung seine Lupe ein. »Gut, dann will ich Ihre Zeit nicht mehr länger in Anspruch nehmen«, sagte er unvermittelt und hob die Hand zum Gruß.

Harold Percy Wilson unternahm keinerlei Anstalten, ihn zum Bleiben zu bewegen.

Holmes stürmte aus dem Haus, und ich folgte ihm, einen Abschiedsgruß vor mich hinmurmelnd.

»Fahren wir jetzt zu Hopper?«, fragte ich beklommen, als sich die Tür des Palazzos hinter uns schloss, und ich bekam bei der bloßen Vorstellung ein flaues Gefühl im Magen, denn mir graute vor der verwunschenen Villa des Kunsthändlers und vor seiner Hundemeute.

»Leider kann er uns heute nicht empfangen, denn er besucht einen Kunden in Settignano«, ließ mich Holmes wissen, und mir fiel ein Stein vom Herzen. »Also werden wir mit dem Maler dieses begehrten Gemäldes vorlieb nehmen müssen.« Holmes konsultierte seine Taschenuhr.

»Es ist höchste Zeit, um zu Mittag zu essen«, kommentierte ich die Tatsache, dass die Mittagsstunde schon verstrichen war.

Holmes strafte meine profane Bemerkung mit Missachtung. »Bevor wir uns auf den Weg zur Kirche Santa Trinità machen, möchte ich noch einen Blick auf die Stelle werfen, an der unser glückloser Einbrecher seine Leiter aufgestellt hat.« Holmes identifizierte ohne Schwierigkeiten das Fenster im ersten Stock, hinter dem sich der Speiseraum befand, obwohl die Fenster alle gleich aussahen. Offenbar hatte er im Inneren des Palazzos die Fenster mitgezählt. »Es ist sehr leichtsinnig von Mister Wilson, wertvolle Gemälde in einem Raum aufzubewahren, dessen Fenster zur Straße führen«, sagte er, die sauber gefegten Pflastersteine unter seinen Füßen betrachtend. »Hoffentlich war ihm der unerfreuliche, aber doch glimpflich ausgegangene Zwischenfall eine Lehre.«

»Und dann wundern Sie sich, dass er das Fensterglas hat sofort ersetzen lassen?«, gab ich zu bedenken.

»Dies ist in der Tat verständlich, aber Mrs Wilson hätte die Spuren auf dem Teppich nicht beseitigen dürfen.« Holmes gab sich einen sichtbaren Ruck. »Wir verschwenden hier nur unsere Zeit«, erklärte er, während er noch einmal die Fassade des Palazzos begutachtete. »Wir sollten lieber den Maler an seinem Arbeitsplatz besuchen.«

Ich wagte nicht, noch einmal auf die Mittagsessenszeit hinzuweisen, und so machten wir uns auf den Weg.

»Was halten Sie von der Sache?«, fragte Holmes, als wir außer Sicht- und Hörweite des Palazzos waren.

»Was für eine banale Geschichte!«, erwiderte ich empört. »Es wunderte mich, dass Sie damit Ihre kostbare Zeit verschwenden! Das Bild ist offenbar völlig wertlos! Außerdem ist es noch nicht einmal tatsächlich gestohlen worden! Wahrscheinlich war der Florentiner Polizei die Sache zu banal, um sich damit abzugeben!«

Holmes sah mich belustigt von der Seite an. »Das ist durchaus möglich, zumal der Polizei meist die Phantasie fehlt, um zu erkennen, dass die Geschichte ernstere Folgen haben könnte, als es den Anschein hat! Ich habe immer wieder festgestellt, dass die ganz alltäglichen Fälle häufig die interessantesten sind. Ungewöhnliche Dinge ereignen sich häufiger bei kleinen als bei großen Verbrechen. Daher stimme ich mit Mister Hopper überein, dass es ein Fehler wäre, die Sache auf sich beruhen zu lassen.«

Einige Minuten lang setzten wir unseren Weg schweigend fort.

»Außerdem sind die Tage der große Verbrecher leider vorüber«, bemerkte Holmes nach einer Weile, »ich muss mich also mit dem bescheiden, was mir angeboten wird.«

Es war einer dieser Augenblicke, in denen ich nicht zu entscheiden vermochte, ob Holmes scherzte oder ob dies tatsächlich seine Überzeugung war.

»Aber wir sollten den Fall rekapitulieren: Wir sind uns einig, dass der glücklose Dieb nicht zufällig in den Speiseraum von Harold Percy Wilson eingebrochen ist«, stellte Holmes fest, aber ich musste mir innerlich eingestehen, dass mir dies alles andere als klar gewesen war. »Anderenfalls hätte er versucht, eines der Renaissance-Gemälde zu entwenden, die sich im angrenzenden Galerieraum befinden. Haben Sie eine Idee, für wen das Gemälde dieses Signor Benetti einen derartigen Wert darstellen könnte, dass er in den Palazzo einzubrechen versucht, um es sich widerrechtlich anzueignen?«

»Eigentlich nur für den Maler selbst«, schlug ich vor. Die Tatsache, dass Holmes mich freiwillig zu Mister Wilson mitgenommen hatte, beflügelte mich zu eigenen Hypothesen. »Ich habe vor einiger Zeit eine Geschichte gelesen, in der es einem Goldschmied schier unmöglich war, sich von seinen Kreationen zu trennen. Also hat er seine Kunden ermordet und sich die Juwelen zurückgeholt.«[4]

»Das ist eine interessante These«, erwiderte Holmes. Doch

[4] Anm.: Wahrscheinlich meint Mister Tristram die Erzählung *Das Fräulein von Scudery* von ETA Hoffmann.

sein Gesichtsausdruck ließ erkennen, dass er sie abwegig fand. »Man sollte nichts von Anfang an ausschließen. Ich habe immer festgestellt, dass das Leben Geschichten schreibt, die seltsamer sind als alles, was sich die Dichter auszudenken vermögen.« Holmes sah mich aufmunternd an. Offenbar wartete er auf einen weiteren Vorschlag.

»Mir versagt die Phantasie«, gab ich zu, »ich würde kein modernes Bild mit fünf hässlichen Männern stehlen, wenn ich auch einen Tizian mitnehmen könnte!«

»Es sind nur drei hässliche Männer dargestellt, sowie zwei mehr oder weniger schöne Frauen«, präzisierte Holmes. »Denken Sie vor allem daran, dass es sich um ein Gruppenporträt handelt. Wir sollten also die dargestellten Personen etwas genauer unter die Lupe nehmen.«

Trotzdem beschäftigten mich mittlerweile noch zwei Fragen. »Warum haben Sie eigentlich darauf verzichtet, das Personal zu befragen?«, begann ich mit der einfacheren.

»Weil es selten vorkommen dürfte, dass Dienstboten versuchen, das Porträt ihres Arbeitgebers zu stehlen.«

»Das kann man wohl sagen«, stimmte ich zu und dachte dabei an den Besitzer der Buchhandlung, in der ich bis vor Kurzem gearbeitet hatte.

»Ihnen wird aufgefallen sein, dass Mister Wilson keinesfalls so reich ist, wie Sie anfangs vermutet haben«, stellte Holmes fest, ehe ich meine zweite Frage geäußert hatte.

Fast hätte ich – um mir keine Blöße zu geben – *selbstverständlich* geantwortet, aber dann wäre mir Holmes die Erklärung für diese Bemerkung schuldig geblieben.

»Nein! Woraus haben Sie dies bloß geschlossen?«, fragte ich daher bescheiden.

»Die Hosenbeine und Ärmel seines Anzugs sind von einem Schneider gekürzt worden. Der Anzug wurde also nicht für

Mister Wilson maßgeschneidert, sondern für einen größeren Mann. Zu einem späteren Zeitpunkt wurde er dann für seinen jetzigen Besitzer geändert. Dieses Bild wird abgerundet durch die Abwesenheit von Mrs Wilson. Ich wette, dass sie nicht an einen Badestrand gefahren ist, sondern die Haushaltskasse durch Klavierstunden aufbessert.«

»Aber sie hat doch ihren Mops mitgenommen!«, wandte ich ein.

»Das will nichts heißen«, meinte Holmes, »vielleicht wagt sie sich momentan nicht ohne ihren Hund auf die Straße. Manche Menschen reagieren äußerst sensibel auf einen solchen Schock, wie ihn ein Einbruch verursachen kann.«

»Wo Sie gerade von Mrs Wilson sprechen«, begann ich, »woher um Himmels willen haben Sie gewusst, dass Mister Wilson sich nichts aus Klaviermusik macht? Und das, obwohl er mit einer Pianistin verheiratet ist!«

Holmes warf mir einen erstaunten Seitenblick zu. »Beim Durchqueren des Palazzos bemerkte ich, dass im Erdgeschoss ein Konzertflügel – entgegen aller Gepflogenheiten – in einem kleinen, ansonsten unmöblierten Raum untergebracht war. Dieses Zimmer lag nicht unter dem Salon, sodass der Kunstkritiker möglichst wenig von der Hausmusik mitbekommt.«

»Ach so«, war alles, was mir dazu einfiel, und wieder einmal wurde mir schmerzlich bewusst, was für ein schlechter Beobachter ich war.

2. Der Maler

Während dieses Wortwechsels waren wir der Via de' Benci bis zu ihrem Ende gefolgt. Dann passierten wir – am Arno-Ufer entlanggehend – die Uffizien und den Ponte Vecchio. Touristen aus aller Welt gaben Unsummen dafür aus, um diese Aussicht wenigstens einmal im Leben zu genießen, aber Holmes war noch immer völlig immun gegen die Schönheit Italiens. Beim Gehen starrte er mit angespanntem Gesichtsausdruck auf das Straßenpflaster, und ich wagte es daher nicht, ihm einen Besuch der Gemäldegalerie ans Herz zu legen, die in den ehemaligen Büroräumen der Uffizien untergebracht war, zumal ich befürchtete, dass Holmes sich nur für Gemälde interessierte, wenn sie gestohlen worden waren.

»Ich finde, wir sollten zur Mitte des Ponte Santa Trinità gehen, bevor wir diese finstere Kirche betreten«, schlug ich dennoch vor, als wir uns der berühmten Arnobrücke näherten. »Von dort hat man einen ausgezeichneten Blick auf den Ponte Vecchio. Außerdem wurde der Ponte Santa Trinità nach den Plänen Michelangelos errichtet und ist mit seinen drei elegant geschwungenen Bögen eine der schönsten Brücken der Welt.«

Holmes gab nicht zu erkennen, ob er meinen gut gemeinten Vorschlag überhaupt zur Kenntnis genommen hatte, sondern eilte mit seinen langen Beinen auf die zweigeschossige Renaissancefassade von Santa Trinità zu, der nicht anzusehen war, welch ein altes Gemäuer sich dahinter verbarg. Ich versuchte gar nicht erst, Schritt mit Holmes zu halten, denn ich bemerkte schon aus einiger Entfernung, dass alle Holztüren geschlossen waren. Dies ist in Italien ein untrügliches

Zeichen dafür, dass die Kirche *chiuso*[5] ist. Anderenfalls hätte mindestens eines der Portale sperrangelweit geöffnet den Passanten zum Gebet eingeladen.

»Die Kirche wird wohl über Mittag geschlossen haben!«, rief ich Holmes nach, um ihn zu warnen. »Schließlich ist es bereits fünf nach eins.«

Aber Holmes gab sich nicht so schnell geschlagen. Erst als er an allen drei Türen gerüttelt hatte, akzeptierte er, dass man ihm tatsächlich den Zutritt in die Kirche verwehrte. »Mir ist schleierhaft, wie Sie hier leben können«, meinte er dann kopfschüttelnd. »Den halben Tag verbringen die Einheimischen mit Essen! Für Besuche ist es stets entweder zu früh oder bereits zu spät, aber der Gipfel sind diese überbordenden Mittagspausen! Wann wird hier eigentlich gearbeitet?«

»Am frühen Morgen und am Nachmittag«, erklärte ich zur Ehrenrettung der Italiener.

Holmes schnaubte verächtlich.

»Unvorstellbar, dass in einer Stadt dieser Größe mittags das gesamte öffentliche Leben zum Erliegen kommt!«

»Machen wir doch das Beste daraus: Wir könnten in einer dieser kleinen Trattorias essen, die es hier an jeder Häuserecke gibt«, schlug ich nicht ganz uneigennützig vor, da mir mittlerweile der Magen knurrte. »Mit etwas Glück verkehrt dort Adriano Benetti oder ein anderer der Handwerker, die mit der Restaurierung der Kirche beschäftigt sind.«

»Das halte ich für ziemlich unwahrscheinlich, denn Handwerker werden nicht besonders üppig bezahlt, und die Restaurantpreise in Florenz sind doch recht unerfreulich«,

[5] Kommentar des Herausgebers: Italienisch für »geschlossen«. Dieses Wort erfreut sich bei Touristen in Italien – genauso wie »restauro« und »domani« (morgen) – trauriger Berühmtheit.

widersprach Holmes, aber er begleitete mich trotzdem zur nahe gelegenen Trattoria Trinità.

Noch bevor der Wirt uns einen Tisch zugewiesen hatte, gab ich die Bestellung auf: »Bitte zweimal das Tagesgericht und den dazu passenden Wein!«

Mit dieser Überrumpelungstaktik wollte ich verhindern, dass Holmes sich mit einer Vorspeise oder einem Salat begnügte. Schließlich war ich kein Tourist, sondern lebte in Florenz, und hier war man schnell als Geizkragen verschrien.

Holmes ließ seinen Blick durch den Raum schweifen, der so klein war, dass nur fünf Tische darin Platz fanden, und murmelte dann: »Hab ich es doch gesagt« vor sich hin, denn entgegen meiner Prognose waren wir die einzigen Gäste im Lokal. »Signora! Wissen Sie zufällig, wie lange die Kirche Santa Trinità über Mittag geschlossen ist?«, fragte er die Wirtin, als diese den Wein in einer gläsernen Karaffe brachte.

»Bis halb drei Uhr, Signore«, erklärte die Matrone, und ich freute mich über diese Antwort, denn dies bedeutete, dass ich in aller Ruhe mein Mittagessen genießen konnte.

Holmes hingegen schaufelte das köstliche Mahl – bestehend aus einer *Zuppa di Fagioli*[6], einer Hühnerspeise, deren Namen ich nicht kannte und als Nachtisch Obstsalat – geistesabwesend in sich hinein. Wahrscheinlich musste man ihm dafür dankbar sein, dass er überhaupt die Geduld für ein dreigängiges Menü aufbrachte, zumal die einzelnen Gänge in großen Abständen serviert wurden.

So war es bereits kurz nach zwei, als die Wirtin die leeren Kompottschalen abräumte. Ich bestellte bei ihr zwei Espressi, und Holmes stopfte bedächtig seine Pfeife. Mittlerweile hatten zwei Angestellte am Nachbartisch Platz genommen, aber

[6] Eine Gemüsesuppe mit dicken Bohnen, eine Florentiner Spezialität.

wie Holmes vorhergesagt hatte, hatten wir keine Kontakte mit den Arbeitern aus der Kirche knüpfen können. Holmes zog genüsslich an seiner Pfeife, bis er in bläuliche Rauchwolken gehüllt war. Dann lehnte er sich in dem kippelnden Holzstuhl zurück und zog seine Taschenuhr aus der Westentasche.

»In einer Viertelstunde öffnet endlich die Kirche«, verkündete er mit einem zufriedenen Kopfnicken.

Um Holmes nicht zu beunruhigen, verschwieg ich ihm, dass italienische Kirchenportale häufig nicht ganz so pünktlich geöffnet wurden wie sie geschlossen worden waren.

Als wir die Trattoria verließen, hatten graue Wolken die Sonne verdeckt, und es war schwül geworden. Mein Anzug klebte unangenehm an der Haut. Es roch nach Regen, und ich ärgerte mich, dass ich keinen Schirm mitgenommen hatte, aber wenigstens war das Portal der Kirche nun geöffnet.

Während wir das Kopfsteinpflaster der Piazza überquerten und ich vor mit die zweigeschossige, von einem Dreiecksgiebel bekrönte Fassade der Kirche sah, erinnerte ich mich daran, dass Santa Trinità bedeutende Kunstschätze barg.

»Sie müssen unbedingt die Sassetti-Kapelle mit den berühmten Fresken von Domenico Ghirlandaio besichtigen!«, rief ich daher Holmes nach, der schon fast hinter der großen Holztür verschwunden war. »Sie …«

Ich beendete den Satz nicht, denn im Inneren der Kirche herrschte nicht – wie ich erwartete hatte – beschauliche Ruhe, sondern das schiere Chaos. Als sich meine Augen an die schlechten Lichtverhältnisse angepasst hatten, sah ich, dass die Hälfte der Westwand eingerüstet war. Vor der anderen Hälfte lag ein ungeordneter Haufen von Holzplanken auf dem Boden, um den sich wie ein Krähenschwarm mindestens zehn dieser schwarz gekleideten, älteren Frauen versammelt hatten, an denen in italienischen Kirchen kein Mangel herrscht. Obwohl sie alle durcheinander sprachen, bekam ich doch mit, dass sich ein schwerer Unfall ereignet hatte.

»Wir würden gern mit Signor Benetti, dem Maler sprechen!«, sagte ich, obwohl mir nichts Gutes schwante, zu dem Küster, der unbeteiligt neben den Frauen stand.

»So ein Unglück! Der arme Signor Benetti«, antwortete statt seiner eine der Matronen. »Ein Teil des Gerüstes ist zusammengebrochen.« Sie deutete anklagend auf die Bretter. »Signor Benetti ist von dort oben herabgestürzt. Man hat den Armen ins Ospedale gebracht!«

Dies war genau die Antwort, die ich befürchtet hatte. Mich schauderte es bei dem Gedanken, dass die Planken auf dem Kirchenboden die traurigen Überreste des Gerüsts waren, auf dem Adriano Benetti gearbeitet hatte. Ich drehte mich um und betrachtete den noch aufrecht stehenden Teil des Gerüstes, der bedenklich schief war und mit großer Wahrscheinlichkeit schwankte, wenn man ihn betrat. Ich dachte, dass ich für kein Geld der Welt dort hinaufgestiegen wäre!

»Kann dies ein Zufall sein?«, fragte ich Holmes auf Englisch.

»Wohl kaum«, erwiderte dieser mit erstaunlichem Gleichmut.

»Alles wegen des Gruppenporträts?«, entfuhr es mir.

Holmes schüttelte den Kopf.

»Wie ich schon vorhin sagte: Es steckt sicherlich mehr hinter der Sache, als es den Anschein hat!«

Immer mehr Menschen strömten in die Kirche, mehr Frauen als Männer und die meisten von ihnen betagt. Hatte es sich herumgesprochen, dass sich hier ein Unglück ereignet hatte, oder wurde bald eine Messe gelesen? Ich hoffte, dass letzteres nicht zutraf, denn dies hätte das Ende unserer Untersuchung bedeutet.

»Hat man bereits die Polizei verständigt?«, fragte Holmes in die Runde.

»Selbstverständlich! Dem Arzt waren die Umstände des Unfalls von Signor Benetti verdächtig erschienen«, erwiderte der Küster, unter dessen Würde es eben noch gewesen war, von meiner Wenigkeit Kenntnis zu nehmen. »Der Comissario hat uns angewiesen, nichts zu verändern, aber …«

»Die Polizei ist bereits da gewesen?«, entfuhr es Holmes hörbar befremdet. »Man hat mir gesagt, diese Kirche sei wegen Mittagspause bis halb drei geschlossen!«

»Keinesfalls«, widersprach der Küster. »Seit dieser Saison dauert die Pause nur noch bis um zwei. Außerdem hatten die Handwerker natürlich einen eigenen Schlüssel.«

In diesem Augenblick hoffte ich inständig, dass Holmes mir später keine Vorwürfe machen würde, dass wir unsere Zeit in der Trattoria verschwendet hatten, aber es war schließlich nicht meine Schuld, dass die Wirtin die Öffnungszeiten der benachbarten Kirche nicht kannte.

»Der Comissario hat uns wissen lassen, dass alle Indizien darauf hinweisen, dass es sich um einen tragischen Unfall handelt«, erklärte der Küster ungefragt, offenbar bemüht, so schnell wie möglich zur normalen Tagesordnung übergehen zu können, »zumal das Gerüst nicht besonders professionell ist. Leider konnte der Comissario Adriano Benetti nicht selbst befragen, denn er war noch immer bewusstlos, als ihn die Sanitäter abgeholt haben.«

»Was das Gerüst betrifft, möchte ich dem Comissario nicht widersprechen, aber ansonsten sollte man sich niemals auf den ersten Eindruck verlassen«, erwiderte Holmes. Er deutete auf einen Kreidekreis, der um einige Holzsplitter gezogen war. »Ich gehe doch richtig in der Annahme, dass der Unglückliche hier gelegen hat?«

»Ja! An dieser Stelle hat man ihn gefunden!«, lamentierte eine der Matronen. »Was für ein Unglück, mitten in der Kirche, unter den Augen der Heiligen ...«

»Und es gab keinen Zeugen des Unglücks?«, unterbrach Holmes, dem dieser Gefühlsausbruch sichtlich unangenehm war.

Wieder redeten alle zugleich, aber leider sagten alle dasselbe, nämlich, dass sich niemand außer dem Maler in der Kirche befunden hatte, als dieser vom Gerüst gefallen war.

»Hat Signor Benetti einen Gehilfen?«, fragte Holmes, während sein Blick über die Unglücksstelle kreiste. Der Küster nickte, sagte aber nichts. Spätestens jetzt wunderte ich mich, dass niemand Holmes fragte, was ihn dies eigentlich anginge. »Wieso hat er dann allein gearbeitet und noch dazu während der geheiligten Mittagspause?«

»Sein Geselle hat bei seiner Frau zu Mittag gegessen. Er wohnt in der Nähe«, antwortete der Küster, der nun langsam etwas enerviert wirkte. »Signor Benetti hingegen kommt aus Livorno. Niemand kocht für ihn. Also hat er die Mittagspause manchmal in der Kirche verbracht. Als der Geselle von zu Hause zurückkam, hatte sich das Unglück bereits ereignet.«

»Signor Benetti fährt doch sicher nicht jeden Tag von Livorno nach Florenz und zurück!«, entfuhr es mir. »Da bliebe ihm doch keine Zeit mehr, um zu arbeiten!«

»Nein, selbstverständlich nicht! Er übernachtet im Pfarrhaus«, antwortete der Küster, und ich war ihm dankbar, dass er endlich meine Existenz zur Kenntnis nahm. »Ich weiß auch nicht, warum man ihn dort nicht verköstigt hat, aber das geht mich sicherlich nichts an.«

»Dem Gesellen ist übrigens ein Mann begegnet, als er die Kirche betrat«, verkündete eine der alten, schwarz gekleideten Frauen, »das hat er jedenfalls der Polizei erzählt.«

»Tatsächlich?«, fragten Holmes und ich zugleich.

»Also war das Portal der Kirche geöffnet, als man Signor Benetti fand«, fügte Holmes hinzu.

Der Küster nickte selbstgefällig. »Selbstverständlich, ich habe es pünktlich geöffnet.«

»Und der Geselle …«, begann Holmes.

»Vielleicht fragen Sie ihn selbst, denn er kommt gerade zurück«, unterbrach die Witwe und deutete dabei auf einen kräftigen Mann um die Dreißig in schmutziger Arbeitskleidung, der mit sorgenvollem Gesicht herangeschlurft kam.

»Wahrscheinlich ist der Mann rein zufällig in der Kirche gewesen«, wehrte der Geselle ab, als Holmes ihn nach dem Unbekannten gefragt hatte, »es wird ein Tourist gewesen sein, der die Fresken besichtigt hat.«

»War er denn ein Ausländer?«, fragte Holmes zurück, der mich in diesem Augenblick an einen Hund erinnerte, der eine Fährte gewittert hat.

Der Gehilfe musterte ihn von Kopf bis Fuß. »Wer möchte dies wissen?«, fragte er dann mit finsterer Miene.

»Mein Name ist Henry Baker Radcliffe«, stellte Holmes sich vor, »ich bin beratender Ermittler. Momentan arbeite ich im Auftrag des Kunstkritikers Harold Percy Wilson. Eigentlich wollte ich mit Signor Benetti über ein Gruppenporträt sprechen, das er gemalt hat.«

»Ich weiß zwar nicht, wer dieser Signor Wolsone ist, aber ich bin mir ziemlich sicher, dass der Mann, den ich gesehen habe, ein Engländer war, denn er trug einen doppelreihigen, langen Tweedmantel«, bestätigte der Gehilfe, sichtlich beeindruckt von der Visitenkarte. »Ich glaube, nur weil ich diesen Mantel seltsam fand, ist der Mann mir überhaupt aufgefallen.«

»Es handelte sich um einen Ulster«, stellte Holmes fest, »das ist zu dieser Jahreszeit tatsächlich höchst ungewöhnlich.«

»Das kann ich nicht finden. Heute wird es bestimmt noch ein Gewitter geben«, gab eine der Matronen zu bedenken, die eine dicke Wolljacke trug, bei deren bloßem Anblick ich einen Schweißausbruch bekam.

»Können Sie den Mann etwas genauer beschreiben?«, fragte Holmes, den Kommentar der Frau ignorierend.

»Das habe ich schon mindestens zehn Mal bei der Polizei getan«, murrte der Gehilfe. »Aber von mir aus: Der Mann trug keinen Bart, war ziemlich schlank, hatte blondes Haar und mochte zwischen fünfundzwanzig und vierzig Jahren alt sein.«

»Etwas präziser geht es nicht?«, fragte Holmes leicht ungehalten zurück.

Der Gehilfe zuckte mit den Schultern. »Seine Gesichtszüge waren durch den hochgestellten Kragen des Mantels verschattet. Außerdem habe ich diesem Fremden damals keine Bedeutung beigemessen, denn der Anblick des Meisters, der verletzt am Boden lag, hat meine ganze Aufmerksamkeit auf sich gezogen.«

»Ob Sie vielleicht die Freundlichkeit hätten, mir nochmals zur Verfügung zu stehen, falls ich weitere Frage haben sollte?«

Der Gehilfe starrte Holmes fassungslos an, und ich sah mich bewogen, seine wohlgewählte Worte zu übersetzen: »Er hätte gern Ihren Namen und Ihre Adresse, weil er vielleicht noch einmal mit Ihnen sprechen möchte.«

Zu meinem großen Erstaunen tat der Gehilfe, wie ihm geheißen. Dann verließ er in großer Eile die Kirche, wohl um nicht weiter ausgefragt zu werden.

Holmes hingegen schritt langsam an der Unglücksstelle hin und her. Er holte ein Maßband aus seiner Hosentasche und steckte damit verschieden lange Strecken auf dem mit rotbraunen Steinen gepflasterten Boden ab. Auch ich begutachtete den Fußboden, aber zu meiner Schande muss ich gestehen, dass mir nichts Besonderes auffiel.

»Was haben Sie herausgefunden?«, fragte ich nach einer Weile, da das Gesicht von Holmes einen entschlossenen Ausdruck annahm.

»Zwar sieht der Boden aus, als ob eine Herde Elefanten darüber hinweggestampft sei, aber man kann noch immer deutlich die Spuren verschiedener Schuhe voneinander unterschieden«, gab Holmes bekannt und deutete auf den Steinboden. »Hier zum Beispiel ist der Abdruck des Schnürstiefels einer korpulenten Frau, die für ihre Größe erstaunlich kleine Füße hat, und dort hat ein etwas kurzatmiger, älterer Mann gestanden, der früher Mitglied des Kirchenchors war. Noch interessanter ist dieser Abdruck: Ein kleiner, dünner Mann mit englischem Schuhwerk ist mit schnellen Schritten von der Tür bis zum Kirchengestühl gegangen. Vermutlich hat er die Kirche genauso eilig wieder verlassen, aber ab hier sind sämtliche Spuren verwischt. Ich bin mir aber sicher, das dies unser Mann ist!«

Noch immer sah ich nichts als Staub, der mehr oder weniger gleichmäßig die roten Bodenplatten bedeckte. Offenbar war man hier weit weniger putzwütig als im Palazzo von Mister Wilson. »Das haben Sie doch nicht aus den Staubresten auf dem Kirchenboden geschlossen?«, fragte ich in der Annahme, dass Holmes sich über mich lustig machte.

»Man kann aus einem einzigen Staubkorn die Existenz der Sahara folgern!«, verkündete Holmes und verfiel dann in den für ihn charakteristischen belehrenden Tonfall. »Was meine Beobachtungen in dieser Kirche betrifft, so sind sie das Ergebnis streng wissenschaftlicher Vorgehensweise. Sie wissen wahrscheinlich nicht, dass ich der Autor einer kleinen Abhandlung zu diesem Thema bin? Wenn Sie meine Monographie *Über die Klassifikation von menschlichen Fußspuren auf*

Stein- und Holzböden konsultiert hätten, wären diese Beobachtungen auch für Sie ein Kinderspiel gewesen.« Ich wollte etwas erwidern, doch Holmes ließ mich nicht zu Worte kommen. »Wir sind hier, um zu beobachten und nicht um zu schwatzen«, erklärte er und wandte seine Aufmerksamkeit dem noch aufrecht stehenden Teil des Gerüstes zu, was augenblicklich den Küster alarmierte.

»Sie können da nicht hochklettern, Signore!«, betonte er mit Nachdruck. »Die Polizei hat strengstens untersagt, dass jemand das Gerüst betritt. Es ist einsturzgefährdet.«

Holmes warf dem Küster einen vernichtenden Blick zu, obwohl dieser doch nur seine Pflicht getan hatte. Dann ging er vor den Trümmern des umgestürzten Gerüsts in die Hocke. Er hob Planken auf und inspizierte Holzfragmente mit der Lupe. Dabei machte er mit dem Bleistift Notizen auf einen der Programmzettel der nächsten Gottesdienste, die am Eingang für die Besucher auslagen.

»Ich habe genug gesehen«, sagte Holmes irgendwann und stand wieder auf.

»Was haben Sie gesehen?«, wollte ich wissen

»Was ich erwartet habe!« Leider war mir unklar, was Holmes damit meinte, denn ich für meinen Teil hatte an den Kanten der Holzteile weder Hinweise auf den Gebrauch einer Säge noch die Spuren sonstiger Manipulationen bemerkt. »Wir sollten jetzt den Verletzten aufsuchen, obwohl ich bezweifle, dass er vernehmungsfähig ist. Nach einem Sturz aus dieser Höhe ist mit dem Schlimmsten zu rechnen. Ansonsten hätte ich ihn schon längst aufgesucht. Trotzdem sollten wir uns jetzt beeilen, denn vielleicht treffen wir den Maler wider alle Wahrscheinlichkeit doch noch lebend an. Wissen Sie zufällig, in welches Krankenhaus man ihn gebracht habe könnte?«

»Eigentlich kommt nur das Ospedale Santa Maria Nuova infrage«, erwiderte ich. »Es ist das größte Krankenhaus von Florenz.«

»Sehr gut«, erwiderte Holmes. »Wir haben keine Zeit zu verlieren, wenn wir nicht in das Unwetter kommen wollen, das sich draußen gerade zusammenbraut.«

Als wir die Kirche verließen, war der Himmel fast schwarz, und die Schwüle lastete drückend auf der Stadt. Noch immer ließ der Regen auf sich warten, aber es war offensichtlich nur noch eine Frage der Zeit, dass sich die feuchte Luft in einem gewaltigen Regenguss entlud. Um zum Ospedale zu gelangen, mussten wir die halbe Innenstadt durchqueren. Glücklicherweise winkte Holmes für diesen Zweck eine Droschke herbei, denn was mich betraf, so war ich für diesen Tag genug gelaufen. Meine Füße schmerzten, und ich hätte einen doppelten Espresso gebrauchen können.

»Wir sind in äußerster Eile! Es geht im wahrsten Sinne des Wortes um Leben und Tod!«, rief Holmes dem verblüfft dreinblickenden Kutscher zu. »Ich zahle Ihnen den doppelten Fahrpreis, wenn wir in zehn Minuten das Ospedale Santa Maria Nuova erreichen.«

Der Kutscher gab diese Weisung mit einem lauten Peitschenknall an sein Pferd weiter, und die Fahrt ging los. Wir polterten über das holprige Kopfsteinpflaster der engen Gassen, als ob wir ein Derby gewinnen wollten, und ich hielt mich am Sitz fest, um die Stöße der Droschke abzufangen.

»Sie meinen also, dass jemand versucht hat ihn umzubringen?«, fragte ich, während die Häuser an mit vorbeiflogen.

»Davon bin ich überzeugt!«, betonte Holmes. Diese Auskunft verblüffte mich, denn nur selten gab Holmes derart klare und eindeutige Antworten. »Aber möglicherweise wird man den Täter niemals zur Rechenschaft ziehen können.«

»Wen haben Sie im Verdacht?«, wollte ich wissen, »ich tippte ja intuitiv auf Mortimer Hopper. Welcher der fünf Personen auf dem Gruppenbildnis wäre sonst ein Mord zuzutrauen?«

»Das kann ich auch nicht sagen«, erwiderte Holmes mit grimmiger Stimme. »Ich brauche mehr Informationen, um den Mörder zu überführen. Intuition kann Information nicht ersetzen.«

»Meine These, dass Adriano Benetti sein eigenes Gemälde stehlen wollte, dürfte wohl nun obsolet sein«, gab ich einige Augenblicke später etwas kleinlaut zu.

»Nicht unbedingt«, meinte Holmes. »Es könnte durchaus sein, dass zwischen dem Einbruch und dem Mord gar kein Zusammenhang besteht, aber es ist noch zu früh, um dies entscheiden zu können.«

Noch immer polterten wir mit großer Geschwindigkeit durch die Straßen. Ich blickte nachdenklich aus dem Fenster und ärgerte mich beim Anblick der Regenwolken erneut, dass ich keinen Schirm mitgenommen hatte.

»Da ist schon das Ospedale«, informierte ich Holmes, als sich die Silhouette des imposanten Gebäudekomplexes vor uns abzeichnete.

Wir stiegen aus, und Holmes entlohnte – wie er in Aussicht gestellt hatte – den Kutscher mit dem doppelten Fahrpreis. Dieser bedankte sich überschwänglich, murmelte dem vor Erschöpfung dampfenden Pferd einige Worte ins Ohr und fuhr dann unverzüglich zurück. Ich beneidete ihn, denn schon grollte der Donner in der Ferne, und ein heftiger, heißer Wind kam auf.

»Der Bau sieht aus, als ob bereits Michelangelo hier gelegen haben könnte«, bemerkte Holmes sachlich, nachdem sein Blick über den ausgedehnten Krankenhauskomplex geschweift war.

»Das ist durchaus möglich. Schließlich handelt sich um das älteste Hospital von Florenz.«

»Ich hoffe nur, dass sich die Behandlungsmethoden seitdem verbessert haben«, erwiderte Holmes trocken.

»Dies ist übrigens das Krankenhaus, in dem Leonardo da Vinci Anatomiestudien betrieben hat, was heißt, er hat hier die Leichen verstorbener Patienten seziert«, fügte ich mit einem leichten Schaudern hinzu.

Dann bemerkte ich etwas, das mir endgültig die Stimmung verdarb: eine Blutspur wies uns den Weg ins Krankenhaus. Sie führte über den Vorplatz, die Freitreppe hinauf bis zum Hauptportal des Ospedale. Im gleichen Augenblick begann der Regen. Dicke, warme Tropfen prasselten herunter und bildeten rasch Pfützen auf dem ausgetrockneten Boden. Als wir die Treppe hocheilten, fragte ich mich, was ich verbrochen hatte, dass ich bei diesem Wetter das furchteinflößende Krankenhaus betreten musste, anstatt in Ruhe meinen nachmittäglichen Kaffee zu genießen.

Der Regen lief mir über das Gesicht, und mein Haar hing in nassen Strähnen herab, aber wir schafften es, das Portal zu erreichen, ohne bis auf die Knochen durchnässt zu werden. Beim Betreten des Gebäudes wurde mir flau im Magen, was nicht nur daran lag, dass ich für meine Begriffe wenig gegessen hatte, sondern die ganze Atmosphäre des Krankenhauses bedrückte mich. Der Geruch von Desinfektionsmitteln, der mir entgegenschlug, vermochte nicht den Kalkgeruch des alten Gemäuers zu verdecken.

Die Rezeption rechts des Eingangs war nicht besetzt. Ich hätte wahrscheinlich hier auf die Rückkehr des Portiers gewartet oder zumindest nach einer Handklingel Ausschau gehalten, aber Holmes passierte den Eingangsbereich, ohne den verwaisten Schalter eines Blickes zu würdigen. Überall waren Betten mit Blechrahmen aufgestellt: Nicht nur in den Krankenzimmern, sondern auch in den Gängen und auf dem Treppenabsatz. Zwar hatte ich gehört, dass das Krankenhaus kaum noch modernen Ansprüchen gerecht werden konnte, aber so schlimm hatte ich es mir nicht vorgestellt, und ich hoffte daher inständig, dass ich niemals als Patient in diesem Ospedale landen mochte.

Trotz der Überbelegung herrschte in dem Bau eine geradezu gespenstische Stille. Nur das Klacken unserer Schuhe auf dem Steinfußboden war zu hören, als wir durch den langen Korridor gingen, der hinter dem Portal begann. Ich nahm mir vor, nichts zu berühren, denn es roch geradezu nach Krankheit und Tod.

Wir hatten bereits fast das Ende des Korridors erreicht, bis wir endlich jemanden trafen, der in dem Ospedale arbeitete. Es war eine resolute Krankenschwester mittleren Alters, die uns mit einem mit schmutzigem Geschirr beladenen Tablett in der Hand den Weg abschnitt. Im braunen Haar unter ihrer weißen Haube zeigten sich bereits graue Strähnen, und auf ihrer Stirn hatten sich senkrechte Falten eingegraben. »Die Besuchszeit ist leider vorbei! Kommen Sie bitte Morgen früh wieder!«, verkündete sie in einem Tonfall, der keinen Zweifel daran ließ, dass man normalerweise ihren Weisungen Folge leistete.

»Könnten Sie nicht für uns eine Ausnahme machen?«, erwiderte Holmes mit dem gewinnenden Lächeln, zu dem er fähig war, wenn es seinen Ermittlungen diente. »Der Patient, den wir besuchen wollen, ist schwer verletzt. Vielleicht ist dies die letzte Gelegenheit, ihn lebend zu sehen!«

Die Schwester musterte uns beide mit skeptischer Miene. Ob sie nach einer Familienähnlichkeit Ausschau hielt? Dann blieb ihr Blick an mir hängen, wahrscheinlich, weil ich noch weniger als Holmes wie ein Künstler aussah.

»Sie sprechen hoffentlich nicht von dem Maler, der heute Mittag vom Gerüst gefallen ist?«, fragte sie mit einem sorgenvollen Gesichtsausdruck, der nicht Gutes verhieß.

Durch die Fenster drang das schaurige Heulen des Windes. Dann rollte ein Donner über die Stadt.

»Doch«, antworteten wir beide zugleich.

»Sie sind heute schon der fünfte, der nach ihm fragt«, erklärte die Schwester bedächtig, so als ob sie die Hiobsbotschaft herauszögern wollte, »aber Sie kommen leider zu spät. Wir konnten nichts mehr für ihn tun. Er ist seinen schweren Verletzungen erlegen, ohne das Bewusstsein wiedererlangt zu haben.«

Holmes und ich schauten uns an. Ich zog mein Gesicht in Falten und gab mir große Mühe, betroffen dreinzublicken, doch wollte es mir nicht recht gelingen. So bedrückend ich die ganze Atmosphäre fand, fühlte ich mich doch außerstande, Trauer um einen Unbekannten vorzutäuschen. Holmes hingegen brachte eine akzeptable Leichenbittermiene zustande, zumindest für einen reservierten Briten.

»Dies war zwar zu befürchten, bei einem Sturz aus dieser Höhe! Aber trotzdem ist es schrecklich!«, erklärte er mit etwas zu viel Pathos. »Könnten wir ihn wenigstens noch ein letztes Mal sehen?«

Mein Magen zog sich zusammen, denn mir behagte diese Idee überhaupt nicht. Als ich früher davon geträumt hatte, als Ermittler zu arbeiten, hatte ich mir vorgestellt, zu Hause in meinem Lehnstuhl Beweisketten zu schmieden und nicht im Krankenhaus Leichen zu inspizieren.

»Da muss ich erst den Doktor fragen«, erwiderte die Krankenschwester etwas mechanisch, vermutlich weil dies ihre Standardantwort bei allen auftretenden Problemen war.

»Ich nehme an, dass es unter anderem sein Geselle und seine Verlobte waren, die nach ihm gefragt haben?«, bemerkte Holmes mit bewundernswürdiger Beiläufigkeit, bevor die Schwester wieder hinter der Tür verschwinden konnte, aus der sie vorhin herausgeschossen war. Auf einem Schild konnte man lesen, dass es zur Krankenhausverwaltung führte.

»Es waren ein Mann in Arbeitskleidung und drei gut aussehende, junge Frauen. Ich weiß nicht, ob eine von ihnen seine Verlobte war«, brummte die Krankenschwester missmutig. Dann hellte sich ihre Miene ganz plötzlich wieder auf, und sie stieß einen tief empfundenen Seufzer aus. »Aber wen wundert dies? Signor Benetti war ja so ein attraktiver Mann …«

»Es ist eine Tragödie, dass er so früh sterben musste«, sinnierte Holmes und wiederholte dann seinen Wunsch, den Maler noch einmal zu sehen.

Die Krankenschwester erklärte noch einmal, dass sie den Arzt fragen müsse, und wir blieben allein in dem von Desinfektionsmittelgeruch erfüllten Korridor zurück. Der Wind peitschte Wassertropfen gegen die Fensterscheiben, und ganz plötzlich erhellte ein Blitz den Gang, gefolgt vom tiefen Grollen des Donners.

»Meinen Sie nicht, dass wir früher oder später Ärger bekommen, wenn wir in der ganzen Stadt herumlaufen und Fragen stellen?«, gab ich vorsichtig zu bedenken.

»Keinesfalls«, erwiderte Holmes. »Erstens agieren wir als beratende Ermittler im Auftrag eines Klienten, und zweitens kann mir Comissario Negretti von der Venezianischen Polizei im Zweifelsfall ein Empfehlungsschreiben an die hiesigen Ordnungshüter ausstellen.«

»Warum haben Sie das nicht gleich gesagt? Das beruhigt mich wirklich ein wenig«, entfuhr es mir, und ich fragte mich, was Holmes noch alles vor mir verbarg.

»Sie haben mich nicht danach gefragt«, war die sachliche Antwort.

Ehe ich mich über diese Prinzipienreiterei beschweren konnte, kam die bärbeißige Schwester mit einem schüchtern wirkenden, schlanken Mann im weißen Chirurgenkittel zurück. Der Arzt stellte sich als Dottor Bianchi vor und bestätigte mit einigen Fachausdrücken angereichert die Auskunft der Krankenschwester.

»Adriano Benetti war unser Freund. Wir würden den Unglücklichen gern ein letztes Mal sehen«, erklärte Holmes, nachdem er unsere Namen genannt hatte.

»Eigentlich ist die Besuchszeit bereits abgelaufen«, erwiderte Dottor Bianchi bedauernd. Doch nach einem kurzen Disput, den der Doktor eher pro forma mit Holmes zu führen schien, machte er für uns eine Ausnahme.

»Schwester Guiseppina, führen Sie bitte die Signori zu Signor Benetti«, sagte er zu meinem Befremden, denn ich hatte damit gerechnet, dass er uns fortschicken würde, da wir nicht zur Familie des Malers gehörten.

Holmes bedankte sich, und wir folgten der Schwester, bis wir in einen fensterlosen Raum gelangten, der von einer alterschwachen Gaslampe mehr schlecht als recht erleuchtet wurde. Der Tote war in der Mitte des Raums auf einem Holztisch aufgebahrt. Auf den ersten Blick hätte man denken können, dass der Mann um die Fünfzig mit dem ebenmäßigen Gesicht und den schwarzen Haaren nur schlief. Von ein paar Schrammen abgesehen sah ich nur eine Schürfwunde seitlich am Kopf, die aber nach meiner Laienmeinung nicht tödlich gewesen sein dürfte.

Unter den misstrauischen Blicken der Schwester, die wie eine Spinne hinter der geöffneten Tür lauerte, stellte Holmes einen Stuhl neben das Bett und nahm darauf Platz. Um mich nicht verdächtig zu machen, leistete ich ihm Gesellschaft, aber ich wandte den Blick ab, da ich es nicht über mich brachte, den Toten aus der Nähe zu betrachten. Dann siegte meine Neugier, und ich musterte Holmes aus den Augenwinkeln, um sicherzustellen, dass er nicht aus der Rolle fiel.

»Wir erregen den Argwohn dieser schrecklichen Schwester, wenn wir länger als eine Viertelstunde hier bleiben«, gab ich nach einer Weile zu bedenken, als mir endlich diese Ausrede eingefallen war. Ich hatte Englisch gesprochen, damit die Krankenschwester mich nicht verstehen konnte.

»Ich brauche nicht einmal solange. Der Fall dürfte klar sein«, erwiderte Holmes zu meiner großen Erleichterung, die aber dadurch getrübt wurde, dass er sich darüber ausschwieg, ob ihm der Anblick des Verstorbenen irgendeinen Erkenntnisgewinn gebracht hatte.

Daher schließe ich hier meinen Bericht über den ersten Tag unserer Ermittlungen, der wenig verheißungsvoll mit einem missglückten Einbruch begonnen und unerwarteter Weise mit einem veritablen Mord geendet hatte.

3. Der Kunsthändler

Wie ich von Anfang an befürchtet hatte, blieb mir ein Besuch bei dem Kunsthändler Mortimer Hopper nicht erspart, dem ich normalerweise möglichst aus dem Weg zu gehen pflegte: Am zweiten Tag unserer Ermittlungen fuhren wir in das Städtchen Fiesole, dessen Hügel einen spektakulären Blick auf Florenz bieten, weshalb sich dort zahlreiche Expatriaten angesiedelt hatten. Gärten und Olivenhaine säumten den Weg, aber die unangenehme Aussicht auf die Gesellschaft Hoppers verleidete mir die Fahrt durch die paradiesische Landschaft. Es empörte mich geradezu, dass Hopper die Unverfrorenheit besessen hatte, sich erneut an Holmes zu wenden, obwohl er ihm das letzte Mal sein Honorar schuldig geblieben war.

»Wenn ich diese einsamen Villen sehe, dann denke ich immer daran, welche Verbrechen darin unbemerkt begangen werden können«, bemerkte Holmes, als sich unser Ziel am Ende der Straße abzeichnete.

»Aber Sie müssen doch zugeben, dass die Toskana wunderschön ist«, wandte ich ein und deutete auf die gepflegten Gärten, die hinter dem Fenster der Droschke vorbeizogen.

»Mit den Augen des Kriminalisten betrachtet, lauert gerade in den idyllischsten Landschaften der größten Schrecken«, erklärte Holmes mit einem finsteren Gesichtsausdruck.

»Sie sind unverbesserlich«, erwiderte ich und fasste den Vorsatz, mir von Holmes die Stimmung nicht verderben zu lassen, aber trotzdem hatte ich ganz plötzlich Visionen von Familientragödien und Raubüberfällen.

Die Kutsche hielt vor dem schmiedeeisernen Zaun, der das Anwesen des Kunsthändlers umgab, und wir stiegen aus. Ein leichter Wind trug den Geruch von Nadelbäumen zu mir, und unwillkürlich musste ich an die Hitze in Florenz denken, an die beschnittenen Bäume im Boboli-Park und an die Touristenströme.

Als wir die Droschke verließen, hätte ich nicht zu sagen vermocht, ob es mir mehr vor der Hundemeute graute, die uns durch die Stäbe ihres Zwingers hindurch aggressiv anbellte, oder vor der Begegnung mit ihrem nicht minder unangenehmen Herrn. Offenbar hatte sich Hopper einige neue Hunde zugelegt, denn diesmal zählte ich fünf Rottweiler und vier Schäferhunde. Oder hatte ich bei meinem letzten Besuch zwei oder drei dieser Bestien übersehen, da sie frei im Gelände herumgelaufen waren? Bei dieser unangenehmen Vorstellung beschleunigte ich unwillkürlich meine Schritte, zumal nicht auszuschließen war, dass auch diesmal Hunde hinter den Büschen lauerten.

Glücklicherweise erreichten wir unbeschadet die Haustür. Holmes zog am Klingelzug, und zu meiner Überraschung öffnete der Hausbesitzer selbst, nicht einer seiner livrierten Lakaien. In der Hand hielt er ein randvoll gefülltes Cocktail-Glas.

»Schön Sie wiederzusehen, Mister Baker Radcliffe!«, erklärte er mit dem strahlenden Lächeln, das er gewöhnlich für seine Kunden reservierte. »Ich dachte mir gleich, dass der Besuch bei Mister Wilson bewirken würde, dass Sie in meinem bescheidenen Heim vorbeischauen. Es herrscht für Sie momentan in Florenz kein Mangel an Arbeit. Haben Sie zum Beispiel vorgestern in der Tageszeitung den Artikel über den Juwelendiebstahl gelesen?«

Ich fragte mich, ob er sich über Holmes lustig machte, aber dieser nickte nur.

»Mister Tristram, was macht die Korrespondenz?«

Hopper hatte ein Talent dafür, mich mit der harmlosesten Bemerkung zu provozieren. Dies lag weniger daran, was er sagte, sondern an seinem ironischen Tonfall.

»Ich habe natürlich eine Menge zu tun«, behauptete ich todernst, »aber ich konnte mir ausnahmsweise ein paar Stunden freinehmen.«

»Wir würden uns gern das Gruppenporträt ansehen, das Mister Wilson bei Ihnen deponiert hat«, erklärte Holmes ohne Umschweife und beendete damit den Austausch von versteckten Gehässigkeiten.

»Gern!«, erwiderte der Kunsthändler mit einer einladenden Handbewegung, aber leider machte er sich nicht die Mühe, uns einen Drink anzubieten. »Es hängt in meinem Arbeitszimmer.«

Wir folgten Hopper in einen Raum, der im damals beliebten Neurenaissance-Stil eingerichtet war. Auf einem wuchtigen Schreibtisch, der den Medici Ehre gemacht hätte, stapelten sich die Rechnungen, und darüber hing das Gruppenporträt, dessen Schöpfer am Vortag eines plötzlichen Todes gestorben war.

Der Anblick des Gemäldes verschlug mir für einen Augenblick die Sprache. Zwar hatte ich keine besonders hochgesteckten Erwartungen gehabt, denn ich war kein Freund der modernen Malerei und war daher auf das Schlimmste gefasst gewesen. Aber trotzdem schockierte mich das Gemälde, denn das Mindeste, was man von einem Bildnis erwarten konnte, war doch wohl, dass die dargestellten Personen identifizierbar waren.«

»Das ist ja noch viel hässlicher, als ich vermutet hatte«, rief ich daher empört aus. »Das Bild besteht doch nur aus dunklen Flecken!«

»Deshalb hat man die Maler der Gruppe, zu der Adriano Benetti gehört, auch Macchiaioli genannt«, erklärte Mortimer

Hopper leicht herablassend, »was bekanntlich ›Fleckenmaler‹ heißt. Typisch für sie sind – wie bei diesem Gruppenporträt gut zu sehen – die dunkle, flüchtige, skizzenhafte Malweise und der starke Hell-Dunkel-Kontrast. Die ganze Komposition ist auf dem erregenden Spiel der Flecken aufgebaut. Diese Auffassung passt zum hektischen, modernen Leben. Auch, dass die Künstler mit der akademischen Malweise gebrochen und durchweg *plein air*[7] gemalt haben, war für ihre Zeit äußerst fortschrittlich.«

Ich verstand die Welt nicht mehr. »Sie sind auch noch stolz darauf, so herumgekleckst zu haben, und haben sich daher Fleckenmaler genannt?«

Der Blick, mit dem der Kunsthändler mich bedachte, ließ keinen Zweifel daran, dass er mich momentan für einen noch größeren Banausen hielt als Holmes. In der Zwischenzeit habe ich andere Gemälde der Macchiaioli betrachtet, die mich meine negative Einstellung etwas revidieren ließen, aber für jemanden, der nur das Gruppenporträt Benettis kannte, war es unbegreiflich, wieso der Kunsthändler die Malergruppe verteidigte. Man musste die Werke von Telemaco Signorini, Giovanni Fattori oder Silvestro Lega gesehen haben – die sich nicht mit Porträts begnügten, sondern Landschaften und Historien- und Schlachtengemälde schufen –, um den Macchiaioli Gerechtigkeit widerfahren zu lassen.

»Sie haben sich natürlich nicht selbst so genannt, sondern ein unfreundlicher Kommentator im Turiner Journal *Gazzetta del Popolo* hat 1861 den Begriff Macchiaioli geprägt, und dieser ist an den Künstlern hängen geblieben«, dozierte Hopper in einem besserwisserischen Tonfall.

[7] Anm.: mit diesem französischen Wort bezeichnete man im 19. Jahrhundert die damals neue Freiluftmalerei.

»Das war vor dreißig Jahren«, bemerkte Holmes. »Hat sich die Akzeptanz der Werke seitdem nicht erhöht?«

»Selbstverständlich! Mittlerweile zählen sie schon fast zu den alten Meistern, aber Adriano Benetti gehört zur zweiten Generation der Macchiaioli. Daher ist seine Malweise heutzutage schlichtweg überholt, obwohl er wie alle Nachzügler die malerischen Mittel der Bewegung in etwas übersteigerter Art und Weise anwendet. Seine Gemälde vermögen heutzutage noch nicht einmal das ungebildete Publikum zu befremden.« Der Kunsthändler warf mir einen giftigen Blick zu, aber es war mir völlig gleichgültig, dass er mich unter der Rubrik *ungebildetes Publikum* subsumierte. Mir jedenfalls gefiel das Bild überhaupt nicht. »Daher schlägt sich Adriano Benetti mit Porträtaufträgen mehr schlecht als recht durch.«

»Außerdem hat er sich sogar als Restaurator verdingen müssen«, ergänzte Holmes.

Hopper zuckte fatalistisch mit den Schultern. »Wen wundert es?«

»Haben Sie denn nicht mitbekommen, dass Adriano Benetti gestern tödlich verunglückt ist?«, entfuhr es mir, da ich es als unpassend fand, in der Gegenwartsform von dem Maler zu sprechen.

»Tatsächlich?«, fragte Hopper und blickte mäßig interessiert von seinem Cocktail-Glas auf.

Holmes hingegen durchbohrte mich mit Blicken, aber ich fühlte mich keiner Schuld bewusst.

»Ja, das stimmt«, bestätigte Holmes widerwillig meine Information. »Er ist gestern bei der Arbeit vom Gerüst gefallen, beziehungsweise ein Teil seines Gerüsts ist unter ihm zusammengebrochen.«

»Berufsrisiko«, kommentierte Hopper ungerührt. »Wenn

ihm vor zehn Jahren etwas zugestoßen wäre, so würden sich seine Gemälde heute besser verkaufen.«

Ich war mir nicht sicher, ob ich den Kunsthändler richtig verstanden hatte. »Sie meinen, dass sich die Werke toter Künstler besser verkaufen als die von lebenden?«, hakte ich nach.

»Unbedingt«, erwiderte Hopper. »Vor allem, wenn sie zu Lebzeiten verkannt waren und dann jung gestorben sind.« Dies ließ mich an den armen Vincent van Gogh[8] denken, der sich im Vorjahr das Leben genommen hatte.

Hopper fuhr fort: »Benetti hat den Anschluss an die Avantgarde verpasst, und daher werden selbst seine frühen Arbeiten zu moderaten Preisen verkauft. Schließlich weiß der potenzielle Käufer, dass der Maler diesen altmodischen Stil noch weitere fünfundzwanzig Jahre lang gepflegt hat.«

Einer der Lakaien kam herein und flüsterte Hopper etwas ins Ohr. Ich hoffte, dass er ihm nicht mitteilte, dass er die Bluthunde aus dem Zwinger gelassen hatte. Hopper gab dem Dienstboten ein Zeichen und dieser verschwand sogleich wieder.

»Sie werden mich einen Augenblick entschuldigen«, sagte der Kunsthändler mit einem Haifischgrinsen, das sich wie von selbst auf seinem Gesicht einstellte, sobald er einen Kunden witterte.

»Aber selbstverständlich«, erwiderte Holmes, »ich würde mir sowieso gern das Bild in Ruhe betrachten.«

Hopper schoss aus dem Raum, und ich nutzte die Gelegenheit, um mich etwas umzuschauen. Auf einen Beistelltisch

[8] Anm.: Da erinnerte sich David Tristram falsch. Van Gogh starb zwar tatsächlich am 27. Juli 1890, aber dies konnte Tristram im Juni 1891 noch nicht wissen, da die Gemälde van Goghs in Italien erst viel später bekannt geworden sind.

hatte jemand Tarot-Karten gelegt: Die mittlere Karte war der Gehenkte, flankiert von Tod und Sünde. Ich fuhr instinktiv zurück. Nicht, dass ich selbst an dergleichen Hokuspokus glaubte, aber es war doch ein schrecklicher Anblick.

»Im Nachhinein fällt mir erst auf, dass dieser Mister Wilson ziemlich normal gewirkt hat«, sagte ich zu Holmes. »Zumindest, wenn man davon absieht, wie vernarrt er in seinen Mops ist. Niemals hätte ich ihn für ein Mitglied eines okkulten Höllenfeuer-Clubs gehalten! Wie kommt nur ein seriöser Wissenschaftler dazu, an spiritistischen Sitzungen teilzunehmen?«

»Langeweile«, erwiderte Holmes lakonisch. »Das kann ich sogar zu einem gewissen Grad nachvollziehen.«

»Der Einbruch hat sicherlich etwas Abwechslung in sein Leben gebracht«, bemerkte ich boshaft, zumal auf mich Mister Wilson keinen besonders abenteuerlustigen Eindruck gemacht hatte.

Dann nahm ich das Gruppenporträt genauer in Augenschein. »Also ich hätte mich nicht von diesem Fleckenmaler porträtieren lassen«, stellte ich entschieden fest. »Unvorstellbar, dass Mister Wilson von dem Gemälde derart angetan war, dass er es spontan erworben hat.« Ich ging noch näher heran, aber nun sah ich wirklich nur noch Farbtupfer. »Warum mag wohl der ganze Bildgrund mit dunkelgrünen Flecken bedeckt sein?«, dachte ich laut nach.

»Das ist ein Landschaftshintergrund«, erklärte Holmes. »Wie Mister Hopper vorhin schon sagte, sind die Bilder der Künstlergruppe durchweg *plein air* gemalt.«

»Das Wort habe ich nicht verstanden«, gab ich zu und trat zurück, »ich hatte aber Hopper nicht den Gefallen tun wollen, dies zuzugeben.«

»Es heißt *im Freien* auf Französisch«, informierte mich Holmes.

»Und warum …«

»Mit dem Gemälde ist alles in Ordnung. Sie brauchen es nicht auf seine Echtheit hin zu untersuchen«, beschwerte sich Mortimer Hopper. Ich schrak zusammen, denn ich hatte ihn nicht zurückkommen hören.

»Das habe ich auch nicht bezweifelt, aber ich versuche mir jedes Detail zu merken – auch wenn es noch so unscheinbar ist«, erwiderte Holmes, ohne sein Forschungsobjekt aus den Augen zu lassen. »Könnten Sie mir zum Beispiel bitte sagen, was dies ist?« Holmes zeigte auf einen gelblichen Fleck nahe der Hand des einzigen Herren, dessen Bekanntschaft ich bis dato noch nicht gemacht hatte. Es konnte sich also nur um Sir Epperstone handeln.

Hopper und ich traten näher an die Leinwand heran. Ich konnte aus der Nähe mit dem Detail noch weniger anfangen als aus der Ferne.

»Da muss ich passen. Das ist mir noch gar nicht aufgefallen«, erwiderte der Kunsthändler und schüttelte leicht irritiert den Kopf.

»Ich werde Sir Rupert Epperstone darauf ansprechen«, erklärte Holmes. »Ich würde ihn nämlich aus verschiedenen Gründen gern so bald wie möglich sehen.«

»Leider ist er für ein paar Tage verreist«, bemerkte Hopper, und ich fragte mich, wieso er so gut über seinen Clubkameraden informiert war.

»Wie bedauerlich«, entgegnete Holmes in seinem üblichen, emotionslosen Tonfall. Er stand noch immer mit der Nase direkt vor dem Gemälde und starrte dieses an, als ob es dann freiwillig sein Geheimnis preisgeben würde. Ab und zu notierte er sich ein paar Worte auf seinem Notizblock, und dann schaute er wieder auf das Bild.

»Ich werde Ihnen Bescheid geben, wenn er wieder nach

Fiesole zurückgekehrt ist«, versprach Hopper, und ich fragte mich unwillkürlich, ob dies eine dezente Art war, uns hinauszukomplimentieren.

»Sehr freundlich«, entgegnete Holmes gedankenverloren, ohne das Gruppenporträt aus den Augen zu lassen.

Mortimer Hopper bedachte ihn mit einem professionellen Kunsthändlerlächeln. »Falls Ihnen das Gemälde gefallen sollte, so kann ich Ihnen selbstverständlich andere Bilder dieser Kunstrichtung vermitteln.«

»Normalerweise würde in einem derartigen Fall eine Fotografie gute Dienste leisten«, murmelte Holmes vor sich hin, ohne auf das Angebot des geschäftstüchtigen Kunsthändlers einzugehen. »Aber auf einem Lichtbild dieses Gemäldes würde man wahrscheinlich nur graue Flecken erkennen.«

»Meine Rede«, erwiderte ich.

Hopper warf Holmes einen leicht indignierten Seitenblick zu. »Jetzt fangen Sie nicht auch noch an, das Gemälde madig zu machen!«

»Warum haben Sie uns eigentlich gebeten, uns der Sache anzunehmen?«, fragte ich, da es mich noch immer wunderte, dass es dem Kunsthändler nicht peinlich war, Holmes kontaktiert zu haben.

»Das habe ich keineswegs getan!«, präzisierte Hopper. »Harold Percy Wilson ist ein enger Freund von mir. Als er mir ganz aufgeregt von dem Einbruchsversuch in seinem Palazzo berichtet hat, habe ich ihm empfohlen, bei Signora Rossi, wohnhaft an der Piazza Mentana, nachzufragen, ob ihr geigespielender Untermieter noch im Lande sei.«

Woher kannte Hopper eigentlich die Adresse von Signora Rossi?

Holmes blickte von der Leinwand hoch, offenbar war er ebenfalls über die Erklärung des Kunsthändlers befremdet.

»Was ich fast vergessen hätte, Sie zu fragen«, sagte er schließlich mit einem verdrießlichen Blick auf Hopper. »Wissen Sie zufällig, nach welchem Kriterium Sir Rupert Epperstone die Personen ausgewählt hat, mit denen er porträtiert werden wollte?«

»Dass er meine Wenigkeit auf seinem Gemälde dargestellt haben wollte, versteht sich von selbst«. Hopper lächelte selbstgefällig in sich hinein. »Aber die anderen? Um ehrlich zu sein, ich weiß es nicht. Zumindest weiß ich nicht, warum einige unserer Clubmitglieder fehlen. Das Einzige, was mir dazu einfällt ist, dass bei Gruppenporträts ungerade Anzahlen von Personen empfehlenswert sind.«

»Warum?«, fragte ich nach, da mir dies neu war.

»Aus kompositorischen Gründen«, antwortete Hopper und traf dabei fast den herablassend-nachsichtigen Ton, in dem Holmes manchmal mit mir sprach. »Sie würden schließlich auch nicht zwei oder vier Rosen in eine Vase stellen.«

»War Antonio Benetti ein Mitglied Ihres Clubs?«, fragte ich, weil ich glaubte, endlich dem Geheimnis auf die Spur gekommen zu sein, warum man ausgerechnet diesem Fleckenmaler den Auftrag erteilt hatte.

»Natürlich nicht!« Für Hopper schien die bloße Frage schon eine Beleidigung zu sein. »Unsere Clubmitglieder sind alle Landsleute.«

»Ich glaube, ich habe Ihre Geduld genug strapaziert!«, erklärte Holmes plötzlich und steckte seine Lupe in die Westentasche. »Außerdem haben wir heute noch einige Dinge zu erledigen, die keinen Aufschub dulden.«

»Dann möchte ich Sie nicht weiter aufhalten!«, erwiderte Mister Hopper gut gelaunt. »Denken Sie aber an mich, falls Sie sich ein Gemälde oder eine Skulptur zulegen wollen, Mister Baker Radcliffe! Ich habe das größte Angebot an Renaissance-Skulpturen in der ganzen Toskana, und ich mache Ihnen einen guten Preis.«

»Sie werden von mir hören«, erwiderte Holmes knapp, womit er aber sicherlich nicht sagen wollte, dass er sich eine Skulptur zulegen wollte, zumal er diese bei den Boldoni hätte billiger erwerben können.

Einer der blasierten Diener des Kunsthändlers begleitete uns zu unserer Mietdroschke, die draußen auf uns wartete, und ich machte innerlich zehn Kreuze, als sich die Räder der Droschke in Bewegung setzten.

»Ich glaube der Fall dürfte klar sein: Mortimer Hopper hat Adriano Benetti umbringen lassen«, sagte ich, als sich das Anwesen des Kunsthändlers hinter uns in der Ferne verlor. »Damit wollte er den Wert des Gruppenporträts steigern, das er Mister Wilson schon so gut wie gestohlen hat.«

Holmes brach in schallendes Gelächter aus.

»Da Sie mich nicht an Ihren Überlegungen teilhaben lassen, sollte es Sie nicht erstaunen, dass ich selbst Mutmaßungen äußere«, protestierte ich.

Holmes verdrehte in vorgetäuschter Verzweiflung die Augen, machte sich aber nicht die Mühe, mir zu erklären, was gegen meine These sprach.

4. Das Zimmer des Malers

Nach einer Mittagspause, die ich im Kreis meiner Familie verbracht hatte, spazierte ich angenehm gesättigt am Arno-Ufer entlang. Am Vormittag hatte ich gar nicht bemerkt, was für ein schöner Tag es war, denn der Besuch bei Mortimer Hopper hatte mir gründlich die Stimmung verdorben. Das Gewitter des Vortags hatte die Luft gereinigt, und auf der Straße herrschte hektische Betriebsamkeit. Die Kutschen der Händler rumpelten über das Kopfsteinpflaster, und zwischen den Hausfrauen mit ihren Einkaufsnetzen schoben sich Gruppen von munter plaudernden Touristen hindurch.

Ich war mit Holmes vor der Kirche Santa Trinità verabredet, aber um ehrlich zu sein, hätte ich an diesem schönen Frühsommertag lieber im Boboli-Park ermittelt als in einer düsteren Kirche. Leider war ich etwas knapp von zu Hause aufgebrochen und erreichte daher unseren Treffpunkt mit zehnminütiger Verspätung.

Obwohl ich Holmes nicht ungeduldig vor der Kirche auf- und abschreiten sah, ging ich mit der größten Selbstverständlichkeit davon aus, dass der stets pünktliche Ermittler bereits vor mir eingetroffen war. Wahrscheinlich hatte er sich in der Zwischenzeit verkleidet, denn warum sonst hätte er auf ein Mittagessen bei den Boldoni verzichten sollen, wo Giovanna ihn doch dezidiert eingeladen hatte? Nun gab er sich wohl nicht zu erkennen, weil er sich an meinem Erstaunen ergötzen wollte, wenn ich ihn nicht wiedererkennen würde. Daher nahm ich mir fest vor, mich diesmal nicht ins Bockshorn jagen zu lassen.

Ich taxierte also die Passanten so unauffällig wie möglich. Die junge Mutter, die ihren Kinderwagen über den Bürgersteig schob, konnte ich aus dem Kreis der Verdächtigten ausschließen, genauso wie den Bettler vor dem Kirchenportal, denn er war ein Kriegsversehrter mittleren Alters.

Ich stutzte einen Augenblick, denn am Vortag hatte hier kein Bettler gesessen. Aber warum sollte Holmes sich als Krüppel mit zwei Krücken verkleiden? Dies ergab eigentlich keinen Sinn, denn es würde die Ermittlungen in nicht unerheblichem Maß behindern. Trotzdem wollte ich auf Nummer Sicher gehen. Daher schlenderte ich mit dem langsamen Schritt eines Müßiggängers über den Platz, bis ich wie zufällig das Kirchenportal erreichte. Ich kramte einige Kupfermünzen aus der Hosentasche und warf sie dem Bettler in seinen Hut, der vor ihm auf dem Boden lag. Der Invalide bedankte sich mit krächzender Stimme. Für eine Sekunde meinte ich Holmes in seinen verwitterten Zügen zu erkennen.

Ich war kurz davor, ein Zeichen des Wiedererkennens zu geben, als ein finster dreinblickender Mann mit dunklem Schnurrbart um die Ecke bog, der eine schwarze Hose, eine schwarze Jacke mit zwei Reihen von Messingknöpfen und auf dem Kopf einen Zweispitz trug. Ein Polizist! Der Bettler packte seine Krücken, sprang auf und zog sich mit einer Geschwindigkeit, die ich einem Kriegsversehrten niemals zugetraut hätte, ins rettende Dunkel der Kirche zurück.

Der Polizist, der weiterhin auf mich zukam, machte mich nervös. Wie immer, wenn ich einen Ordnungshüter sah, durchforstete ich mein Gewissen, aber es war so rein wie die Schürze des Kindermädchens, das in diesem Augenblick aus der Kirche kam. An der Hand hielt es ein neugieriges Mädchen von etwa zehn Jahren, dessen Kleid über und über mit rosa Schleifen verziert war. Einen verrückten Augenblick lang erwog ich, dass es sich bei dem Kindermädchen um Holmes handeln könnte, aber ich verwarf diesen Gedanken wieder.

Der Polizist blieb vor mir stehen, und ich bekam ein flaues Gefühlt im Magen. Zur Beruhigung meiner Nerven sagte ich mir, dass ich in letzter Zeit gegen keinerlei Gesetze des Landes verstoßen hatte, zumindest wenn man von der Ermittlungsarbeit mit Holmes absah. Warum hatte ich es nicht dem Bettler gleichgetan und war in die Kirche verschwunden? Ich murmelte einige Höflichkeitsfloskeln vor mich hin und wandte mich zum Gehen.

»Ich muss mich für meine Unpünktlichkeit entschuldigen!«, sagte Holmes. »Aber, wenn man in dieser Kleidung unterwegs ist, wird man an jeder Straßenecke angesprochen.«

»Sind Sie völlig wahnsinnig geworden?«, rief ich so laut aus, dass sich eine Frau aus dem Fenster des Nachbarhauses lehnte. »Das geht eindeutig zu weit«, fügte ich hinzu, aber diesmal leise und auf Italienisch. »So etwas nennt man Amtsanmaßung. Ich kenne mich in diesen Dingen etwas aus. Schließlich habe ich zwei Jahre lang in einer Fachbuchhandlung für juristische Bücher gearbeitet. Amtsanmaßung wird mit Gefängnis nicht unter …«

»Beruhigen Sie sich doch«, unterbrach Holmes meinen Redefluss, »die Sache ist völlig ungefährlich. Niemand zweifelt die Autorität eines Polizisten an und schon gar nicht in Italien, wo es unüberschaubar viele Polizeiorgane gibt. Wer weiß schon, wofür die *Carabinieri,* die *Polizia di Stato* oder die *Guardia di Finanza* zuständig sind. Außerdem müssen Sie nur draußen Schmiere stehen, während ich den kriminellen Part übernehme.«

Noch immer war ich der Überzeugung, dass Holmes diesmal wirklich den Bogen überspannte. »Sie sprechen zwar für einen Ausländer recht gut Italienisch, aber Sie können dennoch nicht für einen Muttersprachler durchgehen«, gab ich daher zu bedenken.

»Ich habe die ganze lange Siesta damit verbracht, den Dialekt der Sizilianer einzuüben. Man hat hier derartige Vorurteile gegen die Bewohner des *Mezzogiorno*, dass man den *terroni*[9] jeden Grammatikfehler zutraut«, erklärte Holmes in einer kuriosen Mischung aus sizilianischem Tonfall und Oxforder Akzent.

Zugegebenermaßen gelang ihm die Süditaliener-Imitation so gut, dass ein Florentiner wohl keinen Verdacht geschöpft hätte. Trotzdem fand ich, dass seine Darbietung doch etwas weit hergeholt war. »Aber wieso sollte ein sizilianischer Polizist in Florenz ermitteln?«, fragte ich daher irritiert.

»Weil dies seit der Einigung Italiens ein alltägliches Phänomen ist. Lesen Sie denn in der Zeitung nur die Kriminalberichterstattung? Die Behörden versetzen vorzugsweise die Lombarden nach Sardinien und die Kalabresen nach Venedig.«

Innerlich musste ich Holmes recht geben, denn dies war bei Tisch immer ein Lieblingsgesprächsthema meines Schwiegervaters gewesen, aber dies berechtigte Holmes dennoch nicht, als Polizist aufzutreten. »Aber, was um Gottes willen haben Sie vor?«, fragte ich schicksalsergeben, da mir langsam die Argumente ausgingen. »Den Küster verhören?«

Holmes schüttelte lachend den Kopf. »Nein, ich möchte mir nur das Zimmer im Pfarrhaus ansehen, das man Adriano Benetti zur Verfügung gestellt hat. Sie bleiben draußen, und wenn Sie einen echten Polizisten sehen sollten, was ich aber für höchst unwahrscheinlich halte, denn die Florentiner *Polizia di Stato* hat heute Morgen bereits das Zimmer auf den Kopf gestellt, und die *Carabinieri* werden sich nicht für einen Unfall interessieren, dann rufen Sie laut …«

»Feuer?«, fragte ich, da mir diese Instruktionen ziemlich bekannt vorkamen.

[9] Schimpfwort für die Süditaliener

»Keinesfalls! Sie rufen: ›Haltet den Dieb! Man hat mir meine Brieftasche gestohlen!‹, und zeigen dann anklagend auf den Ponte Santa Trinità, den Sie mir bei unserem gestrigen Besuch so nachdrücklich ans Herz gelegt haben!«, verbesserte mich Holmes.

»Wie Sie wünschen«, erklärte ich, aber nach wie vor war mir die Sache nicht geheuer.

»Sie haben alles verstanden?«, vergewisserte sich Holmes und sah mich ernst an.

»Selbstverständlich: Ich lungere möglichst unauffällig vor der Tür herum, und wenn ein Polizist auftauchen sollte, löse ich einen falschen Alarm aus«, erklärte ich.

»Sehr gut«, sagte Holmes voller Enthusiasmus, »aber jetzt sollten wir endlich mit der Arbeit beginnen, denn ich möchte auf keinen Fall weiteres Aufsehen erregen.«

Tatsächlich wurden wir mittlerweile schon von den Passanten beäugt, denn für gewöhnlich stehen die *Carabinieri* nicht vor der Kirche und diskutieren mit Ausländern herum.

Als Holmes mit federnden Schritten zum benachbarten Pfarrhaus ging, sah in der eng anliegenden Uniform seine lange, hagere Gestalt noch ausgemergelter aus als gewöhnlich. Er klopfte mit dem Türknauf fest gegen die barocke Holztür. Ich hingegen hielt mich etwas abseits, blieb aber in einer Entfernung, in der ich hören konnte, was Holmes sagte. Dabei versuchte ich mich so unsichtbar zu machen, wie es für einen nicht gerade gertenschlanken Mann nur möglich ist.

Die Tür wurde von einer kräftigen Frau mit rotem Gesicht und schlichter Kleidung geöffnet: Sie trug ein verblichenes, ehemals schwarzes Kleid über einer abgetragenen, aber frisch gewaschenen, weißen Bluse. In der Hand hielt sie einen Besen, und ihren Kopf bedeckte eine Art Schlafhaube, wohl um beim Putzen das Haar gegen den aufwirbelnden Staub zu schützen. Beim Anblick des Polizisten versuchte sie, ihr gewohnheitsmäßig mürrisches Gesicht zu einem Lächeln zu verziehen. »Monsignore ist leider außer Haus«, erklärte sie, ohne abzuwarten, was Holmes von ihr wollte.

»Das macht gar nichts!«, entgegnete der falsche Polizist mit schwerem süditalienischem Akzent. »Ich habe nämlich den Auftrag, das Gästezimmer zu inspizieren, das Adriano Benetti im Pfarrhaus bewohnt hat.«

»Aber Sie waren doch heute Morgen schon einmal da und haben alles durcheinander gebracht!«, protestierte die Frau, bei der es sich um die Haushälterin des Pfarrers handeln mochte. Sie stützte sich mit beiden Händen auf ihren Besen, schaute vorwurfsvoll zu Holmes hoch, und ich hoffte inständig, dass dieser von seinem fürwitzigen Plan Abstand nehmen würde, aber ich glaubte es eigentlich nicht.

»Der Comissario war leider mit der Arbeit der Kollegen nicht zufrieden«, bemerkte Holmes trocken. »Er sagt, sie hätten nicht gründlich genug gesucht, und deshalb hat er mich noch einmal ins Pfarrhaus geschickt.«

»Das Bett ist aber noch immer nicht gemacht«, beschwerte sich die Haushälterin, deren massiger Körper die Türöffnung fast ausfüllte, weshalb Holmes nicht einfach an ihr vorbeigehen konnte. »Man hat mir ja verboten, irgendetwas zu verändern. Wie gut, dass dies meine arme Mutter nicht mehr mitbekommen musste! Die Polizei im Pfarrhaus! Und das auch noch zweimal an einem einzigen Tag! Bei der heiligen Muttergottes und allen Heiligen! Wann darf ich endlich das Zimmer aufräumen?«

»Das kann nur der Comissario entscheiden«, erwiderte der falsche Polizist, »also lassen Sie mich jetzt bitte endlich meine Arbeit erledigen!«

»Wenn es denn sein muss«, erklärte die Haushälterin, vor

so viel Hartnäckigkeit kapitulierend, und trat aus der Tür. »Ich habe doch von Anfang an gewusst, dass mit diesem Signor Benetti etwas nicht stimmt!«

»Wieso?«, fragte Holmes zurück, während er an der Haushälterin vorbeiging und den Hausflur betrat.

»Das fragen Sie noch?«, rief die Matrone empört aus. »Signor Benetti war mindestens Ende vierzig! Was soll man davon halten, wenn ein Mann in seinem Alter nicht verheiratet ist?«

Leider hörte ich nicht, was Holmes auf diesen Einwand erwiderte, denn in diesem Augenblick wurde die schwere Holztür mit einem lauten Knall zugeschlagen, ob von Holmes oder von der Haushälterin vermochte ich nicht zu entscheiden.

Nervös ging ich auf der Piazza auf und ab. Ich hoffte inständig, dass kein Ordnungshüter vorbeikommen möge. Etwa zehn Minuten später öffnete sich endlich wieder die Tür des Pfarrhauses, und Holmes trat heraus. Ohne ein Zeichen des Wiedererkennens ging er mit raschen, aber gleichmäßigen Schritten an mir vorbei und bog um die nächste Ecke. Ich versuchte, ihm möglichst unauffällig zu folgen.

Als wir einen sicheren Abstand vom Pfarrhaus gewonnen hatten, drehte Holmes sich zu mir um. Mit triumphaler Miene zog er ein kleines Notizbuch aus der Jackentasche und hielt es mir unter die Nase.

»Was steht in diesem Heft? Haben Sie es bei Benetti gefunden?«, entfuhr es mir, und ich hätte Holmes das Corpus delicti am liebsten aus der Hand gerissen, denn es gibt kaum einen spannenderen Moment bei der Ermittlungsarbeit als den Fund eines wichtigen Beweisstücks. Daher platzte ich fast vor Neugier.

»Ja, es ist das Notizbuch des Malers. Ich fand es unter der Matratze. Es ist mir unbegreiflich, dass die Polizei es in diesem banalen Allerweltsversteck nicht gefunden hat«.

Holmes übereichte mir das Heft, und ich blätterte es beim Gehen durch, doch leider wich die anfängliche Euphorie schnell der Ernüchterung. Das Schriftbild war verschwommen, als hätte das Heft einen Wasserschaden abbekommen. Einige Blätter klebten zusammen, die übrigen waren mit Bleistiftnotizen gefüllt, mit denen ich nicht viel anfangen konnte: Abkürzungen von Namen, Daten und Angaben von Uhrzeiten.

»Vielleicht haben Sie das Rechnungsbuch des Malers gefunden«, gab ich schüchtern zu bedenken.

»Danach sieht es aus, zumindest auf den ersten Blick«, gab Holmes zu, »aber trauen Sie niemals dem äußeren Anschein. Warum hätte Adriano Benetti sein Rechnungsbuch unter der Matratze verstecken sollen? Außerdem kann ich mir nicht vorstellen, dass sich das Finanzamt mit diesen vagen Angaben zufrieden geben würde. Wir werden uns also heute Nachmittag dem Studium des Heftes widmen, aber zuerst muss ich mich dieser Verkleidung entledigen. Ich möchte nicht noch einmal ein derartiges Aufsehen erregen wie auf den Weg zur Kirche.«

Am Ende der Straße befand sich eine kleine Bar, auf die Holmes zielstrebig zusteuerte. Er trat an das Fenster und blickte im spartanisch eingerichteten Raum umher. Die Bar war nicht besonders stark frequentiert. Nur drei ältere Herren standen an der Theke und tranken Grappa.

»Was suchen Sie?«, fragte ich Holmes.

»Ich wollte mich nur vergewissern, dass diese Bar eine Toilette besitzt«, erwiderte Holmes, und ich fragte mich, woran er dies erkannt hatte. »Bitte sorgen Sie dafür, dass niemand mir dorthin folgt. Wir treffen uns in fünf Minuten an der nächsten Straßenkreuzung.«

Holmes betrat also die Bar, durchquerte den Schankraum

und verschwand durch die Tür neben dem Durchgang zur Küche, die in einen kleinen Innenhof führte. Weder der Wirt noch einer der Gäste, die in eine lebhafte Diskussion verwickelt waren, würdigten ihn eines Blickes. Ich folgte einen Augenblick später, bestellte einen Espresso und setzte mich auf einen Barhocker am Ende der Theke, sodass ich mich im Zweifelsfall jedem in den Weg treten konnte, der sich anschickte, den Hof zu betreten. Aber es wäre mir sehr unangenehm gewesen, dieses Vorhaben in die Tat umzusetzen. Um meine angespannten Nerven etwas zu beruhigen, studierte ich das beachtliche Sortiment von Schnapsflaschen, das auf einem Brett über dem Tresen aufgebaut war, und lauschte dabei dem inzwischen etwas ruhiger gewordenem Gespräch der älteren Herren, die über Lokalpolitik räsonierten.

Glücklicherweise wechselte Holmes weit schneller seine Kleidung, als ich vermutet hatte. Bevor ich auch nur die Hälfte meines Espressos heruntergeschlürft hatte, sah ich Holmes wie einen Gentleman gekleidet den Innenhof betreten, die Uniform zu einem ordentlichen Bündel zusammengelegt. Dann war er plötzlich verschwunden, woraus ich folgerte, dass entweder der Hof einen Ausgang zur Straße hatte oder Holmes über die Mauer geklettert war.

Ich schüttete den restlichen Espresso hastig herunter. Dann zahlte ich, brach aber doch nicht sogleich auf, denn ganz plötzlich kam mir in den Sinn, dass einer der Nachbarn Holmes beobachtet haben könnte, als er die Bar durch den Hintereingang verlassen hatte. Also folgte ich Holmes mit einem gewissen Abstand, um nicht mit ihm in Verbindung gebracht zu werden. Schließlich hatte ich – im Gegensatz zu Holmes – nicht vor, die Stadt so schnell wie möglich wieder zu verlassen. Also musste ich vorsichtiger sein, was meinen guten Ruf betraf.

Holmes erwartete mich vor einem Herrenbekleidungsgeschäft, wo er vorgab, die Auslagen zu studieren und dabei vor Ungeduld von einem Fuß auf den anderen trat. »Sie haben sich verspätet«, erklärte er, als ich ihn erreicht hatte und zeigte anklagend auf seine Taschenuhr.

Tatsächlich waren neun Minuten vergangen, seit Holmes mich aufgefordert hatte, in fünf Minuten an der nächsten Kreuzung zu sein. »Leider war mein Espresso ungewöhnlich heiß«, erklärte ich, was auch durchaus der Wahrheit entsprach, »und als ich ihn endlich getrunken hatte, musste ich auf den Wirt warten, der in der Küche verschwunden war.«

Holmes schüttelte leicht amüsiert den Kopf.

»Sind Sie über die Hofmauer gestiegen?«, fragte ich dann, um einem süffisanten Kommentar zuvorzukommen.

»Wie mein Bruder Mycroft zu sagen pflegte, würde ich im Zweifelsfall den besten Einbrecher von London abgeben«, erklärte Holmes nicht ohne Stolz. »Und dies trifft selbstverständlich auch für Florenz zu.«

»Der Wirt und die anderen Gäste werden sich sehr wundern, dass der Polizist nicht irgendwann aus dem Hof zurückkommt«, gab ich zu bedenken.

»Das bezweifle ich, denn sie waren völlig von ihrem Gespräch absorbiert. Daher bin ich zwar durch ihr Blickfeld gewandert, aber sie haben mich trotzdem nicht wahrgenommen«, meinte Holmes, der glücklicherweise wieder etwas gnädiger gestimmt war. »So geht es den meisten Menschen. Können Sie sich zum Beispiel daran erinnern, womit in dieser Bar die Wände dekoriert waren?«

Ich rief mir das Lokal ins Gedächtnis, aber ich konnte mich nur an die Flaschen über dem Tresen erinnern. Also vermutete ich, dass dies eine Fangfrage war. »Die Wände waren völlig kahl«, erklärte ich daher im Brustton der Überzeugung.

Holmes schüttelte mit einem tadelnden Gesichtsausdruck den Kopf.

»Keinesfalls. Sie waren über und über mit gerahmten Photographien bedeckt, die Garibaldi und den Conte di Cavour zeigten.«

»Das zählt nicht! Diese Risorgimento-Bilder sind in Italien so allgegenwärtig, dass ich mittlerweile völlig immun gegen sie bin!«, protestierte ich nach einer Schrecksekunde und nahm mir vor, zu einem späteren Zeitpunkt in die Bar zurückzukehren, um nachzuprüfen, ob Holmes mich zum Besten hielt.

»Aber das war doch genau, was ich gemeint habe: Sie haben gesehen, aber nicht beobachtet«, ermahnte mich Holmes.

Eine Droschke bretterte vorbei, und wir traten vor das Schaufenster, um nicht von ihr erfasst zu werden.

»Diese Gassen sind einfach zu eng für den regen Verkehr, der in Florenz herrscht«, fluchte Holmes in sich hinein, während er sich den Staub vom Gehrock klopfte. »Wir sollten lieber ins Café Rasmofsky gehen, wo wir in Ruhe das Notizbuch untersuchen und uns dabei ungestört unterhalten können.«

Ich hatte nichts dagegen, und so erreichten wir nach einem Spaziergang von zehn Minuten das bei Ausländern sehr beliebte Café mit dem unaussprechlichen Namen, den nur Holmes sich merken konnte.

Wir steuerten einen abgelegenen Tisch in einer Fensternische an, die von den anderen Tischen aus nur schwer einsehbar war, und gaben unsere Bestellung auf. Dann legte Holmes mit einer bedeutsamen Miene sein Fundstück auf den runden Tisch und begutachtete es sorgfältig von außen. Das Heft war in braunes Leder gebunden, das ziemlich abgewetzt und an den Ecken angestoßen war. Es besaß weder ein Etikett noch eingeprägte Buchstaben, woraus Holmes folgerte, dass es in einem Ladengeschäft erworben worden war.

»Auch die nicht besonders hochwertige Verarbeitung spricht dafür, dass es sich um ein industriell gefertigtes Massenprodukt handelt«, fügte er einige Augenblicke später hinzu.

Als Holmes den Deckel schließlich aufklappte, zeigte sich, dass sich auf dessen Innenseite der Firmenstempel Mortimer Hoppers befand.

»Bestimmt steckt Hopper hinter allem!«, bemerkte ich hocherfreut, denn ich konnte den Kunsthändler nicht ausstehen und hätte ihn liebend gern eines Verbrechens überführt.

»Damit eröffnet sich ein weites Feld für Spekulationen« murmelte Holmes, »aber vielleicht gibt es eine ganz banale Erklärung für den Stempel, wie zum Beispiel, dass der Kunsthändler die Hefte als Werbegeschenke verteilt. Ich glaube jedenfalls nicht, dass wir dem Firmenstempel allzu viel Bedeutung beimessen sollten.«

Holmes wandte seine Aufmerksamkeit wieder dem Heft zu. Er betrachtete eine Seite nach der anderen, und ich vermochte mir auch auf den zweiten Blick keinen Reim aus den Notizen des Malers zu machen. Sie bestanden aus einer undurchschaubaren Folge von Daten, denen Abkürzungen zugeordnet waren.

»Was halten Sie zum Beispiel von den Abkürzungen MH, ED, HPW, ER und RE?«, fragte Holmes in einer Art, die erkennen ließ, dass er die Lösung bereits kannte.

»Ich habe leider keine Ahnung, was das bedeuten könnte«, gab ich wahrheitsgemäß zu.

Holmes schüttelte nachsichtig den Kopf und warf mir einen jener »Das-ist-doch-ganz-einfach«-Blicke zu, mit denen er mich immer großzügig bedachte. »Ganz offensichtlich sind dies die Initialen der fünf Personen, die auf dem Gruppenporträt dargestellt sind«, enthüllte er mir, und ich kam mir ziemlich einfältig vor.

»Vielleicht hat Adriano Benetti auch andere Porträts von ihnen angefertigt«, schlug ich zaghaft vor.

»Das habe ich gestern bereits überprüft. Die fünf Personen auf dem Gruppenporträt haben sich wahrscheinlich nur ein einziges Mal von Benetti malen lassen. Dies versichern jedenfalls sowohl Mortimer Hopper als auch Mister Wilson, und ich glaube nicht, dass sie sich abgesprochen haben.« Holmes hielt die Heftseite mit den Abkürzungen gegen das Licht, aber nach seinem kritischen Gesichtsausdruck zu schließen, brachte ihm dies keine neuen Erkenntnisse. Dann blätterte er die Seite mit einem missmutigen Schnauben um. »Und hier haben wir unter der Überschrift *Livorno* eine Auflistung von Daten, die einen Zeitraum von mehreren Wochen abdecken. Die letzte Ausgabe datiert auf den zehnten November des letzten Jahres.«

Mir schwirrte der Kopf. Was hatten wohl die Initialen der Mitglieder des okkulten Vereins mit diesen Daten zu tun? Dann kam mir eine Idee. »Vielleicht war Benetti ein Erpresser. Er spionierte seine Modelle aus, wenn er in ihren Häusern arbeitete, um anschließend Geld für sein Schweigen zu verlangen.«

»Das wäre durchaus im Bereich des Möglichen, auch wenn ich persönlich es für ziemlich unwahrscheinlich halte«, gab Holmes zu. Er deutete auf das Blatt. »Und was fällt Ihnen auf, wenn Sie die Handschrift betrachten?«

Ich studierte die Liste. »Der Maler hatte ansonsten eine gut lesbare Schrift«, sagte ich schließlich, »aber diese beiden Zeilen sind recht krakelig.«

Holmes nickte und blickte mich aufmunternd an. Ich zuckte verlegen mit der Schulter, weil mir nichts mehr auffiel.

»Diese Buchstaben sind eindeutig an Bord eines Schiffes geschrieben«, verkündete Holmes. »Sie sehen hier das typische Auf- und Abschwanken, das die Wellen verursachen und das sich deutlich vom Hin- und Herrütteln eines Zuges unterscheidet.«

Respektvoll staunend sah ich zu, wie Holmes das Heft umblätterte, aber die folgende Seite war unbeschrieben. »Das Interessanteste in diesem Heft dürften sicherlich die Datumsangaben mit der Überschrift *Livorno* sein, aber ich habe noch nicht genug Anhaltspunkte, um mit dieser Liste etwas anfangen zu können«, sagte Holmes mit nachdenklicher Stimme. Sein Blick folgte sinnierend einem Ober, der mit vollendeter Distinguiertheit ein mit Glaskaraffen beladenes Tablett durch das Lokal balancierte. »Wenn ich nur mehr Informationen besäße! Ich kann schließlich ohne Trauben keinen Wein keltern!« Holmes schlug das Notizbuch verärgert zu. »Wir haben keine andere Wahl. Wir müssen uns mit allen Personen unterhalten, die auf dem Porträt dargestellt sind. Vielleicht sehe ich dann klarer.«

5. Die Dichterin

Am Morgen des folgenden Tages – es war der dritte unserer Ermittlungen – stand der Besuch bei Elisabeth Dowland auf unserem Programm. Wie uns Mister Wilson freundlicherweise mitgeteilt hatte, wohnte die Dichterin nahe der Kirche Santa Maria Novella und des nach ihr benannten Hauptbahnhofs, vermutlich um sich im Ruhm der Dichterin Elisabeth Barrett Browning zu sonnen, die vor mehr als dreißig Jahren mit ihrem Ehemann Robert Browning in diesem Viertel gelebt hatte.

Als wir die ehemalige Dominikanerkirche Santa Maria Novella passierten, bedauerte ich, dass deren berühmte, von Leon Battista Alberti gestaltete Fassade ein Torso geblieben war[10]. Die vollendete Harmonie des Renaissance-Entwurfs wurde nicht unerheblich durch die Tatsache beeinträchtigt, dass nur die linke der beiden spiegelbildlichen Voluten ausgeführt worden war. Da ich Holmes als hoffnungslosen Banausen aufgegeben hatte, las ich ihm nicht die entsprechende Passage aus dem Murray vor, den ich vorsorglich bei mir führte.

Wir überquerten die Piazza und erreichten das Haus, in dem die Dichterin eine Mietwohnung bewohnte. Offenbar war das Dichten weniger einträglich als der Kunsthandel oder das Verfassung von Artikeln in Fachzeitschriften, denn das Haus hatte schon bessere Zeiten gesehen: Die Wandfarbe bröckelte ab, und die Eisengeländer der Treppe vor dem Eingang rosteten vor sich hin. Auf der untersten Stufe saß eine

[10] Anm.: Im frühen 20. Jahrhundert wurde auch die rechte Volute mit Inkrustationen nach den Entwürfen von Alberti versehen.

schwarze Katze, die uns argwöhnisch beäugte, bevor sie mit gesträubten Nackenhaaren auf den Bürgersteig flüchtete.

Da die Haustür überraschenderweise nicht abgeschlossen war, konnten wir ungehindert eintreten, aber leider war nirgends verzeichnet, wer im Parterre wohnte. Im Treppenhaus hing der Geruch eines Mittagessens, das sehr gemüselastig gewesen sein musste. In der ersten Etage kläffte ein Hund durch die Tür, und eine männliche Stimme versuchte vergeblich, ihn zu beruhigen. Wir studierten die Namensschilder, wurden aber wieder nicht fündig. Nachdem wir eine weitere Treppe hinaufgestiegen waren, fanden wir im zweiten Stock neben der Wohnungstür zur Linken ein schlichtes Messingschild, in das mit neugotischen Buchstaben der Namen *Elisabeth Dowland* eingraviert war.

Holmes zog am Klingelzug, aber niemand antwortete. Wir warteten einige Augenblicke mit angehaltenem Atem und lauschten. Dann zog Holmes erneut an dem Zug, diesmal mit größerer Vehemenz. Wieder geschah nichts. Holmes klopfte mit den Knöcheln an die schmucklose Wohnungstür aus dunklem Holz. Aus dem Inneren der Wohnung ließ sich nun vernehmen, dass jemand beim Herannahen mit groben Schuhen über einen Steinboden polterte, und ich atmete erleichtert auf, denn ich hatte schon befürchtet, dass wir die Treppen umsonst hinaufgestiegen waren.

»Ich komme ja schon!«, rief eine jugendlich klingende Stimme auf Italienisch.

Wir hörten, wie der Riegel zurückgeschoben wurde. Die mit einer Kette gesicherte Tür öffnete sich einen Spaltbreit und das angespannte, sonnengebräunte Gesicht eines Bauernmädchens mit einer weißen, gestärkten Haube auf dem Kopf lugte hindurch.

»Mein Name ist Henry Baker Radcliffe.« Holmes gab ihr

seine Visitenkarte. »Ich würde gern kurz mit Elisabeth Dowland über das Gruppenporträt von Adriano Benetti sprechen, für das sie Modell gesessen hat.«

»Sind Sie angemeldet?«, fragte das Mädchen derart argwöhnisch zurück, dass ich mich fragte, ob sie jeden unangemeldeten Besucher für einen Raubmörder hielt.

»Nein, das nicht«, erwiderte Holmes in einem beschwichtigenden Tonfall, »aber ich habe nicht vor, die Zeit Ihrer Arbeitgeberin lange in Anspruch zu nehmen. Ich kann versichern, dass das Gespräch nur wenige Minuten dauern wird.«

»Ich weiß aber nicht, ob die Signorina zu Hause ist«, antwortete das Hausmädchen, das eine schlechte Lügnerin war, denn es war ihr sichtlich peinlich, dass mittlerweile eine andere, tiefere weibliche Stimme, die mit großem Pathos Verse deklamierte, aus dem Inneren der Wohnung zu uns drang.

»Es hört sich aber ganz danach an«, bemerkte Holmes nicht unfreundlich, und das Mädchen errötete.

»Einen Augenblick, ich schaue nach«, stammelte sie, bevor sie in die Wohnung verschwand.

Man ließ uns mindestens drei Minuten lang wie Hausierer vor der Tür stehen. Dann hörten wir erneut das Geräusch von Schritten auf dem Steinboden der Diele. Eine etwas streng dreinblickende, aber gut aussehende Frau in den Dreißigern, deren dunkelblondes Haar im Nacken zu einem Knoten zusammengebunden war, erschien hinter dem Türspalt, aber sie öffnete noch immer nicht die Kette. Ihr etwas einstudiert wirkender, melancholischer Gesichtsausdruck erinnerte mich an die Tragödinnen auf modernen Theaterplakaten, wie Sarah Bernard oder Eleonore Primavera.

»Sie möchten sicherlich ein Autogramm?«, fragte sie, als ihr Blick das kleine Buch in meiner Hand streifte.

»Das nicht«, erwiderte Holmes, ehe ich zugeben konnte, dass es sich bei dem Quartband nicht um eines ihrer Werke, sondern um einen Reiseführer handelte. »Aber …«

»Was kann ich also sonst für Sie tun?«, unterbrach die Dichterin, weiterhin das Buch in meiner Hand fixierend. »Nicht, dass ich in Eile wäre, aber ich bin doch neugierig, was Sie zu mir führt.«

Noch immer machte sie keinerlei Anstalten, uns hereinzubitten.

»Wie ich Ihrem Mädchen bereits sagte, würde ich gern mit Ihnen über das Gruppenbildnis sprechen, das Sie mit vier weiteren Mitgliedern des *Nuovo Circolo del Fuoco d'Inferno* zeigt«, begann Holmes einen neuen Anlauf.

»Ich bereue zutiefst, mich dazu bereiterklärt zu haben!«, sagte die Dichterin mit düsterer Miene. »Dieses Gemälde ist verhext. Es bringt jedem Unglück und Verderben, der mit ihm zu tun hat! Zuerst wird bei Harold Percy Wilson eingebrochen, und dann verunglückt Adriano Benetti tödlich! Man sollte das Bild vernichten!«

Ich verkniff mir den Kommentar, dass dies meiner Meinung nach kein großer Verlust für die Kunstwelt wäre.

»Mister Wilson hat mich gebeten, den Einbruch in seinem Haus aufzuklären«, erklärte Holmes, die Bemerkung Miss Dowlands ignorierend. »Daher würde ich gern mit allen Personen sprechen, die auf dem Gemälde dargestellt sind.«

Mir ging durch den Sinn, dass keine der Personen im eigentlichen Sinne des Wortes auf dem Gemälde zu sehen war.

»Woher kennen Sie eigentlich Mister Wilson? Ich habe Sie noch nie in unserem Club gesehen?«, fragte die Dichterin misstrauisch.

»Ich bin ein Freund von Mortimer Hopper …«, begann

Holmes, und ich musste mich mühsam beherrschen, um nicht dieser ungeheuerlichen Lüge zu widersprechen, beziehungsweise darauf zu bestehen, dass zumindest ich keinesfalls der Freund des Kunsthändlers war. »Er hat mich an Mister Wilson weiterempfohlen, da ich ihm in der Vergangenheit schon behilflich gewesen bin.«

Ein Aufleuchten ging über die eben noch so verschlossenen Züge Elisabeth Dowlands. »Jetzt erinnere ich mich! Ich habe von Ihnen gehört. Mir war nur Ihr Name entfallen!«, rief sie aus. »Sie waren es doch, der dem Spuk in Hoppers Villa ein Ende bereitet hat? Warum haben Sie das nicht gleich gesagt! Sie sind natürlich herzlich in meinem bescheidenen Heim willkommen, Mister Baker Radcliffe und Mister …« Sie musterte mich abschätzig von Kopf bis Fuß.

»Mister David Tristram«, stellte Holmes mich vor. »Er ist mein Kollege, mit dem ich schon im Fall des Gespenstes bei Mister Hopper zusammengearbeitet habe.«

Ich traute meinen Ohren kaum, aber es gab keinen Zweifel daran, dass Holmes mich tatsächlich »Kollege« genannt hatte.

»Man kann heutzutage als Frau gar nicht vorsichtig genug sein«, erklärte die Dichterin, als sie endlich die Kette entriegelte, damit wir eintreten konnten, und ich fragte mich, warum sie nicht dafür sorgte, dass die Haustür abgeschlossen wurde. »Und dieser schreckliche Einbruchsversuch bei Mister Wilson hat mich noch misstrauischer gemacht, als ich es ohnehin schon war.«

Bisher hatte ich im trüben Licht des Treppenhauses nur das Gesicht der Dichterin gesehen. Als sie die Tür geöffnet hatte, bemerkte ich zu meiner Überraschung, dass Elisabeth Dowland eher eine sportliche als eine damenhafte Erscheinung war. Ihre schlanke Figur wurde verhüllt von einem steifen

Rock aus grauem Tuch und einer plissierten, hochgeschlossenen dunklen Bluse, eine Aufmachung, die sie fast wie eine Ordens-Schwester erscheinen ließ. Ihre Füße steckten in altmodischen, abgetragenen Schnürschuhen, die wohl früher einmal braun gewesen sein mochten. Dies war alles in allem die unvorteilhafteste Aufmachung, die ich jemals eine Frau hatte freiwillig tragen sehen.

Mit einem Kerzenständer in der Hand, den sie wohl im Zweifelsfall als Waffe einzusetzen gedachte, begleitete uns Miss Dowland in den Salon, dessen Fenster von purpurroten Samtvorhängen verschattet waren. Offenbar zog Miss Dowland diese nur sehr selten auf, denn der neugotische Bronzefuß einer schlecht proportionierten Stehlampe verstellte den Weg zum Fenster, was ich äußerst bedauerlich fand. Man hätte ansonsten einen wunderschönen Blick auf Kirche und Piazza gehabt.

An den Wänden hingen Öldrucke, die Szenen aus dem Mittelalter zeigten, und die ovale, gerahmte Fotografie eines Mannes mit einem großen Schnurrbart und melancholischen Augen.

Exakt in der Mitte des Raums standen auf einem billigen Webteppich fünf Stühle um einen großen, runden Tisch. Ob sich hier dieser italienische *Hell Fire Club* traf, um seine okkulten Praktiken zu exerzieren? Dazu wollte aber das Häkeldeckchen nicht recht passen, genauso wenig wie der Strauß Trockenblumen, der in einer einfachen Glasvase darauf stand.

»Möchten Sie eine Zitronenlimonade?«, fragte das Hausmädchen, das uns gefolgt war, auf Englisch, wenn auch mit einem schweren italienischen Akzent. Ich bemerkte, dass sie eine bodenlange Schürze trug, die ebenso blütenweiß war wie ihre Haube.

»Nein, danke!«, antworteten Holmes und ich wie aus einem Mund.

»Das ist wirklich nicht nötig«, fügte Holmes hinzu. »Wir möchten Ihnen keine unnötige Mühe bereiten.«

Immer wieder verblüffte es mich, wie umgänglich Holmes besonders Frauen gegenüber sein konnte, wenn er sich davon einen Erkenntnisgewinn für seine Ermittlungen versprach.

»Wie wäre es vielleicht mit einem Tee?«, schlug das Mädchen vor.

»Das wäre sehr nett«, antwortete ich, ehe Holmes ablehnen konnte.

»Nehmen Sie doch Platz, meine Herren!«, forderte uns die Gastgeberin mit einer einladenden Handbewegung auf. »Womit kann ich behilflich sein?«

»Wir interessieren uns dafür, nach welchem Kriterium Sir Rupert Epperstone die Mitglieder Ihres Clubs ausgewählt hat, mit denen er sich hat porträtieren lassen«, wollte Holmes wissen.

»Sie wissen, welcher Natur unser Club ist?«, fragte Elisabeth Dowland mit verschwörerischer Miene zurück.

Wir nickten beide, und ich war neugierig, was für skandalöse Details die Dichterin uns enthüllen mochte. Mein Blick streifte zufällig eine Stellwand, die einen Teil des Raums abtrennte, und ich fragte mich, welches finstere Geheimnis wohl dahinter schlummerte.

»Es kann gar keinen Zweifel daran geben, dass fünf Personen auf dem Gruppenporträt dargestellt sind, da dies eine magische Zahl ist. Auch das sternförmige Pentagramm hat fünf Zacken. Es ist ein uraltes Schutzzeichen gegen nächtliche Spukgeister. Seine fünf Spitzen weisen auf die Tugenden Klugheit, Gerechtigkeit, Stärke, Mäßigung und Fleiß hin. Auf die Türschwelle gezeichnet hindert ein Pentagramm Dämonen und böse Geister daran, diese zu überwinden.« Elisabeth Dowland sah sich nach allen Richtungen um, als ob sie sich von den Spionen der bösen Geister umzingelt fühlte. Die Dichterin senkte ihre Stimme: »Ich vermute, Sir Rupert wollte sich mit dem Gemälde gegen böse Geister schützen.«

Nach dieser Enthüllung herrschte einige Augenblicke lang Schweigen. Ich erwiderte nichts, da ich mühsam einen Lachanfall bekämpfte, und selbst Holmes erweckte für eine Sekunde den Eindruck, als könnte er die Contenance verlieren.

»Hat Sir Rupert Epperstone Ihnen gegenüber diesbezügliche Andeutungen gemacht?«, fragte er schließlich vorsichtig zurück.

»Das nicht«, erwiderte Miss Dowland, »denn Sir Rupert würde natürlich niemals zugeben, dass er Angst vor ruhelosen Geistern hat, aber ich finde seine Absicht ist doch ganz offensichtlich.«

»Wie ich hörte, hat Adriano Benetti größtenteils nach Fotografien gearbeitet«, stellte Holmes fest, ohne die kühne These der Gastgeberin zu kommentieren. »Haben Sie eigentlich mittlerweile das vollendete Gemälde gesehen?«

»Leider nicht«, antwortete die Dichterin mit echtem Bedauern in der Stimme. »Sir Epperstone hat das Gruppenporträt bekanntlich nicht zugesagt, während Mister Wilson ganz begeistert davon war. Ich würde es natürlich liebend gern selbst in Augenschein nehmen, zumal auch ich auf dem Gemälde dargestellt bin. Aber jetzt, wo es bei Mortimer Hopper hängt, werde ich sicher bald die Gelegenheit dazu haben.«

Offenbar traf sich dieser okkulte Club wieder regelmäßig bei Hopper. Ich konnte mich weiterhin des Verdachtes nicht erwehren, dass der Kunsthändler hinter allen Unregelmäßigkeiten steckte.

»Was mich die ganze Zeit beschäftigt, Mister …«

Die Worte der Dichterin rissen mich aus meinen Gedanken. Sie blickte mich mit ihren grauen, träumerischen Augen an. »Tristram«, ergänzte ich.

»Was für ein schöner Name! Warum entfällt er mir nur immer wieder? Mister Tristram: Was ist das für ein Buch, das Sie bei sich führen? Einer meiner Gedichtbände?«

»Nein, es ist der Reiseführer von Murray«, musste ich zugeben.

Das Gesicht unserer Gastgeberin versteinerte augenblicklich. Holmes sah mich von der Seite an, und genau in dem Augenblick, in dem ich erwartete, dass er sich zum Gehen erhob, klingelte es an der Wohnungstür. Das Dienstmädchen öffnete, und wir hörten Stimmen im Flur. Im Salon hingegen herrschte einige Augenblicke Schweigen, bis endlich das Dienstmädchen die Tür aufriss, zu meiner Enttäuschung ohne das Tablett mit dem versprochenen Tee.

»Ein Dienstbote hat diesen Brief abgegeben«, sagte die junge Frau, und ihre Herrin griff mit angespanntem Gesicht nach dem zusammengefalteten Papier in ihrer Hand.

»Er ist an Mister Baker Radcliffe adressiert«, ergänzte das Hausmädchen, ohne das Schreiben ihrer Arbeitgeberin auszuhändigen.

Erleichterung spiegelte sich im Gesicht der Dichterin. Offenbar hatte sie eine schlechte Nachricht erwartet.

Holmes nahm den Brief und faltete ihn auseinander. Leider las er die Notiz auf eine Art und Weise, dass ich keinen Blick auf die Schrift erhaschen konnte. Bei der Lektüre runzelte er die Stirn. »Der Brief ist von Mortimer Hopper«, erklärte er schließlich. »In seinem Ladengeschäft in Florenz hat er erfahren, dass man gestern Nacht bei Sir Rupert Epperstone eingebrochen hat und einige seiner Gemälde gestohlen worden sind. Daher ist Sir Epperstone vorzeitig zurückgekehrt ...«

»Tatsächlich?«, rief ich erstaunt aus. »Schon wieder ein Einbruch! Das kann doch kein Zufall sein!«

Mittlerweile musste ich Holmes zustimmen, dass hinter der Sache mehr stecken musste, als es den Anschein hatte.

Auch Elisabeth Dowland schien von der Nachricht völlig erschüttert zu sein. Befürchtete sie, dass sie das nächste Opfer der Einbruchsserie werden könnte? »Ich kann mir das nicht erklären«, murmelte sie düster vor sich hin und schüttelte den Kopf. Dann rückte sie ihren Stuhl heran und strich sich eine dunkelblonde Haarsträhnen aus der Stirn. Ihre Gesichtszüge verhärteten sich. »Das Gruppenporträt ist verflucht!«, erklärte sie in einem geradezu prophetischem Tonfall. »Es bringt jedem Unglück, der damit in Berührung gekommen ist!«

»Mister Hopper bietet an, uns in einer halben Stunde mit seiner Droschke abzuholen. Sir Epperstone wohnt nämlich ebenfalls unweit von Fiesole«, fuhr Holmes ungerührt fort, während ich Mühe hatte, nicht über den Kommentar der Dichterin zu lachen. »Vielleicht haben wir Glück, und die Polizei hat diesmal ein paar Spuren für uns übrig gelassen.«

Eine Droschken-Fahrt mit Mortimer Hopper? Womit hatte ich dies verdient?

»Warum besucht eigentlich Hopper diesen Sir Rupert wie-auch-immer?«, fragte ich daher so verstimmt, dass mir der Name Epperstone nicht einfiel.

»Das hat er nicht geschrieben«, erwiderte Holmes, »aber er ist schließlich mit Sir Epperstone befreundet. Vielleicht will er wegen des Einbruchs nach dem Rechten sehen.«

Oder die Gunst der Stunde nützen um sich weitere Gemälde widerrechtlich anzueignen, ergänzte ich im Geiste, wagte aber nicht, dies in Anwesenheit Elisabeth Dowlands laut auszusprechen. Doch ganz plötzlich kam mir etwas ins Bewusstsein, das mir gar nicht gefiel. »Woher wusste Mortimer Hopper, dass er uns hier antreffen würde?«, rief ich aus, denn ich witterte Verrat.

»Ich habe bei Signora Rossi hinterlassen, dass ich heute Morgen bei Miss Dowland vorbeischauen würde«, erklärte Holmes in einem beiläufigen Tonfall, »nur für den Fall, dass jemand nach mir fragen sollte.«

Die Tür wurde mit einem Ruck aufgerissen, und endlich trug das Mädchen ein Tablett mit einer Teekanne und drei Tassen herein. Sie stellte die Tassen auf den Tisch und goss uns ein. Ich wollte hastig einen Schluck trinken, merkte aber im letzten Augenblick, dass ich riskierte, mir den Mund daran zu verbrennen. Der Tee war offenbar gerade erst aufgegossen worden.

»Haben Sie schon den Nachruf auf Adriano Benetti gelesen?«, wollte die Dichterin wissen.

Sie hatte mich gefragt, wohl weil ich zugänglicher als Holmes wirkte, aber ihre Augen fixierten ihn.

»Nein, leider noch nicht«, gab ich zu. »Ich habe heute sehr früh das Haus verlassen müssen.«

»Es kann nicht vor neun Uhr gewesen sein«, bemerkte Holmes, und ich zuckte entschuldigend mit den Schultern.

Elisabeth Dowland reichte mir einen Artikel, den sie sorgfältig aus der Zeitung ausgeschnitten hatte – nicht herausgerissen, wie Holmes es zu tun pflegte. Während ich den Nachruf förmlich verschlang, nippte ich am Tee, der noch immer ziemlich heiß war. Niemand sagte etwas. Das monotone Ticken einer altmodischen Standuhr, das aus dem Nachbarzimmer durch die Wand drang, war nun das einzige Geräusch in Raum. Holmes war von seinem Stuhl aufgestanden und sah mir über die Schulter.

»Das ist ja schrecklich!«, entfuhr es mir, als ich las, dass der

Maler eine Witwe und vier Kinder hinterließ.

Holmes schaute auf meine Teetasse, die ich noch immer in der rechten Hand hielt. »Das ist kein Ceylon-Tee«, sagte er, »aber schrecklich ist etwas übertrieben.«

Ich verschluckte mich vor Schreck über diese Bemerkung. Nachdem ich mich wieder etwas beruhigt hatte, schaute ich mich vorsichtig um, aber glücklicherweise hatte die Dichterin, ohne dass ich es bemerkt hatte, den Raum verlassen. Ich fand es einen netten Zug von ihr, dass sie uns in Ruhe in ihrem Salon auf den Kunsthändler warten ließ.

»Lesen Sie selbst«, sagte ich und drückte Holmes den Artikel in die Hand, denn es machte mich nervös, dass er hinter mir stand. »In einem Punkt hatte Hopper übrigens recht. Gestern sagte der Kunsthändler, dass der Maler nur mit Mühe seinen Lebensunterhalt bestreiten könne, und schon heute wird Antonio Benetti plötzlich als verkanntes Genie bezeichnet, nur weil er vom Gerüst gefallen ist.«

»Hieß er nicht Adriano?«, fragte Holmes zurück.

»Sie haben recht!«, rief ich aus. »Sie haben nicht mal seinen Namen korrekt wiedergegeben!«

»Übrigens war Adriano Benetti Junggeselle, wie uns der Küster freundlicherweise mitgeteilt hat.«

»Vielleicht hat er dem Küster gegenüber seine Familie verleugnet«, meinte ich, da ich mich an einen Bekannten meines Schwiegervaters erinnerte, der sich kürzlich als Bigamist entpuppt hatte.

»Wir werden wohl nicht umhin kommen, der Verwandtschaft des Malers in Livorno einen Besuch abzustatten«, sagte Holmes nachdenklich. »Haben Sie gelesen, was man über die Todesursache geschrieben hat?«

»Selbstverständlich«, entgegnete ich und deutete auf den entsprechenden Absatz: »Das Ergebnis der pathologischen

Untersuchungen hat ergeben, dass die Wucht des Aufpralls auf dem Boden nicht nur die Schürfwunde am Kopf und die Ohnmacht verursacht, sondern dem Maler auch die Halswirbelsäule gebrochen hat, was den Tod verursacht hat.«

»Vielleicht hätten sie noch erwähnen sollen, dass Benetti mit dem Kopf gegen eines der Bretter gestoßen ist. Dies konnte man sowohl der Kopfwunde des Malers als auch dem Zustand des umgestürzten Gerüstes eindeutig entnehmen«, ergänzte Holmes. Dann nahm er wieder Platz und studierte mit konzentrierter Miene den Nachruf. Schließlich holte er seine Uhr aus der Westentasche. »Wir sollten den Kunsthändler nicht warten lassen«, erklärte er dann, faltete den Artikel zusammen und legte ihn auf den Tisch. »So sehr ich es bedaure, wir müssen das gemütliche Heim von Miss Dowland schon wieder verlassen.«

Das Mädchen huschte aus dem Raum und kam wenige Augenblicke später mit seiner Herrin zurück.

»Schade, dass Sie nicht länger bleiben konnten«, sagte Elisabeth Dowland, und ihr Bedauern klang sogar echt. »Wenn Sie noch Fragen haben sollten oder sich ganz einfach über den Fall unterhalten wollen, können Sie gern noch einmal vorbeikommen. Ich werde den ganzen Abend in meiner Wohnung verbringen.«

»Vielleicht werden wir auf ihr freundliches Angebot zurückgreifen«, erwiderte Holmes, aber ich fand, dass sein frostiger Tonfall eher nach einer Absage klang.

»Dann leben Sie wohl! Sie sind herzlich willkommen, bei mir vorbeizuschauen, wann immer Sie in der Gegend sind«, verabschiedete sich die Dichterin. »Ich werde immer eine Kanne Tee und englisches Teegebäck für Sie haben!«

Diese pathetischen Worte schossen – meiner Meinung nach – weit über das Ziel hinaus. Schließlich kannte Elisabeth

Dowland uns kaum, und außerdem hatte sie uns kein Teegebäck angeboten. Auch war ich noch immer darüber erstaunt, dass sie uns in ihrer Wohnung hatte warten lassen. Schließlich unterhielt sie keine Teestube. Die wahrscheinlichste Erklärung für ihr merkwürdiges Verhalten war, dass sie sich tödlich langweilte, wenn ihr Club sich nicht zu okkulten Sitzungen traf.

Oder sollte sie am Ende gar ein Auge auf Holmes geworfen haben? Dieser Gedanke sollte mich noch mehrere Stunden lang verfolgen.

»Warum lächeln Sie vor sich hin?«, fragte Holmes leise, als sich die Haustür der übereifrigen Dichterin hinter uns schloss.

»Ich lebe nun schon so lange in Florenz, dass ich ganz vergessen habe, wie verschroben manche unserer Landsleute sind«, improvisierte ich.

»Bedenken Sie, dass es sich um Mitglieder des *Nuovo Circolo del Fuoco d'Inferno* handelt, die wir nacheinander besuchen«, gab Holmes zu denken. »Daher ist zu erwarten, dass Sir Rupert Epperstone mindestens genauso spleenig sein wird wie unsere Dichterin. Immerhin ist er ein Aristokrat.«

6. Sir Rupert Epperstone

Während ich aus dem Fenster der Droschke blickte, die über kurvige Straßen durch die Toskana polterte, fragte ich mich, ob diese Ermittlungen uns wohl jeden Tag nach Fiesole führen würden.

Es hatte sich herausgestellt, dass der Bote Mortimer Hoppers tatsächlich zuerst bei Signora Rossi nach Holmes gefragt, dort aber den Bescheid erhalten hatte, dass dieser zu Besuch bei Elisabeth Dowland sei. Nach Rücksprache mit Hopper hatte dieser den Boten mit einer veränderten Nachricht weiter zu der Dichterin geschickt.

Glücklicherweise studierte der Kunsthändler während der Fahrt den Katalog eines Auktionshauses und unternahm daher keine Versuche, Konversation mit uns zu betreiben. Zwar ärgerte ich mich etwas über mich selbst, dass ich es bisher versäumt hatte, Hopper nach dem Heft mit seinem Firmenstempel zu fragen, aber ich brachte es nicht über mich, ihn anzusprechen. Die drückende Hitze und das Schaukeln der Kutsche ließen mich irgendwann einnicken, und als ich die Augen wieder öffnete, erschien wie eine Fata Morgana zwischen den schattigen Kronen hoher Bäume eine Villa im zeitgemäßen neuklassischen Stil.

»Das Anwesen von Sir Rupert Epperstone«, erklärte Mortimer Hopper so selbstgefällig, als ob er dessen Eigentümer wäre.

Die Villa, die sich am Rande des Anwesens befand, besaß ein Mansardendach, wie man es in Frankreich häufig antrifft, das aber in Italien ein rechter Fremdkörper ist. Auch ansonsten entsprach der Bau nicht dem klassischen toskanischen Villentyp, dem immer anzusehen ist, dass diese Villen stets mit Landwirtschaft verbunden waren. Daher waren sie mit Wirtschaftsgebäuden umgeben, während die meisten Luxus-Villen unseres Jahrhunderts freistehend sind.

Ich staunte aber nicht wenig, als ich bemerkte, dass sich hinter der eigentlichen Villa, noch ein weiteres großes Bauwerk erhob. Es war ein eingeschossiger Trakt auf kreuzförmigem Grundriss, der von einer Kuppel aus weißem Marmor bekrönt war, die mich an die St. Paul's-Cathedral in London erinnerte. Was mochte das für ein Gebäude sein? Ein Mausoleum? Eine Kirche? Die Neugier quälte mich so sehr, dass sie die Abneigung gegen Hopper überwog. »Wissen Sie, wozu dieses prächtiges Gebäude mit der Kuppel dient?«, fragte ich den Kunsthändler und zeigte auf den fraglichen Bau.

Hopper lachte auf, und zum ersten Mal, seit ich ihn kannte, war sein Lachen weder unecht noch hämisch. »Raten Sie mal!«, forderte er mich in einem Tonfall auf, der erkennen ließ, dass ich mit Sicherheit daneben tippen würde.

Erneut musterte ich das überkuppelte Gebäude aus weißem Marmor. Zwar hatten wir mittlerweile das Anwesen fast erreicht, aber auch aus der Nähe betrachtet blieb mir die Funktion des Baus rätselhaft. Er sah am ehesten aus wie eine Kirche, aber dazu wollte die ausgedehnte Koppel nicht passen, die sich an das prächtige Gebäude anschloss. »Vielleicht ist es ein Sakralbau«, schlug ich etwas vage vor.

»Keinesfalls!«, widersprach Hopper mit einem triumphalen Lächeln, »so unglaublich es klingt: Es handelt sich um eine Art Pferdestall! Sir Rupert nennt ihn hochtrabend ›Stallungen‹ oder manchmal sogar ›Marstall‹! Der Gute glaubt nämlich, er könnte als Pferd wiedergeboren werden.«

Ich schaute Hopper von der Seite an, um zu sehen, ob er sich über mich lustig machte, und mein Blick streifte dabei zufällig den von Holmes.

»Ja, davon habe ich gehört«, bestätigte Holmes so sachlich, als ob es sich um eine wissenschaftlich beweisbare Tatsache handelte. »Ist er nicht der Besitzer eines berühmten Gestüts und ein passionierter Anhänger der Fuchsjagd?«

»In der Tat! Das ist er! Pferde sind seine Passion«, stimmte Hopper zu, »dagegen macht sich Sir Rupert leider nicht viel aus Kunst. Dies kann ich vom professionellen Standpunkt her nur bedauern! Umso erstaunter war ich, als er einen größeren Auftrag an einen modernen Künstler vergab. Wahrscheinlich dient das Gemälde Sir Epperstone nur der Dokumentation seiner äußeren Erscheinung, ist also für ihn nicht unter die Rubrik Kunst zu subsumieren«

Die Droschke fuhr ungehindert durch das weit offenstehende Gartentor und an dem monumentalen Pferdestall vorbei. Dahinter lag ein staubiger Hof, in dessen Mitte einige blasse Pflanzen in einem runden Beet vor sich hinkränkelten, wofür sich offensichtlich die Gärtner nicht zuständig fühlten. Vielleicht hatten aber auch die hochwohlgeborenen Rosse des Hausherrn die Vegetation derart dezimiert, dass auch die Gärtner mit ihrer Rettung überfordert waren.

Die Droschke kam zum Stehen, und der Kutscher riss den Schlag auf. Holmes und ich stiegen aus, aber der Kunsthändler machte keinerlei Anstalten, die Droschke zu verlassen.

»Ich werde Sie leider nicht ins Haus begleiten können«, erklärte er. »Wichtige Geschäfte machen es unerlässlich, dass ich schnellstmöglich in meine Villa zurückkehre. In zwei Stunden komme ich wieder vorbei und hole Sie ab. Richten Sie bitte meine besten Empfehlungen an Sir Epperstone aus!«

Der plötzliche Aufbruch Hoppers befremdete mich. Was hatte dies zu bedeuten? Fürchtete Hopper sich vor seinem Clubkameraden? Und, wenn dem so sein sollte, warum warf er uns ihm dann zum Fraße vor?

Holmes schien nicht willens zu sein, den Kunsthändler so ohne Weiteres verschwinden zu lassen. Bevor Hopper den Schlag von innen zuziehen konnte, griff Holmes nach der Klinke und verhinderte so das Schließen der Tür. »Mister Hopper! Ich habe noch eine kurze Frage: Zufällig haben wir bei Adriano Benetti ein ledergebundenes Heft gefunden, dessen Deckelinnenseite ihr Firmenstempel zierte«, begann Holmes, und ich lauschte mit angehaltenem Atem.

»Tatsächlich?«, fragte der Kunsthändler gelangweilt zurück. »Enthielt das Heft irgendwelche Notizen in meiner Handschrift?«

»Das nicht, aber es hat mich trotzdem gewundert. Haben Sie eine Vorstellung, wie das Heft in den Besitz des Malers gelangt sein könnte?«

Hopper zuckte mit den Schultern. »Keine Ahnung, aber um ehrlich zu sein, es interessiert mich auch nicht besonders. Derartige Hefte liegen in meinem Ladengeschäft überall herum, denn ich habe beim Hersteller einen Mengenrabatt bekommen. Adriano Benetti wird sich wahrscheinlich eins davon behalten haben, als ich für dieses verhängnisvolle Gruppenporträt Modell gesessen habe.« Der Kunsthändler schnappte hörbar nach Luft, da er so schnell gesprochen hatte, dass er das Atmen vergessen hatte, und ich fragte mich, warum er sich derart echauffierte, wo ihm doch die Sache angeblich völlig gleichgültig war. »Leider habe ich momentan wirklich Wichtigeres zu erledigen. Sie werden mich also bitte endlich entschuldigen!«

Kaum dass Holmes den Schlag freigegeben hatte, zog Hopper ihn schon von innen zu. Der Kutscher knallte mit seiner Peitsche. Augenblicklich setzten die Pferde sich in Bewegung, und die Droschke umrundete mit so großer Geschwindigkeit das Beet, dass der aufgewirbelte Schmutz uns ins

Gesicht flog. Als ich die Augen wieder öffnete, war die Kutsche bereits verschwunden.

»Das stinkt doch zum Himmel!«, rief ich empört aus. »Entweder der Kunsthändler war der Komplize des Malers oder er ist sein Mörder.«

»Sie vergaßen eine dritte Möglichkeit, nämlich die, dass Hopper die Wahrheit gesagt haben könnte.« Holmes blickte mich mit einem undefinierbaren Gesichtsausdruck an und deutete dann auf das Herrenhaus. »Aber wir sollten Sir Epperstone nicht vergessen.«

Ich drehte mich um sah sofort, was er meinte: Ein livrierter Diener kam uns mit hochnäsiger Miene entgegengeschritten. Offenbar entsprachen wir nicht seinen Vorstellungen von standesgemäßen Besuchern, denn er sah uns herablassend an, als vermutete er, dass wir uns verlaufen hätten. Holmes nannte unsere Namen und fügte hinzu: »Ich gehe davon aus, dass Mister Hopper Sir Epperstone unseren Besuch bereits angekündigt hat.«

Die abwehrende Haltung des Lakaien entspannte sich etwas. Während nun umständlich Höflichkeitsfloskeln und Visitenkarten ausgetauscht wurden, beäugte ich die unterschiedlich geschnittenen Hecken jenseits des Hofs, bei deren Anlage hatte man einen derartigen Aufwand betrieben, dass ich mir nicht vorstellen konnte, dass die Einrichtung der Villa diese Pracht überbieten könnte, aber ich wurde eines Besseren belehrt.

Das Haus besaß eine große Empfangshalle mit marmornen Treppenaufgängen, ideal für den Auftritt des Hausherrn, der langsam die Stufen herabgestiegen kam. Er war nach der neuesten Mode gekleidet, aber mit seinem Hemd, dessen oberster Knopf geöffnet war, und der Krawatte, die ihm wie ein Strick locker um den Hals baumelte, hatte seine Erscheinung etwas von einem Bohemien. Sein langes, bleiches Gesicht war hager, die Lippen schmal und das in der Mitte gescheitelte Haar so blond, dass es fast weiß wirkte. Ich schätzte ihn auf Mitte dreißig, aber es ist möglich, dass ich mich irrte, da Sir Rupert Epperstone eine seltsam blasse, fast durchsichtige Erscheinung war.

Dafür, dass in seine Villa eingebrochen worden war und er daher seinen Aufenthalt – wo auch immer – vorzeitig verkürzt hatte, wirkte er erstaunlich ruhig und gefasst.

»Sir Epperstone«, verkündete der Lakai. »Das sind Mister Baker Radcliffe und Mister David Tristram. Mister Hopper hat sie Ihnen empfohlen.«

Der Anflug eines Lächelns huschte über das blasse Gesicht des Hausherrn. »Ja, ich glaube, ich erinnere mich, dass er von Ihnen sprach«, sagte er. »Sie sind die Gespensterjäger?«

Holmes hob eine Augenbraue. »Glücklicherweise konnte ich dank meiner wissenschaftlichen Methode nachweisen, dass die merkwürdigen Phänomene in der Villa von Mister Mortimer Hopper nichts Übernatürliches an sich hatten.«

»Wer weiß, vielleicht macht das Gespenst nur Urlaub, und Sie haben es gar nicht vertrieben?«, bemerkte Sir Epperstone mit einem ironischen Lächeln. »Aber was verschafft *mir* die Ehre Ihres Besuchs?«

»Mister Wilson hat uns damit beauftragt, den Einbruch in seinen Palazzo zu untersuchen«, erklärte Holmes. »Da ich glaube, dass es kein Zufall sein kann, dass nun auch Sie Opfer eines Einbruchs geworden sind, würde ich gern in ihrer Villa den Tatort untersuchen.«

»Das hat die Polizei bereits getan«, bemerkte der Hausherr trocken.

Es erstaunte mich sehr, wie unkooperativ er war. Interessierte es ihn gar nicht, dass man bei ihm eingebrochen und einige seiner Gemälde gestohlen hatte, oder gehörte es zu seiner Selbstinszenierung, so zu tun, als ob er über derlei Dinge erhaben sei?

»Andererseits, wann hat die Polizei jemals etwas aufgeklärt?«, erwiderte Sir Rupert Epperstone mit provozierender Beiläufigkeit, nachdem einige Augenblicke lang peinliches Schweigen geherrscht hatte. »Also, wenn es Ihnen Freude bereitet, so sind Sie dazu eingeladen, sich mein bescheidenes Heim zu betrachten.«

»Ausgesprochen gern«, erwiderte Holmes, fast genauso arrogant wie unser Gastgeber. »Außerdem würde ich Ihnen gern einige Fragen stellen.«

»Was möchten Sie wissen?«, fragte Sir Epperstone gönnerhaft.

»Vor allen Dingen interessiert mich, wie die Einbrecher in Ihr Haus eingedrungen sind«, meinte Holmes, den unverschämten Unterton in der Stimme Sir Epperstones ignorierend.

»Durch ein Fenster im Piano Nobile, welches mein zweites Stubenmädchen den ganzen Tag lang offen gelassen hat. Sie können aber den ... wie haben Sie vorhin noch gesagt? ...Tatort ... gern selbst in Augenschein nehmen«, erwiderte der Hausherr mit einer einladenden Handbewegung in Richtung Obergeschoss deutend.

»Und das zweite Zimmermädchen?«, wollte Holmes wissen.

»Habe ich selbstredend bereits entlassen!«

Während wir dem Hausherrn die eindrucksvolle Treppe hinauffolgten, glitt mein Blick über die polierten Marmorstufen, die rotgestrichene Wand empor bis zu einem lebensgroßen Ölgemälde, das am Treppenabsatz hing. Darauf posierte eine Dame in Gesellschaftstoilette vor einem schwarzen Hintergrund. Zu einem champagnerfarbenen Ballkleid aus Seide, dessen Ausschnitt mit Brüsseler Spitze besetzt war, trug sie als einziges Schmuckstück eine sternförmige, silberne Brosche, von der jedoch nur die Hälfte zu sehen war, da die Dame dem Betrachter im wahrsten Sinne des Wortes die kalte Schulter zuwandte: In einer Drehbewegung begriffen, schaute sie den Betrachter über die Schulter hinweg an und zog dabei ihren linken Handschuh zurecht, der bis über den Ellbogen reichte. Der Maler dieses Porträts demonstrierte in bewundernswürdiger Weise sein Talent zur Wiedergabe verschiedener Stofflichkeiten, aber all seine Kunstfertigkeit vermochte nicht zu verbergen, dass die Frau mit ihrem hellbraunen Haar und ihrer langen Nase keine Schönheit war.

»Dies ist das Porträt von Lady Epperstone, meiner verstorbenen Gemahlin«, kommentierte der Hausherr. »Sie hat sich letztes Jahr in Paris von Emile Auguste Carolus-Duran porträtieren lassen. Ich persönlich finde das Gemälde wenig ansprechend, aber Lady Epperstone hat testamentarisch bestimmt, dass ihr Bildnis Zeit meines Lebens hier hängen bleiben muss.«

Mich schockierte der beiläufige Tonfall, in dem unser Gastgeber dies sagte, denn wenn dieses Bildnis im Vorjahr entstanden war, so konnte der Tod seiner Frau nur wenige Monate zurückliegen. Ich schaute Holmes von der Seite an, der wiederum den Hausherrn musterte.

»Dann darf ich Ihnen mein Beileid aussprechen!«, sagte Holmes, bevor ich die richtigen Worte fand. »Ihre Gemahlin war schon seit Längerem krank?«

»Nein«, erwiderte Sir Epperstone, der sich nun wenigstens bemühte, eine betretene Miene zu machen. Oder war seine vorherige Gefühlskälte nur gespielt gewesen? »Sie starb vor etwas mehr als einem halben Jahr bei einem Segelunfall an der Küste von Leghorn. Meine Gemahlin war eine passionierte Seglerin, die jede freie Minute auf ihrem Boot verbracht hat. Leider hat sie eine Unwetterwarnung nicht ernst genommen und ist bei einem heftigen Sturm verunglückt.«

»Was für eine Tragödie!«, kommentierte Holmes mit unangemessener Sachlichkeit, während er Lady Epperstones Bildnis aus der Nähe betrachtete. »Und sie ist stets ganz allein segeln gegangen?«

»Ich machte mir nichts aus Booten, wenn es das ist, was Sie mit Ihrer Frage andeuten wollten. Aber meine Gemahlin ist keinesfalls immer allein nach Leghorn gefahren. Oft hat Elisabeth Dowland sie begleitet. Sie haben sicher inzwischen ihre Bekanntschaft gemacht?« Holmes und ich nickten. »Die beiden waren eng befreundet«, fuhr Sir Epperstone in einem »Das-geht-Sie-eigentlich-gar-nichts-an«-Tonfall fort, der selbst Holmes von weiteren Fragen Abstand nehmen ließ.

Es war unübersehbar, dass der Hausherr gern das Thema gewechselt hätte, aber Holmes blieb vor dem Gemälde stehen. Er neigte den Kopf auf die Schulter und kniff die Augen zusammen. Dann trat er einen Schritt zurück und musterte mit nachdenklicher Miene den vergoldeten Rahmen im neubarocken Stil. »War auch Ihre Gattin Mitglied des *Nuovo Circolo del Fuoco d'Inferno*?«

»Nein, sie war Amerikanerin«, erklärte Sir Epperstone, als ob dies der Name eines Stamms von Kannibalen sei. »Sie interessierte sich weder für die Jagd noch für das Reich der Geister.«

»Und trotzdem trägt sie eine Brosche, die an ein Pentagramm erinnert«, stellte Holmes fest.

Trotzdem hat sie ihn geheiratet, hätte ich am liebsten gesagt.

»Mein Hochzeitsgeschenk«, erklärte der Hausherr stolz. »Sie hat sich damit aber nur deshalb malen lassen, weil ich sie darum gebeten habe. Ansonsten hat sie diese Brosche leider nur sehr selten getragen.«

»Niemand ist völlig gegen Aberglauben gefeit«, sagte ich, aber ein Blick in das angespannte Gesicht von Holmes überzeugte mich vom Gegenteil.

»Lassen wir die Toten ruhen«, erklärte Sir Epperstone, der langsam aber sicher die Geduld verlor. »Wenn ich mich richtig erinnere, wollten Sie den sogenannten Tatort sehen?«

Holmes nickte, und der Hausherr bedeutete uns, ihm ins Piano Nobile zu folgen. Zuerst durchquerten wir einen Salon mit pompejanisch-roten Wänden, der einem Herzog alle Ehre gemacht hätte. Es folgten mehrere kleine Räume, einer exquisiter möbliert als der andere. Die Marmorböden waren mit Orientteppichen bedeckt, und die Zimmer trugen die Namen von antiken Göttern.

Anders als Mister Wilsons Palazzo besaß diese Villa keinen Galerieraum, sondern in allen Räumen hingen Gemälde, wenn auch von höchst unterschiedlicher Qualität. Sie alle zeigten entweder Pferde, Hunde und Jagdszenen oder Episoden aus der antiken Mythologie und waren offenbar aus rein thematischen Gründen ausgewählt worden. Die restliche Dekoration bestand aus Jagdtrophäen – überwiegend Hirschgeweihe und Fuchsköpfe mit gebleckten Gebiss – sowie aus protzigen Pokalen, die vermutlich die Pferde des Hausherrn gewonnen hatten.

Schließlich erreichten wir einen ziemlich großen Raum mit dunkelroter Samttapete, an dessen Nordwand drei leere Haken anklagend darauf hinwiesen, dass der oder die Einbrecher hier erfolgreicher gewesen waren als bei Mister Wilson.

»Was waren es für Bilder, die Ihnen gestohlen worden sind?«, fragte Holmes so beiläufig als ob die Unterhaltung über den vorzeitigen Tod von Lady Epperstone nicht stattgefunden habe.

»Eine Madonna aus dem Raffael-Umkreis, eine kleine *Sacra*

Conversazione und eine Kreuzigung aus der umbrischen Schule.«

Die Antwort kam wie aus der Pistole geschossen und klang ein wenig auswendig gelernt.

»Ist dies das Fenster, durch das die Einbrecher eingedrungen sind?«, fragte Holmes auf ein Fenster deutend, das schon wieder oder noch immer sperrangelweit offenstand.

»Genau«, erwiderte Sir Epperstone mit souveräner Blasiertheit.

Holmes nickte, als ob eine seiner Theorien bestätigt worden wäre.

»Und es war auch gestern den ganzen Tag lang geöffnet?«

»Ja leider«, entgegnete der Hausherr, aber er wirkte weiterhin nicht besonders bekümmert. »Die Einbrecher sind am helllichten Tag gekommen. Das zweite Stubenmädchen war gerade im Keller, um etwas zu verstauen, und als sie zurückkam, waren die Bilder bereits verschwunden. Ich muss leider Mortimer Hopper recht geben: In diesen unruhigen Zeiten sollte man sich bewaffnete Diener zulegen, die Tag und Nacht im Park patrouillieren. Haben Sie in der Zeitung gelesen, dass gestern schon wieder in eine Florentiner Villa eingebrochen wurde?«

»Ja, sie gehört einem Diplomaten«, erwiderte Holmes, und ich nahm mir vor, in Zukunft früh genug aufzustehen, um täglich die Zeitung sichten zu können.

»Wahrscheinlich dieselbe Bande, die den Juwelenraub begangen hat«, ergänzte Sir Epperstone, der erstmals beunruhigt wirkte.

»Zu den wenigen Dingen, die auf dem Kontinent besser sind als in der Heimat, gehören die Fenster. Aber was nützt es Ihnen, dass Ihre Villa nicht diese unpraktischen englischen Schiebefenster besitzt, die jedes Kind öffnen kann, wenn man sie Tag und Nacht offen stehen lässt?«, bemerkte Holmes und lehnte sich hinaus.

Ich stellte mich neben ihn. »Was für ein schöner Garten!«, rief ich spontan aus und ließ meinen Blick über die sauber gestutzten Buchsbaum- und Taxusbüsche, die Orangen- und Zitronenbäume in Terrakottakübel, die Pergolen aus Weinlaub, den gepflegten Rasen und die Blumenbeete schweifen. Das Ganze war rhythmisiert durch einen steten Wechsel der geometrischen Formen von Kreis, Quadrat, Kugel und Pyramide. Im Schatten einer alten Eiche erkannte ich ein aufwendiges Marmormonument im Renaissancestil, von dem ich vermutete, dass es aus der Werkstatt der Boldoni kam. Aber möglicherweise hatte es auch Hopper seinem Club-Kameraden als Antiquität verkauft.

»Sie waren mit dem Gruppenbildnis nicht zufrieden, das Sie bei Adriano Benetti bestellt haben?«, fragte Holmes, sich wieder zu Lord Epperstone zurückdrehend.

Dieser machte eine wegwerfende Handbewegung. »Ich wollte, ich wäre meinem ersten Impuls gefolgt, das Bild zu zerstören, solange ich noch dazu Gelegenheit hatte! Es ist so schlampig gemalt, dass ich zuerst dachte, es wäre nur die Grundierung! Umso erstaunter war ich, als Mister Wilson Interesse an diesem Machwerk bekundet hatte. Ich habe es ihm überlassen, aber eigentlich hätte ich Adriano Benetti auf Einhalten der Vertragsbedingungen verklagen sollen. Nur weil der Maler mittlerweile gestorben ist, habe ich die Sache auf sich beruhen lassen.« Nachdem er seine Ansprache beendet hatte, strich sich Sir Rupert Eppestone mit einer nervösen Handbewegung das hellblonde Haar aus dem Gesicht.

»Sie wissen bereits, dass er tot ist?«, fragte Holmes in einem Tonfall, als hätte er den Hausherrn soeben auf frischer Tat ertappt.

Sir Epperstone sah uns verblüfft an. »Aber sicher! Schließlich stand es doch schon gestern in der Zeitung!« Dann zog er ziemlich unvermittelt eine goldene Uhr aus der Westentasche. »So leid es mir tut, die Pflicht ruf«, erklärte er, und wenn ich allein gewesen wäre, hätte ich mich wohl hinauskomplimentieren lassen, aber Holmes ließ sich nicht so leicht abschütteln.

»Sie werden entschuldigen«, sagte er, halb Sir Rupert Epperstone in den Weg tretend. »Aber ich habe noch eine Frage von äußerster Wichtigkeit, die nur Sie mir beantworten können.«

»Und die wäre?«, fragte der Angesprochene hochnäsig zurück.

»Es würde mich interessieren, nach welchem Kriterium Sie die Mitglieder Ihres Clubs ausgewählt haben, mit denen Sie porträtiert werden wollten?«

Der Hausherr schüttelte amüsiert den Kopf. »Es sind diejenigen Mitglieder, mit denen ich die anregendsten Unterhaltungen geführt habe«, erklärte er schulterzuckend, »oder was haben Sie angenommen?«

»Ich nehme nie etwas an«, entgegnete Holmes. »Ich sammle Fakten und ziehe anschließend meine Schlüsse daraus.«

»Und warum haben Sie von allen Malern in Florenz ausgerechnet Adriano Benetti den Auftrag erteilt?«, fragte ich, eine Gesprächspause ausnützend, da ich mich noch immer darüber wunderte, dass sich jemand freiwillig von diesem Fleckenmaler porträtieren ließ.

»Mir sagt die Unbestimmtheit seiner Porträts zu. Das lässt der Phantasie Raum. Ich dachte mir, später, wenn ich einmal berühmt sein werde, würde man beim Betrachten des Bildnisses jeden beliebigen Ausdruck hineininterpretieren können. ›Schon damals konnte man es deutlich sehen‹, würden dann die Betrachter sagen! Aber ich war bitterlich enttäuscht. Das Gruppenporträt, das Benetti für mich angefertigt hat, ist kein Gemälde, sondern eine üble Kleckserei.«

»Das ist ein interessanter Gedanke, den Sie soeben geäußert haben«, gab Holmes zu. »Haben Sie schon eine Vorstellung davon, wofür sie dereinst bekannt sein werden?«

»Durchaus!« Der Hausherr hob die Augenbrauen und richtete sich dann zu seiner ganzen Größe auf.

»Danke«, erwidert Holmes in einem leicht ironischen Tonfall. »Sie waren wirklich eine große Hilfe.«

Ich versuchte, Sir Epperstone nicht ins Gesicht zu schauen, da langsam Wut in mir aufstieg und ich mich nur mühsam beherrschen konnte, nicht ausfallend zu werden. Ich war es nicht gewohnt, dass man mich so herablassend behandelte. Mein Blick streifte zufällig ein manieristisches Gemälde, das sofort meine Aufmerksamkeit erregte.

Es war das hyperrealistische Porträt eines Mannes, der den Betrachter anstarrte, als habe man ihn bei etwas Verbotenem überrascht. Intuitiv fuhr ich zurück. Dann wagte ich einen zweiten Blick auf das Bild. Auf eine rätselhafte Art erinnerte mich der Dargestellte an unseren Hausherrn. Ob er vielleicht in direkter Linie von den Medici abstammte und den Plan gefasst hatte, die Macht in Florenz an sich zu reißen? Neben dem beunruhigenden Gemälde hing ein Kalender, auf dessen Tagesblatt ein Datum im Juni des Jahres 2644 angegeben wurde.

»Offenbar verwenden Sie die altrömische Zeitrechnung *ab urbe condita*«, kommentierte Holmes, und ich fragte mich, ob dieser Sir Epperstone völlig wahnsinnig war. »Ich nehme an, bei dem Kalender handelt es sich um eine Spezialanfertigung für Sie?«

»Ja, selbstverständlich, ich lasse meine Abreißkalender in

einer kleinen Manufaktur in der Toskana herstellen!«

Holmes nickte und legte dann den Kopf in den Nacken, um die mit Stuckaturen verzierte Zimmerdecke besser studieren zu können, von der ein schwerer Kronleuchter aus Muranoglas herabhing.

»Ihnen wird sicherlich bekannt sein, dass Fiesole älter als Florenz ist«, bemerkte der Hausherr, die Gesprächspause ausnützend, »es wurde im siebten Jahrhundert vor Christus von den Etruskern gegründet und war bereits in vorrömischer Zeit eine Stadt von großer wirtschaftlicher und kultureller Bedeutung. Die Römer haben später hier Thermen und ein Theater gebaut. Schon damals haben sich die Gebildeten in Villen auf dem Land zurückgezogen, wo man mit Freunden studierte, mit Weinreben experimentierte und auf die Jagd ging.« Sir Epperstone machte eine bedeutungsvolle Pause. »Wie ich! Deshalb fühle ich mich auch nicht als Wahl-Florentiner, sondern als Fiesolano.« Sir Epperstone stockte, und sein Blick wanderte von Holmes zu mir. »Sie haben doch sicherlich nicht versäumt, die Ausgrabungen zu besuchen?«

»Leider sind wir noch nicht dazu gekommen«, behauptete Holmes, ohne seinen Blick von der Decke abzuwenden.

»Das sollten Sie unbedingt nachholen«, erklärte Sir Epperstone geradezu echauffiert. »Wenigstens das *teatro romano* müssen Sie einfach besuchen. Zwar ist die Cavea von Unkraut überwuchert, doch hatten auf seinen neunzehn Stufen einst zweitausend Besucher Platz.«

»Ich werde es wohlwollend in Erwägung ziehen«, erwiderte Holmes gedankenverloren.

»Wie das Leben so spielt, besitzt Elisabeth Dowland ein winziges Grundstück, das an mein Anwesen angrenzt. Sie betreibt dort Ausgrabungen, doch ich bezweifle, dass sie an dieser abgelegenen Stelle etwas Etruskisches findet«, erzählte Sir Epperstone mit einstudierter Beiläufigkeit, »aber sie hört ja nicht auf gute Ratschläge.«

Holmes nickte gelangweilt, und unser Gastgeber holte seine Uhr zum zweiten Mal geradezu demonstrativ aus der Westentasche. »Wann wollte Mortimer Hopper Sie wieder abholen?«, fragte er, obwohl ich sicher war, dass er die Antwort bereits kannte.

»In etwas mehr als einer Stunde«, antwortete Holmes leichthin.

»So lang kann ich nicht warten«, konterte Sir Epperstone. »Sie können aber mit meinem Kutscher in die Stadt zurückfahren, denn er hat dort einige Besorgungen für die Köchin zu erledigen. Mein Butler wird Mortimer Hopper Bescheid sagen.«

»Das wäre sehr freundlich«, antwortete Holmes, und mir fiel ein Stein vom Herzen, denn ich hatte einen Augenblick lang befürchtet, Holmes könnte aus Prinzipienreiterei das Angebot des impertinenten Zeitgenossen ablehnen. Dann hätten wir womöglich wie Landstreicher auf der Straße die Droschke des Kunsthändlers erwarten müssen.

»Mit ihrer Erlaubnis werde ich vorher noch einen Blick in den Garten werfen. Ich möchte die Stelle sehen, an der der Einbrecher seine Leiter angelehnt hat«, fügte Holmes hinzu, und ohne die Antwort des Hausherrn abzuwarten, stieg er die grandiose Treppe hinab.

Einen halbherzigen Gruß vor mich hinmurmelnd, schloss ich mich an.

»Sie sind gut beraten, sich nah am Haus zu halten«, rief Sir Epperstone uns nach. »Ich habe nämlich meinem Wildhüter den Befehl gegeben, auf jeden Eindringling zu schießen!«

Wir verließen die Villa, und Holmes ging mit langsamen Schritten um das Haus herum. Ich folgte ihm mit einem

Meter Abstand, damit er mir nicht vorwerfen konnte, dass ich wichtige Spuren verwischte, aber ich fühlte mich äußerst unwohl, weil ich jeden Augenblick das Geräusch eines Schusses zu hören erwartete. Nach hundert Metern blieb Holmes neben einem Blumenbeet stehen. Ich schaute mich vorsichtig um, aber es lauerte kein Wildhüter im Gebüsch.

»Jemand hat vor Kurzem den Rasen überquert. Die Abdrücke sind noch sichtbar«, erklärte Holmes, auf einige niedergetretene Grasnarben deutend, »die Spur beginnt am Haus und führt zu dem kleinen Hain hinter der Wiese. Wahrscheinlich war es einer der Gärtner, der heute Morgen hier entlanggestapft ist. Nach der Größe des Anwesens zu schließen, beschäftigt Sir Epperstone mindestens drei Gärtner.«

»Und Sie haben einen von ihnen im Verdacht, der Einbrecher zu sein?«, wollte ich wissen.

Holmes schüttelte leicht amüsiert den Kopf. »Keinesfalls, die Spur führt nicht zu dem Fenster, hinter dem sich die entwendeten Gemälde befanden«, erläuterte er mir. Dann setzte er seine Begehung des Grundstücks fort.

Noch immer graute es mir vor dem schießwütigen Wildhüter, aber ich folgte weiterhin, denn ich wollte um nichts in der Welt versäumen, wie Holmes den Einbrecher entlarvte.

»Ha! Genau wie ich mir gedacht habe!«, rief Holmes aus, als er unter dem offenen Fenster des ersten Stockwerks angelangt war, durch das die Einbrecher eingedrungen sein mussten.

Durch seine Lupe blickend observierte er auf dem Boden hockend den Rasen, aber ich musste zugeben, dass ich nicht einmal ansatzweise eine Spur erkennen konnte.

»Ich habe genug gesehen!«, rief Holmes einige Minuten später mit zufriedener Miene aus und richtete sich wieder auf. »Jetzt sollten wir endlich nach Florenz zurückkehren.«

Trotz dieser Ankündigung, machte Holmes noch einen kurzen Abstecher zum Gartenportal, und ich bemerkte, dass eine der Spitzen des Metallzauns abgebrochen war.

»Vielleicht ist dies eine weitere Spur, die der Einbrecher hinterlassen hat«, schlug ich voller Entdeckerfreude vor.

Holmes begutachtete eingehend durch seine größte Lupe die beschädigte Partie des Zauns. »Nein, das glaube ich nicht«, bemerkte er dann sachlich. »Die Bruchstelle ist viel älter. Schauen Sie sich nur die Schmutzablagerung darauf an. Es ist merkwürdig, wie schlecht dieser Zaun gearbeitet ist, dass eine Spitze einfach so abbrechen kann, denn offensichtlich ist dies ohne Fremdeinwirkung geschehen. Ein englischer Zaun wäre wohl stabiler gewesen.«

»Das mag für eine traditionelle Arbeit zutreffen«, wandte ich ein, »aber diese neumodischen Industrieprodukte sind auch in der Heimat von beklagenswert schlechter Qualität.«

Endlich kehrten wir zur Auffahrt vor dem Haupteingang der Villa zurück, wo ein neuer Landauer wartete. Der dazugehörige Kutscher stand neben seinem Fuhrwerk und tätschelte den Kopf des Pferdes. »Sind Sie die Signori, die ich nach Florenz mitnehmen soll?«, fragte er und musterte uns von Kopf bis Fuß. Sicherlich wunderte er sich über unser Interesse am Zaun, der das Anwesen seines Arbeitgebers schützte, und ich hoffte, dass er uns nicht für potenzielle Einbrecher hielt, die das Terrain erkundeten. Vielleicht hatte er aber auch nur Anstoß an unseren Schuhen genommen, die nach dem Spaziergang im Park mit Lehmflecken übersät waren.

»In der Tat!«, antwortete Holmes, und wir stiegen ein.

Was für ein merkwürdiger Fall, dachte ich, als sich die Räder der Kutsche in Bewegung setzten. Ich fragte mich, warum alles so kompliziert sein musste. Holmes hatte mittlerweile fast alle Beteiligten befragt, aber ich konnte mir keinen Reim auf die Sache machen. Ohne den Tod des Malers hätte ich die Fortsetzung der Untersuchungen für reine Zeitverschwendung gehalten, aber einen Mord konnte man nicht einfach unter den Teppich kehren.

Ich beobachtete Holmes aus den Augenwinkeln. Wahrscheinlich hatte er wie immer Dinge bemerkt, die mir entgangen waren, denn er erweckte nicht den Eindruck, als ob der Besucht bei Sir Epperstone seiner Meinung nach ein Fehlschlag gewesen sei. Nachdenklich blickte er einige Minuten aus dem Fenster. Dann lehnte er sich mit geschlossenen Augen auf dem Sitz zurück. Ich wagte es nicht, ihn anzusprechen, zumal zu befürchten stand, dass der Kutscher englisch verstand.

Was mich betraf, so verstrich die Zeit, bis wir Florenz erreichten, mit quälender Langsamkeit. Zu viele Fragen gingen mir durch den Sinn – Fragen, auf die ich keine Antwort wusste.

»Nun kennen wir vier Hauptdarsteller des Dramas. Es fehlt nur noch Lady Rutherford, aber noch immer ergibt sich kein klares Bild«, stellte Holmes fest, nachdem man uns an der Piazza Santa Croce abgesetzt hatte und kramte dabei seine Pfeife aus der Tasche. »Was halten Sie von der Sache?«

Die Frage kam so überraschend, dass ich eine Schrecksekunde lang die Antwort schuldig blieb. »Wir sollten uns über den Tod von Lady Epperstone informieren«, schlug ich dann vor, da ich – was die Einbrüche betraf – trotz intensiven Grübelns während der Fahrt keine neuen Erkenntnisse gewonnen hatte und dies Holmes gegenüber nicht zugeben wollte.

»Das kann nicht schaden, obwohl uns niemand den Auftrag dazu erteilt hat«, gab Holmes zu. »Und wie würden Sie dabei vorgehen?«

Hoffentlich schleppt er mich nicht zu Mortimer Hopper, dachte ich panisch, während ich im Geist die Mitglieder des Höllenfeuer-Vereins durchging. »Vielleicht sollten wir diese exaltierte Dichterin befragen, wenn sie – wie Sir Epperstone behauptet hat – mit der Lady eng befreundet war, wird sie uns bestimmt Genaueres über den Unfall erzählen können«, schlug ich vor. »Außerdem war sie so leichtsinnig uns anzubieten, heute Abend nochmals bei ihr vorbeizukommen.«

»Das wäre durchaus eine Möglichkeit«, gab Holmes zu, »aber ist es Ihnen nicht in den Sinn gekommen, im Archiv der lokalen Zeitungen Nachforschungen zu betreiben? Wahrscheinlich hat der Unfall auch außerhalb der englischen Gemeinde in Florenz Aufsehen erregt.«

Wieder einmal äußerte Holmes einen Vorschlag, der so verblüffend einfach war, dass ich mich ärgerte, dass nicht ich ihn gemacht hatte. »Das ist eine sehr gute Idee«, gab ich neidlos zu, obwohl es mich an diesem schönen Frühsommertag überhaupt nicht in ein staubiges Archiv zog.

»Darum werde ich mich heute Nachmittag kümmern«, erwiderte Holmes. »Ich wäre Ihnen verbunden, wenn Sie um fünf Uhr nachmittags in unser Stammcafé kommen könnten«, fügte er in einem – zumindest für seine Begriffe – freundlichen Tonfall hinzu.

»Gern«, erwiderte ich und fragte mich, ob auch Holmes mittlerweile dessen zungenbrecherischen Namen vergessen hatte.

Holmes nickte mir zum Gruß zu. Dann drehte er sich um und verschwand in die Menge.

7. Lady Epperstone

Pünktlich um fünf Uhr erschien ich also im Café Rasmofsky, das um diese Zeit stets gut besucht war, da die Mitglieder der englischen Gemeinde in Florenz auch in der Fremde ihren *Five o'clock Tea* nicht missen wollten. Als ich meinen Weg durch die Reihen der Tische bahnte, um zu dem Ecktisch zu gelangen, an dem Holmes sich niedergelassen hatte, sah ich, dass er mit der Pfeife im Mundwinkel seinen Notizblock durchblätterte, der bereits zur Hälfte mit Kommentaren angefüllt war.

»Ich habe die Berichte über den Tod von Lady Epperstone studiert, aber leider waren sie nicht sehr erhellend«, informierte mich Holmes, kaum dass ich Platz genommen hatte. »Lady Epperstone hat sich im Herbst des vergangenen Jahres von einer Sturmwarnung nicht davon abhalten lassen, in Leghorn auf dem Meer segeln zu gehen. Die Zeitungen berichten, dass sich ihr Ehemann zu diesem Zeitpunkt in Florenz aufgehalten habe. Also kann er bei dem Unglück seine Hände nicht direkt im Spiel gehabt haben. Ansonsten sind die genaueren Umstände des Todes der Lady unbekannt, denn ihre sterblichen Überreste konnten bis zum heutigen Tag nicht geborgen werden. Nur das Wrack des Segelbootes ist eine Woche nach dem Verschwinden von Lady Epperstone auf Elba angeschwemmt worden. Mittlerweile hat man sie offiziell für tot erklärt.« Holmes zog an seiner Pfeife. »Wissen Sie, was mich – als ich dies las – in Erstaunen versetzt hat?«

»Dass man die Lady so schnell für tot erklärt hat«, schlug ich vor. »Zuhause hätte das unter Umständen Jahre gedauert.«

»Sir Epperstone wird seinem Gesuch durch Bestechungsgelder Nachdruck verliehen haben«, stellte Holmes sachlich fest. Ich hörte aber einen unausgesprochenen Korruptionsvorwurf gegen die italienischen Behörden in dieser Bemerkung mitschwingen, den ich jedoch geflissentlich ignorierte. »Nein, was mich verblüfft hat, ist etwas völlig anderes, nämlich das aufwändige Grabmal der Lady, das sich im Park der Villa von Sir Epperstone befindet, obwohl sie dort gar nicht begraben ist.«

»Wo Sie es erwähnen, auch ich habe vom Fenster aus ein Grabmal aus Marmor gesehen, von dem ich vermutete, dass es die Boldoni hergestellt haben könnten, aber mich erstaunt die Existenz des Monumentes nicht besonders«, erwiderte ich. »Vielleicht gab es im Testament von Lady Epperstone eine Bestimmung, dass ihr Gemahl dazu verpflichtet ist, ihr ein marmornes Denkmal im Park zu errichten, falls er sie überleben sollte. Dies würde zu einer Frau passen, die darauf bestanden hat, dass ihr eigenes Porträt bis zum Ende seiner Tage tadelnd auf ihren Mann herabschaut.«

»Dies müsste man überprüfen, aber es klingt nicht unplausibel«, gab Holmes zu. »Es gibt aber noch ein wichtiges Detail, das mir bisher unbekannt war: Wie die Presse genüsslich breitgetreten hat, war die Lady eine amerikanische Millionenerbin, während die Finanzen ihres Gemahls vor der Eheschließung in einem derart desolaten Zustand waren, dass die Bank ihm den Kredit zur Vollendung seines marmornen Pferdestalles verweigert hat.«

»Das erklärt alles! Deshalb war er nicht besonders betrübt über den Tod seiner Frau«, entfuhr es mir, und ich rückte vor Aufregung meinen gepolsterten Sessel näher an den Tisch. »Er hat sie nur wegen ihres Geldes geheiratet.«

»So wie sie es möglicherweise nur auf seinen Titel abgesehen hatte«, ergänzte Holmes sachlich.

Der Ober kam mit meinem Kaffee, und das Gespräch verstummte, bis er die Tasse auf den Tisch gestellt hatte.

»Ich bin der felsenfesten Überzeugung, dass er sie umgebracht hat, wie auch immer er dies von Florenz aus bewerkstelligt haben mag«, insistierte ich, als wir wieder unter uns waren. »Er könnte zum Beispiel einen Mörder angeheuert und mit des Opfers eigenem Geld bezahlt haben.«

»Sie neigen zu voreiligen Schlüssen, die auf ihren Empfindungen beruhen und nicht auf logischen Überlegungen«, rügte mich Holmes. Er drehte seine mittlerweile erloschene Pfeife über dem Aschenbecher um und klopfte die kalte Asche heraus. »Was wissen Sie über Leghorn?«, fragte er dann, überraschend das Thema wechselnd.

»Leghorn ist nach Genua der größte Handelsplatz Italiens«, antwortete ich, nachdem ich einen Augenblick lang nachgedacht hatte. »Die Stadt ist um den von der See geschützten Hafen südlich der Arnomündung entstanden. Dieser Hafen, in dem Einwanderer aller Nationen und Konfessionen willkommen waren, war der Zugang der Medici zum Meer. Noch am Anfang unseres Jahrhunderts gab es in Leghorn zahlreiche englische Handelshäuser, aber seit der Einigung Italiens hat der Hafen stark an Bedeutung verloren[11].« Wie von selbst erschien vor meinem inneren Auge die Fotografie, die Mrs. Wilson mit ihrem Mops zeigte, die vielleicht doch an die Küste gefahren war, denn Holmes hatte mich nicht völlig von seiner Klavierunterricht-Theorie überzeugt. »Mittlerweile gibt es am Seeufer ein Strandbad nach englischem Vor-

[11] 1675 wurde Livorno zu einem Freihafen erklärt, wodurch die Stadt der bedeutendste Handelposten der Engländer am Mittelmeer wurde. Diesen Status verlor Livorno 1865 nach dem Anschluss an Italien, was eine drastische Reduzierung des Handels verursachte. Schon 1830 war – nach der Besetzung Algiers durch die Franzosen – der Nordafrikahandel zusammengebrochen.

bild«, ergänzte ich daher meinen Bericht. »Es war – glaube ich zumindest gelesen zu haben – das erste Italiens.«

Holmes nickte bedächtig, mittlerweile hatte er seine Pfeife wieder gestopft. »Dies erklärt, warum Lady Epperstone dorthin zum Segeln gefahren ist«, kommentierte er. »Aber ich finde es dennoch merkwürdig, dass sie angeblich jede freie Minute so weit von ihrem Mann entfernt verbracht hat.«

»In Adelskreisen herrschen die seltsamsten Gepflogenheiten«, gab ich zu bedenken.

»Aber die Lady war, wie wir erfahren haben, eine geborene Amerikanerin«, verbesserte mich Holmes.

»Wenn ich mit Sir Epperstone verheiratet wäre, würde ich zum Segeln bis zum Pazifik fahren«, wandte ich ein.

Holmes lachte. »So habe ich es noch nicht gesehen.«

»Es ist aber ein merkwürdiger Zufall, dass auch Adriano Benetti, der Maler des Gruppenporträts, in Leghorn gewohnt hat«, fügte ich nachdenklich hinzu.

»Wenn man bedenkt, dass Leghorn erstens, wie Sie mir soeben mitgeteilt haben, der wichtigste Hafen der Toskana ist, und dass es dort zweitens eine große Künstlerkolonie gibt, deren Mitglieder überwiegend Küstenbilder malen, muss nicht unbedingt ein Zusammenhang zwischen der segelnden Lady und dem unglücklichen Maler bestehen«, widersprach Holmes. »Denken Sie daran, dass die meisten Mitglieder der Gruppe der Macchiaioli in Leghorn lebten.«

Ich fragte mich, woher Holmes dies wusste. Offenbar hatte er sich in der Zwischenzeit über die Fleckenmaler informiert.

Fast hätte ich wegen unserer Unterhaltung meinen Kaffee vergessen. Während ich einen Schluck trank, bevor er kalt wurde, sah Holmes mich eindringlich an, ohne etwas zu sagen, wie er es oft zu tun pflegte, bevor er eine wichtige Enthüllung bekannt gab.

»Ich habe mittlerweile den Stofffetzen identifiziert, den Brutus erbeutet hat«, erklärte er, nachdem ich die Tasse wieder abgesetzt hatte. »Das Gewebe stammt aus einer kleinen, unbekannten Manufaktur in der Lombardei. Daraus kann gefolgert werden, dass es sich bei dem erfolglosen Einbrecher bei Mister Wilson höchstwahrscheinlich um einen Italiener gehandelt hat.«

Holmes sagte dies eher beiläufig, aber mir war sofort die Tragweite dieser Information bewusst. »Er war also kein Mitglied dieses komischen Clubs!«, rief ich enttäuscht aus, »und ich hatte Sir Epperstone in Verdacht! Ich dachte, er hätte es sich anders überlegt.«

»Sie hatten aber, bevor Sie diesen reizenden Zeitgenossen kennen gelernt haben, auch den Maler verdächtigt, und dies könnte sich bewahrheiten. Wir sollten also so bald wie möglich nach Leghorn fahren.«

Ich brauchte einen Augenblick, um all dies zu verdauen. Eines stand für mich fest: Sir Epperstone hatte seine Frau wegen ihres Geldes geheiratet und sich ihrer so schnell wie möglich wieder entledigt. Dann hatte er sich mit seinen Clubkameraden malen lassen. Soweit, so schlecht, aber warum hatte dann der Maler versucht, sein eigenes Gemälde zu stehlen, und wer hatte ihn daraufhin ermordet? Mir schwirrte der Schädel, denn das ergab alles keinen Sinn. »Aber der Maler kann nicht bei Sir Epperstone eingebrochen sein!«, protestierte ich schließlich, »denn dieser Einbruch hat sich erst nach seinem Tod ereignet.«

»Das ist in der Tat eine ganz andere Geschichte«, erwiderte Holmes gedankenverloren in den Raum blickend. »Vielleicht sollten wir heute Abend doch noch der freundlichen Einladung Elisabeth Dowlands Folge leisten. Dies könnte höchst interessant werden.« Das Wort »interessant« hörte sich aus dem Munde von Holmes an wie »skurril«.

Plötzlich kam mir wieder die Antwort in den Sinn, die Sir Epperstone uns auf die Frage gegeben hatte, nach welchen Kriterien er die Clubmitglieder ausgewählt hatte, mit denen er sich hatte porträtieren lassen. »Mich wundert, dass Sir Epperstone die Gespräche mit Elisabeth Dowland anregend fand«, sagte ich daher. »Mir schien sie keine besonders intellektuell veranlagte Frau zu sein, um es ganz höflich auszudrücken.«

Holmes schüttelte den Kopf. »Vielleicht ist sie eine kompetente Gesprächspartnerin, wenn es um Geister und Wiedergeburten geht«, meinte er und zog dann genüsslich an seiner Pfeife. »Außerdem sind eingebildete Menschen meist äußerst empfänglich für Schmeicheleien, und ich kann mir vorstellen, dass Miss Dowland Sir Epperstone mit dem Respekt behandelt, der ihm seiner eigenen Meinung nach gebührt.«

Holmes winkte den Ober herbei. Wir zahlten und machten uns dann auf den Weg zur Piazza Santa Maria Novella. Gegen sechs erreichten wir die Wohnung in dem uns bereits bekannten Miethaus.

Kaum hatte Holmes am Klingelzug gezogen, näherten sich bereits Schritte. Elisabeth Dowland öffnete diesmal selbst die Tür. Sie war immer noch ganz in Schwarz gekleidet, aber sie hatte die triste, nonnenhafte Aufmachung, die sie bei unserem letzten Besuch getragen hatte, gegen ein elegantes Abendkleid aus raschelnder Seide eingetauscht, dessen tiefes Dekolleté von einer Spitzenborte gesäumt war. Dazu trug sie lange, schwarze Handschuhe, die mich an das Porträt der Lady Epperstone erinnerten. In der Luft mischte sich der Duft eines teuren Parfüms mit dem Geruch von frisch aufgebrühtem Tee.

»Ich wusste, dass Sie vorbeischauen würden, nur habe ich Ihren Besuch erst gegen Abend erwartet«, verkündete die Dichterin bei unserem Anblick in einem bedeutungsvollen

Tonfall. »Ich habe dies vor einer halben Stunde im Kaffeesatz gelesen!«

Ein Mann um die Dreißig mit aschblondem Haar und verschlossener Miene kam aus dem an den Salon angrenzenden Raum. Zwar war er nicht wie ein Gentleman gekleidet, aber es handelte sich auch nicht um einen Diener oder Handwerker.

»Das ist Andrew, mein Sekretär«, meinte Miss Dowland beiläufig, »er arbeitet stundenweise für mich.«

Während das Mädchen unsere Hüte entgegennahm, verabschiedete sich der Sekretär mit einem flüchtigen Nicken von seiner Arbeitgeberin. Er schien in großer Eile zu sein.

Die Wohnungstür schloss sich hinter Andrew, und die Hausherrin geleitete uns in den mit Kerzen feierlich erleuchteten Salon. Der runde Tisch war bereits für drei Personen festlich gedeckt und mit Rosen dekoriert, doch auch auf dem Kaminsims standen kleine Rosensträuße in gläsernen Vasen. Während ich sie betrachtete, ärgerte ich mich doch etwas über die Selbstverständlichkeit, mit der Elisabeth Dowland unseren Besuch erwartet hatte.

»Bitte bedienen Sie sich«, forderte sie uns auf, während sie eine weitere der Kerzen auf einem Clubtischchen anzündete. »Der Tee ist noch heiß, und das Teegebäck habe ich selbst gebacken.«

Wir nahmen Platz, und ich versuchte von dem Gebäck, das leider tatsächlich so schmeckte, als sei es von einer Dichterin gebacken worden.

»Haben Sie mittlerweile die Einbruchsserie aufgeklärt?«, fragte sie, nachdem wir die allerwichtigsten Höflichkeitsfloskeln ausgetauscht hatten. »Bestimmt ist mittlerweile der ganze Club in Aufregung, denn nun muss jeder befürchten, das nächste Opfer zu sein.«

»Ich verfolge eine vielversprechende Spur«, erwiderte Holmes, und ich vermochte nicht zu sagen, ob dies der Wahrheit entsprach. Ich für meinen Teil tappte noch immer in einem Dunkel, das es mit dem Gewand unserer Gastgeberin aufnehmen konnte.

»Ich habe aber noch eine Frage an Sie, die wahrscheinlich nichts mit den gestohlenen Bildern zu tun hat: Sir Epperstone hat uns berichtet, dass Sie mit seiner verstorbenen Frau befreundet waren?«

Das eben noch eher heitere Gesicht der Dichterin verfinsterte sich augenblicklich. Offenbar ging ihr der Tod der Lady näher als deren eigenem Ehemann. Sie nahm einen Keks in die Hand und biss ein Stück ab. Sie kaute mit nachdenklicher Miene und schluckte den Bissen hinunter. »Ja, wir haben viel Zeit miteinander verbracht«, antwortete sie schließlich. »Lady Epperstone hielt nicht viel von unserem kleinen, esoterischen Kreis, aber wir sind oft zusammen nach Leghorn gefahren, wo sie ein Segelboot vor Anker liegen hatte. Ich mache mir noch heute Vorwürfe, dass ich sie an diesem Unglückstag nicht begleitet habe. Vielleicht hätte ich sie zur Vernunft bringen können.«

»Besaß sie eigentlich in Leghorn eine eigene Wohnung?«, dachte ich laut. Dieser Gedanke kam mir ganz schlagartig in den Sinn. »Oder wenigstens ein Zimmer?«.

»Ja, selbstverständlich, sie hatte eine entzückende, kleine Wohnung in Venezia Nuova«, antwortete die Dichterin lebhaft, »aber Sir Epperstone hat sie natürlich längst gekündigt. Der Tod der Lady liegt schließlich ein halbes Jahr zurück, und Sir Epperstone steckt sein gesamtes Geld in seine Pferde.«

Miss Dowland hatte die letzten Worte in einem geradezu verächtlichen Tonfall hinzugefügt und Holmes sah sie einen Augenblick lang nachdenklich an. »Aber Sie erinnern sich doch sicher noch an die Adresse?«, fragte er.

»Selbstverständlich!« Die Lady schrieb etwas auf die Rückseite eines mit Bleistift vollgekritzelten, zerknitterten Blattes. »Bitte sehr!«

Als Holmes den Zettel entgegennehmen wollte, hielt die Dichterin seine Hand fest und betrachtete die Handfläche. »Ich würde Ihnen gern aus der Hand lesen, Mister Baker Radcliffe«, sagte sie mit bedeutungsvoller Stimme. Ein Schatten huschte über ihr Gesicht, und sie hob ihren Blick. »Ich sehe hier wahrhaftig hochinteressante Dinge.«

»Ich glaube nicht an diesen Unfug«, protestierte Holmes, aber zu meinem Erstaunen ließ er die Dichterin gewähren.

»Dann braucht es Sie auch nicht zu beunruhigen, dass Ihre Lebenslinie hier sehr dünn wird«, sagte Elisabeth Dowland und deutete auf eine der winzigen Falten in Holmes' Handfläche. »Dieser Bereich, den die Linie durchquert, ist dem Element Wasser zugeordnet. Das ist ja schrecklich!« Sie schwieg einen Augenblick lang. »Ganz wie bei der armen Lady Epperstone!«

Während die Dichterin die Wirkung ihrer Worte genüsslich auskostete, wunderte ich mich darüber, dass sie ihre Freundin nicht beim Vornamen nannte.

Holmes schloss seine Hand um den Zettel und zog sie mit einer Bestimmtheit zurück, die keinen Widerspruch duldete. Aber er tat Miss Dowland nicht den Gefallen, nachzufragen, was sie mit ihren prophetischen Worten gemeint hatte. Holmes und die Dichterin blickten einander einige Augenblicke schweigend an.

Wie zu erwarten war, hatte Elisabeth Dowland die schlechteren Nerven. »Ich habe Lady Epperstone immer vor dem Wasser gewarnt, und ich habe recht behalten, denn die Arme ist ertrunken«, erklärte sie schließlich. »Mister Baker Radcliffe, seien Sie wenigstens vernünftig! Meiden Sie das feuchte

Element! Überqueren Sie keine Flüsse und fahren Sie nicht ans Meer!«

Ich fragte mich, wie es die Lady mit der Dichterin ausgehalten hatte. Nach ihrem Porträt zu schließen, war sie weit weniger überspannt gewesen als ihre Freundin.

»Waren Sie die einzige Person, mit der Lady Epperstone zum Segeln gegangen ist?«, fragte Holmes ungerührt, während er den Zettel glattstrich und zusammenfaltete.

Amüsiert bemerkte ich, dass es sich bei den Zeilen auf der Vorderseite um ein halbfertiges Gedicht handelte.

»Offiziell ja. Lady Epperstone war eine sehr diskrete Frau, die niemals über ihr Privatleben sprach. Noch nicht einmal mit mir! Aber ich habe selbstverständlich den üblichen Klatsch mitbekommen.« Das Gesicht der Dichterin nahm einen verschwörerischen Ausdruck an. »Es wurde nämlich in unserem Club gemunkelt, dass sie ein Verhältnis mit Adriano Benetti gehabt habe.«

Ich war über diese Enthüllung so verblüfft, dass ich mich fast an meinem Tee verschluckte.

»Angeblich hat sie seine Bekanntschaft zufällig am Strand in Leghorn gemacht. Ich weiß nicht, ob ihr Mann die Affäre nicht bemerkte oder ob er nichts dagegen unternommen hat, da er größtenteils von ihrem Geld lebte.« Die Dichterin blickte mit verschwörerischer Miene zwischen uns hin und her.

Ich meinerseits sah Holmes forschend an, aber dieser schaute wie durch mich hindurch. Wahrscheinlich war er darüber verstimmt, dass es unhöflich gewesen wäre, in der Wohnung der Dichterin zu rauchen. Doch war ich sicher, dass auch Holmes über diese neue Wendung erstaunt war, obwohl er sich dies nicht anmerken ließ.

»Aber, das darf man der Armen nicht verübeln«, fügte Elisabeth Dowland schließlich hinzu. »So, wie Sir Epperstone sie vernachlässigt hat. Seine Pferde und die schrecklichen Hunde waren ihm doch weit wichtiger als seine Frau. Und außerdem sah dieser Maler wirklich sehr gut aus, wenn ich auch sagen muss, dass ich persönlich Sir Epperstone attraktiver finde.«

Ich dachte mir, dass sich über Geschmack nicht streiten ließ, konnte aber beim besten Willen nicht nachvollziehen, was die Dichterin an dem unangenehmen Aristokraten fand. »Aber ich habe doch in der Zeitung gelesen, dass Adriano Benetti eine Frau und vier Kinder hinterlassen hat«, gab ich vorsichtig zu bedenken. »Vielleicht hat sich der Küster geirrt, als er ihn für einen Junggesellen hielt«, fügte ich mit einem Seitenblick auf Holmes hinzu, da ich im Beisein der Dichterin nicht deutlicher werden wollte.

»So sind nun einmal die Künstler«, erwiderte Elisabeth Dowland mit der größten Selbstverständlichkeit, und ich fragte mich, welche Sonderrechte sie wohl für sich selbst beanspruchte.

»Ich habe mich übrigens nach der Adresse von Adriano Benetti erkundigt, und es hat sich herausgestellt, dass man ihn in dem Nachruf, den wir gelesen haben, mit seinem Vetter Antonio Benetti verwechselt hat, der ebenfalls Maler ist«, informierte mich Holmes. »Sie erinnern sich an den falschen Vornamen?«

Ich nickte.

»Dieser Antonio Benetti hat tatsächlich Frau und vier Kinder, während unser Adriano Junggeselle war und den Ruf hatte, ein Schürzenjäger zu sein.«

»Das habe ich auch gehört, ich meine, dass er ein rechter Schwerenöter war«, bestätigte Elisabeth Dowland. Sie rutschte auf die Vorderkante ihres Stuhls. »Ich kannte ihn zwar kaum, aber bei einem derart gut aussehenden Mann würde mich das nicht wundern …«

»Ich habe noch eine letzte Frage zu dem tragischen Schiffbruch«, unterbrach Holmes, sichtbar bemüht, das Gespräch in das sichere Fahrwasser nachweisbarer Tatsachen zurückzuführen. »Würden Sie sagen, dass es ein für Lady Epperstone typisches Verhalten war, bei schlechtem Wetter segeln zu gehen?«

»Unbedingt«, antwortete die Dichterin ohne zu zögern. »Was sie sich in den Kopf setzte, das hat sie auch getan, egal was andere dazu sagten.« Sie hob ihre Tasse und sah Holmes tief in die Augen. »Ich würde gern einen Toast aussprechen.«

Holmes schaute alarmiert zurück. »Es ist nicht unbedingt üblich, beim Teetrinken anzustoßen«, wandte er ein.

Die Dichterin stellte die Tasse zurück. »Soll ich eine Flasche Wein öffnen, vielleicht einen alten Chianti?«

»Wir möchten Ihnen wirklich keine Mühe bereiten«, erwiderte Holmes, »zumal wir Sie schon bald wieder verlassen müssen.«

»Wie schade!«, rief die Dichterin aus, aber sie gab sich nicht so schnell geschlagen. Sie erhob erneut die Teetasse. »Auf die Kunst!«, verkündete sie feierlich, was mich verblüffte, denn ich hatte erwartet, dass sie auf die Liebe anstoßen würde.

Holmes wirkte erleichtert und zugleich irritiert. Hatte er die gleiche Befürchtung gehabt wie ich?

»Würden Sie es vorziehen, auf das Verbrechen anzustoßen?«, fragte unsere Gastgeberin leichthin.

Langsam begann ich Mitleid mit der Dichterin zu empfinden, die sich kaum ein ungeeigneteres Objekt für ihre Zuneigung hätte aussuchen können.

»Sehr geehrte Miss Dowland! Ich muss mich doch sehr wundern! Wie können Sie glauben, dass ich auf das Verbrechen anstoßen würde, wo ich es mir doch zum Ziel gemacht habe, dieses mit Stumpf und Stiel zu eliminieren?«

Diesmal war es die Dichterin, die Holmes einen tadelnden Blick zuwarf. »Wenn es Ihnen tatsächlich gelänge, Mister Baker Radcliffe, dann wären sie arbeitslos. Ohne, dass ab und zu ein Verbrechen begangen wird, bedürfte es keines beratenden Ermittlers.«

Ich war ehrlich davon beeindruckt, wie sie Holmes Paroli geboten hatte, ein Schauspiel, das einen gewissen Seltenheitswert hatte.

»Dieses Opfer wäre ich bereit zu bringen«, erwiderte Holmes mit einem seltenen Anflug von Humor.

Der Blick der Dichterin blieb an dem leeren Teller haften, der vor mir stand und auf dem sich noch vor Kurzem das Teegebäck befunden hatte. Offenbar hatte ich es während des verbalen Schlagabtausches – trotz seines faden Geschmacks – in mich hineingestopft.

»Ich hole sofort Nachschub!«, flötete Elisabeth Dowland. Sie erhob sich und verließ den Raum, ohne den leeren Teller mitzunehmen.

»Meinen Sie, wir sollten Sir Epperstone fragen, ob er etwas von der Affäre seiner Frau mitbekommen hat?«, fragte ich Holmes, als sich die Tür hinter der Hausherrin geschlossen hatte.

»Auf keinen Fall!«, erwiderte Holmes mit gedämpfter Stimme. »Erstens ist Sir Epperstone nicht unser Klient, und wir sind daher nicht berechtigt, ihm indiskrete Fragen zu stellen, die er ohnehin nicht wahrheitsgemäß beantworten würde. Zweitens ist dies nur ein Gerücht, das zuerst der Überprüfung bedarf.«

»Was haben Sie also vor?«, wollte ich wissen.

»Wir fahren nach Leghorn und versuchen dort, Näheres über Lady Epperstones Leben und Tod herauszufinden.«

Einerseits beruhigte mich diese Antwort, denn ich hatte

schon befürchtet, Holmes könnte geplant haben, nachts das symbolische Grab im Park von Sir Epperstone zu öffnen, um nachzuprüfen, ob sich nicht doch eine Leiche darin befand. Andererseits war ich etwas erstaunt, denn meiner Meinung nach widersprach Holmes sich selbst. »Aber sagten Sie nicht soeben, das Privatleben der Epperstones ginge uns nichts an?«, fragte ich daher.

»Ich bin mittlerweile zu der Überzeugung gelangt, dass der Schlüssel zu diesem Fall der Tod von Lady Epperstone ist, aber es wird sicher auch lehrreich sein, die Familie des Malers kennen zu lernen.«

»Möchten Sie noch etwas Teegebäck?«, fragte die Dichterin, mit einer Schale in der linken Hand die Türklinke herunterdrückend, und ich war hundertprozentig sicher, dass sie an der Tür gelauscht hatte. Sie stellte die Schale auf den Tisch und sah uns erwartungsvoll an.

»Nein danke«, erwiderte Holmes und betrachtete die Backwaren, als ob vermutete, dass sie vergiftet wären.

Ich hingegen griff zu, und ich muss zugeben, dass ich angenehm überrascht war. Das Gebäck war jetzt so salzig und so mürbe wie zu Hause in England.

»Wissen Sie zufällig, ob Lady Epperstone in Leghorn Freunde hatte?«, fragte Holmes, bevor ich die Bäckerin loben konnte, von der ich sicher war, dass es sich nicht um unsere Gastgeberin handelte.

»Da kann ich Ihnen leider nicht weiterhelfen. Sie hat jedenfalls den Kontakt sowohl mit den italienischen als auch mit den englischen Yachtbesitzern gemieden. Warum, weiß ich auch nicht«, antwortete die Dichterin.

Hatte sie vielleicht doch übertrieben, als sie sich als Freundin der hochwohlgeborenen Dame bezeichnet hatte?

»Das wäre auch zu schön gewesen«, bedauerte Holmes

und erhob sich von seinem Stuhl. »Wir wollen daher Ihre Zeit nicht länger in Anspruch nehmen, zumal noch viel Arbeit auf uns wartet.«

Es war unübersehbar, dass Elisabeth Dowland Holmes gern zum Bleiben aufgefordert hätte, aber es nicht wagte, diesen Wunsch zu äußern.

Auch ich verabschiedete mich, und zwar nicht nur von Elisabeth Dowland, sondern auch von Holmes, denn ich hatte Giovanna und meiner Frau versprochen, zum Abendessen rechtzeitig zu Hause zu sein.

8. Ein neuer Klient

Am nächsten Morgen – es war bereits der vierte unserer Ermittlungen – sollte ich Holmes um acht Uhr morgens abholen. Unterwegs begegneten mir Botenjungen der unterschiedlichsten Geschäfte, die Körbe mit Fisch, Obst und Gemüse austrugen. Einige von ihnen betraten die Dienstboteneingänge der herrschaftlichen Häuser, andere belieferten die besseren Hotels.

Es gelang mir, pünktlich bei Signora Rossi zu läuten. Die Tür wurde mir sogleich geöffnet. Ich trat ein, blieb aber automatisch vor der Garderobe stehen, denn ich war fasziniert von dem Geigenspiel, das den Flur erfüllte. Holmes pflegte beim Nachdenken Geige zu spielen, so wie andere auf einem Stück Papier vor sich hinkritzeln. Dabei entlockte er dem Instrument Klänge, wie ich sie niemals zuvor gehört hatte, was aber nichts heißen mochte, denn ich muss zu meiner Schande gestehen, dass ich auf diesem Gebiet kein Experte bin.

Sonnenlicht erfüllte die Diele durch die offen stehenden Zimmertüren. Es roch nach der frisch gewaschenen Wäsche, die vor den Fenstern aufgehängt war.

»Mister Baker Radcliffe!«, rief Signora Rossi, nachdem sie mich begrüßt hatte, durch den Flur und klopfte dann zur Unterstützung ihrer Worte an die Zimmertür. »Besuch für Sie! Mister Tristram ist da!«

Leider nahm damit das musikalische Vergnügen ein abruptes Ende: Die Geige verstummte, und Holmes öffnete die Tür. Beim Eintreten stellte ich fest, dass Signora Rossi – der Weisung ihres Untermieters folgend – in der Zwischenzeit tatsächlich nicht aufgeräumt hatte. Alles sah aus wie bei meinem letzten Besuch, nur dass an der Kopfseite des Bettes ein Degen gegen die Wand gelehnt war, auf dessen Klinge ein Stapel ungeöffneter Briefe aufgespießt war. Ich hoffte, dass Holmes nicht irgendwann beim nächtlichen Durchqueren des Raums mit dessen Spitze Bekanntschaft machen würde.

»Schön, dass Sie pünktlich erschienen sind«, begrüßte mich Holmes.

Ich vermutete, dass er mit dieser Bemerkung darauf anspielte, dass ich mich zwei Tage zuvor nach der Mittagspause um zehn Minuten verspätet hatte. Ich fragte mich ernsthaft, woher er dies eigentlich wusste, denn schließlich hatte er erst nach mir den Treffpunkt erreicht, da er als falscher Polizist unterwegs wiederholt angesprochen worden war. Wahrscheinlich trug er mir nach, dass ich ihn am gleichen Tag einige Minuten vor der Bar hatte warten lassen.

»Wissen Sie denn überhaupt noch, was Sie hier alles angehäuft haben?«, fragte ich, meinen Blick über die auf Tisch und Boden aufgetürmten Schachteln, Bücher, Zeitungen, Kleidungsstücke und Gegenstände der verschiedensten Art schweifen lassend.

»Selbstverständlich!«, erwiderte Holmes in einem empörten Tonfall, »ich hebe ausschließlich Dinge auf, die ich für meine Arbeit benötige.« Mit einem gezielten Griff zog er eine Zigarrenschachtel unter einem Stapel gebügelter Hemden hervor und hielt sie mir unter die Nase. »Dies zum Beispiel sind Proben unterschiedlicher Zigarettenaschen, die ich in Italien gesammelt habe«, erklärte Holmes und öffnete voller Besitzerstolz die Schachtel, so wie eine Herzogin ihre Schmuckschatulle präsentiert. »Sie alle sind in England völlig unbekannt, und ich gedenke, in absehbarer Zeit die Literatur zu diesem Thema zu bereichern.«

Ich schaute hinein und musste neidlos zugeben, dass es

eine beachtliche Kollektion für einen so kurzen Aufenthalt war.

»Ja, ich kapituliere!«, rief ich lachend aus. »Aber bitte haben Sie doch die Freundlichkeit, die Zigarrenschachtel wieder zu schließen«, fügte ich hinzu, da mir der beißende Geruch der kalten Asche in die Nase stieg.

»Wissen Sie, was Signora Rossi mir vorhin erzählt hat?«, fragte mich Holmes erstaunlich gut gelaunt. »Mister Mortimer Hopper soll versucht haben, den schiefen Turm von Pisa an einen Amerikaner zu verkaufen!«

Ich hätte lügen müssen, wenn ich behauptet hätte, dass mich dies erstaunte. So wie ich den geschäftstüchtigen Kunsthändler kennen gelernt hatte, hätte ich ihm auch zugetraut, einen Amerikaner zum Kaiser von Settignano zu krönen. »Und woran ist der Handel gescheitert?«, fragte ich neugierig zurück.

»Daran, dass der Amerikaner lieber einen geraden Turm kaufen wollte«, erklärte Holmes mit erstaunlicher Beiläufigkeit.

Signora Rossi durchquerte mit einem Stoß schmutziger Wäsche den Flur. Im Vorbeigehen warf sie einen verstohlenen Blick durch die angelehnte Zimmertür. Dies bestätigte mich in meiner Meinung, dass die Wirtin, die nicht an der Tür lauschte, erst noch geboren werden musste. Wie gut, dass sie kein Wort Englisch verstand!

»Bleibt es dabei, dass wir heute nach Leghorn fahren?«, fragte ich mit Vorfreude, denn ich kannte den berühmten Ort bisher nur vom Hörensagen. Vorsorglich hatte ich meiner Frau bereits mitgeteilt, dass ich möglicherweise über Nacht dortbleiben würde.

»Ja, aber vorher treffen wir uns noch mit Sir Epperstone im Café Rasmofsky«, erwiderte Holmes. »Er hat mich gestern

Abend telegraphisch darüber informiert, dass die Polizei ihn zum Tod von Adriano Benetti befragt hat.«

»Das wundert mich gar nicht!«, entfuhr es mir. »Schließlich hatte der Maler ein Verhältnis mit seiner Frau! Außerdem ist ein schlanker, blonder Mann in der Kirche gesehen worden. Ganz davon zu schweigen, dass Sir Epperstone vermutlich seine Frau ermordet hat. Darüber muss es doch bei der Florentiner Polizei noch eine Akte geben!«

»Nur gut, dass Sie wenigstens englisch gesprochen haben. Sonst würde Signora Rossi ihre phantastischen Vermutungen bestimmt binnen eines einzigen Vormittags in der ganzen Stadt verteilen«, meinte Holmes und bedachte mich mit einem vorwurfsvollen Blick. »Bitte sagen Sie um Himmels willen nichts dergleichen zu Sir Epperstone! Und denken Sie bitte auch stets daran, dass Lady Epperstone nicht mehr am Leben ist. Deshalb hatte ihr Mann eigentlich kein Motiv, um den Maler zu töten.«

»Warum müssen wir uns dann noch mal mit diesem schrecklichen Menschen treffen?«, fragte ich unwillig zurück. »Ich fand Sir Epperstone – um es ganz höflich auszudrücken – nicht besonders zuvorkommend! Wie eigentlich alle Mitglieder dieses seltsamen Clubs, bis auf Miss Dowland! Ich vermute, dass die anderen alle irgendetwas auf dem Kerbholz haben und daher sofort nervös werden, wenn jemand die Nase in ihre Angelegenheiten steckt.«

»Sie sollten nie etwas vermuten!«, tadelte mich Holmes. »Und was Elisabeth Dowland betrifft, sie war für meinen Geschmack ein bisschen zu hilfsbereit. Trotzdem hat sie uns in Wahrheit gar nicht weitergeholfen.«

»Zugegebenermaßen war sie nicht besonders gut informiert«, räumte ich ein und beschloss mutig, einige meiner Beobachtungen zu äußern. »Ich fand es jedenfalls erstaunlich, dass unsere Dichterin offenbar nicht wusste, dass der attraktive Adriano Benetti keinesfalls vierfacher Vater war. Außerdem ist mir aufgefallen, dass sie ihre angebliche Freundin nicht beim Vornamen genannt hat, obwohl es nur unter Männern üblich ist, seine Freunde mit dem Nachnamen anzureden.«

»Dies beeinträchtigt ihre Glaubwürdigkeit als Zeugin«, ergänzte Holmes. »Offenbar verbreitet sie überwiegend Klatsch und Tratsch. Wie könnte man ein Haus auf so unsicheren Boden bauen?«

Er fischte seinen Hut aus dem Schrank, und ich erhob mich von dem einen freien Stuhl, auf dem ich mich in der Zwischenzeit niedergelassen hatte.

»Bleibt und noch genügend Zeit, um nach Leghorn zu fahren, wenn wir uns vorher mit Sir Epperstone treffen?«, wollte ich wissen, denn noch immer gefiel mir diese Verzögerung überhaupt nicht.

»Ich habe mir einen Streckenplan der italienischen Bahn besorgt und mir die Abfahrtszeiten der entsprechenden Züge notiert«, erklärte Holmes, während wir sein Zimmer verließen.

Diese Antwort besänftigte mich etwas.

»Sollte jemand nach mir fragen, bitten Sie ihn, mir eine Nachricht zu hinterlassen!«, rief Holmes durch die offene Tür Signora Rossi zu, die mittlerweile in der Küche herumwerkelte.

Wir durchquerten die Diele, ohne der Wirtin noch einmal zu begegnen und verließen das Haus. Draußen schlug uns ein lebhaftes Stimmengewirr entgegen, denn einige Hausfrauen unterhielten sich von Balkon zu Balkon über die Straße hinweg. Holmes und ich hingegen legten den Fußmarsch zum Café schweigend zurück.

»Worum wetten wir, dass Hopper ihm unter der Hand

erzählt hat, wer Sie sind?«, fragte ich Holmes, als ich unter den Gästen den hellblonden Haarschopf von Sir Epperstone erkannte, der uns kerzengerade auf seinem Sessel sitzend an demselben abgelegenen Tisch erwartete, den auch Holmes stets bevorzugte. Vor ihm standen ein voller Aschenbecher und eine leere Kaffeetasse.

»Ich wette prinzipiell nicht«, informierte mich Holmes sachlich, ein Satz, den ich bisher nur aus dem Mund der Mitglieder der Familie Boldoni gehört hatte. In Italien war es nämlich ein weit verbreiteter Aberglaube, dass Wetten angeblich Unglück bringen, während hingegen die meisten Engländer leidenschaftlich gern wetteten. Auch in Florenz frönten sie diesem Laster und wetteten auf alles: auf Pferde, auf Cricket-Ergebnisse und sogar auf das Wetter.

Wir nahmen an Sir Epperstones Tisch Platz, und der Aristokrat winkte augenblicklich den Ober herbei, um für uns zwei Espressi zu bestellen. Diese ungewohnte Zuvorkommenheit war ein untrüglicher Hinweis darauf, wie stark ihn die Befragung durch die Polizei beunruhigt hatte. »Sie haben also mein Telegramm erhalten?«, fragte er mit nur mühsam unterdrückter Nervosität.

»Ja, das habe ich«, bestätigte Holmes. »Es ist bezeichnend, dass die Polizei sich ihre Arbeit gern leicht macht. Ein vager Hinweis genügt, um einen Ausländer zu verdächtigen, aber ich glaube, kein Gericht der Welt würde Sie aufgrund dieser schwachen Indizienlage verurteilen.«

»Das will ich doch stark hoffen! Aber man weiß nie, was die Polizei sich noch alles ausdenkt, da sie einmal einen bequemen Verdächtigten gefunden hat«, erwiderte Sir Epperstone, und der arrogante Aristokrat gab sich sichtbare, wenn auch vergebliche Mühe, uns freundlich anzuschauen. »Ich will Ihnen gegenüber mit offenen Karten spielen!« Er schluckte. »Ich gehe davon aus, dass sie sich mittlerweile über die näheren Umstände des Todes meiner Gemahlin informiert haben?«

Holmes und ich nickten.

»Die Gerüchte darüber, dass es kein Unfall war, sind seitdem nicht verstummt. Ich finde es daher höchst ärgerlich, dass man mich jetzt mit dem Tod Adriano Benettis in Verbindung bringt. Ich würde Sie daher gern damit beauftragen, die Vorfälle in Santa Trinità aufzuklären.«

Dieser Auftrag war für mich ein eindeutiger Beweis dafür, dass Hopper die wahre Identität von Mister Baker Radcliffe ausgeplaudert hatte, denn warum sonst sollte sein hochwohlgeborener Club-Kamerad einem namenlosen, dahergelaufenen privaten Ermittler sein Vertrauen schenken?

»Ich werde versuchen, Ihnen zu helfen«, versprach Holmes und nippte an seinem Kaffee. »Aber nur unter einer einzigen Bedingung.«

»Und die wäre?«, fragte Sir Epperstone hörbar alarmiert. Den Kaffeelöffel in der Hand, sah er Holmes über den Tisch hinweg skeptisch an. »Am Geld soll es jedenfalls nicht scheitern. Ich werde Ihnen ein äußerst großzügiges Honorar zahlen.«

Dies vernahm ich mit Wohlgefallen, denn meine Frau beschwerte sich bereits seit zwei Tagen bitterlich darüber, dass ich schon wieder tagelang mit Holmes unterwegs war, ohne dafür bezahlt zu werden. An die wenig feinfühligen Kommentare meines Schwagers und dessen Haushälterin wollte ich lieber gar nicht erst denken.

Meine Hoffnung auf adäquate Entlohnung wurde im gleichen Augenblick von Sir Epperstone genährt, der mit den Worten: »Dieselbe Summe erhalten Sie noch einmal nach Aufklärung des Unglücksfalls« einen prall gefüllten Briefumschlag auf den Tisch legte, von dem ich vermutete, dass er Geldscheine enthielt.

»Meine Bedingung ist, dass Sie mir in Zukunft die Wahrheit sagen«, präzisierte Holmes, ohne den Umschlag auch nur zu berühren. Leider schien er von dem großzügigen Angebot Sir Epperstones weniger beeindruckt zu sein als ich. »Wir fangen am besten mit einer ganz einfachen Frage an: Wo befinden sich die drei Altmeistergemälde, die aus ihrer Villa verschwundenen sind?«

Holmes schaute Sir Epperstone streng an, aber dieser zuckte nicht mit der Wimper, während ich kaum meinen Ohren traute.

»Sind Sie denn nicht von Einbrechern gestohlen worden?«, entfuhr es mir spontan.

Holmes schaute mich tadelnd an und schüttelte zum Zeichen, dass ich mich etwas zurückhalten sollte, verärgert den Kopf. Dann schien er es sich anders zu überlegen, denn er fragte mich in einem geradezu inquisitorischen Tonfall: »Haben Sie vorgestern irgendwelche Spuren von Gewalt in der Villa von Sir Eppestone bemerkt?«

»Nein«, antwortete ich wahrheitsgemäß, wenn auch mit einem flauen Gefühl im Magen.

»Und im Garten?«

»Auch nicht«, gab ich zu.

»Und was für Schlüsse haben Sie daraus gezogen?«

»Dass ich die Spuren nicht bemerkt habe, die Ihnen hingegen aufgefallen sein werden«, erklärte ich und kam mir vor wie ein Idiot.

»Eine andere Erklärung für das offensichtliche Fehlen von Spuren ist Ihnen nicht in den Sinn gekommen?«

Plötzlich verstand ich, worauf Holmes hinauswollen. »Es hat gar kein Einbruch stattgefunden!«, rief ich empört aus.

»Sie machen Fortschritte, Mister Tristram!«, bemerkte Holmes wohlwollend und warf dann Sir Epperstone einen vernichtenden Blick zu. »Unsere Zeit ist kostbar. Erklären Sie uns daher bitte endlich, warum Sie uns diese Komödie vorgespielt haben! Wenn ich eine Hypothese äußern darf, so wollten Sie die Bilder loswerden, weil sie sowieso nicht so recht in ihre Sammlung passten?«

Im selben Augenblick war mir klar, was Holmes meinte. Auch ich hatte bemerkt, dass die Dekoration der Villa ganz auf das Thema Jagd abgestimmt war, aber ich hatte diese Beobachtung nicht mit der Tatsache in Zusammenhang gebracht, dass es sich bei den drei angeblich gestohlenen Gemälden um eine Madonna, eine Kreuzigung und eine Sacra Conversazione gehandelt hatte.

»Einen Augenblick«, sagte Sir Epperstone entschuldigend zu Holmes und winkte dem Kellner, der gerade vorbeihuschte. Sir Epperstone bestellte einen *Caffè corretto*, also einen Kaffee, der mittels eines Grappas veredelt wurde. Dann begann er endlich zu reden. »Das stimmt«, gab er zu. »Ich habe schon von jeher eine ausgesprochene Abneigung gegen Bilder mit christlicher Thematik. Meine Gemahlin hat sie erworben und – wie ich Ihnen bereits in meiner Villa berichtet habe – gibt es leider in ihrem Testament eine Verfügung, die mir verbietet, ihre Gemälde zu veräußern oder auch nur abzuhängen. Also dachte ich, ein vorgetäuschter Einbruch sei eine elegante Art, diese Fremdkörper in meiner Villa loszuwerden. Ich habe versucht, die Gemälde unter der Hand zu verkaufen, aber bisher ist es mir leider noch nicht gelungen.«

»Dabei sollte Ihnen sicherlich Mortimer Hopper behilflich sein?«, vermutete ich.

Ein ironisches Lächeln huschte über das blasse Gesicht Sir Epperstones. »Er ist zwar einer meiner Freunde, aber das heißt noch lang nicht, dass ich ihm traue. Erstens bezweifle ich, dass er mir unter diesen Umständen einen guten Preis machen würde, und zweitens geht es ihn nichts an, dass ich gegen die Bestimmungen im Testament meiner Gemahlin zu verstoßen gedenke.«

Der Ober kam an den Tisch und kredenzte Sir Epperstone den *Caffè corretto*. Holmes nutzte die Zeit, um sich einige Notizen zu machen.

»Für Ihre Auslagen«, sagte Sir Epperstone, als der Kellner gegangen war, und deutete auf den Umschlag, der noch immer unberührt zwischen uns auf dem Tisch lag und den ich innerlich schon längst abgeschrieben hatte.

Zu meiner Überraschung nahm Holmes den Briefumschlag endlich an sich. Er öffnete ihn, zählte die Banknoten, steckte sie wieder zurück und kritzelte eine Empfangsbestätigung auf eine alte Rechnung, die auf dem Tisch herumlag. »Ich habe eigentlich nur noch eine Frage«, meinte er, nachdem er Sir Epperstone die Quittung überreicht hatte, mit einer Beiläufigkeit, die mich eine reine Routinefrage erwarten ließ. »Wo waren Sie an dem Mittag, an dem Adriano Benetti vom Gerüst gefallen ist?« Sir Epperstone wollte protestieren, aber Holmes ließ ihn nicht zu Worte kommen. »Das muss ich unbedingt wissen, um die Situation richtig beurteilen zu können.«

Sir Epperstone antwortete nicht sofort, sondern er nahm die Speisekarte in die Hand und studierte sie mit zusammengekniffenen Augen. Sollte er am Ende eine Brille benötigen? Dies würde seine Vorliebe für fleckige Gemälde erklären, dachte ich. Vielleicht vermochte er deren Unschärfe nicht von dem geradezu fotografischen Realismus des Porträts seiner Frau zu unterscheiden, das in seinem Treppenhaus hing.

»Was also mein Alibi betrifft«, erklärte er, während er mit einer fahrigen Handbewegung die Speisekarte auf den Tisch zurücklegte. »Denn darum geht es Ihnen ja offenbar?«

Holmes nickte, und einen Augenblick lang herrschte ein spannungsvolles Schweigen.

»Ich war in Siena und habe mich dort über den Palio informiert. Seit ich in Florenz lebe, ist es mein Traum, dass eines meiner Pferde das berühmte Wettrennen von Siena gewinnen könnte. Aber ich musste leider erfahren, dass die Pferde ausgelost werden. Ich müsste also mehrere Pferde zu Verfügung stellen, um eine realistische Chance zu haben«, erklärte Sir Epperstone, nachdem er seine Tasse in einem Zug geleert hatte, und ich bemerkte, dass dies offenbar nicht der erste *Caffè corretto* war, den er sich an diesem Morgen genehmigte.

Die Tatsache, dass Sir Epperstone ein Alibi hatte, erschütterte mein Weltbild, denn ich war bis zu diesem Augenblick davon ausgegangen, dass er den Maler in einem Anfall von verspäteter Eifersucht umgebrachte hatte.

»Ich gehe davon aus, dass es nicht an Sienesen mangelt, die dies bezeugen können?«, fragte Holmes, und auch er klang leicht erstaunt. »Warum machen Sie sich also Sorgen wegen der Polizei?«

»Ich mache mir keine Sorgen!«, antworte Sir Epperstone mit einem scharfen Tonfall, und seine gewohnte Arroganz kam wieder zum Vorschein, »sondern ich möchte, dass Sie den Tod dieses Malers aufklären. Die Polizei wird den Fall über kurz oder lang auf sich beruhen lassen, aber dann wird der Klatsch sich der Sache bemächtigen. Meine Gemahlin hat bei Benetti Malstunden genommen. Sie können sich vorstellen, was die Leute daraus gemacht haben. Um ehrlich zu sein, war dies der eigentliche Grund dafür, dass ich das Gruppenbildnis bestellt habe. Ich dachte dieser Großauftrag an Benetti würde den Schandmäulern den Wind aus den Segeln nehmen, aber wie ich hören musste, munkelt man noch immer über meine verstorbene Gemahlin und den Maler.«

Je mehr Sir Epperstone uns vom Gegenteil zu überzeugen suchte, desto mehr verfestigte sich bei mir der Eindruck, dass es sich keinesfalls nur um üble Nachrede handelte.

»Ich werde sehen, was ich machen kann«, versprach Holmes. »Aber falls sich herausstellen sollte, dass es sich tatsächlich um einen Unfall gehandelt hat, werden die Klatschbasen dies womöglich nicht glauben.«

»Das ist mir völlig klar«, erwiderte Sir Epperstone. Ein Hauch Ärger huschte über sein blasses Gesicht. »Aber wenn Sie zu dem Schluss kommen sollten, dass es ein Unfall war, so wird dies hoffentlich zumindest die Mitglieder meines Clubs überzeugen.«

Diese Äußerung Sir Epperstones war ein untrüglicher Hinweis darauf, dass Holmes mittlerweile eine Berühmtheit im Höllenfeuer-Club war. »Gut«, sagte er kurz angebunden. »Es gibt nur noch eine Sache, zu der ich gern Ihre Einschätzung hören möchte. Falls es Mord gewesen sein sollte: Wer hätte Ihrer Meinung nach ein Motiv gehabt, den Maler umzubringen?«

Außer Ihnen, ergänzte ich innerlich.

»Eigentlich jeder, der ihn kannte«, antwortete Sir Epperstone spontan, und dies war die erste menschliche Regung, die er zeigte, seit ich ihn kannte. »Wenn Sie sich über ihn informieren, werden Sie feststellen, dass niemand gut auf ihn zu sprechen war.«

»Mir ist nicht entgangen, dass sich Mortimer Hoppers Bestürzung über den Tod des Malers in Grenzen gehalten hat. Aber, wo wären wir, wenn man jeden, auf den man schlecht zu sprechen ist, gleich aus zehn Metern Höhe von einem Gerüst stürzen würde?«, gab Holmes zu bedenken.

Sir Epperstone schüttelte verärgert den Kopf. »Ich habe nur Ihre Frage beantwortet.«

»Aber was genau machte den Maler so unbeliebt?«, wollte Holmes wissen.

Sir Epperstone führte seine Tasse zum Mund und stellte dann erst fest, dass sie bereits leer war. »Er war arrogant, neugierig und ein unverbesserlicher Schürzenjäger«, sagte er dann. Kalte Verachtung lag in seiner Stimme. »Jeder, der einmal mit ihm zu tun hatte, ist ihm danach aus dem Weg gegangen.«

Warum hatte es Sir Epperstone zugelassen, dass seine Frau bei einem Frauenhelden Malunterricht nahm? Aber vielleicht hatte er selbst die Malstunden nur erfunden, um zu vertuschen, dass sie einen Liebhaber hatte, dachte ich.

»Aber, was ist Ihre persönliche Meinung?«, bohrte Holmes nach. »Wer könnte Adriano Benetti umgebracht haben?«

»Das hätte ich eigentlich gerne von Ihnen erfahren!«, reagierte Sir Epperstone unerwartet heftig und fügte dann etwas leiser und mit ironischem Unterton »Mister Baker Radcliffe« hinzu.

Holmes hob den Kopf und betrachtete Sir Epperstone mit einem Gesichtsausdruck, als ob er ihn noch niemals zuvor gesehen hätte.

»Wie ich vorhin schon gesagt habe: Sie werden für Ihre Dienste gut honoriert werden«, erklärte dieser mit einem verkniffenen Gesichtsausdruck. »Aber ich wäre Ihnen sehr verbunden, wenn Sie sich ansonsten aus meinen Privatangelegenheiten heraushalten würden.«

Ich schaute zwischen Holmes und Sir Epperstone hin und her, jeden Augenblick erwartend, dass Holmes den impertinenten Menschen in die Schranken wies. Aber Holmes schwieg, wenn es auch ein sehr beredtes Schweigen war.

Dann packte er langsam und bedächtig seinen Notizblock ein und rief nach dem Ober.

»Die Rechnung geht auf mich«, verkündete Sir Epperstone mit gönnerhafter Miene.

»Wie Sie wünschen«, erwiderte Holmes kühl und erhob sich. »Leider rufen uns dringende Geschäfte. Sie werden uns daher entschuldigen.« Holmes griff nach seinem Hut und wandte sich zum Gehen.

Sir Epperstone nickte uns zum Gruß zu, und wir verließen das Café. Unser Ziel war selbstverständlich der Bahnhof, auch wenn Holmes sich Sir Epperstone gegenüber recht vage ausgedrückt hatte, was unsere dringenden Aktivitäten betraf.

»Das ist ja wohl die größte Unverschämtheit, die mir jemals passiert ist!«, platzte es aus mir heraus, als wir außer Hörweite waren. »Was bildet sich dieser aufgeblasene Mensch eigentlich ein?«

»Er ist der Meinung, dass er mich bestechen kann«, stellte Holmes sachlich fest. »Aber er hat sich geirrt. Wenn wir in Leghorn recherchieren, werden wir möglicherweise Dinge über Lady Epperstone in Erfahrung bringen, die ihm gar nicht gefallen!«

»Was sagen Sie dazu, dass sie angeblich nur Malstunden bei Benetti genommen hat?«, fragte ich sensationsgierig. »Mir erscheint die Variante, dass er ihr Liebhaber war, wahrscheinlicher, denn wer würde sich wohl von diesem Fleckenmaler unterrichten lassen?«

»Vielleicht ist beides zutreffend. Es schließt einander jedenfalls nicht aus«, erwiderte Holmes salomonisch.

»Vielleicht sollten wir Sir Epperstone nach den Werken seiner Frau befragen«, schlug ich vor, da es mir ein großes Vergnügen bereitet hätte, ihn der Lüge zu überführen.

»Wie ich ihn einschätze, hat er sich von den Bildern getrennt«, entgegnete Holmes, und ich musste ihm innerlich recht geben. »Ist Ihnen übrigens aufgefallen, dass Sir Epperstone heute Morgen in ziemlich desolater Verfassung sein Haus verlassen hat?«

»Er hatte jedenfalls schon vor dem Treffen Alkohol getrunken«, bemerkte ich, »aber vielleicht ist dies für ihn nicht ungewöhnlich?«

»Das möchte ich meinen! Er hatte auch getrunken, als wir ihn in seinem Heim aufgesucht haben«, erwiderte Holmes, und ich musste mir eingestehen, dass mir dies völlig entgangen war. »Aber heute hat er seinen Stock zu Hause vergessen, ein untrügliches Zeichen dafür, dass ihn die Polizeiermittlungen ziemlich durcheinandergebracht haben.«

»Was mich irritiert, ist, dass ich bisher davon ausgegangen bin, dass es zwei Einbrüche gegeben hat, die beide auf das Konto desselben Täters gehen«, gab ich zu. »Jetzt werde ich wohl völlig umdenken müssen.«

»Das liegt daran, dass Sie am Tatort nicht genau hingesehen haben«, erklärte Holmes, »sonst hätten Sie sofort erkannt, dass in die Villa Sir Epperstones nicht eingebrochen worden ist.«

»Das wäre mir nie in den Sinn gekommen!«, entfuhr es mir. »Schließlich hat doch die Zeitung über den Einbruch berichtet, und auch der Polizei ist offenbar nichts Verdächtiges aufgefallen!«

»Und trotzdem gab es keinerlei Spuren, die auf einen Einbruch hinwiesen.« Holmes schaute mich amüsiert an. »Meine Devise lautet, dass man das Unmögliche ausschließen muss. Was übrig bleibt, ist die Wahrheit, auch wenn sie noch so seltsam erscheinen mag.«

9. Die Wohnung des Malers

Nach einer ermüdenden Zugfahrt, bei der mich auch die toskanische Landschaft, die hinter der staubigen Scheibe des Abteils vorbeizog, nicht mit der Schüttelei versöhnte, erreichten wir Leghorn am frühen Nachmittag. Als wir den Hauptbahnhof verließen, herrschte auf der ihm vorgelagerten Piazza Dante hektische Betriebsamkeit. Trotzdem war Holmes in seinem grauen Reisemantel und der Tuchmütze eine auffällige Erscheinung, zumal er die meisten Einheimischen um einen halben Kopf überragte.

»Die Stadt ist größer, als ich vermutet habe«, stellte Holmes fest, während er seinen Blick über die Menschenmenge schweifen ließ. Immer wieder kam der Großstädter in ihm zum Vorschein, der in der Millionenstadt London in seinem eigentlichen Element war.

»Leghorn hat über 100.000 Einwohner«, referierte ich – froh, meine aus dem Reiseführer gewonnen Erkenntnisse gewinnbringend anwenden zu können. »Es ist also immerhin halb so groß wie Florenz.«

»Sie vergessen aber, dass man in Florenz noch die dreifache Anzahl an Touristen hinzuaddieren müsste«, gab Holmes zu bedenken. »In diese Küstenstadt hingegen scheinen sie sich nicht zu verlaufen.«

Als Holmes das Wort »laufen« verwendete, vergegenwärtigte ich mit Schrecken, dass er möglicherweise geplant haben könnte, die Stadt zu Fuß zu durchqueren. Dazu verspürte ich keinerlei Neigung, denn nachdem der Zug meine Knochen durcheinandergerüttelt hatte, war ich am Ende meiner Kräfte. »Wo genau befindet sich eigentlich die Wohnung von Adriano Benetti?«, erkundigte ich mich daher vorsichtig.

»Ich würde viel dafür geben, wenn Sie mich in Ihre Pläne einweihen.«

»Der Weg ist nicht weit«, versprach Holmes, während er mir einen Zettel überreichte, auf dem mit krakeliger Schrift zwei Adressen notiert waren, die von Adriano Benetti sowie die seines Vetters, mit dem ihn der Verfasser seines Nachrufs verwechselt hatte. Hinter der Anschrift des Mordopfers war mit Bleistift *Mietwohnung im Quartiere Venezia Nuova* notiert.

Ich brauchte einen Augenblick, bis mir einfiel, wo mir die Bezeichnung *Venezia Nuova* bereits untergekommen war. Dann durchfuhr mich die Erkenntnis wie ein Blitz: Dies war das Viertel, in dem auch Lady Epperstone gewohnt hatte, wenn sie in Leghorn war! Dies konnte doch bestimmt kein Zufall sein! Wenn es noch eines Beweises bedurft hätte, dass die beiden ein Verhältnis miteinander hatten, so hatte ich ihn nun. Aber wie mochte wohl Holmes an diese Informationen gekommen sein? »Woher haben sie diese Adressen?«, entfuhr es mir daher.

»Der Küster der Kirche Santa Trinità war gestern Abend so freundlich gewesen, sie mir zu geben.«

»Woher um Gottes willen wusste der Küster, wo der Vetter des Malers lebt?«, fragte ich verblüfft nach.

»Hier hat man eben Familiensinn. Wir befinden uns in Italien und nicht in England, wo man sein Haus mit einem Wassergraben umgibt und mit einer Zugbrücke sichert.«

Offenbar hatte sich Holmes mittlerweile doch etwas in Italien akklimatisiert. »Trotzdem sollte der Küster sich schämen, derart vertrauliche Informationen an wildfremde Menschen weiterzugeben«, protestierte ich.

»Ich habe ihn mit einem Trinkgeld davon überzeugt, dass die Informationen bei mir in den besten Händen seien«, erklärte Holmes und ich beschloss, ihn an die Großzügigkeit, mit der die Einheimischen ihr Wissen mit anderen teilten, zu erinnern, wenn er sich mal wieder über die landesüblichen langen Mittagspausen empören sollte.

Wir folgten einer breiten, gut gepflasterten, aber leider auch sehr langen Straße, bis wir einen großen, rechteckigen Platz[12] erreichten, in dessen Mitte sich zwei Denkmäler von Toskanischen Herzögen erhoben. Aus der Ferne sahen wir die Fortezza Nuova mit ihrem Wassergraben, dem Fosso Reale, der von den Medici angelegt worden war, um die Stadt vor Angriffen von Seeräubern zu schützen. Das Fünfeck der Medicistadt war noch immer innerhalb der modernen Metropole erkennbar, und ich fragte mich, ob dies die Stadt für Elisabeth Dowland attraktiv machte.

Nachdem wir den großen Platz überquert hatten, bogen wir in die Via Grande ein, die zum Medici-Hafen führende Hauptgeschäftsstraße Leghorns mit ihren eleganten Läden hinter Arkadenbögen. Hier flanierten Damen in heller Toilette mit großen Hüten in Begleitung von dunkel gekleideten Herren mit akkurat gestutzten Schnurrbärten. Endlich passierten wir die Piazza Grande mit dem Dom San Francesco, hinter dem sich das im siebzehnten Jahrhundert angelegte Quartiere Venezia Nuova bis zum alten Hafen erstreckte.

Schon auf den ersten Blick war zu sehen, dass dieser Stadtteil den Namen »Neu-Venedig« zurecht trug: Es war ein malerisches Viertel mit Bootsanlegestellen, Brücken und Kanälen, an denen in langen, lückenlosen Reihen viergeschossige Bauten standen, die in Venedig niemandem als ungewöhnlich aufgefallen wären. Um die Illusion vollkommen zu machen, hätten nur schwarze Gondeln gefehlt, denn auf den Kanälen von Leghorn fuhren ganz normale, farbig lackierte Kähne.

[12] Anm.: die heutige Piazza Repubblica

Ich hatte gelesen, dass man für die Errichtung der Pfahlbauanlagen Spezialisten aus Venedig konsultiert hatte. Die oberen Stockwerke der Häuserblocks dienten früher als Wohnungen für internationale Kaufleute, während die Wohnungen im Erdgeschoss als Lagerräume für jede Art von Gütern geeignet waren. Über unterirdische Gänge waren die Kellergeschosse der Häuser mit den Kanälen verbunden, während man über spezielle Rampen die Waren auf das Niveau der Straßen transportieren konnte.

In ihrer verhaltenen Farbigkeit zwischen ockerfarbenem Putz und hellen Fensterumfassungen träumten die Häuserzeilen von einer großen Vergangenheit. Der nahe gelegene alte Hafen war nämlich für moderne Seeschiffe zu seicht geworden und daher hatte man 1855 – also noch vor der Einigung Italiens – mit der Anlage des wesentlich größeren Porto Nuovo begonnenen. Seitdem hatten sich die geschäftlichen Aktivitäten größtenteils dorthin verlagert.

Nachdem wir zweimal nach dem Weg gefragt hatten, fanden wir endlich die gesuchte Adresse. Die Straße war gepflegt und machte einen recht achtbaren Eindruck. Das Haus selbst unterschied sich nicht von den anderen. Es war viergeschossig und besaß einen Balkon, der das Piano Nobile auszeichnete. Alle Fensterläden waren als Schutz gegen die Sonne geschlossen, und daher gaben die breiten Fenster keinerlei Aufschluss über die Geschehnisse im Inneren der Räume.

»Ich gehe davon aus, dass Adriano Benetti im obersten Stockwerk gewohnt hat«, bemerkte Holmes ungewöhnlich mitteilsam und schaute dabei in einer Weise zum Dach hinauf, dass ich mich ernsthaft fragte, ob er vorhatte, sich als Fassadenkletterer zu betätigen.

»Das glaube ich auch«, stimme ich zu, »denn die billigen Wohnungen befinden sich immer unter dem Dach.«

Leider konnten wir diese Vermutung nicht augenblicklich überprüfen, da die schwere Holztür abgeschlossen war und das Haus keinen Hauswart besaß, bei dem man hätte vorsprechen können. Ich fragte mich, unter welchem Vorwand Holmes sich Zugang zur Wohnung des Malers zu verschaffen gedachte, aber ich hegte keinen Zweifel daran, dass ihm etwas Passendes einfallen würde.

Dann war das leise Klicken eines Schlüssels, der im Schloss herumgedreht wurde, zu hören. Lautlos schwang die Tür auf, und eine Hausfrau mit einem freundlichen, sonnengebräunten Gesicht trat heraus, ein quengelndes Kleinkind hinter sich herziehend. Sie stieß einen leisen Schreckensschrei aus, da sie fast mit Holmes zusammengestoßen wäre, weil sie sich nach ihrer Tochter umgedreht und ihn daher nicht bemerkt hatte.

»Guten Tag, Signora«, grüßte Holmes, der Frau den Türknauf aus der Hand nehmend, womit er verhinderte, dass die Tür wieder ins Schloss fiel. »Es tut mir leid, dass ich Sie erschreckt habe! Könnten Sie mir vielleicht sagen, wer der Besitzer der linken Wohnung im vierten Stockwerk ist?«

»Selbstverständlich, Signore!« Die Frau sah zu Holmes hoch, der sie um fast zwei Köpfe überragte, und kniff dabei die Augen zusammen, da die Sonne sie blendete. »Das ganze Haus gehört Signor Fontana. Er bewohnt die große Wohnung in der ersten Etage.«

Holmes bedankte sich, und die Frau ging die Straßen hinunter, gefolgt von ihrem Kind, das nicht mehr quengelte, sondern uns mit unverhohlener Neugier nachstarrte.

Wir traten ein und stiegen die steinernen Stufen eines schlecht geputzten Treppenhauses hoch. Im ersten Stock angelangt, klopfe Holmes mit dem Metallring gegen die Tür, der hier die Funktion einer Klingel erfüllte.

Schon bald hörten wir das Knarren einer Tür, dazu schlurfende Schritte, und ein griesgrämiger Mann öffnete die Tür. Mit zusammengepressten Lippen musterte er uns von Kopf bis Fuß, wahrscheinlich um abzuschätzen, ob wir Hausierer waren. Er war mittelgroß, untersetzt und mindestens sechzig Jahre alt. Sein noch nicht ganz graues Haar war zu militärischer Kürze geschoren, und der dünne Schnurrbart so akkurat, dass er wie aufgemalt wirkte. Seine Lesebrille, die auf dem äußersten Ende der kurzen Nase gerade noch Platz hatte, war frisch geputzt. Auch seine altmodische, dunkle Kleidung mit den polierten Knöpfen unterstrich den Eindruck von Ordnung und Disziplin.

»Signor Fontana?«, fragte Holmes.

»Ja, der bin ich!« Offenbar war Signor Fontana nicht gerade gesprächig.

»Man hat mir gesagt, dass Sie der Besitzer dieses Miethauses sind?«, erkundigte sich Holmes.

Die mürrischen Züge des Hausbesitzers hellten sich etwas auf. »Sie kommen wegen der Wohnung?«

»Ja«, bestätigte Holmes, ehe ich noch dazu kam, Signor Fontana zu fragen, woher er dies wusste. »Ich hoffe, die Wohnung ist noch frei?«

Ich bewunderte die schnelle Auffassungsgabe von Holmes, denn erst jetzt verstand ich, wie die Frage des Hausbesitzers gemeint war.

»Selbstverständlich ist die Wohnung noch frei. Die Anzeige ist schließlich erst heute erschienen«, erwiderte Signor Fontana scharfsinnig und warf uns über die Ränder seiner Lesebrille hinweg einen misstrauischen Blick zu.

»Es freut mich, dies zu hören«, erwiderte Holmes. »Wir würden nämlich die Wohnung gern besichtigen. Unsere Geschäfte führen uns ab und zu nach Livorno, und oft schaffen wir es nicht mehr, den letzten Zug nach Florenz zu erreichen. Eine kleine Wohnung in diesem Stadtteil wäre ideal für unsere Zwecke.«

»In welcher Branche sind Sie tätig?«, wollte der Hausbesitzer wissen, der offenbar Blut gerochen hatte, denn er war schlagartig wesentlich gesprächiger.

»Ich exportiere Schmuck und Korallen. Mister Tristram ist mein Assistent.«

Ich versuchte einen geflissentlichen und subalternen Eindruck zu erwecken.

Signor Fontana nickte wohlgefällig. »Einen kleinen Augenblick«, sagte er dann. »Ich hole nur schnell den Schlüssel der Wohnung.« Er schlug die Tür zu und ließ uns im Treppenhaus stehen. Kurze Zeit später kehrte er mit einem unerwartet großen Schlüssel zurück, den er so demonstrativ in der Hand hielt wie der Heilige Petrus sein Attribut.

»Bin ich richtig informiert, dass der Vormieter der Wohnung ein Kunstmaler war?«, fragte Holmes, während wir die Treppe hinaufstiegen. Je höher wir kamen, desto staubiger waren die Stufen.

»Ja, Signor Benetti war ein bekannter Maler aus Livorno«, erklärte Signor Fontana mit hörbarem Lokalpatriotismus.

»Gibt es noch andere Künstler im Haus?«, fragte Holmes mit täuschend echter Besorgnis in der Stimme.

»Nein! Gott bewahre!« Signor Fontana blieb stehen und drehte sich um. Über seine Lesebrille hinweg blickte er pikiert zu Holmes auf. »Dies ist ein anständiges Wohnhaus. Signor Benetti hatte eine erstklassige Referenz, sonst hätte ich ihn nicht als Mieter akzeptiert.«

Ich verkniff mir mühsam den Kommentar, dass ihn der Zustand des Hauses im Allgemeinen und der des Treppenhauses im Besonderen Lügen strafte.

»Sie haben also keine schlechten Erfahrungen mit Signor Benetti gemacht?«, hakte Holmes nach.

»Er war ein sehr ordentlicher Mieter, auch wenn er früher manchmal etwas säumig mit der Mietzahlung war.« Signor Fontana stockte einen Augenblick lang. »Die anderen Mieter haben sich niemals über ihn beschwert, wie sollten sie auch, so selten wie er sich in seiner Wohnung aufgehalten hat.«

Diese Worte ließen mich aufhorchen, und mein erster Gedanke war, dass der Maler sich meist in der Wohnung von Lady Epperstone aufgehalten haben musste, aber dann fiel mir ein, dass Adriano Benetti vor seinem Tod in Florenz gearbeitet hatte.

Endlich erreichten wir das oberste Stockwerk. Das Schloss knarrte, als der Vermieter den Schlüssel darin umdrehte, und die Tür produzierte beim Öffnen ein hässliches Quietschen. In der Luft lag ein Geruch von Zigarettenrauch, von Kalkfarbe und von frisch geschlagenem Holz.

Neugierig spähte ich durch den Türspalt, denn es war das erste Mal, dass ich das Domizil eines Malers besuchte. Was ich sah, erstaunte mich zutiefst. Ich hatte eine extrem unordentliche Rumpelkammer erwartet, in deren faustischem Halbdunkel leere Weinflaschen und ungespülte Teller auf dem Boden herumlagen, kurz und gut: so etwas Ähnliches wie das Zimmer von Holmes. Doch ich erblickte eine kleine, geradezu luxuriös eingerichtete und ordentlich aufgeräumte Wohnung, deren sich kein Anwalt hätte schämen müssen.

»Das gibt es doch nicht!«, rief Signor Fontana erstaunt aus. Er nahm seine Lesebrille von der Nase und trat ein. »Als ich das letzte Mal hier war, standen überall Kisten herum, und Signor Benetti hat auf einer Matratze auf dem Boden kampiert.«

»Wie lange ist dies her?«, wollte Holmes wissen. Er wirkte

auf einmal wie ein Jagdhund, der Blut gerochen hatte.

»Bestimmt ein gutes Jahr«, antwortete der Hausbesitzer, der noch immer seinen Blick irritiert durch den Raum schweifen ließ. »Ich habe mich damals beschwert, weil er mir die Miete am fünften des Monats noch immer schuldig war.«

Sofort war mir die Tragweite dieser Äußerung klar: Binnen eines einzigen Jahres hatte sich die finanzielle Situation des Malers ganz erheblich verbessert. Oder hatte Lady Epperstone die Wohnung auf ihre Kosten einrichten lassen, weil sie sich hier zu romantischen Stelldicheins mit Adriano Benetti traf? Außerdem war es seltsam, dass der Vermieter die Wohnung nicht inspiziert hatte, nachdem er vom Tod des Malers erfahren hatte.

»Hat ihn manchmal eine elegante Frau besucht?«, fragte ich daher zur Bestätigung meiner Theorie.

»Nicht dass ich wüsste«, schnaubte mich der Hausbesitzer schlecht gelaunt an. »Wieso um Himmels willen möchten Sie dies wissen? Ich kann Ihnen jedenfalls versichern, dass dies ein anständiges Haus ist!«

Das war einfach nicht fair! Holmes fragte jeden nach Strich und Faden aus, aber niemand stellte seine Autorität infrage oder gab ihm zu verstehen, dass er sich gefälligst nicht in fremde Angelegenheiten mischen sollte. Aber wenn ich es wagte, eine ganz harmlose Frage zu stellen, wurde ich sogleich in die Schranken gewiesen!

»Ich habe mich nur gefragt, ob er sich deshalb neu eingerichtet hat, weil eine Frau in sein Leben getreten ist«, erklärte ich absichtlich etwas vage.

Signor Fontanas dunkle Augen blickten mich gleich etwas sanfter an. »So habe ich die Sache noch gar nicht betrachtet, aber Sie könnten durchaus recht haben. Ich habe mich immer darüber gewundert, dass ein so gut aussehender Mann fortgeschrittenen Alters noch immer Junggeselle war.«

»Sie haben doch nichts dagegen, wenn wir uns etwas umsehen?«, fragte Holmes pro forma, während er bereits das Zimmer durchmaß, um die Fensterläden zu öffnen.

»Selbstverständlich nicht!« Signor Fontana plusterte sich auf wie eine Glucke im Wind. »Sie werden feststellen, dass Sie kaum eine attraktivere Wohnung in diesem Viertel, nein, was sage ich, in ganz Livorno finden. Es handelt sich zwar um einen Altbau, aber er ist gut gepflegt. Es ist eine kleine, aber komfortable Zweizimmerwohnung mit Küche und ...«

Der Hausbesitzer beendete seinen Satz nicht, da Holmes ihm offenbar nicht zuhörte, sondern konzentriert die Einrichtung des Wohnzimmers betrachtete.

Ich nahm mir vor, es Holmes gleichzutun und jedes Detail in mich einzusaugen: Im sommerlichen Licht leuchteten der Orientteppich und die Goldbuchstaben auf den Rücken der Bücher. Auf dem wertvollen Teppich standen ein niedriger Tisch und ein rotes Plüschsofa mit zwei passenden Stühlen. Über die ganze Breite der Hinterwand lief ein Regal aus dunklem Holz, darauf mehrere Reihen von Folianten mit Lederrücken. Die zweite Wand wurde von einem Sideboard verstellt, auf dem – zwischen zwei silbernen Kandelabern – Flaschen mit alkoholischen Getränken aufgebaut waren. In der Ecke befand sich eine große Schiefertafel, die mich unangenehm an meine Schulzeit erinnerte. Man konnte auf ihrer dunklen Oberfläche noch rudimentäre Kreidespuren erkennen.

»Vielleicht weitere geheimnisvolle Listen«, vermutete ich.

»Das sieht mir eher nach Aktstudien aus«, widersprach Holmes, nachdem sein Blick die Tafel nur flüchtig gestreift hatte.

»Nun weiß ich auch, warum er dieses großformatige Gemälde in der Villa von Sir Epperstone und nicht in seiner

Wohnung gemalt hat«, sagte ich angesichts der Tatsache, dass die Möbel so eng beieinander standen, dass ich kaum zwischen ihnen hindurchgehen konnte. »Erstaunlich, dass er hier überhaupt den Platz zur Ausübung seines Berufs gefunden hat, von der Inspiration ganz zu schweigen.«

»Wie die anderen Maler der Gruppe, zu der er gehörte, hat Adriano Benetti meist *plein air* gemalt«, rief mir Holmes ins Gedächtnis.

»Sie kannten Signor Benetti?«, fragte der Vermieter alarmiert, der trotz der englisch geführten Unterhaltung offenbar den Namen des Malers aufgeschnappt hatte.

»Selbstverständlich nicht persönlich«, erklärte Holmes mit Nachdruck, während er seinen Blick schweifen ließ. »Die Wohnung ist in einem sehr guten Zustand. Ich vermute, dass Signor Benetti sie nicht lange bewohnt hat?«

»Knapp fünf Jahre«, antwortete der Vermieter, den Köder schnappend, »und wie ich schon sagte, hat er sich manchmal wochenlang nicht blicken lassen. Ich bin nur froh, dass die Polizei nicht allzu viel Unordnung hinterlassen hat.«

»Die Polizei war hier?«, fragte Holmes in einem derart empörten Tonfall, dass ich befürchtete, dass Signor Fontana uns für gesuchte Verbrecher halten könnte.

»Ja, zwei Polizisten aus Florenz haben vorgestern die Wohnung durchsucht. Man hat nämlich vermutet, der Maler könnte ermordet worden sein, aber Sie brauchen sich deswegen keine Sorgen zu machen. Ich glaube nicht, dass die Polizisten wiederkommen, denn sie haben nichts gefunden.«

»Das ist gut«, erwiderte Holmes, aber er wirkte noch immer leicht verärgert, wohl aus Sorge, die Polizei könnte Beweisstücke mitgenommen und Spuren vernichtet haben. »Ich hoffe, er ist nicht in dieser Wohnung ermordet worden?«

»Aber nein!« Signor Fontana zog bei der bloßen Vorstellung die Luft scharf ein. »Er ist in einer Kirche in Florenz verunglückt! Mir ist schleierhaft, wie der Commissario auf die Idee kommen konnte, jemand könnte Signor Benetti ermordet haben! Wahrscheinlich hat er zu viele Kriminalromane gelesen.«

Auf dem Wohnzimmertisch lag ein Stoß alter Zeitungen, und Holmes nahm sie einzeln in die Hand.

»Die können Sie gern behalten«, bot der Hausbesitzer gönnerhaft an. »Ich glaube nicht, dass jemand sie vermisst.«

»Das ist sehr freundlich von ihnen«, murmelte Holmes, der offenbar in Gedanken weit weg war. »Ich lese gern Zeitungsartikel während der langweiligen Zugfahrten.«

»Wann könnten wir die Wohnung frühestens beziehen?«, fragte ich, um auch etwas zu der Unterhaltung beizusteuern.

»Im Prinzip sofort!« Die Antwort kam wie aus der Pistole geschossen, da der Hausbesitzer wahrscheinlich schon die ganze Zeit auf diese Frage gewartet hätte. »Wenn nur endlich die Familie von Signor Benetti die Möbel und seine sonstigen Habseligkeiten abholen würde!«

»Er war, wenn ich Sie richtig verstanden habe, Junggeselle?«, erkundigte sich Holmes.

Signor Fontana nickte.

»Vielleicht erhebt niemand Anspruch auf seinen Nachlass?«

»Das kann ich mir nicht recht vorstellen, bei den guten Möbeln! Signor Benetti hat eine verheiratete Schwester in Neapel und einen Vetter namens Antonio, der ebenfalls Maler ist. Er wohnt in Livorno. Einer von den beiden sollte nun endlich den Haushalt auflösen!«, schimpfte Signor Fontana und schaute sich dann kopfschüttelnd um. »Es ist wirklich erstaunlich, wie viel er in dieser kleinen Wohnung untergebracht hat.«

»Vielleicht könnten wir die Möbel übernehmen, zumindest für den Anfang? Uns hatte nämlich eigentlich eine möblierte Wohnung vorgeschwebt«, meinte Holmes mit einem leicht sauertöpfischen Gesichtsausdruck, und ich fand, dass er als Handlungsreisender sehr überzeugend war. »Was haben Sie sich eigentlich als Miete vorgestellt?«

Der Hausbesitzer nannte einen Betrag, der weit niedriger war, als ich erwartet hatte, aber ich war wohl von Florentiner Verhältnissen ausgegangen.

»Das klingt vernünftig, aber ich möchte mich jetzt noch nicht festlegen, denn wir haben noch mehrere andere Angebote, die wir in den nächsten Tagen prüfen möchten. Könnten Sie uns die Wohnung nicht vorerst für eine Woche überlassen?«, schlug Holmes vor. »Sie müssen dem Vetter von Signor Benetti schließlich nicht sagen, dass wir Ihnen dafür Miete zahlen.«

Mir fehlten die Worte, was nicht oft vorkam, so sehr beeindruckte mich die Art und Weise, wie Holmes zwei Fliegen mit einer Klappe schlug: Erstens hatten wir nun in Leghorn eine preiswerte Unterkunft gefunden, von der aus wir in Ruhe recherchieren konnten, und zweitens konnten wir die Wohnung des Malers ohne den lästigen Vermieter in Ruhe untersuchen.

»Einverstanden! Darauf trinken wir einen Grappa«, sagte der Hausbesitzer, und schlagartig war er mir viel sympathischer

Wir stiegen also die Treppe wieder hinab und begaben uns in die Wohnung von Signor Fontana, wo eine derartig penible Ordnung herrschte, dass ich mich geradezu körperlich unwohl fühlte. Kaum hatten wir uns auf klobigen Ledersesseln niedergelassen, händigte Holmes schon unserem neuen Hauswirt die vereinbarte Summe aus.

Hoffentlich will er jetzt nicht unsere Ausweise sehen!, durchfuhr es mich, aber glücklicherweise verzichtete Signor Fontana auf diese gesetzlich vorgeschriebene Formalität, wie ich vermutete, weil er beabsichtigte – wie Holmes ihm vorgeschlagen hatte – auch bei den Benetti weiterhin Miete einzutreiben.

Wie stießen mit einem Grappa an, der meine Erwartungen weit übertraf. Ich hätte nichts gegen ein zweites Gläschen einzuwenden gehabt, aber ich hatte meine Rechnung ohne Holmes gemacht.

»So leid es mir tut, Signor Fontana«, erklärte er, sowie er das erste Glas geleert hatte. »Wir können nicht länger Ihre Gastfreundschaft genießen, denn wir haben heute Abend noch viel zu tun.«

Der Hausbesitzer unternahm leider keinerlei Anstalten, um uns umzustimmen, und wir verabschiedeten uns. Holmes nahm zwei Stufen auf einmal, als er die Treppe zur ehemaligen Wohnung des Malers hinaufstieg, und ich folgte ihm etwas langsamer.

»Nach den Namensschildern neben den Türen zu schließen, heißen die meisten Bewohner dieses Hauses Fontana«, meinte Holmes unterwegs. »Hier sind wohl alle miteinander versippt und verschwägert.«

»Das ist in Italien nichts Ungewöhnliches, denn die Wohnungen werden oft über Beziehungen vergeben«, erklärte ich. »Mit den Arbeitsplätzen verhält es sich ähnlich. Da werden zuerst sämtliche Vettern und dann die Kinder der Nachbarn untergebracht, ehe man auch nur an Außenstehende denkt.«

»Aber Adriano Benetti hat schließlich auch hier gewohnt.«

»Denken Sie daran, was Signor Fontana über die Referenzen gesagt hat«, bemerkte ich. »Wahrscheinlich kannte er die Cousine der Mutter des Malers, oder sein Onkel hat schon einmal hier gewohnt.«

Holmes schloss die Tür auf und begab sich zielstrebig in die kleine Küche, die den Eindruck erweckte, als sei sie niemals benutzt worden. Er kam zurück mit einem Aschenbecher aus blauem Glas, der auf der Anrichte gestanden hatte.

»Wie ich mir gedacht habe«, stellte er befriedigt fest, nachdem er sich die Kippen genauer betrachtet hatte.

»Der Mörder hat hier geraucht?«, fragte ich, da ich mir keinen Reim darauf machen konnte, dass die Kippen offenbar halfen, den Mordfall aufzulösen.

Holmes lachte.

»Nein, Signor Benetti hat hier geraucht.«

»Und warum …«

»Erinnern Sie sich daran, dass Mister Wilson nach dem Einbruchsversuch Rauchspuren in seiner Wohnung wahrgenommen hat?«

Ich nickte.

»Sir Epperstone ist Raucher?«, fragte ich etwas unsicher, da ich mich beim besten Willen nicht entsann, ob ich diesen hatte rauchen sehen.

»Ja, das ist er! Haben Sie nicht die gelben Verfärbungen an Zeigefinger und Daumen seiner rechten Hand bemerkt?«

Ich schüttelte den Kopf.

»Unterschätzen Sie niemals die Wichtigkeit der Fingernägel! Sie waren in diesem Fall ein untrüglicher Hinweis darauf, dass Sir Epperstone raucht. Aber die Kippen in dem Aschenbecher, der im Café vor ihm stand, haben gezeigt, dass er einen milden Tabak bevorzugt, der nicht solange in der Luft liegt«, erklärte Holmes. »Zumindest, wenn er nicht gerade stärkeren Tobak bevorzugt.«

»Was wollen Sie damit andeuten?«, fragte ich nach, denn ich konnte mit dieser Bemerkung nicht das Geringste anfangen.

»Ihnen wird der leichte Opiumgeruch in seiner Villa wahrscheinlich entgangen sein«, erklärte Holmes, und wieder begutachtete er den Inhalt des gläsernen Aschenbechers.

»Davon verstehe ich nichts!«, erklärte ich mit Nachdruck, »aber ich müsste lügen, wenn ich sagen würde, dass mich diese Information überrascht, denn sie passt vollkommen in das Bild, das ich mir von Sir Epperston gemacht habe.«

»Diese Asche ist zwar noch kein Beweis dafür, dass Signor Benetti versucht hat, sein eigenes Gemälde zu stehlen, aber vielleicht finden wir in der Wohnung weitere dienliche Hinweise.«

Ich sah Holmes fragend an, denn ich wusste nicht, was er von mir erwartete.

»Als Erstes untersuchen wir die Regale und Schränke«, sagte er. »Ich schlage vor, dass ich das Schlafzimmer inspiziere, während Sie sich das Bücherregal vorknöpfen. Bitte schauen Sie nicht nur hinter die Bücher, sondern blättern Sie jedes einzelne Buch durch, ob darin etwas versteckt worden ist.« Holmes stand schon in der Tür, als er sich noch einmal umdrehte. »Aber bitte fassen Sie ansonsten nichts an! Nicht, dass Sie noch die letzten Spuren verwischen, die man für mich übrig gelassen hat!«

Vorsichtig griff ich nach oben, hob den ersten Band eines mehrbändigen Lexikons herunter und blätterte darin herum, ohne etwas Interessantes zu finden. So nahm ich eine staubige Schwarte nach der andern in die Hand – außer dem Lexikon waren es überwiegend moderne Romane und keine Kunstbücher, wie ich sie bei einem Maler erwartet hätte –, bis das oberste Regalbrett leer war. Aber meine Ausbeute bestand nur aus der Rechnung eines Schusters und einem Ticket der Pferdebahn, die dem Maler wohl als Lesezeichen gedient haben mochten.

Als ich mit spitzen Fingern drei dicke Broschüren über

Leghorn aus dem zweiten Regalbrett herauszog, bemerkte ich, dass dahinter eine zweite Reihe Bücher stand. Mein Puls raste, weil ich eine wichtige Entdeckung gemacht zu haben glaubte, aber es waren nur alte Schmöker mit abgewetzten Rücken, die wohl nach hinten verbannt worden waren, weil sie nicht besonders repräsentativ aussahen. Hinter diesen Büchern fanden sich nur Staubmäuse, aber keine Erpresserbriefe oder Geheimdokumente.

Wahrscheinlich hatte Holmes sich den interessanteren Teil der Arbeit vorbehalten, nämlich im Schlafzimmer nach Spuren zu suchen, die auf die ehebrecherische Affäre mit Lady Epperstone hinwiesen. Was er wohl gefunden haben mochte? Neugierig öffnete ich die Schlafzimmertür und lugte um die Ecke, aber es gab nichts Spektakuläres zu sehen: Auf dem Bett ausgebreitet lagen drei dunkle Anzüge und ein Mantel, die Holmes durch die Lupe betrachtete.

»Wonach suchen Sie?«, wollte ich wissen, und es gelang mir nur mühsam, meine Enttäuschung zu verbergen.

»Ich überprüfe, ob einer dieser Anzüge aus demselben Tuch gearbeitet ist wie das Kleidungsstück, aus dem sich der Mops von Mister Wilson seine Trophäe herausgerissen hat.« Holmes legte das Vergrößerungsglas zur Seite. »Ich hatte insgeheim gehofft, ein zerrissenes oder geflicktes Kleidungsstück zu finden, aber das wäre wohl zu einfach gewesen! Signor Benetti wird sich des Corpus delictis im Zweifelsfall in der Zwischenzeit entledigt haben.«

Zu meiner Schande muss ich zugeben, dass ich den Stofffetzen in der Zwischenzeit völlig vergessen hatte. »Ist es derselbe Stoff?«, fragte ich mit vor Aufregung klopfendem Herzen nach.

»Ja, er kommt aus derselben lombardischen Manufaktur. Signor Benetti hat sich offenbar mehrere Anzüge aus diesem

Tuch schneidern lassen«, antwortete Holmes, während er weiterhin die Kleidungsstücke durch die Lupe betrachtete. »Was mich aber erstaunt, ist, dass in den Schränken eine genauso penible Ordnung herrscht wie in der restlichen Wohnung.«

Warum fand Holmes dies bemerkenswert? Weil er selbst so unordentlich war? Verwirrt kehrte ich ins Wohnzimmer zurück, zumal ich noch das Sideboard durchsuchen musste.

Hinter der Glastür stand eine Batterie gut gespülter Gläser, die ich nicht herausholen musste, um festzustellen, dass sich sonst nichts in der Vitrine befand. Also öffnete ich die Holztüren darunter und das Erste, auf das mein Blick fiel, war ein großer Pappkarton, der Fotografien enthielt. Ich erwartete, dass es sich wohl um private Andenken handeln mochte, aber auf den Bildern waren keine Familienszenen zu sehen, sondern bei den Fotografien handelte es sich um offizielle Bilder steif posierender Männer und Frauen im Sonntagsstaat. Zweifelsohne waren sie in einem professionellen Fotostudio entstanden. Ich holte die Fotografien einzeln aus der Schachtel, aber ich bemerkte keine Familienähnlichkeit. Also handelte es sich nicht um die gesamte Sippe Benetti. Wozu also hob der Maler diese Bilder auf?

Plötzlich fiel mein Blick auf ein bekanntes Gesicht: Mortimer Hopper! Sein Haifischgrinsen war auf dem Bild so gut eingefroren, dass mir ein eiskalter Schauer über den Rücken lief. Ich drehte das Bild um und stellte fest, dass auf seiner Rückseite mit Bleistift ein Kreuz aufgezeichnet war. Auch die Konterfeis von Mister Wilson, Sir Epperstone und Elisabeth Dowland fanden sich in einer tieferen Schicht, aber auf ihren Rückseiten befanden sich keine Markierungen. In welche finsteren Machenschaften waren der Maler und die Mitglieder des Höllenfeuer-Clubs verwickelt gewesen? Ich fand, dass meine Entdeckung so bedeutsam war, dass ich sie augenblicklich Holmes zeigen musste.

»Ich habe etwas gefunden!«, rief ich aufgeregt mit lauter Stimme durch die Diele.

Da Holmes nicht reagierte, begab ich mich ins Schlafzimmer und präsentierte ihm freudestrahlend meinen Fund.

»Vielleicht hat er all diese Menschen erpresst, bis ihm sein letztes Opfer dann endlich das Handwerk gelegt hat«, folgerte ich stolz, während Holmes eine Fotografie nach der anderen studierte.

»Ist es Ihnen nicht in den Sinn gekommen, dass dies die Lichtbilder sind, die Signor Benetti als Vorlagen für seine Gemälde benützt hat?«, fragte mich Holmes leicht amüsiert. »Bekanntlich bediente er sich – wie viele moderne Maler – dieses Hilfsmittels! Aber immerhin ist dies der erste Gegenstand, der darauf hinweist, dass der ehemalige Bewohner dieser Wohnung ein Künstler war. Ich finde es erstaunlich, dass wir weder eine Staffelei, noch Paletten, Pinsel oder Farben und Leinwände gefunden haben.«

»Und dass er seine Abende mit der Lektüre schlechter Romane verbracht hat«, fügte ich mit einem Seitenblick in Richtung Wohnzimmer hinzu.

»Sowie mit der Lektüre lokaler Tageszeitungen«, ergänzte Holmes. »Trotzdem verstehe ich das nicht. Er hat doch schließlich Malrequisiten gebraucht!«

»Vielleicht hat die Polizei alles beschlagnahmt«, schlug ich vor.

Holmes blickte zu mir hoch.

»Das ist eine bizarre Vermutung! Was um Gottes willen sollte sich die Polizei davon versprochen haben?«

Auf diese Frage fiel mir leider keine passende Antwort ein. Noch immer stand ich mit dem Kasten in der Hand vor Holmes und kam mir unsäglich albern vor. Fast hätte ich die Fotografien in einem spontanen Impuls auf den Boden geworfen, so enttäuscht war ich über die ernüchternde Erklärung, die Holmes für meinen Fund parat hatte. Mühsam beherrschte ich mich und stellte den Kasten neben die Anzüge auf das Bett.

»Diese Fotografien sind ein wichtiger Fund. Nun können wir uns ein Bild davon machen, wer die Kunden waren, die Adriano Benetti in letzter Zeit porträtiert hat. Ich würde mich nicht wundern, wenn sich der Mörder darunter befände«, meinte Holmes in einem Anfall von Feinfühligkeit. »Außerdem werden uns die Fotografien der Mitglieder des *Nuovo Circolo del Fuoco d'Inferno* bei der Recherche gute Dienste erweisen. Warum allerdings der Maler das Porträt des Kunsthändlers mit einem Kreuz gekennzeichnet hat, das sollten wir noch klären.« Holmes hängte die Kleidungsstücke in den Schrank zurück und begann mit der gründlichen Untersuchung des Bettes und der Matratze.

Da ich offenbar dabei nicht benötigt wurde, kehrte ich mit dem Karton ins Wohnzimmer zurück.

»Ich wiederhole noch einmal: Bitte fassen Sie nichts an, außer den Gegenständen in den Regalen!«, rief Holmes mir nach.

Ich nahm dies als Befehl, meine Arbeit zu beenden, da ich die Regale bereits durchsucht hatte. Stattdessen holte ich den Lexikonband L-M aus dem Regal, ließ mich auf einen Sessel fallen und widmete mich der Lektüre des Artikels über Leghorn. Ich erfuhr, dass das Wahrzeichen der Stadt das marmorne Standbild des toskanischen Großherzogs Ferdinando II. war. Außerdem gab es Denkmäler Garibaldis, Cavours und Vittorio Emanueles II auf gleichnamigen Piazzas – ob wohl eine einzige italienische Stadt ohne Piazza Garibaldi nebst entsprechendem Monument existierte? – sowie die Standbilder der beiden letzten Großherzöge der Toskana, die ich unterwegs gesehen hatte. Spätestens an diesem Punkt fragte ich mich, ob der Verfasser des Lexikonartikels auf Denkmäler fixiert war oder ob mir dies nur so erschien, weil ich in eine Familie von Bildhauern eingeheiratet hatte.

»Was haben wir in Leghorn eigentlich noch alles vor?«, rief ich durch die offene Wohnzimmertür, denn ich hatte meiner Frau gegenüber ein schlechtes Gewissen, weil ich hier übernachtete, und es gefiel mir daher gar nicht, dass Holmes die Wohnung für eine ganze Woche gemietet hatte. »Ich meine, außer den Vetter dieses Malers zu befragen.«

»Herausfinden, ob diese Wohnung nicht doch noch Anhaltspunkte bietet, die wir übersehen haben«, schallte es zurück. »Leider bleibt uns dafür aber nicht viel Zeit, denn wir sollten nur eine Nacht in diesem Haus verbringen. Es würde mich nicht wundern, wenn die Polizei doch noch einmal vorbeikäme. Bis dahin müssen wir den Tatort wieder geräumt haben.«

Beruhigt über diese Auskunft stellte ich den Lexikonband in das Regal zurück und schnappte mir eine der alten Zeitungen. Aber da ich mich weder für Lokalpolitik noch für die Gesellschaftsseite erwärmen konnte, legte ich das Blatt bald wieder gelangweilt auf den Stoß zurück.

Im gleichen Augenblick kehrte Holmes ins Wohnzimmer zurück. »Es ist wirklich ärgerlich, dass die Polizei uns wieder einmal zuvorgekommen ist«, sagte er, als er ebenfalls auf einem Sessel Platz nahm. »Sie wird alle wirklich aufschlussreichen Dinge wie Briefe und Kontoauszüge als Beweismittel mitgenommen haben. Die Tatsache, dass man die Fotografien nicht beschlagnahmt hat, ist ein Hinweis auf die gewöhnlich sehr nachlässige Polizeiarbeit. Dies lässt mich hoffen, dass es noch etwas Aufschlussreiches geben könnte, das die Polizei übersehen hat.« Mir grimmiger Miene stopfte Holmes seine Pfeife. Als sie wieder brannte, starrte er nachdenklich an die Decke und begann Rauchkreise in die Luft zu blasen. Dann erhob er sich wieder vom Sessel. »Wir dürfen keine Zeit verlieren.«

»Kann ich Ihnen wirklich nicht helfen?«, fragte ich, da ich mich ernsthaft zu langweilen begann. Außerdem hatte ich mich schon auf einen Spaziergang an der Küste gefreut, und momentan hatte ich nicht den Eindruck, als bliebe uns dafür noch die Zeit.

»Nein!«, rief Holmes aus, der mittlerweile eine hölzerne Kommode im Schlafzimmer untersuchte, auf der eine Wasserkanne und eine Waschschüssel standen. Ein größeres Bruchstück eines Spiegels hing darüber an der Wand. Holmes hatte einzelne Haare aus einer Haarbürste geklaubt und sie auf einem ausgebreiteten Taschentuch nebeneinander aufgereiht. »Bleiben Sie um Himmels willen, wo Sie sind!«

Nach einer halben Stunde kam Holmes ins Wohnzimmer zurück, wo er mit dem Schürhaken im Kamin herumstocherte. Er häufte etwas Asche auf einen Teller und hielt mir diesen dann unter die Nase, den Schürhaken geschultert wie ein Gewehr.

Ich studierte das Beweisstück, aber ich hätte lügen müssen, wenn ich behauptete, dass ich etwas anderes sah als Asche. »Was ist damit?«, fragte ich daher nach einer Weile.

»Signor Benetti hat vor Kurzem eine Menge Papier verbrannt«, informierte mich Holmes mit bedeutsamer Miene.

»Bestimmt Erpresserbriefe«, vermutete ich.

Holmes schüttelte lachend den Kopf. »Sie haben eine blühende Phantasie. Das könnten genauso gut alte Zeitungen gewesen sein.«

»Liebesbriefe!«, vermutete ich.

»Oder Rechnungen«, ergänzte Holmes und erhob sich träge.

»Was hat eigentlich die Analyse der Haare im Badezimmer ergeben?«, rief ich Holmes nach, bevor er sich wieder an die Arbeit machte.

Er sah mich an, als ob er sich nicht sicher war, ob er mir antworten sollte. »Sie hat ergeben, dass sich in dieser Wohnung seit Langem kein weibliches Wesen mehr aufgehalten hat. Ich habe kein einziges langes Haar gefunden und nicht die geringsten Rückstände eines Parfüms. Das passt auch zu dem Gesamteindruck der Wohnung: überall Leder, dunkle Farben, keine Blumen. So sehen Räume aus, die von Männern bewohnt werden.«

»Vielleicht hat er sich mit Lady Epperstone in ihrer Wohnung getroffen«, schlug ich vor.

Holmes gab ein verächtliches Schnauben von sich, das wohl heißen sollte, dass ein Kommentar über diese Bemerkung reine Zeitverschwendung sei.

Wieder dachte ich sehnsüchtig an meinen Küstenspaziergang, aber wie ich es schon geahnt hatte, wurde an diesem Abend nichts daraus. Es dämmerte bereits, als Holmes endlich jeden Inch des Wohnzimmers durch seine Lupe betrachtet hatte. Aber noch immer machte er keine Anstalten, die Wohnung zu verlassen.

Ein Blick in sein erschöpftes Gesicht genügte mir, um zu wissen, dass Holmes nichts gefunden hatte. Er ließ sich auf das für seine langen Beine viel zu niedrige Sofa fallen, zündete seine Pfeife an und blätterte lustlos in den Zeitungen herum, die noch vor wenigen Stunden seine Aufmerksamkeit erweckt hatten. Mit grimmigem Gesicht schlug er die Lokalseite einer besonders alten Zeitung auf und starrte sie an, als ob sie sein Todfeind sei.

Ich ertrug die Anspannung nicht mehr, die den Raum erfüllte, zumal mir mittlerweile der Magen vor Hunger knurrte. »Holmes, Sie haben seit heute Mittag nichts mehr gegessen«, entfuhr es mir daher nicht ganz ohne Eigennutz. »Leghorn ist bekannt für seine köstlichen Fischgerichte. Hier gibt es zum Beispiel einen *Cacciucco* genannten Eintopf.«

Holmes trommelte mit seinen langen, dünnen Fingern nervös auf der Lehne herum. »Dafür habe ich keine Zeit. In wenigen Tagen muss ich Florenz verlassen, wenn ich den Dampfer nicht verpassen will, auf dem ich gebucht habe. Bis dahin muss der Fall geklärt sein!«, fuhr er mich ungesellig an.

»Aber Sie müssen etwas essen!«, insistierte ich. »Ihr Körper wird über kurz oder lang sein Recht fordern! Lassen Sie es nicht erst so weit kommen ...«

»Unmöglich!«, unterbrach mich Holmes, ohne von der Zeitung hochzublicken. »Ich muss nachdenken und kann mich daher nicht mit derart banalen Dingen wie Essen und Verdauen abgeben. Die Zeit läuft mir davon! In Wahrheit haben wir noch immer nicht den geringsten Hinweis darauf gefunden, wer Adriano Benetti umgebracht hat. Die Spur ist kalt. Entweder die Polizei hat alle Beweismittel an sich genommen, oder wir haben uns grundsätzlich geirrt ...« Holmes knallte die Zeitung auf den Tisch. »Und Mortimer Hopper sitzt in seiner Villa und lacht über mich! An Sir Epperstone will ich lieber gar nicht denken!«

Die letzte Äußerung verblüffte mich, denn ich hätte nicht vermutet, dass Holmes diesen eingebildeten Lackaffen tatsächlich ernst genommen hatte. Was mich betraf, so hatte ich den Fall innerlich bereits aufgegeben, zumal mir der Aufwand unverhältnismäßig hoch erschien für das zu erwartende, dürftige Resultat. Ein Einbruchsversuch und ein vorgetäuschter Einbruch, sowie der Arbeitsunfall eines schlechten

Malers. Was mochte Holmes nur an diesem Fall reizen? Am interessantesten war noch der mysteriöse Tod von Lady Epperstone, aber würde sich dieses Verbrechen – und ich war davon überzeugt, dass es sich um ein Verbrechen gehandelt hatte – jemals aufklären lassen? Ich jedenfalls bezweifelte dies. »Vielleicht gelingt es Ihnen in Florenz, den Zeitungen ihre Geheimnisse zu entlocken, aber wir werden niemals Licht in diese dunkle Angelegenheit bringen, wenn wir vorher verhungert sind«, bemerkte ich in einem letzten, verzweifelten Versuch, Holmes umzustimmen. »Ich für meinen Teil habe jedenfalls immer die Erfahrung gemacht, dass die Welt nach einem guten Essen mit entsprechendem Wein ganz anders aussieht.«

Holmes blätterte wieder monomanisch in einer Zeitung herum. War dies wirklich nur professioneller Ehrgeiz? Oder schlummerte unter der glatten Oberfläche seines sonst so gelassenen Auftretens doch ein empfindsames Wesen, das sich über den mangelnden Erfolg unserer Mission ärgerte?

»Wir könnten die Suche nach einem geeigneten Lokal auch mit der Besichtigung der Straße verbinden, in der Lady Epperstone gewohnt hat«, führte ich als weiteres Argument an, denn der Hunger ließ mich zu Höchstform auflaufen. »Außerdem fördert ein kleiner Spaziergang die Denkfähigkeit meist ungemein.«

»Wenn es denn sein muss«, erwiderte Holmes mit dem leidenden Gesichtsausdruck eines Märtyrers, aber endlich erhob er sich, um seinen Hut und seinen Stock von der Garderobe zu holen.

Als wir das Haus verließen, tauchte das abendliche Licht alles in Ockertöne, und die städtischen Laternenanzünder begannen bereits mit ihrer Runde. Das leise Plätschern des Kanals war das einzige Geräusch, das die abendliche Stille durchschnitt. Nachdem wir die nächste Kreuzung überquert hatten, gelangten wir in eine Gasse mit einfacheren Häusern, die an einen Straßenzug in den venezianischen Arbeitervierteln erinnerten. Hier standen zahlreiche heruntergekommene Schuppen, in denen früher die Schiffsfrachten gelagert wurden. Mein Blick wanderte von dem holprigen Straßenpflaster über die schadhafte Farbe der Fassaden bis zu den Fenstern der oberen Stockwerke, von denen hier und da eine Scheibe zerbrochen oder gar eine Öffnung mit Brettern vernagelt war.

Eine Gruppe lärmender Matrosen kam uns entgegen, deren Anwesenheit darauf schließen ließ, dass es hier billige Tavernen gab. Ihnen folgte in einigem Abstand ein älterer Schutzmann mit sorgenvollem Gesicht, und Holmes nützte die Gelegenheit, um diesen nach dem Weg zu fragen. Es stellte sich heraus, dass wir in die falsche Richtung gegangen waren, und wir kehren daher wieder um.

Kurze Zeit später erreichten wir das Haus, in dem Lady Epperstone logiert hatte. Es war einer der vornehmeren Bauten des Viertels und befand sich nur wenige Häuserblocks von der Wohnung des Malers entfernt, was für mich ein weiterer Hinweis darauf war, dass nicht nur der Klatsch den beiden ein Verhältnis angedichtet hatte.

»Was machen wir jetzt?«, fragte ich ratlos, »bei irgendjemandem klingeln?«

»Zu auffällig, vor allem zu dieser fortgeschrittenen Stunde.«

Holmes ließ seinen Blick über die Straße schweifen, und ich fragte mich, wonach er suchte. Seine Augen verengten sich, und er fixierte eine grauhaarige, alte Dame mit einem ramponierten Strohhut, die gerade um die Ecke bog. Sie war hochgewachsen, ging etwas nach vorn gebeugt und war so mager, dass der Korb, den sie am Arm trug, riesig wirkte.

Holmes ging ihr mit langsamen, gemessenen Schritten entgegen, wohl um sie nicht zu erschrecken, und ich folgte ihm.

»Guten Abend, Signora! Entschuldigen Sie, dass ich Sie einfach so anspreche«, begrüßte er die ältere Frau, die ihm intuitiv auszuweichen versuchte. Erschrocken trat sie einen Schritt zurück und musterte uns argwöhnisch, was ich ihr wirklich nicht verdenken konnte, und ich fragte mich, warum sie in ihrem Alter nachts allein unterwegs war.

»Signorina«, verbesserte sie, als ob dies ein Ehrentitel sei.

»Signorina«, begann Holmes einen neuen Anlauf, »ich habe nur eine kurze Frage: Wohnen Sie zufällig in dieser Gegend?«

Die helle, wenn auch von Falten durchzogene Haut der Unbekannten zeigte, dass es sich um eine alte Jungfer aus dem Bürgertum handelte, die es niemals nötig gehabt hatte, im Freien zu arbeiten. »Nein, meine Wohnung befindet sich auf der anderen Seite der Festung, aber meine Schwester wohnt in dem Haus gegenüber«, erklärte sie, auf einen stattlichen Bau mit frisch geputzten Fenstern zeigend, »sie ist leider krank, die Arme, und ich bringe ihr eine Medizin vorbei, die bei mir in einem ähnlichen Fall gute Dienste geleistet hat …«

»Dann können Sie uns vielleicht weiterhelfen«, unterbrach Holmes den Redeschwall, bevor die Dame uns alle Symptome der Krankheit schildern konnte.

An ihrem indignierten Gesicht ließ sich unschwer erkennen, dass sie eine derartige Behandlung nicht gewöhnt war. »Wie käme ich dazu?«, fragte sie daher spitz, die grauen Brauen leicht gehoben. Ihre schmalen, faltigen Hände umklammerten den Henkel ihres Korbes.

»Weil wir hier fremd sind und nicht wissen, an wen wir uns sonst wenden sollten«, entgegnete Holmes mit einer angedeuteten Verbeugung. »Wir hatten vor, eine alte Freundin zu besuchen, aber sie scheint nicht mehr hier zu wohnen.

Kennen Sie sie zufällig? Ihr Name ist Lady Epperstone?«

»Das sagt mir leider gar nichts«, erwiderte die Dame etwas weniger abweisend als zuvor, »dem Namen nach zu schließen, war sie eine Engländerin wie Sie?«

Wir bejahten beide, und Holmes blickte die Dame weiterhin fragend an.

»Ja, ich meine mich schwach daran zu erinnern, dass eine Mieterin des Hauses, vor dem sie gerade stehen, Engländerin war«, murmelte sie, nachdem sie einen Augenblick lang mit verkniffener Miene nachgedacht hatte.

»Kannten Sie zufällige diese englische Lady, die hier gewohnt hat?«, wollte Holmes wissen, der schlagartig ziemlich angespannt wirkte, und ich fragte mich, was für eine Art von Antwort er sich von der Schwester einer Nachbarin erhoffte.

Die alte Dame schüttelte spontan den Kopf. Dann verdüsterte sich ihr Gesicht, und ich konnte Mitgefühl in ihren Zügen lesen. »Ich habe nur gehört, dass sie mittlerweile gestorben ist, ich glaube, es war bei einem Zimmerbrand.«

Trotz des traurigen Themas hätte ich fast laut aufgelacht, so komisch fand ich, dass der Klatsch das Wasser in Feuer verwandelt hatte.

»Tatsächlich?«, entfuhr es Holmes, der offenbar ziemlich geschockt über diese unerwartete Antwort war. »Das ist ja schrecklich!«

»Und dabei war sie noch so jung!«, erwiderte die ältere Dame bedauernd.

»Sie sind sich ganz sicher, dass Sie bei einem Brand umgekommen ist?«, fragte Holmes gedehnt. »Sie war eine leidenschaftliche Seglerin. Wenn Sie ertrunken wäre, hätte es mich weniger erstaunt.«

»Wo Sie es sagen! Ich glaube, meine Schwester hat

erwähnt, dass die englische Lady nur zum Segeln nach Livorno gekommen war.« Die alte Dame legte die faltendurchfurchte rechte Hand auf den Mund. »Sie können es aber an den neumodischen Fenstern sehen, dass es dort oben gebrannt hat«, erklärte sie dann, zum ersten Stockwerk hochdeutend. »Die ganze Etage war verwüstet. Der Hausbesitzer hat die Wohnung nach dem Brand mit der Nachbarwohnung verbunden. Er hat alle nichttragenden Wände des ganzen Stockwerks eingerissen. Was glauben Sie, was das für einen Krach verursacht hat! Man konnte es bei meiner Schwester noch durch die geschlossenen Fenster hören! Rattatat, Rattat, jeden Tag, von früh morgens bis zu Dämmerung!«

Einen Augenblick lang herrschte Schweigen. Ich fragte mich, ob es wirklich ein Zufall sein konnte, dass es in der Wohnung der Lady gebrannt hatte. Bestimmt hatte jemand versucht, die Spuren zu verwischen.

»Nicht, dass ich Ihnen unterstelle, auf Klatsch zu hören, Signorina, aber ich weiß, man kommt manchmal gar nicht umhin, manche Dinge mitzubekommen.«

Die alte Dame sagte nichts, aber sie schaute uns nicht unfreundlich an.

»Haben Sie zufällig mitbekommen, ob Lady Epperstone manchmal einen gut aussehenden, dunkelhaarigen Mann in ihrer Wohnung empfangen hat?«

»Nicht, dass ich wüsste«, antwortete die Dame ohne zu zögern, »aber eine blonde Frau hat häufig bei ihr übernachtet. Sie können sich vorstellen, was der Nachbarschaftsklatsch daraus gemacht hat.« Die ältere Dame ließ ihren Blick über die Häuserfassaden gleiten, als ob sie vorhätte, diese zu Zeugen ihrer Worte anzurufen. »Und dieses riesige Fernglas! Angeblich brauchte sie es zur Himmelsbeobachtung! Aber wer hat schon einmal gehört, dass man nach Livorno kommt, um den Himmel anzuschauen!«

Ein Fenster öffnete sich geräuschvoll. »Tante Carla, willst du denn nicht endlich hochkommen?«, rief eine sehr hohe Frauenstimme.

»Ich habe fast vergessen, dass man mich und meine Medizin erwartet«, sagte die alte Dame entschuldigend zu uns, »ich wünsche Ihnen noch einen schönen Abend!«

»Ebenfalls einen guten Abend, und vielen Dank, Sie haben uns sehr geholfen«, erklärte Holmes, aber er wirkte alles andere als erbaut.

»Es tut mir leid, dass ich keine andere Auskunft geben konnte«, meinte die ältere Dame und zog ein trauriges Gesicht, »kannten Sie die Lady gut?«

»Sie war eine Studienkollegin von mir«, behauptete Holmes, »und sie hat mir geschrieben, ich solle bei ihr vorbeischauen, wenn ich zufällig nach Livorno kommen sollte, und dass auch meine Freunde jederzeit willkommen seien.«

»Das muss aber schon länger her sein«, wandte die Dame ein, »vielleicht hätten Sie Ihren Besuch vorher schriftlich ankündigen sollen?«

»Da haben Sie wohl recht, aber es sollte eine Überraschung für sie sein«, erwiderte Holmes, der langsam ungeduldig wurde, »aber wir wollen Ihre Zeit nicht länger in Anspruch nehmen.«

Jedoch die hilfsbereite alte Dame ließ nicht so schnell locker, obwohl ihre Nichte noch immer aus dem Fenster herunterschaute. »Ich hoffe, Sie haben bereits ein anderes Quartier für die Nacht?«, wollte sie wissen, und ich fragte mich, wie wir sie jemals wieder loswerden sollten. Wahrscheinlich betrieb ein Verwandter von ihr eine Pension, und sie wollte ihm nun zwei Kunden vermitteln.

»Es ist sehr freundlich von Ihnen, dass Sie nachfragen«,

erklärte ich, damit die Dame mich nicht für stumm hielt, »aber wir haben glücklicherweise bereits ein äußerst gemütliches und ausgesprochen preiswertes Hotelzimmer gefunden.«

»Da haben Sie Glück gehabt, Signori! Das findet man nicht oft in diesen Zeiten!«, rief die ältere Dame aus. »Dann kann ich jetzt mit ruhigem Gewissen zu meiner Schwester gehen.«

»Guten Abend, Signorina«, grüßte Holmes.

Bevor sie es sich anders überlegen konnte, wandte er sich zum Gehen und eilte mit langen Schritten die Straße hinunter.

»Sie meinte es doch nur gut«, verteidigte ich das Großmütterchen, als ich ihn eingeholt hatte.

»Es hätte in der Tat noch viel schlimmer kommen können«, meinte Holmes grimmig. »Zumindest musste ich nicht den Klatsch über die gesamte Nachbarschaft über mich ergehen lassen, bevor sie sich an Lady Epperstone erinnert hat. Außerdem wissen wir jetzt, dass es nicht der Mühe wert ist, einen weiteren Gedanken an das frühere Domizil der Lady zu verschwenden.«

Holmes schaute mich von der Seite an.

»Welchen Eindruck hatten Sie von der älteren Dame?«, fragte er mich dann, aber ich war zu erschöpft, um Rätsel zu raten. Auf mich hatte sie jedenfalls wie eine harmlose, alte Jungfer gewirkt.

»Da vorn an der Häuserecke ist übrigens eine kleine Taverne …«, begann ich zaghaft, um Holmes abzulenken.

»Wenn Sie dies wünschen, können wir gern zur Stärkung dort einen kleinen Imbiss zu uns nehmen«, erklärte er gönnerhaft, und ich beschleunigte augenblicklich meine Schritte.

Anstoßende Gläser, das Klappern des Bestecks auf den Tellern und Gelächter schlugen uns entgegen, als Holmes die Lokaltür öffnete. Die Gäste waren überwiegend Italiener, was meistens ein gutes Zeichen war, denn die Einheimischen wissen stets am besten, wo man gut und preiswert isst.

Ein geflissentlicher Kellner mittleren Alters wies uns einen Tisch zu und fragte nach unseren Wünschen. Es schien keine Speisekarte zu geben. Daher zählte der Ober die Spezialitäten des Hauses mit einer derartigen Geschwindigkeit auf, dass mir der Kopf schwirrte. Ich entschied mich für *Stoccafisso alla Livornese*, eine Fischspeise, die der Kellner als Spezialität des Hauses bezeichnet hatte, während Holmes »irgendeine Pasta« verlangte. Der Ober verzog das Gesicht und hub an, uns alle Nudelspeisen von ganz Italien vorzubeten, aber Holmes nahm ihm den Wind aus den Segeln, indem er zurückfragte, was er ihm empfehlen könne.

»Was mag es nur mit diesem Fernglas auf sich haben?«, fragte ich, als der Ober endlich gegangen war.

»Die plausibelste Erklärung wird sein, dass Sir Epperstone es nach Leghorn hat bringen lassen, damit er astrologische Studien betreiben konnte, falls er seine Frau besuchen sollte«, meinte Holmes, während er seine Pfeife aus der Tasche holte.

»Bestimmt haben die Nachbarn befürchtet, dass Lady Epperstone sie nachts durch die erleuchteten Fensterscheiben beobachtet haben könnte«, vermutete ich und dachte an die ungeduldige Nichte, die sich zum Fenster herausgehängt hatte.

»Schade, dass sich nun nicht mehr feststellen lässt, ob das Teleskop auf die gegenüberliegende Straßenseite gerichtet war oder auf das Meer, was ich für wahrscheinlicher halte«, sinnierte Holmes und blickte sich um, denn er hatte die Schritte des Obers gehört, der sich unserem Tisch näherte.

Dieser brachte nicht nur den Wein, sondern auch unser Essen. Die Pasta, die er Holmes empfohlen hatte, roch köstlich. Es waren eine Art Ravioli mit Pesto und Salbei, während er mir ein Stück in Öl und Wein gedünsteten Stockfisch kredenzte, der zu allem Überfluss kaum lauwarm war.

»Denken Sie daran, dass wir in einer Hafenstadt sind«, meinte Holmes gut gelaunt, »Stockfisch ist eine gebräuchliche Speise in der Marine.«

»Aber nur auf hoher See, und allenfalls nach einer Woche Flaute«, maulte ich, und trotz meines eben noch so quälenden Hungers stopfte ich den fettigen Fisch lustlos in mich hinein. Es war das erste Mal, dass ich Holmes darum beneidete, dass er sich nicht besonders viel aus Essen zu machen schien.

10. Ein Tag am Meer

Am fünften Tag der Ermittlungen standen wir um neun Uhr morgens an der Haltestelle der Pferdebahn, die uns zum Haus Antonio Benettis transportieren sollte, das sich außerhalb des Stadtzentrums befand. Trotz des durchaus guten Bettes hatte ich schlecht geschlafen und war noch vor dem Morgengrauen aufgewacht.

Die Sonne blendete mich, und ich hatte Kopfschmerzen. Enerviert holte ich meine Taschenuhr heraus und stellte fest, dass wir schon seit einer halben Stunde vergeblich auf die Pferdebahn warteten. Plötzlich vergegenwärtigte ich, dass ich den Überblick über die Wochentage verloren hatte. Nach kurzem Grübeln erinnerte ich mich daran, dass es ein Mittwoch war, als Holmes unverhofft vor dem Haus der Boldoni gestanden hatte. An den Fingern zählte ich die Tage ab, die seitdem verflossen waren, und kam zu dem Ergebnis, dass wir Sonntag hatten. Kein Wunder, dass die Pferdebahn nur so selten verkehrte!

»Warum winken wir nicht endlich eine Droschke herbei?«, fragte ich zum wiederholten Mal ungehalten, obwohl ich die Antwort bereits kannte.

»Wie ich Ihnen bereits mehrfach mitgeteilt habe, ist das Ziel unseres Ausflugs eine Gegend, in der überwiegend arme Leute leben«, erklärte Holmes in einem ungeduldigen Tonfall. »Mit einer Mietdroschke würden wir dort nur unnötiges Aufsehen erregen. Aus verschiedenen Gründen möchte ich weiterhin vermeiden, dass es sich herumspricht, dass ich in Italien Ermittlungen betreibe. Außerdem werden Sie mir sicherlich zustimmen, dass es zu früh für einen Besuch bei einer Familie ist, mit der man noch nicht bekannt gemacht wurde.«

Mit seiner letzten Bemerkung hatte Holmes natürlich völlig recht, aber ich hätte lieber ein Café aufgesucht, um die Zeit zu verkürzen, anstatt in der Sonne an der Haltestelle herumzustehen. »Wir hätten ruhig später aufbrechen können«, brummte ich in mich hinein.

Bevor Holmes etwas auf meinen profanen Kommentar erwidern konnte, kam endlich die Bahn mit einem schrillen Quietschen herangepoltert.

Wir stiegen ein und lösten beim Schaffner, einem kräftigen Mann, dessen linke Schulter beim Gehen leicht herunterhing, zwei erstaunlich preiswerte Tickets. Rasch ließen wir das von Patrizierhäusern und eleganten Avenuen geprägte Stadtzentrum mit seinen kosmopolitischen Salons hinter uns, und die Häuser wurden immer bescheidener. An der Endhaltestelle stiegen wir aus, um unseren Weg zu Fuß fortzusetzen. Die Sonne brannte uns gnadenlos auf die Köpfe, und ein leichter Hitzeschleier lag in der Luft, wodurch alles verschwommen aussah.

Nach einem halbstündigen Marsch auf einer kochend heißen Straße erreichten wir ein ärmliches Viertel von der Art, die manche Ausländer malerisch finden: Schlecht gepflasterte Straßen wurde von engen Reihen weiß getünchter Häuser gesäumt, deren Anstrich schadhaft und fleckig geworden war, wenn auch die roten Terrakotta-Kübel, die auf den Balkons und in den Höfen standen, vom Wunsch der Bewohner zeugten, ihr Zuhause zu verschönern.

Frauen unterhielten sich gestikulierend über die Straße hinweg. Von Fenster zu Fenster waren Wäscheleinen gespannt, an denen ärmliche Kleidungstücke im salzigen Wind flatterten, der vom Meer herüberwehte. Bald waren wir von einer Schar zerlumpter Kinder umringt, die zwar nicht bettelten, aber ich konnte mich des Verdachtes nicht erwehren, dass einige kleine Taschendiebe darunter waren.

An einer Straßenecke saßen einige Kinder im Schatten eines Hauses auf dem Boden und spielten Karten. Ihre neugierigen Blicke folgten uns, als wir sie passierten. Ein Halbwüchsiger kam uns entgegen und machte im Vorbeigehen eine Bemerkung, die ich nicht verstand, da man in Leghorn einen ausgeprägten Dialekt sprach.

»Das muss es sein«, sagte Holmes nach einer Weile und deutete auf ein Haus am Ende der Straße, das hervorragend in seine Umgebung passte, denn es machte einen reichlich heruntergekommenen Eindruck.

Als wir uns dem Gebäude näherten, bemerkte ich einen jungen Mann – er konnte nicht älter als achtundzwanzig oder neunundzwanzig Jahre sein –, der sich eine Zigarette rauchend aus einem Fenster im Erdgeschoss lehnte und das Treiben auf der Straße beobachtete. Sein schmutziger, wohl ehemals weißer Kittel kontrastierte mit seiner braunen Haut und seinen pechschwarzen Locken, die dringend einen Haarschnitt benötigt hätten. Ein billiger Webteppich war über die Fensterbank geworfen, ein untrüglicher Hinweis darauf, dass hier häufig jemand aus dem Fenster schaute.

Auf der staubigen Seitenstraße, die neben dem Haus von der Straße abzweigte, spielte eine Schar barfüßiger Kinder, die nach der jeweiligen Familienähnlichkeit zu schließen zu nicht mehr als drei Familien gehören konnten. Ihre abgetragene und schlecht sitzende Kleidung zeugte davon, dass in diesen Familien die Kleidungsstücke an jüngere Geschwister weitergereicht wurden, an denen es offenbar keinen Mangel gab.

»Immerhin hat es Antonio Benetti zu einem eigenen Haus gebracht«, kommentierte Holmes meine skeptischen Blicke, und ich musste an den häuslichen Mister Wilson und seine Devise *My home is my castle* denken.

Da das Haus keinen Vorgarten besaß, befanden wir uns bald in Augenhöhe mit dem schwarzhaarigen Raucher, bei dem es sich nach den Farbflecken auf seiner Kleidung zu schließen um den Vetter Adrianos handeln musste. Leise Mandolinenmusik drang aus dem Innern des Hauses.

»Signor Antonio Benetti?«, erkundigte sich Holmes mit einer angedeuteten Verbeugung.

Der Mann nickte. »Und mit wem habe ich das Vergnügen?«, fragte er dann verblüffend höflich zurück.

»Henry Baker Radcliffe.« Holmes gab ihm keine Karte, wohl weil Antonio Benetti weder Jacke noch Krawatte trug. »Das ist mein Kollege David Tristram. Wir sind Journalisten des International Art Bulletin und recherchieren gerade in Livorno für einen Artikel über Adriano Benetti.«

Der Vetter des Malers trat einen Schritt zurück. Dann schloss er das Fenster und verschwand ins Haus. Die Mandolinenmusik verstummte. Wir gingen zur Haustür, in der Annahme, dass der Hausherr diese öffnen und uns hereinbitten würde, aber nichts dergleichen geschah. Aus dem Innern des Hauses drangen die Stimmen einer wütenden Frau und die Antonio Benettis, der zurückbrüllte.

Holmes und ich sahen uns wortlos an. Holmes zuckte gleichmütig mit den Schultern und klopfte dann mit den Knöcheln an die Haustür, da es keinen Klingelzug gab.

Einen Augenblick lang herrschte Stille. Dann kamen schleppende Schritte auf die Haustür zugeschlurft, und eine schlecht gelaunte Frau – wohl die Ehefrau Antonio Benettis – öffnete die Tür einen Spaltbreit. Schwarze Strähnen fielen ihr aus einem unachtsam zusammengebundenen Haarknoten ins leicht verhärmt wirkende Gesicht. Auf ihrer Hüfte saß ein Kleinkind und hielt sich an ihrer Taille fest wie ein Äffchen.

Seine Mutter trug eine Tracht, die ich nicht kannte, bestehend aus einem ärmellosen, roten Kleid, das in der Taille gegürtet war über einer weißen Bluse mit weit aufgebauschten Pluderärmeln. Ebenfalls weiß waren das Tuch, das sich die Frau überkreuz über den Oberkörper geschlungen hatte, sowie ihre ausladende Kopfbedeckung, die eher einem Hut als einer Haube ähnelte.

»Kommen Sie uns bloß nicht mit Adriano!«, erklärte Signora Benetti unumwunden. »Zeit seines Lebens hat er meinen Mann nur ausgenutzt. Wenn er vorbeikam, dann nur um Antonio anzupumpen. Immer wieder habe ich zu meinem Mann gesagt: Gib ihm keine Lira mehr! Und immer wieder hat Antonio sich breitschlagen lassen. Seine Schulden hat dieser saubere Vetter meist nicht beglichen. Zwar behauptet Antonio das Gegenteil, aber mir kann er nichts vormachen! Dabei sehen Sie doch selbst, dass wir unser Geld zusammenhalten sollten, bei unseren vielen Kindern! Erwarten Sie daher bitte nicht, dass ich etwas Nettes über Adriano sage! Wen wundert es, dass ihn jemand vom Gerüst heruntergestoßen hat! Das ist genau, wozu mir oft genug zumute war!«

Die Frau hatte mit einer unglaublichen Geschwindigkeit gesprochen, und ihr Monolog war wie eine kalte Dusche, aber Holmes ließ sich nicht beirren. »Vielleicht könnte ich in unserem Artikel auch ihrem Mann einen Abschnitt widmen«, schlug er vor. »Das ist das Mindeste, was er als Mäzen Adriano Benettis verdient hat.«

»Dann sagen Sie mir endlich, was Sie von uns wissen möchten!«, fuhr die Frau Holmes an und deutete auf ihr Kind. »Sie sehen ja, dass ich gerade beschäftigt bin!«

»Ich würde gern kurz mit Ihrem Mann sprechen, Signora«, beharrte Holmes, ohne auf die letzte Bemerkung der aufgebrachten Gattin einzugehen.

»Antonio!«, rief sie in das Innere des Hauses, und ihr Mann

kam so schnell herausgeschossen, dass er im Flur gelauscht haben musste.

»Was ist das für eine Zeitung, für die Sie arbeiten?«, fragte er und bedachte uns mit mürrischen Blicken.

»Der International Art Bulletin!«, verkündete Holmes in einem Tonfall, der seinem Gegenüber suggerieren musste, dass es eine unverzeihliche Bildungslücke sei, diese nicht zu kennen.

»Noch nie davon gehört!«, konterte der Vetter des Malers wenig beeindruckt.

»Den Namen sollten Sie sich aber merken«, beharrte Holmes. »Die Zeitschrift wurde zwar erst im Vorjahr gegründet, ist aber bereits jetzt eines der führenden Blätter in diesem Metier.«

»Und dann möchten Sie ausgerechnet einen Artikel über Adriano schreiben?« Es war unübersehbar, dass Antonio Benetti nicht viel von den Fähigkeiten seines verstorbenen Vetters hielt.

Eine Hausfrau kam vorbei und winkte der Gattin zu – uns dabei mit unverhohlener Neugier musternd.

»Buon Giorno, Signora Bruni!«, rief die Hausherrin und winkte zurück.

»Signor Benetti«, begann Holmes vorsichtig, und es gelang ihm vortrefflich, einen geflissentlichen, etwas übereifrigen Journalisten zu verkörpern. »Finden Sie es nicht auch tragisch, dass Ihr Vetter gerade jetzt verunglückt ist, wo er so kurz vor dem Durchbruch stand?«

»Was heißt hier Durchbruch?«, fragte Antonio Benetti mit einem leicht hämischen Unterton in der Stimme. »Nur weil er ein Gruppenbild von ein paar englischen Spinnern gemalt hat, war er noch lange kein etablierter Maler. Sonst hätte er sich nicht mit einfachen Handwerksarbeiten abgeben müssen.«

»Sie scheinen ja gut über das Leben Ihres Vetters informiert zu sein«, stellte Holmes fest und tat so, als ob ihm diese Information neu sei.

»Man hört so dieses und jenes«, mischte die Frau sich ein, »aber aus der Tatsache, dass er hier seit Monaten nicht mehr aufgekreuzt ist, kann man sicher folgern, dass es ihm in letzter Zeit nicht allzu schlecht ergangen ist.«

Vielleicht war an Signora Benetti eine begabte Ermittlerin verloren gegangen, denn ihre Formulierung ließ mich an Holmes denken.

»Zwar sind wir eine ernsthafte Kunstzeitung, aber es würde mich doch rein privat interessieren, was Sie von den Gerüchten halten, dass Ihr Vetter eine Affäre mit Lady Epperstone hatte?«, fragte Holmes vorsichtig.

»Adriano und Lady Epperstone?« Ungläubiges Staunen lag in der Stimme des Malers.

Seine Frau hingegen lachte laut auf. »Wer hat denn dieses Gerücht in Umlauf gebracht? Adriano hat ihr Unterricht gegeben, aber wenn ich ihn richtig verstanden habe, besaß sie nicht das geringste künstlerische Talent.«

»Das dachte ich mir«, erwiderte Holmes und schrieb einige Zeilen auf seinen Notizblock, noch immer sehr überzeugend den Journalisten dieser erfundenen Kunstzeitschrift spielend.

»Andererseits«, meinte Antonio Benetti nachdenklich. »Adriano war ein notorischer Schürzenjäger.«

»Adriano und eine Lady? Das kann ich mir beim besten Willen nicht vorstellen!« Signora Benetti schüttelte den Kopf und blickte dann einigen Kindern nach, die am Haus vorbeitollten und von denen wohl mindestens eins das ihrige war.

Holmes kratzte sich hinter dem Ohr und schaute einen Augenblick lang sinnierend auf seine Notizen, wie ein Reporter, der das Für und Wider einer Frage abwägt. »Es gibt ein weiteres Gerücht, das zurzeit die Kunstwelt beschäftigt: Manche behaupten, der Tod Adriano Benettis sei kein Unfall gewesen.« Holmes' Stimme nahm einen verschwörerischen Unterton an, und er suchte Blickkontakt mit der Frau des Vetters. »Signora, Sie haben ja selbst vorhin eine derartige Andeutung gemacht! Hatte Adriano Benetti Ihres Wissens irgendwelche Feinde? Ich meine außer den Leuten, denen er Geld schuldete oder deren Töchter er verführt hat?«

Das Paar schaute sich gegenseitig an. Antonio Benetti zuckte mit den Schultern. Seine Frau überlegte einen Augenblick lang.

»Nein! Nicht, dass ich es wüsste«, erklärte der Vetter. »Aber ich habe mich schon etwas gewundert, dass er vom Gerüst gefallen sein soll, denn er war beileibe nicht ungeschickt.«

Im Haus begann ein Baby zu schreien.

»Sie werden mich entschuldigen, Signori«, murmelte Signora Benetti und verschwand ins Dunkel der Diele. Ihr Mann erweckte den Eindruck, es ihr gleich tun zu wollen.

»Wir haben gestern mit Signor Fontana gesprochen, dem Vermieter Ihres Vetters«, begann ich vorsichtig, die Gesprächspause nützend. »Er möchte, dass die Möbel Adriano Benettis so bald wie möglich abgeholt werden, da er die Wohnung weitervermieten möchte.«

»Viel können seine Möbel nicht wert sein«, erwiderte Antonio Benetti, »die meisten stammen noch von seiner Mamma. Sie hat ihm nämlich für seine Wohnung die alten Möbel von ihrem Dachboden abgegeben.«

»Den Eindruck hatte ich aber nicht«, widersprach Holmes, der sich ganz plötzlich wieder für das Gespräch interessierte. »Offenbar hat sich Ihr Vetter in der Zwischenzeit neu eingerichtet.«

»Davon weiß ich nichts, und es ist mir, wenn ich ehrlich bin, auch ziemlich gleichgültig«, sagte Antonio Benetti.

Mir tat es in der Seele weh, die schöne Einrichtung kampflos dem Hauswirt des Malers zu überlassen.

»Trotzdem sollten Sie mit Signor Fontana Kontakt aufnehmen«, schlug ich daher vor. »Vielleicht springt ja für Sie etwas beim Verkauf der Möbel heraus.«

Antonio Benetti schüttelte den Kopf. »Falls es etwas zu erben geben sollte, so geht es alles an seine Schwester. Er hat sich zwar nie besonders gut mit ihr verstanden, aber so ist das Gesetz.«

»Haben Sie zufällig ihre Adresse?«, fragte Holmes.

»Da muss ich leider passen«, gab Antonio Benetti zu, aber er klang nicht so, als ob ihn das wirklich bekümmerte. »Der Kontakt zu ihr ist abgerissen, seit sie nach Neapel geheiratet hat. Wissen Sie, es ist nur eine Halbschwester meines Vetters. Ich bin daher nicht mit ihr verwandt.«

»Signor Fontana, der Hauswirt von Adriano Benetti, hat sich übrigens sehr darüber gewundert, dass sich nach dem Tod Ihres Vetters in dessen Wohnung überhaupt keine Malutensilien befunden haben«, bemerkte Holmes mit einem fragenden Unterton in der Stimme.

Antonio Benetti schaute verstohlen in die Wohnung zurück und dämpfte dann seine Stimme. »Die hat er mir geliehen, aber meine Frau darf davon nichts wissen. Ich kann mich doch darauf verlassen, dass dies unter uns bleibt?« Ich wunderte mich sehr über die Vertrauensseligkeit des Vetters, denn ich hätte dies bestimmt keinem Reporter mitgeteilt. »Ich sage Ihnen dies im Vertrauen, denn ich möchte vermeiden, dass Sie der Sache weiter nachgehen.«

»Selbstverständlich! Sie können sich auf unsere Diskretion verlassen!«, erklärte Holmes geradezu pathetisch, »aber …«

Der Vetter schaute demonstrativ auf die nahe Kirchturmuhr. »Sie müssen mich entschuldigen, Signori, aber ich habe einen anstrengenden Beruf. Ich kann nicht den ganzen Tag lang auf der Straße herumstehen und reden.« Er trat zurück und warf die Wohnungstür ohne weitere Umschweife ins Schloss.

»Wir sollten endlich diese ungastliche Stätte verlassen, bevor man noch die Hunde auf uns hetzt«, schlug ich vor, da Holmes sich noch immer Notizen machte.

»Ich hatte nichts anderes vor«, erwiderte dieser leicht amüsiert, während er seinen Schreibblock einpackte. »Ganz reizende Menschen leben hier.«

Über diesen Kommentar musste ich herzlich lachen. »Dafür sind sie in ganz Italien bekannt«, erklärte ich meine Reaktion. »Sie waren soeben Zeuge eines guten Beispiels der *linguaccia livornese,* der in ganz Italien berüchtigten »bösen Zunge« der Einheimischen, die selten ein Blatt vor den Mund nehmen.«

»Ich wünschte nur, wir hätten etwas mehr brauchbare Informationen erhalten«, brummte Holmes, und auch ich fragte mich, ob der ganze Aufwand der Mühe wert gewesen war.

»Was mag wohl dahinter stecken, dass Antonio Benetti sich die Malutensilien seines Vetters ausleiht und seine Frau nichts davon wissen darf?«, überlegte ich laut.

»Er wird wohl seine eigenen Requisiten beim Spiel verloren haben«, meinte Holmes, »oder er hatte Schulden und der Gerichtsvollzieher hat sie beschlagnahmt. Adriano Benetti konnte ein Zeitlang auf seine Requisiten verzichten, da er mit Freskieren beschäftigt war.«

»Und dabei meint Signora Benetti, die beiden hätten sich seit Monaten nicht mehr gesehen!«, bemerkte ich amüsiert.

»All das hat nicht das Geringste mit unserem Fall zu tun!

Wir sollten nicht so viel Zeit mit dem Familienklatsch der Benetti verschwenden«, rügte mich Holmes. »Auch die Frage, ob Lady Epperstone Unterricht bei Adriano Benetti genommen hat, dürfte wohl nun positiv beantwortet sein.«

»Jetzt könnten wir uns aber endlich eine Fahrt mit der Kutsche gönnen«, schlug ich vor, als das schäbige Haus der Benetti außer Sichtweite war, denn die Sonne war höher gestiegen und zwang meine Augen zu ständigem Blinzeln. Der Schweiß rann mir mittlerweile den Rücken hinab. »Damit können wir auch etwas von der verlorenen Zeit zurückgewinnen.«

Glücklicherweise erhob Holmes keine Einwände, doch ich wusste, dass ich mich durch das ganze ärmliche Viertel zurückschleppen musste, bevor eine realistische Chance bestand, dass eine Mietkutsche zufällig vorbeikam. Wenigstens hatten uns die Kinder als hoffnungslosen Fall aufgegeben. Sie nahmen jedenfalls keinerlei Notiz mehr von uns.

Nach einem Fußmarsch von etwa zehn Minuten hörte ich endlich von hinten das Klappen von Hufen und das Poltern von eisenbeschlagenen Rädern. Ich drehte mich um: Es war tatsächlich eine leere Mietkutsche, die die Straße entlangfuhr! Ich winkte, damit der Kutscher anhielt, aber dieser verlangsamte die Fahrt nicht, sondern bretterte an uns vorbei und wirbelte mir dabei Staub in die Augen. Ich frage mich, ob der Kutscher uns nicht bemerkt hatte oder ob er bereits etwas Besseres vorhatte. Vielleicht hatte er aber auch Vorurteile gegen Fahrgäste, die in diesem Viertel herumwanderten.

Ich fluchte innerlich vor mich hin, gab aber meinen Plan, eine Droschke anzuhalten, nicht auf. Jedoch erst bei der dritten Kutsche, der ich mich fast vor die Räder warf, waren meine Bemühungen endlich von Erfolg gekrönt.

»Porto Vecchio!«, rief Holmes dem Kutscher, einem gemütlich aussehenden Mann mittleren Alters mit Bauchansatz zu, und ich freute mich, dass ich wenigstens den berühmten alten Hafen der Medici besuchen durfte, was immer Holmes dort zu finden hoffte.

Der Kutscher erkundigte sich danach, was wir bisher von Livorno gesehen hatten und bestand dann förmlich darauf, einen kleinen Umweg zu fahren, damit wir die Meeresküste sehen konnten. Holmes setzte zu einem halbherzigen Protest an, aber der Mann auf dem Bock strafte ihn einfach mit Missachtung. Offenbar war er ein Lokalpatriot, dem es eine unerträgliche Vorstellung war, dass wir seine Heimatstadt nach der ärmlichen Gegend beurteilten, in der er uns aufgesammelt hatte. Wir fuhren also nach Südwesten, bis wir das Ufer erreichten, und folgten dann der Küstenstraße *Viale Italia*, die von Grünanlagen mit modernen Villen und schmalen Badebuchten gesäumt wurde. Nun endlich konnte ich nachvollziehen, warum sich so viele Künstler in Livorno niedergelassen hatten: Das azurblaue Meer, der hellblaue Himmel, die mediterrane Vegetation, all dies hätte dem Tagtraum eines fernwehkranken Nordeuropäers entsprungen sein können.

Schließlich erreichten wir den Hafen der Medici, der nach Anlage des neuen Hafens nur noch von den Fährschiffen nach Capraia, den Inseln des Arcipelago Toscano, sowie nach Elba, Sardinien und Korsika angefahren wurden. An den Porto Vecchio waren drei Hafenbecken angeschlossen, deren größtes ein durch Schleusen geschlossenes Flutbecken besaß. Hier befand sich die großartige Werft *Cantiere Navale Orlando*[13], in der von 1700 Arbeitern Panzerfregatten für die italie-

[13] Anm.: Dieser 1865 gegründeten Werft sollten später mehrere Paragraphen des geheimen Marineabkommens zwischen Italien und England gewidmet werden, dessen verfrühtes Bekanntwerden Sherlock Holmes zu verhindern wusste.

nische Kriegsmarine gebaut wurden. Auch die Existenz der modernen *Accademia Navale*, welche die Offiziersanwärter der italienischen Marine ausbildete, bezeugte, dass Leghorn auch nach Verlust des Freihafens seine Bedeutung als Hafenstadt nicht völlig einbüßt hatte.

Holmes dirigierte die Droschke zu einer langen Mole, an der Boote unterschiedlicher Größe im Wasser schaukelten, darunter auch einige veritable Yachten. Davor saßen Fischer auf groben Holzhockern und flickten ihre kleinmaschigen, aus Hanfgarn geknoteten Netze, deren Kanten ringsum mit Schwämmen eingefasst waren. Vögel hatten sich auf den farbige Bojen niedergelassen, die aufgereiht am Ufer lagen, und am Wasser stand eine Gruppe plaudernder und gestikulierender, junger Müßiggänger. Es waren auch zwei Matrosen darunter, die mit einem Mädchen herumschäkerten.

Erst bei diesem Anblick begriff ich, was Holmes bezweckte, nämlich sich hier nach Lady Epperstone zu erkundigen. Auch erkannte ich, dass wir nicht zufällig an einem Sonntag an die Küste gefahren waren, sondern weil der alte Hafen am Wochenende belebter als an Werktagen war. Ich ging allerdings davon aus, dass die Besitzer der teuren Yachten, die vor mir im Wasser schaukelten, es nicht nötig hatten einer geregelten Beschäftigung nachzugehen. Was für ein Gegensatz zu dem ärmlichen Wohnviertel mit seinen zerlumpten Straßenkindern, das wir soeben besucht hatten!

Als der Kutscher den Schlag aufriss, schlug mir die mittägliche Hitze entgegen, aber wenigstens strich ein leichter Wind über die Hafenanlage. Wir stiegen aus, und Holmes entlohnte den Kutscher, der sich dann zu zwei Kollegen gesellte, die am Hafen standen und rauchten. An der Mole blendete mich das gleißende Licht, das von der Wasseroberfläche zurückgeworfen wurde, und ich kniff die Augen zusammen.

»Ich kann nicht nachvollziehen, warum das Meer auf manche Menschen eine derartige Anziehungskraft ausübt«, erklärte Holmes mit einer vagen Handbewegung in Richtung offene See. »Wasser ist ein einziger Alptraum für einen Ermittler. Auf seiner Oberfläche bleiben keine Spuren zurück! Und der Regen vernichtet an Land alle Indizien!«

»Also mir gefällt es hier«, widersprach ich lachend. »Es ist ein sonniger Tag, das Meer ist blau, und Italien ist wunderschön.«

Unwillkürlich fiel mir ein, wie Elisabeth Dowland Holmes aus der Hand gelesen hatte und ihm geraten hatte, das Meer zu meiden.

»Denken Sie daran, das wir nicht zum Vergnügen nach Leghorn gefahren sind«, rügte mich Holmes.

Wir gingen also von einem Privatschiff zum nächsten und fragten nach Lady Epperstone, doch alle, die wir ansprachen, bestanden vehement darauf, diesen Namen noch nie gehört zu haben. Auch die Fotografie half ihrem Gedächtnis nicht auf die Sprünge, auch wenn ich bei mindestens zwei der Befragten hundertprozentig sicher war, dass sie logen.

»Ich verstehe nicht, warum sie alle so unkooperativ sind«, meinte ich nach der vierten Absage. »Es ist doch schließlich keine Schande, Lady Epperstone gekannt zu haben. Außerdem glaube ich ihnen kein Wort. Wenn die Lady häufig zum Segeln nach Leghorn gefahren ist, konnte sie es doch gar nicht vermeiden, ab und zu mit dem einen oder anderen Bootsbesitzer ein paar Worte zu wechseln.«

»Höchstwahrscheinlich, auch wenn ich mir vorstellen kann, dass Lady Epperstone derartigen Kontakten tunlichst aus dem Weg gegangen ist«, stimmte Holmes mir zu. »Für das Verhalten dieser Menschen gibt es eigentlich nur eine Erklärung.«

»Nämlich dass Lady Epperstone nur selten den Hafen aufgesucht hat, sondern nur deshalb nach Leghorn gefahren ist, weil sie sich hier ungestört mit dem schönen Adriano Benetti treffen konnte, der sicher nicht zufällig in ihrer unmittelbaren Nachbarschaft gewohnt hat!«, ergänzte ich den Satz.

Holmes schüttelte missbilligend den Kopf. »Dann würden die Leute nicht so unfreundlich reagieren, sondern in einem sachlichen Tonfall erklären: ›Es tut mir schrecklich leid!, Lady Epperstone ist mir unbekannt, aber wenn Sie vielleicht Signor Wasauchimmer fragen. Er segelt hier seit Jahren.‹ Das wäre eine normale Reaktion.«

»Vielleicht ist es unter ihrer Würde, mit jemandem zu sprechen, der kein Segelboot besitzt«, schlug ich vor, da mir die meisten Bootsbesitzer ziemlich arrogant und eingebildet erschienen. »Oder vielleicht hat die Polizei sie schon mehrfach belästigt.«

»Sie kommen der Wahrheit schon näher«, entgegnete Holmes und deutete unauffällig auf ein hübsches, junges Mädchen mit braunen Locken, das sich auf einem Liegestuhl an Deck einer kleinen Yacht räkelte, die sicher von nur zwei Seeleuten navigiert werden konnte. »Meine Menschenkenntnis müsste mich trügen, wenn diese junge Frau nicht etwas gesprächiger wäre.«

Nun bemerkte auch ich, dass das Mädchen uns mit freundlichem Wohlwollen musterte.

»*Buon Giorno,* Signorina …«, begann Holmes, als wir die Yacht erreicht hatten.

»Ventura«, ergänzte die junge Frau mit einem aufmunternden Lächeln.

»Mister Henry Baker Radcliffe und Mister David Tristram«, stellte Holmes uns vor. »Wir waren Freunde von Lady Epperstone. Haben Sie sie zufällig gekannt?«

»Die arme Lady Epperstone!« rief Signorina Ventura aus und erhob sich von ihrem schattigen Liegestuhl. Sie ging an die Bordkante, um besser mit uns sprechen zu können. »Was für eine Tragödie, dass sie so früh sterben musste! Sie war doch erst zweiunddreißig Jahre alt!«

»Sie sind ihr also begegnet«, stellte Holmes erfreut fest. »Wir fanden es seltsam, dass jeder, den wir bisher angesprochen haben, dies vehement abgestritten hat.«

»Die Yachtbesitzer mögen es eben nicht, wenn sie ständig ausgefragt werden«, erklärte die junge Frau. »Ihre Geduld ist langsam erschöpft. Im letzten Herbst hat die Polizei hier mehre Tage lang jeden einzelnen Schuppen untersucht und alle Bootsbesitzer ins Kommissariat bestellt. Wir waren eigentlich davon ausgegangen, dass die Ermittlungen endlich abgeschlossen sind, aber dann kommt dieser unglaublich hartnäckige Maler, dieser Signor, wie war noch mal sein Name?«

Bei dieser unerwarteten Wendung hatte ich einen Augenblick lang das Gefühl, mein Herz würde aufhören zu schlagen.

»Adriano Benetti«, sagte Holmes mit angespanntem Gesichtsausdruck. »Er hat Lady Epperstone Malunterricht gegeben.«

Ein Aufleuchten ging über das Gesicht der jungen Frau. »Wenn er das gesagt hätte, wäre man vielleicht freundlicher zu ihm gewesen.« Sie wischte sich eine dunkle Haarsträhne aus der Stirn. »Jedenfalls kam er letzte Woche vorbei und hat genau die gleichen Fragen gestellt wie die Polizei. Sie müssen verstehen, dass es den Leuten gereicht hat. Nicht, dass sie etwas zu verbergen hätten, aber es ist schon ein exklusiver Kreis, und man möchte doch lieber unter sich bleiben.«

Und sich nicht mit so vulgären Menschen wie Polizisten, Ermittlern und Detektiven abgeben, ergänzte ich in Gedanken.

»Es tut mir leid, dass wir Sie nun schon wieder mit Fragen belästigen müssen«, sagte Holmes, und sein Bedauern hörte sich täuschend echt an. »Aber vor drei Tagen ist Adriano Benetti unter mysteriösen Umständen tödlich verunglückt, und Sir Epperstone, der Witwer Lady Epperstones, hat uns gebeten, die näheren Umstände seines Todes zu untersuchen.«

»Das ist ja schrecklich! So ein gut aussehender Mann!«, rief die junge Frau entsetzt aus. »Wie um Gottes willen ist das passiert?«

Holmes referierte Signorina Ventura alles, was wir über den Tod des Malers in Erfahrung gebracht hatten, ohne dabei auf unseren unerfreulichen Besuch bei dessen Vetter einzugehen. »Kannten Sie zufällig Elisabeth Dowland?«, fragte er, nachdem er seinen Bericht beendet hatte und händigte der jungen Frau die Fotografie der Dichterin aus. »Eine große, dunkelblonde Frau in schwarzen Kleidern, die manchmal Lady Epperstone beim Segeln begleitet hat.«

Die junge Frau hielt die Fotografie in der rechten Hand, beschattete ihre Stirn mit der linken und betrachtete das Bild einen Augenblick lang mit nachdenklicher Miene. »Da muss ich leider passen«, gab sie dann zu und verlagerte ihr Gewicht auf ihren anderen Fuß. »Das Gesicht ist mir leider unbekannt. Wie sagten sie noch mal, dass sie heißt?«

»Elisabeth Dowland!«

»Elisabeth Dowland«, wiederholte Signorina Ventura nachdenklich, »den Namen habe ich – glaube ich – noch nie gehört.« Sie schloss beim Nachdenken die Augen. »Die Yacht der Lady … Ich hätte ihr Schiff ja eher ein Segelboot genannt. Schließlich konnte es notfalls von einer einzigen Person gesegelt werden.« Signorina Ventura machte eine ausholende Geste, um unser Augenmerk auf das Schiff zu lenken, an dessen Reling sie stand. »Das nenne ich eine Yacht, wenn auch nur eine kleine!« Wieder dachte sie nach. »Die sogenannte Yacht der Lady hieß, wenn ich mich richtig erinnere, *Gloria*, und ihre Besitzerin hat auch einmal eine Freundin erwähnt, die ähnlich hieß … aber ich entsinne mich nicht mehr an den exakten Namen … es tut mit leid, dass ich keine große Hilfe bin, aber ich fahre erst seit einem guten halben Jahr nach Livorno. Auch Lady Epperstone habe ich nur zwei- oder dreimal gesehen. Aber trotzdem war ich erschüttert, als ich erfuhr, dass sie verunglückt ist.«

»Das kann ich gut verstehen«, erwiderte Holmes mitfühlend, »zumal Sie selbst Segelsport betreiben, wenn ich auch vermute, dass Sie nicht in See stechen würden, wenn ein Unwetter im Anzug ist?«

»Auf keinen Fall«, stimmte sie zu, bei dem bloßen Gedanken sichtbar erschaudernd. »Mir ist sowieso das gesellige Beisammensein weit wichtiger als die sportliche Betätigung.«

Die junge Frau wurde mir immer sympathischer.

»Damit geben Sie mir das Stichwort zu meiner letzten Frage«, sagte Holmes freundlich. »Gibt es hier am Hafen ein Lokal, in dem sich die Bootsbesitzer gern bei schlechtem Wetter oder am Abend treffen?«

»Ja selbstverständlich!«, Signorina Ventura zeigte strahlend auf ein gelb gestrichenes Eckhaus mit einem Wirtshausschild aus vergoldetem Metall. »Der *Goldene Anker* ist unser Stammlokal.«

Holmes fasste sich an den Hut, den eine plötzliche Böe wegzutragen drohte. »Danke, Signorina Ventura! Sie haben uns wirklich sehr geholfen.«

Die junge Frau fischte aus ihrer Handtasche einen Bleistift und einen Zettel, auf den sie zwei Zeilen schrieb. »Das ist meine Adresse! Nur für den Fall, dass Sie noch mal nach

Livorno kommen sollten«, erklärte sie, während sie Holmes den Zettel zusteckte. »Ich freue mich immer, wenn ich behilflich sein kann! Auf Wiedersehen, Signor Baker Radcliffe und Signor Tristram!«

Auch wir verabschiedeten uns, und es versetzte mich schon im Vorfeld in Hochstimmung, dass Holmes offenbar geplant hatte, in dem Stammlokal der Segler zu ermitteln. Dabei würde bestimmt ein schmackhaftes, italienisches Essen für mich herausspringen. Es wäre doch eine wirklich Schande gewesen, wenn ich die berühmte Küche von Leghorn nur nach dem Räucherfisch des vorangegangenen Abends hätte beurteilen müssen.

»Ein nettes Mädchen«, sagte ich, während wir die Straße überquerten.

Holmes sah mich von der Seite an.

»Also, wenn sie meine Schwester wäre, würde ich ihr verbieten, sich von einem wesentlich älteren Geschäftsmann aushalten zu lassen, der ihr zwar die Ehe versprochen hat, sie aber trotzdem nicht heiraten wird, da er bereits eine Ehefrau und drei Kinder in Pisa hat.«

»Warum haben Sie das arme Mädchen dann nicht gewarnt!« rief ich empört aus. »Das finde ich nicht richtig! Sie erkennen diese Dinge und schauen kaltblütig zu, wie diese nette Signorina Ventura in ihr Verderben läuft.«

Holmes schüttelte lachend den Kopf.

»Das ›arme Mädchen‹ ist schon neunundzwanzig Jahre alt, also fast im Alter der seligen Lady Epperstone. Sie weiß genau, was sie tut. Sie möchte den Besitzer der Yacht nach Strich und Faden ausnehmen, um dann einen mittellosen Jungendfreund zu heiraten. Vorher ist sie allerdings an jedem Nebenerwerb interessiert, der sich ihr bietet«, verkündete er und hielt mir anklagend den Zettel mit der Adresse vor die Nase.

Dies war wieder einer jener Momente, in denen ich mich frage, ob Holmes sich über mich lustig machte, aber tief in meinem Inneren ahnte ich, dass all diese Feststellungen der Wahrheit entsprachen. »Woher wissen sie das alles?«, entfuhr es mir, und Holmes legte derart komplizierte Schlussfolgerungen vor mir dar, dass ich sie leider nicht zu referieren vermag.

Zwischen manchen der festgetauten Fischerboote, die wir auf dem Weg zur Trattoria passierten, waren von Mast zu Mast Querstangen befestigt, um die Netze darüber zu hängen und an der Luft zu trocknen. Durch sie hindurch konnte man das Meer wie durch einen Schleier sehen.

»Das ist ja bisher wie am Schnürchen gelaufen«, verkündete Holmes, bevor er die Lokaltür öffnete. »Der eigentliche Zweck unserer Ermittlung im Hafen war die Suche nach diesem Lokal. Es ist das Äquivalent einer Dorfschenke, in der der gesamte Klatsch der Gemeinschaft verbreitet wird.«

Als wir den Raum betraten, starrten uns die wenigen Gäste mir unverhohlener Neugier an. Kein Wunder, denn wir waren die einzigen Fremden, die sich hierher verirrt hatten. Wahrscheinlich wurde es erst am Abend von den Seglern frequentiert, falls überhaupt, denn meine Phantasie versagte bei der Vorstellung, dass die eleganten Yachtbesitzer in dieser Spelunke verkehrten. Andererseits hatten sie bei Regen wohl wenige andere Möglichkeiten.

»Herzlich willkommen, Signori«, begrüßte uns der Wirt mit einer leicht ironischen Verbeugung auf Englisch. »Womit kann ich dienen?«

Er war ein kräftiger Mann mit finsterem Gesicht, den ich mir mühelos als Besitzer eines Boxclubs hätte vorstellen können. Auf den ersten Blick fand ich ihn wenig vertrauenserweckend, aber während einer Ermittlung darf man nicht allzu wählerisch sein, was die Gesprächspartner angeht. Außerdem hatte der Wirt einen grauenhaften Akzent, aber wenigstens sprach er Englisch, und wir konnten ihn befragen, ohne von den neugierigen Gästen belauscht zu werden.

Holmes nickte zurück, beantwortete die Frage des Wirtes aber nicht, wohl um nicht noch mehr Aufmerksamkeit zu erregen, was aber nicht funktionierte, denn als wir den Raum durchquerten, folgten uns die Blicke sämtlicher Gäste.

»Womit kann ich den Signori dienen?«, wiederholte der Wirt mit unterwürfiger Zuvorkommenheit.

»Ich habe nur eine kurze Frage«, antwortete Holmes, was mir gar nicht gefiel, denn ich hatte fest damit gerechnet, dass wir hier gut zu Mittag essen würden. »Kannten Sie zufällig Lady Epperstone?«

Der Wirt verzog augenblicklich angewidert das Gesicht. »Hier ist kein Schloss, sondern eine Trattoria. Möchten Sie etwas trinken, Signori?«

Holmes überlegte kurz und schaute sich um, wohl um zu sehen, was man hier so trank.

»Zwei Gläser eines guten lokalen Rotweins!«, gab ich statt seiner die Bestellung auf.

Der Wirt machte eine wahre Zeremonie aus dem Öffnen einer Flasche, deren Hals er mit einer Serviette umwickelte, bevor er den Korkenzieher in den Korken schraubte. Ohne einen einzigen Tropfen zu vergießen füllte er zwei Gläser bis zur Hälfte und überreichte sie uns.

»Diese Lady Epperstone…«

»Wir haben gerade Mittagessenszeit, Signori! Die Spezialität des Hauses ist *Riso al nero di seppia*, schwarzer Risotto mit Tintenfisch. Ich kann ihn Ihnen wärmstens empfehlen!«

Holmes gelang es nur mühsam, sich zu beherrschen.

»Leider haben wir nicht viel Zeit …«, begann er.

»Mittags ist sowieso alles geschlossen. Sie versäumen nichts, wenn Sie es sich in unserem Lokal gemütlich machen«, unterbrach ihn der Wirt. »Außerdem brauche ich etwas Zeit, um nachzudenken. Irgendwann habe ich diesen Namen, den sie eben nannten, schon einmal gehört. Aber es fällt mir momentan einfach nicht ein, in welchem Zusammenhang.« Er machte eine einladende Geste in Richtung eines Tisches, der nahe an der Theke stand. »Wenn Sie solange an diesem Tisch Platz nehmen wollen.«

»Wenn es Ihr Gedächtnis auffrischt, uns beim Essen zu beobachten, haben wir wohl keine andere Wahl«, kommentierte Holmes ohne den Anflug eines Lächelns.

Wir setzten uns, und der Wirt stellte die Weinflasche und zwei Wassergläser auf das blütenweiße Tischtuch.

Holmes packte seine Pfeife aus.

»Sie haben doch sicherlich nichts dagegen, wenn ich rauche?«, fragte er schlecht gelaunt. »Nein, selbstverständlich nicht, auch wenn die anderen Gäste erst nach dem Essen zu rauchen pflegen!«, erwiderte der Wirt und verschwand in die Küche, bevor ihm Holmes weitere Fragen stellen konnte.

Das war wirklich einer der unverschämtesten Wirte, den ich auf zwei Kontinenten erlebt hatte. Wenn man Großbritannien als Kontinent betrachtet, wie es manche englische Geographen taten, so waren es sogar drei Kontinente.

Schon kurze Zeit später brachte eine Frau mittleren Alters unser Mittagessen. Sie verschwand rasch wieder in der Küche, als ob sie befürchtete, dass wir eine ansteckende Krankheit hätten. Obwohl ich ziemlich verärgert über den hier herrschenden Umgangston war, musste ich zugeben, dass das Mahl ausgezeichnet war. Selbst Holmes vertilgte seine ganze Portion in kürzester Zeit.

»Möchten Sie noch einen Nachtisch oder einen Kaffee?«,

fragte der Wirt, der kurzzeitig wieder aus der Versenkung aufgetaucht war.

»Zwei Kaffee!«, antwortete Holmes mit einem schwer zu beschreibenden Gesichtsausdruck. »Und, wenn Sie dann vielleicht die Freundlichkeit besäßen, einen Augenblick an unserem Tisch Platz zu nehmen?«

Wortlos verschwand der Wirt in die Küche, kam aber schon wenige Minuten später mit zwei Kaffeetassen zurück. Mit einer verblüffend eleganten Handbewegung stellte er sie auf den Tisch. »Wie wäre es mit einem kleinen Amaro?«

Langsam entwickelte ich eine Art professionellen Respekt für die Raffgier des Wirtes.

»Herr Wirt«, sagte Holmes mit vollendeter Höflichkeit. »Wenn Sie vielleicht die Freundlichkeit besäßen, mir zu sagen, was Sie für eine Auskunft verlangen, dann müssten wir uns nicht mehr gegenseitig die Zeit stehlen. Wir müssen nämlich heute noch nach Florenz zurückfahren und können daher nicht den ganzen Tag in Ihrem Lokal verbringen.«

Der Wirt schluckte. Er sah Holmes an, als ob er ihn für einen ungehobelten Burschen oder einen Spielverderber hielt. Dann nannte er eine Zahl, von der ich eine Null weggestrichen hätte. Wortlos gab Holmes dem Wirt, wonach er verlangt hatte, und deutete auf einen freien Stuhl.

Der Wirt nahm Platz. »Diese Lady Epperstone hat meine Trattoria leider niemals betreten. Ich kenne aber eine andere, junge Engländerin, die damit angegeben hat, dass sie mit der Lady befreundet sei, eine schwarz gekleidete Dame, die niemals lacht.«

»Elisabeth Dowland!«, riefen wir beide zugleich aus.

»Ja, das war ihr Name«, bestätigte der Wirt. »Sie begleitete die Lady nicht immer, obwohl ich andere Gäste habe sagen hören, dass die Lady den Großteil des Sommers in Livorno verbrachte.«

»Elisabeth Dowland hatte Verpflichtungen in Florenz, die sie nicht vernachlässigen durfte«, erklärte Holmes, und mir war nicht ganz klar, was er meinte. »Kam ihre Freundin auch manchmal ohne Lady Epperstone an den Hafen?«

Der Wirt zuckte mit den Schultern. »Mich dürfen Sie da nicht fragen, aber soviel ich mitbekommen habe, sind beide Frauen ab und zu auch einzeln segeln gegangen. Nicht zuletzt aus diesem Grund ist die Lady schließlich dann verunglückt.«

Hinter uns waren Schritte zu hören, und augenblicklich drehte der Wirt sich um, aber glücklicherweise waren keine neuen Gäste eingetroffen, sondern es war nur seine Frau, die unsere Espressi brachte.

»Sehr interessant«, bemerkte Holmes nachdenklich, »gehörte zufällig auch der Maler Adriano Benetti zu ihren Gästen, ein auffällig gut aussehender Mann in den späten Vierzigern?«

»Ein Maler? Nicht, dass ich es wüsste«, sagte der Wirt ohne nachzudenken. »Außer den Nachbarn verkehren hier nur die Segler. Aber vor Kurzen wollte ein attraktiver Mann meine Frau ausfragen. Ob er Maler war, weiß ich nicht, aber er war ebenfalls an dieser Lady interessiert. Schon deshalb hat es mich geärgert, als Sie schon wieder dieselben Fragen gestellt haben.«

»Das liegt daran, dass Lady Epperstone unter mysteriösen Umständen ums Leben gekommen ist …«, begann Holmes.

»Es ist überhaupt nicht mysteriös, wenn eine Frau, die bei jedem Wetter allein segelt, irgendwann einmal nicht zurückkommt!«, unterbrach ihn der Wirt vehement. »Eine derartige Narretei käme keiner Italienerin in den Sinn. Diese Lady hat das Schicksal herausgefordert.«

Am liebsten hätte ich den Wirt darauf hingewiesen, dass

inzwischen auch der Maler unter mysteriösen Umständen gestorben war, aber ich unterließ es, da ich wusste, dass Holmes immer so viele Informationen zurückhielt wie möglich. Deshalb musste ich mich wieder einmal mit der Rolle des Zuhörers begnügen.

»Da Sie darüber enttäuscht sind, dass Lady Epperstone nicht in ihrem ausgezeichneten Lokal gespeist hat, wissen Sie vielleicht zufällig, ob sie einer anderen Trattoria den Vorzug gegeben hat?«, wollte Holmes erstaunlich diplomatisch wissen.

Ein freudloses Lächeln huschte über das grimmige Gesicht des Wirtes. »Dann wäre ich nicht enttäuscht gewesen, sondern tödlich beleidigt. Die Lady war wahrscheinlich zu vornehm, um Trattorias zu besuchen. Sie hat auch die Konkurrenz verschmäht.«

Holmes nickte. »Das habe ich befürchtet«, sagte er nachdenklich.

»Luigi!«, rief die Frau, die uns bedient hatte, und jetzt war ich sicher, dass es sich um die Wirtin handelte. »Kundschaft!«

Tatsächlich stand eine Familie mit drei Jungen in Matrosenanzügen unschlüssig in der Tür.

»Die Pflicht ruf«, sagte der Wirt mit einem entschuldigendem Blick auf die Neuankömmlinge.

»Dann möchte ich Sie nicht länger aufhalten«, sagte Holmes. »Sie haben uns sehr geholfen!«

Der Wirt erhob sich etwas schwerfällig und trottete dann zu den neuen Gästen, um ihnen einen Tisch zuzuweisen.

Holmes lehnte sich genüsslich auf seinem Stuhl zurück. »Wir haben einige äußerst wichtige Informationen erhalten«, bemerkte er, »und die Spesen haben sich auch in einem vertretbaren Rahmen bewegt. Morgen früh werden wir Sir Epperstone einen Besuch abstatten. Seine Villa besitzt ein großes Mansardendach, unter dem viel verborgen sein kann.«

»Fahren wir denn nicht nach Neapel?«, entfuhr es mir enttäuscht, denn ich hatte mich schon auf die Recherche im schönen Kampanien gefreut.

»Meines Erachtens ist das die reinste Zeitverschwendung«, erwiderte Holmes sachlich. »Der Vetter und seine bessere Hälfte haben doch gar keine Ahnung von den finsteren Dingen, die sich in Florenz zugetragen haben. Mit der Schwester wird es sich nicht anders verhalten.«

Aus dem Munde von Holmes hatten diese Worten etwas Endgültiges, und so begrub ich meinen Traum von einer Reise in den Süden. »Wann fahren wir wieder zurück?«, fragte ich automatisch nach, obwohl sich die Frage eigentlich erübrigte.

»Mit dem nächsten Zug«, erwiderte Holmes. »Er fährt in einer halben Stunde, und auf der Rückfahrt studieren wir die Zeitungen, die in der Wohnung des Malers herumgelegen haben.«

11. Die Schornsteinfeger

Als ich mich am folgenden Morgen um acht Uhr dem Haus der Signora Rossi näherte, war ich voller Ungeduld, denn in meiner Jackentasche befand sich ein an Holmes gerichteter Brief, der während unseres Aufenthaltes in Leghorn bei den Boldoni angekommen war. Seine Verfasserin war niemand anderes als Elisabeth Dowland, die wohl die Anschrift von Holmes nicht kannte, während meine Adresse offenbar mittlerweile in der ganzen Stadt zirkulierte.

Als mir am Vorabend meine Frau den Umschlag überreicht hatte, auf den mit großen Buchstaben *Mister Henry Baker Radcliffe c/o David Tristram* geschrieben war, hatte ich mich nur mühsam beherrschen können, ihn nicht augenblicklich aufzureißen. Was mochte er wohl enthalten? Ich tippte auf einen Liebesbrief, obwohl es auch denkbar war, dass die Dichterin einen Beitrag zur Lösung einer unserer Fälle leisten wollte. Sie könnte beispielsweise den Namen des verhinderten Bilderdiebes im Kaffeesatz gelesen haben. Oder sie hatte den Geist Adriano Benettis beschworen, der ihr seinen Mörder verraten hat?

Ich gebe zu, dass ich sogar ernsthaft erwogen hatte – wie meine alte Hauswirtin – den Umschlag mittels Wasserdampf zu öffnen, aber ich machte mir keine Illusionen darüber, dass ich Holmes jemals hätte täuschen können.

Als Signora Rossi mir die Haustür öffnete, hatte ich den Eindruck, dass sie mich amüsiert betrachtete. Ihre Augen folgten mir, als ich den Korridor durchquerte und an der Tür des mir inzwischen gut bekannten Zimmers klopfte, das Holmes bewohnte.

»*Avanti*«[14], rief ein Italiener, dessen Stimme mir unbekannt war.

Etwas irritiert öffnete ich die Zimmertür, blieb aber wie angewurzelt auf der Schwelle stehen, denn im Raum stand eine ziemlich abgerissene Gestalt: Es war ein kräftiger Mann in engen, grauen Hosen, die von Rußflecken übersät waren. Auch seine hohen Stulpenstiefel, die schwarze, fleckige Bluse und der kurze, mehrfach geflickte Umhang hatten schon bessere Zeiten gesehen. Diese schäbige Aufmachung wurde abgerundet von einem speckigen Filzhut mit schmaler Krempe, der niedriger war als ein Zylinder und den der Fremde sich tief in die ungewaschene Stirn geschoben hatte. Zwar besaß diese Elendsgestalt – außer dass sie für einen Italiener ungewöhnlichen hochgewachsen war – keinerlei Ähnlichkeit mit Holmes, aber der gesunde Menschenverstand sagte mir, dass es sich um niemand anderen handeln konnte. Also tat ich Holmes nicht den Gefallen, die Tür mit einer Entschuldigung wieder zu schließen.

»Guten Morgen, Holmes! Meinen Sie, dass man Sie in dieser grotesken Maskerade in Sir Epperstones Villa empfängt?«, fragte ich in einem betont sachlichen Tonfall, denn ich wollte nicht unhöflich erscheinen.

»So sind nun einmal in Italien die Schornsteinfeger gekleidet«, erklärte Holmes, der es mir nicht zu verübeln schien, dass ich ihn wiedererkannt hatte. »Anstatt sich Sorgen über mein äußeres Erscheinungsbild zu machen, sollten Sie sich lieber eine Geschichte überlegen, mit der Sie den Butler ablenken können. Dies wird nämlich Ihre Aufgabe sein, während ich dem hochwohlgeborenen Dachboden Sir Epperstones einen Besuch abstatten werde.«

[14] Anm.: Italienisch für »herein«.

Mir war schleierhaft, wie ich dies bewerkstelligen sollte.

»Aber wo steckt nur der kleine Salvatore?«, fragte Holmes, bevor ich protestieren konnte und sah mit fragendem Blick in die Diele, das Tuch noch in der Hand haltend, mit dem er den Ruß auf Gesicht und Kleidung verschmiert hatte. »Der Sohn von Signora Rossi wird nämlich meinen Lehrling[15] spielen.«

Eine Tür öffnete sich und der Junge stapfte heraus.

»Da ist er ja!«

Salvatore war ebenfalls in schmutzige, schwarze Kleidungsstücke gewandet, hatte aber statt des Umhangs eine alte Decke um die Schultern geschlungen und trug auf dem Kopf keinen Hut, sondern eine Mütze. Der Junge hielt einen viel zu langen Besen in der Hand, auf den er sich stützte wie die griechische Göttin Athene auf ihre Lanze.

»Das kann ich wirklich nicht gutheißen!«, protestierte ich, denn schließlich war der Sohn der Wirtin kein Straßenjunge, wie die *Baker Street Irregulars*[16], die Holmes in London manchmal als Hilfskräfte einsetzte. »Sie werden den Jungen noch auf die schiefe Bahn bringen.«

Holmes schmunzelte. »Ich bringe ihn keinesfalls auf Abwege. Im Gegenteil! Ich habe ihm schon einige englische Worte beigebracht. Außerdem ist Schornsteinfegen ein ehrenwertes Gewerbe, und ich werde ihn für seine Arbeit bezahlen.«

»Das meinte ich nicht!«, präzisierte ich. »Sie sollten den Jungen nicht zum Lügen und zum Betrügen verleiten.« Als mein vorwurfsvoller Blick den Knaben streifte, bemerkte ich, dass seine Kleidung aus einem dicken, warmen Wollstoff

[15] Anm.: Im 19. Jahrhundert waren kleine, magere Kinder in diesem Metier beschäftigt, weil die Schornsteine zu schmal für Erwachsene waren. Jungen aus Piemont arbeiteten sogar nördlich der Alpen, da italienische Kinder relativ klein waren.

[16] Anm.: Eine Bande von Londoner Straßenjungs

bestand. »Außerdem wird er sich – falls er nicht vorher vom Dach fallen sollte – bei dieser Hitze in dieser schwarzen Kluft bestimmt einen Sonnenstich holen.«

»Aber wo denken Sie hin«, erwiderte Holmes mit vorgetäuschter Empörung. »Ich werde Salvatore natürlich nicht auf dem Dach herumklettern lassen. Das wäre viel zu gefährlich. Er muss nur meinem Auftritt die nötige Authentizität verleihen. Ich werde eine neue Vorschrift über die Beschaffenheit von Schornsteinen erfinden, deren Einhaltung wir kontrollieren müssen, und dann schaue ich mich auf dem Dachboden um.«

Obwohl ich keinesfalls von der Rechtmäßigkeit dieses Vorhabens überzeugt war, ließ ich die Sache erst einmal auf sich beruhen, zumal ich wegen des Briefs noch immer ganz aufgeregt war. »Elisabeth Dowland hat Ihnen einen Brief an meine Adresse geschrieben!«, platzte ich los und überreichte Holmes den Umschlag.

Schlagartig verfinsterte sich seine eben noch heitere Miene. Er riss mir den Brief förmlich aus der Hand. Bevor er ihn öffnete, inspizierte er ihn von allen Seiten. Er schnupperte am Umschlag und holte dann den gegen die Wand gelehnten Degen, der ihm offenbar nicht nur als Ablage, sondern auch als Brieföffner diente.

Mit einer schnellen Bewegung schlitzte er den Umschlag auf und entnahm ihm mit spitzen Fingern ein Blatt Büttenpapier, das so stark parfümiert war, dass ich es noch aus zwei Fuß Entfernung wahrnahm. Holmes begann zu lesen, und ich beobachtete ihn nicht ohne Sensationsgier. Schon nach der Lektüre weniger Zeilen zog er die Stirn in Falten. Er schüttelte langsam den Kopf, nach seinem Gesichtsausdruck zu schließen hin- und hergerissen zwischen Ärger und Amüsement. Aber noch immer schwieg er sich über den Inhalt des Schreibens aus.

»Ein Liebesbrief?«, fragte ich vorsichtig.

Holmes blickte grimmig von dem Schreiben hoch. »Schlimmer noch«, gab er zu. »Sie hat ein Gedicht für mich geschrieben und zwar ein hochgradig romantisches. Hier ist doch tatsächlich vom Klang der Mandolinen in der Nacht die Rede, dem sie gern zusammen mit mir lauschen würde.«

Ob die Dichterin wohl wusste, dass Holmes nur noch wenige Tage in Florenz bleiben würde und obendrein für alle zarteren Regungen nur sarkastische Bemerkungen übrig hatte?

»Ich habe mich schon bei unseren Besuchen gefragt, womit sie genug Geld verdient, um sich eine Wohnung im Zentrum von Florenz, ein Dienstmädchen und sogar einen Sekretär leisten zu können«, stellte ich fest und versuchte ernst zu bleiben, was mir leider nicht ganz gelang. »Wahrscheinlich wohl kaum mit derartigen Gemeinplätzen.«

»Möglicherweise hat sie eine Erbschaft gemacht, oder ein Ehemann muss für ihren Unterhalt aufkommen«, schlug Holmes vor. »Leider habe ich momentan keinen Zugang zu meinem Zettelkasten, der ein Verzeichnis von allem enthält, was mir außergewöhnlich erschienen ist, seien es Dinge, Ort oder Menschen. Aber ich bin doch ziemlich sicher, dass man den Namen Elisabeth Dowland darin vergeblich suchen würde. Ich habe bestimmt bisher weder von der Dichterin selbst noch von ihren Werken gehört.«

Bei der Erwähnung der Werke war es um meine Selbstkontrolle geschehen. Ich fand die Vorstellung, dass Holmes mit Miss Dowland den nächtlichen Mandolinen lauschte, so komisch, dass ich losprustete. »Vielleicht war es etwas voreilig, dass Sie sich diesen extrem unkleidsamen Bart wieder geschoren haben, den Sie bei unserer ersten Begegnung auf der Hauptpost von Florenz trugen«, sagte ich, als ich mich wieder etwas beruhigt hatte.

»Damit könnten Sie recht haben«, erwiderte Holmes mit einem melodramatischen Seufzer. »Aber es ist nun einmal geschehen.« Er widmete sich wieder der Lektüre des Briefs.

»Unter dem Gedicht hat Miss Dowland noch ein paar Zeilen hinzugefügt, in denen sie uns für morgen Abend zu einer spiritistischen Sitzung in ihrer Wohnung einlädt«, bemerkte er nachdenklich. »Das könnte höchst interessant werden, zumal sie mir mitteilt, dass sie auch Mister Wilson, Mortimer Hopper und Sir Epperstone eingeladen hat.«

»Darauf bin ich in der Tat ziemlich neugierig«, erwiderte ich, aber ich wunderte mich sehr darüber, dass Holmes Elisabeth Dowland nicht aus dem Weg ging, obwohl sie ihn mit ihren Gedichten verfolgte.

»Ah! Hier lese ich im Postskriptum etwas Aufschlussreiches. Miss Dowland bietet an, mir die Karten zu legen. Jetzt wissen wir endlich, womit sie ihren Lebensunterhalt bestreitet.«

»Meinen Sie, dass sie Geld dafür nimmt?«, fragte ich. »Zum Beispiel von Hopper? Bei ihm lagen schließlich Tarot-Karten herum.«

»Unterschätzen Sie Mortimer Hopper nicht. Er ist zu geschäftstüchtig, um sich gegen Bezahlung die Karten legen zu lassen, und unsere Dichterin wird dies daher sicher nicht einmal versuchen. Aber ansonsten wird sie den alten Trick aller Wahrsager anwenden: Sie wird zuerst probeweise und gratis die Zukunft vorhersagen, und wenn ein Kunde tatsächlich angebissen hat, wird sie ihm bald ein saftiges Honorar berechnen«, sagte Holmes, warf noch einen vernichtenden Blick auf den Brief und steckte diesen dann mit einer entschlossenen Bewegung in die Westentasche.

»Woher aber weiß sie die Dinge, die sie prophezeit?«, fragte ich eher mich selbst. »Sie wird wohl ihre Kunden zuerst aushorchen?«

»Vielleicht bevorzugt sie auch Personen, über die sie bereits einiges weiß, wie ihre Club-Kameraden«, ergänzte Holmes und schaute auf seine Taschenuhr, »aber die anhängliche Miss Dowland sollte uns nicht davon abhalten, endlich zu Sir Epperstones Villa aufzubrechen.«

Dieser Kommentar rief mich unsanft in die Realität zurück. »Sie sagten vorhin, ich solle mit dem Butler reden, aber bestimmt ruft er sofort Sir Epperstone, und ich weiß nicht, was ich zu dem Hausherrn sagen soll«, bemerkte ich alarmiert.

»Keine Sorge«, beruhigte mich Holmes. »Ich weiß aus zuverlässiger Quelle, dass Sir Epperstone außer Haus sein wird. Wir Schornsteinfeger werden zuerst das Haus betreten. Einige Augenblicke später werden Sie vorfahren und den Butler mit Fragen über den verstorbenen Maler Adriano Benetti in Schach halten. Das ist alles.«

Nachdem wir uns von der – verständlicherweise um ihren Sohn besorgten – Signora Rossi verabschiedet hatten, stiegen wir also in die Droschke, die bereits draußen auf der Straße wartete. Der Kutscher kam mir vage bekannt vor. Mycroft Holmes, durchfuhr es mich, aber ich begriff im nächsten Augenblick, dass dies unmöglich war. Bei genauerer Betrachtung des kleinen, hageren Mannes auf dem Bock kam ich zu dem Schluss, dass er uns bereits nach Fiesole zu Hopper transportiert hatte. Offenbar hatte Holmes mit ihm eine Übereinkunft getroffen.

»Warum fegen sie nicht auch bei Hopper?«, schlug ich scherzhaft vor, als die Räder sich in Bewegung setzten. »Das dürfte eine echte Herausforderung für jeden Schornsteinfeger sein, bei den vielen Kaminen in seiner Villa!«

»Da irren Sie sich«, verbesserte mich Holmes. »Schornsteinfeger sind – wie der Name schon vermuten lässt – nicht für vermauerte Kamine zuständig, sondern für Schornsteine, und davon besitzt die Villa des Kunsthändlers auch nicht mehr als jede andere.«

Nach einer ereignislosen Fahrt durch die sengende Sonne näherten wir uns Fiesole. Da die Villa von Sir Epperstone näher an der Stadt lag als die des Kunsthändlers, passierten wir die *Badia Fiesolano.*

»Schauen Sie«, sagte ich zu Holmes und deutete auf den trutzigen Bau, dessen Fassade wie die so vieler italienischer Kirchen nicht vollendet war: In eine rohe Mauer war das reich mit Inkrustationen verzierte Fragment des mittelalterlichen Vorgängerbaus integriert, der die Kathedrale von Fiesole gewesen war. »Das ist die Badia Fiesolano. Sie wurde 1485 von Cosimo il Vecchio gegründet und nach den Plänen Michelozzos errichtet. Das letzte Mal haben Sie sie nicht gesehen, da Sie unterwegs geschlummert haben.«

»Was für ein wüstes Stilgemisch!«, erklärte Holmes mit einem Seitenblick auf den Reiseführer, der auf meinem Schoß lag.

»Besser als das, was manche unserer Landsleute aus den Villen gemacht haben, die sie hier erworben haben«, widersprach ich vehement. »Allzu oft haben sie sie in pseudomittelalterliche Ritterburgen umgebaut und die toskanischen Gärten in englische Parks verwandelt.«

»Entspannen Sie sich lieber während der Fahrt! Uns steht ein anstrengender Tag bevor«, ermahnte mich Holmes, ohne auf meinen Kommentar einzugehen.

Dies war leichter gesagt als getan, denn schon bald hielt die Droschke in der Kurve, hinter der das Hause Sir Epperstones zwischen den Bäumen lag. Der Kutscher riss den Schlag auf, und die beiden falschen Schornsteinfeger stiegen aus. Beim Anblick des hochroten Kopfes des Jungen fragte ich mich erneut, warum die italienischen Schornsteinfeger im Sommer so dicke Kleidungsstücke trugen. Oder hatte sich Holmes aus Versehen die Wintergarderobe dieses Berufsstandes beschafft?

»Lassen Sie uns fünf Minuten Vorsprung«, instruierte mich Holmes durch die offene Kutschentür. »Wenn wir das Haus wieder verlassen haben, beschäftigen Sie den Butler bitte für weitere fünf Minuten.«

Ich tat wie mir geheißen, beziehungsweise der Kutscher führte die Instruktionen von Holmes aus: Nach exakt fünf Minuten knallte er mit der Peitsche und das Pferd trabte zu Sir Epperstones Anwesen, passierte ungehindert das Gartentor und hielt neben dem Rundbeet vor der Villa. Als ich die Kutsche verließ, wehte mir ein angenehmer Windhauch entgegen, der einer der Gründe dafür war, dass sich in Fiesole so viele reiche Engländer niedergelassen hatten.

Ich schritt an den kränklichen Pflanzen vorbei zur Haustür, wo mich bereits ein livrierter Diener erwartete, der offenbar die Kutsche hatte vorfahren sehen.

»Bedaure, Sir«, sagte er ohne die wohlgewählten Begrüßungsfloskeln abzuwarten, die ich unterwegs zusammengeschraubt und memoriert hatte. »Sir Epperstone ist leider außer Hause. Sie hätten vorher einen Termin beantragen sollen.«

»Das ist aber höchst ärgerlich, denn ich bin extra aus Florenz hier hinausgefahren«, erwiderte ich und hoffte, dass mein Gegenüber meine Nervosität als Unmut interpretieren mochte.

Wie Holmes vorhergesehen hatte, kam ein Butler mit alarmierter Miene aus dem Inneren der Villa geschritten. Er war ein blasser Mann um die Vierzig, mit einem kantigen, energischen Gesicht.

»Vielleicht können Sie mir weiterhelfen«, sprach ich ihn höflich an. »Mein Name ist David Tristram. Sir Epperstone hat Mister Baker Radcliffe und mich beauftragt, den Tod des Malers Antonio Benetti aufzuklären.«

»Bedaure, Sir. Da kann ich Ihnen auch nicht weiterhelfen«, erwiderte der Butler ungerührt. »Ich verstehe nichts von Malerei.«

»Aber ich interessiere mich momentan nicht für Gemälde, sondern für deren Schöpfer.« Keine Reaktion.

»Sie müssen doch dem Maler Adriano Benetti begegnet sein, als er für Sir Epperstone das große Gruppenbildnis in dieser Villa angefertigt hat!«, insistierte ich.

»Bedaure Sir, ich mache mir keine Gedanken über die Gäste seiner Lordschaft.«

Ich fragte mich verzweifelt, wie um Himmels willen ich das Gespräch mit diesem wortkargen und hochgradig arroganten Butler im Gang halten sollte. »Soweit ich informiert bin, hat Adriano Benetti doch längere Zeit in ihrem Hause gelebt«, sagte ich schließlich mit dem Mut der Verzweiflung, wohl wissend, dass dies eine maßlose Übertreibung war. »Sie müssen doch irgendwann mit ihm gesprochen haben!«

»Keinesfalls.«

Dieser Mensch trieb mich langsam aber sicher in die Verzweiflung. »Aber Signor Benetti hat bestimmt zum restlichen Personal Kontakt gehabt!«, stellte ich fest und kam mir langsam reichlich albern vor.

Der Butler schwieg einen Augenblick lang, wahrscheinlich, weil seine Standardantwort hier keinen Sinn hatte. »Diese Frage kann Ihnen vielleicht eher eines der Dienstmädchen beantworten«, meinte er schließlich, wahrscheinlich um mich loszuwerden. »Wenn Sie vielleicht in das Vorzimmer eintreten möchten.«

Dies war weit mehr, als ich erwartet hatte. Ich folgte also dem Butler in die Diele, und er öffnete die Tür eines angrenzenden Raums, dessen Wände mit kleinformatigen Jagddarstellungen aus dem Barockzeitalter dekoriert waren. Mit geschlossenen Augen sog ich die Luft ein, aber ich konnte nichts Ungewöhnliches wahrnehmen, was auch nicht verwunderlich war, denn ich wusste nicht, wie Opium roch.

»Rafaela!«, rief der Butler unvermittelt einem Dienstmädchen nach, das zufällig mit einem Staubwedel in der Hand durch das Treppenhaus huschte. »Der Signore hat eine Frage.«

Das Mädchen drehte sich um, stieg die Stufen wieder hinab, aber leider machte der Butler Anstalten sich zu entfernen.

Das sollte ich doch vermeiden, dachte ich verärgert. Schließlich hatte Holmes mir den Auftrag gegeben, den Butler abzulenken. Aber es fiel mir kein Vorwand ein, unter dem ich diesen hätte zum Verweilen bitten können. Also ließ ich ihn kampflos ziehen, was mir ein flaues Gefühl im Magen verursachte. Ich konnte nur hoffen, dass der Butler in der Nähe bleiben würde, weil er sicherlich keine Besucher unkontrolliert im Hause herumlaufen lassen durfte.

»Ich versuche, im Auftrag Ihres Herrn die genaueren Todesumstände des Malers Adriano Benetti aufzuklären«, begann ich. »Wissen Sie zufällig, ob der Maler, während er in diesem Haus gearbeitet hat, mit einem den Hausangestellten näheren Kontakt gepflegt hat?«

Das Mädchen kicherte, und ich fragte mich, ob ich mich ungeschickt ausgedrückt hatte. Schließlich war Italienisch nicht meine Muttersprache.

»Er hat versucht, mit dem zweiten Stubenmädchen anzubandeln«, sagte sie mit gedämpfter Stimme. »Deshalb hat Sir Epperstone sie auch entlassen.«

»Ich dachte, er hat sie entlassen, weil sie vergessen hat, die Fenster zu schließen?«, fragte ich ebenfalls leise nach.

»Das müssen Sie falsch verstanden haben«, erwiderte das Mädchen verblüfft. Sie sah sich vorsichtig um, ob jemand unser Gespräch mithören konnte. »Gianna hat mir unter Tränen berichtet, dass Sir Epperstone sie wegen des Malers entlassen hat.«

»Wissen Sie zufällig, ob Gianna mittlerweile ein neue Anstellung gefunden hat?«, wollte ich wissen, ohne dass ich ernsthaft erwartete, dass Rafaela dies bekannte war.

»Der Kutscher sagt, er habe sie aus dem Haus eines dicken, älteren Engländers in Florenz kommen sehen«, flüsterte das Mädchen.

»Er hieß nicht zufällig Mister Wilson?«, fragte ich zurück. Ich konnte mein Glück gar nicht fassen und war daher auf eine abschlägige Antwort gefasst.

»Das kann ich Ihnen leider nicht sagen«, bedauerte Rafaela. »Für mich klingen alle englischen Namen gleich. »Ich weiß nur, dass er Bücher über Bilder schreibt.«

Nun war ich mir sicher, dass sie Mister Wilson meinte, und ich war natürlich stolz auf diesen Ermittlungserfolg.

Im gleichen Augenblick drangen Stimmen von oben durch das Treppenhaus. Eine von ihnen gehörte Holmes. Ich schaute durch die offene Tür des Vorzimmers nach oben und sah den falschen Schornsteinfeger mit indignierter Miene die Stufen hinabsteigen, gefolgt von seinem sichtlich gut gelaunten Gehilfen.

»Das nächste Mal kündigen Sie sich bitte vorher an«, beschwerte sich der Butler, der Holmes wie ein Schatten folgte.

»Sie schauen den Schornsteinfeger an, als ob sie ihn kennen«, bemerkte Rafaela, und ich fuhr vor Schreck zusammen, denn der Auftritt von Holmes hatte meine Aufmerksamkeit derart in Anspruch genommen, dass ich die Gegenwart des Mädchens völlig vergessen hatte.

»Natürlich nicht, ich kenne keine Schornsteinfeger«, erwiderte ich wahrheitsgetreu. »Der Lärm hatte mich nur irritiert.« Um mich nicht verdächtig zu machen, versuchte ich mich wieder auf Rafaela zu konzentrieren, die mich noch immer mit ihren großen, braunen Augen fragend anblickte. Ich erzählte ihr – dem Treppenhaus den Rücken zukehrend – vom Tod Adriano Benettis, aber es entging mir nicht, dass der Butler mir im Vorbeigehen finstere Blicke zuwarf, die soviel sagten wie: Was zum Teufel haben Sie hier eigentlich noch zu suchen?

Da ich mich ungern vor die Tür setzen lasse, hätte ich mich am liebsten augenblicklich zurückgezogen, aber dann hätte ich gegen die Weisungen von Holmes verstoßen. Also tauschte ich noch einige Nichtigkeiten mit Rafaela aus, bevor ich mich endlich nach fünf Minuten, die mit qualvoller Langsamkeit verstrichen waren, mit einem: »Danke, Sie haben mir sehr geholfen!« von dem Mädchen verabschiedete.

Der Butler, der das Vorzimmer bereits argwöhnisch beäugt hatte, begleitete mich augenblicklich zur Tür.

»Meine besten Empfehlungen an Sir Epperstone«, sagte ich in einem jovialen Tonfall zu ihm, so froh war ich, dessen Villa wieder verlassen zu können.

Aber ich hatte zu früh innerlich frohlockt, denn im gleichen Augenblick polterte durch das Gartentor eine Kutsche, der zwei edle Schimmel vorgespannt waren, die für meinen Laiengeschmack aussahen wie echte Araberhengste. Dieses prächtige Gespann konnte eigentlich nur dem Hausherrn selbst gehören. Dann erkannte ich, dass sie den Landauer zogen, mit dem Holmes und ich das letzte Mal zurückgefahren worden waren. Bei diesem Anblick lief es mir eiskalt den Rücken herunter, denn ich wusste beim besten Willen nicht, was zum Teufel ich zu Sir Epperstone sagen sollte. Hatte Holmes nicht behauptet, der Pferdenarr sei den ganzen Tag abwesend?

Was sollte ich also tun? Heimlich verschwinden konnte ich nicht, denn die Kutsche versperrte mir den Fluchtweg. Also schritt ich gottergeben auf das Gefährt zu, mir dabei noch immer mir das Hirn zermarternd, wie ich meine Anwesenheit in Sir Epperstones Vorgarten erklären sollte. Als ich die Kutsche erreicht hatte, war Sir Epperstone bereits ausgestiegen.

»Mister Tristram, was für ein unerwartetes Vergnügen!«, begrüßte er mich mit einer leicht angedeuteten, ironischen Verbeugung.

»Sir Epperstone! Was für ein Jammer, dass ich Sie erst jetzt antreffe«, improvisierte ich. »Denn momentan bin ich leider in großer Eile. Mister Baker Radcliffe hatte noch einige unwichtige Fragen das Gemälde betreffend, das Sie bei dem seligen Adriano Benetti bestellt haben. Aber glücklicherweise waren ihre Dienstboten sehr hilfreich.«

Ich rief mir ins Gedächtnis, dass ich nicht soviel reden sollte, denn dies machte mich noch verdächtiger, und ich fügte daher keine weiteren Ausflüchte hinzu.

»Das höre ich doch gern«, erwiderte Sir Epperstone und musterte mich dabei von Kopf bis Fuß.

Suchte er nach Schmutzspuren, die darauf hinwiesen, dass ich bei ihm herumgeschnüffelt hatte? Ich hoffte inständig, dass er keine Indizien fand, denn nach einer längeren Kutschenfahrt sah meine Kleidung eigentlich immer ziemlich lädiert und zerknittert aus.

»Reiten Sie?«, unterbrach Sir Epperstone meinen Gedankenfluss mit einer völlig unerwarteten Frage.

»Ein bisschen«, erwiderte ich vage, da ich nicht wusste, worauf er hinauswollte.

»Das trifft sich gut, denn morgen früh veranstalte ich eine

Fuchsjagd. Mister Baker Radcliffe und Sie sind herzlich dazu eingeladen.« Wieder musterte er mich. »Ich habe da einen dreijährigen Rappen, der wäre genau das Passende für Sie.«

»Ich fühle mich hoch geehrt«, erwiderte ich ohne zu- oder abzusagen, denn diese Entscheidung wollte ich Holmes überlassen. »Aber nun muss ich Sie leider verlassen. Wichtige Termine dulden keinen Aufschub.«

»Dann möchte ich Sie nicht aufhalten, Mister Tristram«, erwiderte Sir Epperstone, noch immer mit einem ironischen Unterton in der Stimme. »Meine besten Empfehlungen an Mister Baker Radcliffe.«

Einen Gruß vor mich hinmurmelnd, eilte ich zu meiner Droschke. Ich riss den Schlag auf, machte es mir im Inneren der Droschke bequem und atmete tief durch. Erst jetzt bemerkte ich, dass ich die Luft angehalten hatte. Augenblicklich fuhr der Kutscher los. Wusste er überhaupt, wo er hinfahren sollte? Ich sagte mir, dass Holmes ihm sicherlich genaue Instruktionen gegeben hatte, und stellte ihm daher keine Fragen.

Wir waren etwa eine halbe Meile gefahren, als ich die falschen Schornsteinfeger wartend am Wegrand stehen sah. Die Kutsche bremste, um die beiden zusätzlichen Fahrgäste aufzunehmen, und setzte sogleich ihre Fahrt wieder fort.

»Sir Epperstone ist plötzlich zurückgekommen!«, berichtete ich ganz aufgeregt, kaum dass Holmes sich niedergelassen hatte. »Haben Sie ihn gesehen?«

»Selbstverständlich habe ich ihn gesehen, aber ich bezweifle, dass er uns bemerkt hat«, erwiderte Holmes mit der größten Beiläufigkeit, »denn er gehört zu der Sorte Menschen, für die Dienstboten und Handwerker unsichtbar sind.

»Was haben Sie auf dem Dachboden herausgefunden?«, fragte ich nach einer Weile, da Holmes wieder einmal den

Eindruck erweckte, als ob er mir dies nicht freiwillig mitteilen würde.

»Sir Epperstone hat dort oben die Altmeistergemälde versteckt, die ihm angeblich gestohlen worden sind. Ansonsten war der Dachboden fast leer«, erklärte Holmes hörbar enttäuscht.

»Hatten Sie etwas anderes erwartet?«, entfuhr es mir.

»Ich hatte Sir Epperstone im Verdacht, weitere Gemälde auf dem Dachboden versteckt zu haben. Dies könnte durchaus der Fall gewesen sein, denn ich habe in einem Winkel des Dachbodens einen winzigen goldenen Splitter gefunden, der von einem vergoldeten Bilderrahmen stammen könnte. Außerdem hoffte ich dort Indizien zu finden, die den Tod von Lady Epperstone erhellen.«

Holmes räkelte sich und gähnte. Dann schloss er die Augen, und ich war zutiefst darüber gekränkt, dass er sich nicht einmal anstaltshalber danach erkundigt hatte, wie es mir in der Zwischenzeit ergangen war.

»Aber *ich* habe etwas Wichtiges herausgefunden!«, verkündete ich daher stolz. »Adriano Benetti hatte ein Techtelmechtel mit Sir Epperstones zweitem Stubenmädchen. Deshalb hat ihr Arbeitgeber sie entlassen, nicht wegen des offenen Fensters! Ich vermute, dass der Vorfall ihm schmerzlich ins Gedächtnis gerufen hat, dass auch seine Frau ein Verhältnis mit dem Maler gehabt hat, und deshalb hat er so gnadenlos reagiert.«

»Sie haben sich doch hoffentlich den Namen der jungen Frau geben lassen?«, fragte Holmes, der plötzlich wieder hell wach war.

»Selbstverständlich!«, erklärte ich. »Raten Sie einmal, in wessen Haushalt sie mittlerweile beschäftigt ist?«

»Bei Mister Wilson«, vermutete Holmes, ohne einen Augenblick nachzudenken.

Meine Hochstimmung verwandelte sich schlagartig in Enttäuschung. Wie konnte Holmes die Information sofort erraten, auf die ich so stolz gewesen war? In meiner Frustration hätte ich fast vergessen, meine seltsame Unterhaltung mit Sir Epperstone zu erwähnen. »Beim Verlassen seines Anwesens konnte ich es übrigens nicht vermeiden, diesem schrecklichen Sir Epperstone förmlich in die Arme zu laufen. Und stellen Sie sich vor: Er hat uns morgen zu einer Fuchsjagd eingeladen.«

»Haben Sie die Einladung angenommen?«

»Ich habe weder Ja noch Nein gesagt, aber Sie denken doch wohl hoffentlich nicht etwa im Ernst daran …«

»Selbstverständlich denke ich daran! Das möchte ich um keinen Preis versäumen«, unterbrach mich Holmes zu meinem Befremden. »Wundern Sie sich übrigens nicht über unsere Route. Bevor wir nach Florenz zurückkehren, werden wir dem Stadtzentrum von Fiesole einen kurzen Besuch abstatten.«

Ich unternahm keinen Versuch zu verstehen, was Holmes damit bezweckte, denn es war viel zu heiß und stickig in der Droschke, um zu grübeln. Holmes streifte seinen schmutzigen Schornsteinfegerumhang ab und zog die weite Bluse aus, unter der er ein gestärktes Hemd trug. Mit wenigen Handbewegungen klopfte er den Schmutz aus seiner Hose und von den Stiefeln. Schließlich entledigte er sich seines alten Huts. Als wir Fiesole nach wenigen Minuten Fahrtzeit erreichten, hatte sich sein Äußeres völlig verändert: Mit seinem schwarzen Gehrock, dem Zylinder und dem modischen Spazierstock – all diese Gegenstände hatte er offenbar in der Droschke deponiert – sah er aus wie aus dem Ei gepellt.

Nachdem Holmes dem vor sich hindösenden Salvatore vorsichtig den Schornsteinfegerhut vom Kopf genommen hatte, stiegen wir auf dem Hauptplatz des Ortes aus der Kutsche. Bedauerlicherweise hat man hier wenige Jahre später ein nicht besonders schönes Reiterstandbild errichtet, das an die Begegnung von Garibaldi und Vittorio Emanuele II an der Brücke von Teano erinnern soll, aber damals hatte man noch freie Sicht auf die historische Bebauung. Sir Epperstone hätte uns jetzt sicherlich erklärt, dass sich die Akropolis der Etrusker auf dem höchsten Punkt des Ortes erhoben hatte, dort wo nun die Kirche San Francesco stand. Die Reste des römischen Forums hingegen lagen unter dem Platz, auf dem wir gerade herumstanden und uns von den Einheimischen beäugen ließen.

Mit angespannter Miene ging Holmes ein paar Schritte in Richtung Platzmitte, hielt dann in der Bewegung inne und ließ seinen Blick über die historischen Gebäude schweifen, die den Platz flankierten. Seine Augen wanderten vom Rathaus mit seinen doppelten Loggien und dem Wappen irgendeines Podestá über den Bischofspalast bis zum dazugehörigen Dom San Romolo mit seinen Werken des Mino da Fiesole, die ich nicht betrachten konnte, ohne an die Produkte der Bildhauerwerkstatt Boldoni zu denken.

»Wollten Sie hier nach Händlern suchen, die gestohlene Gemälde verkaufen?«, fragte ich und betrachtete den Boden. Mein Blick fiel auf einige Salatblätter. »Ich sehe jedenfalls nur die Hinterlassenschaften des Wochenmarktes.«

Holmes lächelte über meinen dilettantischen Versuch, seine Methode anzuwenden. »Ich werde noch immer nicht recht klug aus unserem neuen Klienten. Daher wollte ich mir doch einmal des Zentrum des kleinen Städtchens betrachten, dessen Einwohner zu sein Sir Epperstone mit Stolz erfüllt.«

Bevor ich etwas erwidern konnte, kehrte Holmes mit schnellen Schritten zur Droschke zurück, und ich folgte ihm.

Eine Weile ließ ich gelangweilt die Landschaft an mir vorbeiziehen und warf dabei ab und zu einen Seitenblick auf Holmes, der vor sich hinsinnierte, und auf Salvatore, der mit dem Kopf gegen die Wagentür in der frühsommerlichen Hitze eingeschlafen war. Auch ich hätte gern ein Nickerchen gemacht, aber nicht in der schüttelnden Kutsche, sondern zu Hause auf dem Sofa.

Ganz plötzlich ging ein Ruck durch die Droschke, denn der Kutscher hatte bremsen müssen, da vor uns eine Kutsche aus einer Seitenstraße eingebogen war. Der Junge schlief noch immer, aber der Stoß hatte Holmes aufgeschreckt.

»Und was machen wir nun?«, fragte ich, diese günstige Gelegenheit beim Schopfe packend.

»Wir bringen zuerst diesen müden Jungen zu seiner Mutter. Dann statten wir Mister Wilson einen Besuch ab, denn ich hoffe noch heute den dilettantischen Einbruchsversuch in seinen Palazzo aufklären zu können«, erwiderte Holmes in einem erstaunlich beiläufigem Tonfall.

Dann schloss er die Augen und signalisierte damit, dass er mir keine weiteren Informationen geben würde.

12. Das Gemälde

Wir würden gern mit Mister Wilson sprechen!«, sagte Holmes mit geradezu triumphaler Miene zu dem gewissenhaften, ältlichen Diener, der die Haustür geöffnet hatte. »Ich hoffe, er ist zu Hause?«

»Ja das ist er! Mister Wilson verlässt niemals das Haus, solange die Sonne scheint«, bestätigte der Diener, und ich fragte mich, ob alle Mitglieder dieses Höllenfeuer-Clubs wie die Vampire zu Hause die Dunkelheit erwarteten. Außerdem fand ich es befremdlich, dass der Diener ungebeten Außenstehenden die Gepflogenheiten seines Herrn auftischte. »Haben Sie einen Termin?«

»Das nicht«, entgegnete Holmes, »aber Mister Wilson weiß, worum es sich handelt.«

Der Diener ließ uns eintreten, wenn auch mit einer reichlich mürrischen Miene, und verschwand hinter einer angrenzenden Tür.

Ein schlankes Mädchen mit braunem, glattem Haar nahm unterdessen unsere Hüte entgegen. Ihre lange Nase, ihre helle Haut und ihre schmalen Augen verliehen ihr eine melancholische Ausstrahlung. Dies musste Gianna sein, denn Mister Wilson hatte erwähnt, dass er nur ein Dienstmädchen beschäftigte. Ich entsann mich nicht mehr, ob ich sie bei unserem ersten Besuch gesehen hatte. Aber falls dies der Fall gewesen sein sollte, so war mir diese Begegnung entfallen, weil ich ihr keine weitere Bedeutung für unseren Fall beigemessen hatte.

Mit der herrschaftlichen Villa Sir Epperstones im Hinterkopf, der ich am Vormittag einen Besuch abgestattet hatte, war ich weit weniger beeindruckt vom Stadtpalast des Kunstkritikers als bei meinem ersten Besuch, zumal sich dieser in der Zwischenzeit nicht gerade zu seinem Vorteil verändert hatte. Mister Wilson hatte ihn nämlich mittlerweile in eine regelrechte Festung verwandeln lassen, mit Gittern vor sämtlichen Fenstern und fünf Schlössern an der Haustür.

»Mister Wilson lässt bitten! Er erwartet Sie im Salon.« Diese Ankündigung des Dieners, der in die Diele zurückgekehrt war, unterbrach meine Gedanken. Ohne eine Antwort abzuwarten, stolzierte er uns voran in den großen Raum, in dem der Kunstkritiker uns auch das letzte Mal empfangen hatte, und von dem ich nun wusste, dass der Hausherr ihn als seinen Salon bezeichnete.

»Mister Baker Radcliffe! Mister Tristram! Schön, Sie wiederzusehen!«, begrüßte uns der Hausherr, aber sein Gesichtsausdruck strafte ihn Lügen. »Darf ich Ihnen vielleicht ein Glas Whisky anbieten?«

»Das wäre sehr freundlich«, kam ich Holmes zuvor.

Der Diener brachte sogleich ein Tablett mit drei gefüllten Gläsern herein. Offenbar wollte er damit Mister Wilson abhalten, uns wieder selbst einzuschenken. Ich erwog einen Augenblick lang, dass die Drinks vergiftet sein könnten, aber als ich Holmes trinken sah, griff ich beruhigt nach meinem Glas. Es enthielt einen höchst mittelmäßigen Scotch, der aber leider, auf nüchternen Magen getrunken, seine Wirkung nicht verfehlte. Die dünne Gestalt von Holmes und die breit gelagerte des Hausherrn verschwommen vor meinen Augen, und der Boden schien zu schwanken.

»Wie weit sind Ihre Ermittlungen gediehen?«, fragte Mister Wilson halbherzig.

»Wir verfolgen einige höchst interessante Spuren«, behauptete Holmes, und ich fragte mich, ob er den Fall bereits im Geist gelöst hatte oder ob er nur bei unserem Klienten Eindruck schinden wollte.

Mister Wilson leerte sein Glas in einem Zug, und mir wurde beim bloßen Zusehen noch schwindliger als mir ohnehin schon war.

»Ich habe gestern mit meiner Frau gesprochen. Wir sind beide zu dem Schluss gekommen, dass wir wohl etwas überreagiert haben. In Wahrheit ist doch gar nichts passiert. Schließlich hat Brutus den Einbrecher verjagt. Ich glaube mittlerweile, dass dieser Eindringling wahrscheinlich gar nichts von Kunst verstanden hat. Deshalb hat er das größte Gemälde, das er sah, auch für das wertvollste gehalten, und ich habe viel zu viel in die ganze Sache hineininterpretiert. Vorsichtshalber habe ich aber zu unserer Sicherheit einige bauliche Veränderungen an meinem Palazzo vorgenommen.«

»Das ist mir nicht entgangen«, stellte Holmes sachlich fest.

Mister Wilson holte vom Kaminsims eine ziemlich antiquiert aussehende Armeepistole und präsentierte sie Holmes mit sichtbarem Stolz. »Außerdem habe ich mir eine Waffe zugelegt, und ich werde mich nicht scheuen, sie zu gebrauchen. Das sollte eigentlich als Sicherheitsmaßnahme genügen!« Der Kunstkritiker sah beifallheischend zwischen Holmes und mir hin und her, aber zumindest Holmes tat ihm nicht den Gefallen, Zustimmung zu heucheln. »Also, wenn Sie mir Ihre Rechnung zukommen lassen, können wir die Sache gern auf sich beruhen lassen.«

Das war ein klarer Rausschmiss, wenn auch ein höflich formulierter. Aber ich bezweifelte, dass Holmes sich davon beeindrucken lassen würde. Mir hingegen wäre es sehr recht gewesen, endlich etwas zu essen, denn es war längst Mittag.

»Was Sie betrifft, mag dies zutreffen«, meinte Holmes leicht pikiert, da er verständlicherweise dergleichen Dinge persönlich zu nehmen pflegte, »aber nicht für uns, denn wir haben mittlerweile noch einen zweiten Klienten, nämlich Sir

Epperstone. Er hat uns damit beauftragt, die näheren Umstände von Adriano Benettis Tod aufzuklären. Dabei ist es leider unerlässlich, dass wir uns auch weiterhin mit dem Einbruchsversuch in Ihre Villa beschäftigen.«

»Wenn es denn sein muss«, erwiderte Mister Wilson in einem Tonfall, als ob wir ihm mitgeteilt hätten, dass er zu einer hohen Geldstrafe verurteilt worden sei.

»Ich würde daher gern mit dem Dienstmädchen Gianna sprechen, das Sie aus dem Haushalt von Sir Epperstone übernommen haben!«, verlangte Holmes in einem derart ultimativen Tonfall, dass der Hausherr nicht zu protestieren wagte. »Ich gehe davon aus, dass es das Mädchen ist, das vorhin unsere Hüte in Empfang genommen hat?«

»Ja, wir haben nur dies eine Dienstmädchen«, bestätigte der Hausherr meine Vermutung. »Gianna putzt gerade in der oberen Etage. Ich werde gleich nach ihr läuten.«

Ich fragte mich, ob es dort wohl schon wieder Lehmspuren zu beseitigen gab.

Holmes schaute düster auf den Fußboden, der mit schönen Terrakottafliesen belegt war. Wahrscheinlich dachte auch er an die Spurenvernichtung nach dem Einbruchsversuch. »Ich finde es höchst bemerkenswert, dass Sie das Mädchen aus Mitleid bei sich angestellt haben«, bemerkte er dann, seinen Blick wieder hebend.

Der Kunstkritiker zuckte verlegen mit den Schultern. »Das war meine Frau«, präzisierte er. »Sie war der Meinung, dass es schließlich nicht Giannas Schuld war, dass Adriano Benetti an ihr Gefallen gefunden hatte. Sie hat seine Annäherungsversuche auf das Entschiedenste zurückgewiesen. Daraufhin hat Signor Benetti sie bei ihrem Arbeitgeber verleumdet. Sir Epperstone hat ihm geglaubt, und das arme Mädchen wurde entlassen. Sie stand dann weinend vor unserer Tür und hat um Arbeit gebeten. Da wir zufällig tatsächlich ein neues Dienstmädchen brauchten, haben wir sie behalten. Es ist schwer, Personal in Florenz zu finden, das wenigstens einige Worte Englisch spricht.«

Ich fragte mich, warum das Mädchen sein Glück ausgerechnet bei Mister Wilson gesucht hatte. Wollte sie wenigstens dem Gemälde Benettis nahe sein? Hielt sie Mister Wilson für besonders gutmütig, oder hatte sie zuvor vergeblich ihr Glück bei anderen Mitgliedern des esoterischen Clubs versucht?

»Und was hat Sir Epperstone dazu gesagt?«, fragte Holmes.

»Er hat gemeint, dass ich zu gutgläubig sei«, gab unser Gastgeber zu. »Aber bisher haben wir keinen Grund zur Klage. Sie ist ein anständiges Mädchen und sehr fleißig.«

Mir ging der boshafte Gedanke durch den Kopf, dass sich das hübsche, junge Mädchen bestimmt weder mit dem ältlichen Hausherrn noch mit dem noch älteren Diener einlassen würde.

Holmes warf Mister Wilson einen ungeduldigen »Worauf warten Sie noch?«-Blick zu, den der Kunstkritiker nicht lang ertrug. »Ich werde sie am besten gleich zu Ihnen schicken«, bot er überraschend geflissentlich an und erhob sich so schwerfällig von seinem Stuhl, dass ich vermutete, dass auch ihm der Whisky nicht bekommen war.

»Warum läutet er nicht einfach nach ihr?«, fragte ich auf eine Handglocke deutend, die auf dem Kaminsims lag, nachdem der Hausherr verschwunden war.

Holmes zuckte mit einem konzentrierten Gesichtsausdruck die Achseln, ein untrügliches Zeichen dafür, dass er lauschte. Auch ich spitzte die Ohren, hörte aber nichts außer Schritten auf den Holzstufen der Treppe, die hinaufgingen und wenige Minuten später wieder herunterpolterten. Dann hörte ich unterdrückte Stimmen, und die Tür öffnete sich langsam. Herein kam Mister Wilson, dem das Mädchen sichtlich widerstrebend mit gesenktem Kopf nachtrottete. Was mochte er ihr wohl erzählt haben, das wir von ihr wollten?

»Das ist Gianna«, stellte Mister Wilson das Mädchen vor, das mit auf den Boden gerichtetem Blick vor uns stand, und Holmes nickte ihr aufmunternd zu.

Gianna machte einen altmodischen Knicks, und es war noch immer unübersehbar, dass sie sich vor uns fürchtete. Glücklicherweise besaß der Kunstkritiker genug Feingefühl, um uns mit dem Mädchen allein zu lassen. Andernfalls hätten wir bestimmt gar nichts aus ihr herausbekommen.

»Möchten Sie nicht Platz nehmen?«, frage Holmes und deutete auf einen der Savonarola-Stühle.

»Man hat mir gesagt, dass Sie von Sir Epperstone entlassen worden sind, nachdem man Sie verleumdet hat?«, fragte er, als sich das Mädchen gesetzt hatte.

Gianna biss sich auf die Unterlippe, wohl um zu verbergen, dass diese zitterte. »Eigentlich war es eher ein Missverständnis«, behauptete sie dann, den Blick noch immer gesenkt. Sie schluckte. Ihre Stimme klang gepresst. »Sir Epperstone kam zufällig in den Raum, als Adriano mir im Scherz angedroht hat, er werde mich bei meinem Arbeitgeber anschwärzen, wenn ich nicht kooperativer bin. Das hat Sir Eppestone falsch verstanden.«

»Was genau meinte er mit kooperativ?«, fragte Holmes leicht amüsiert nach.

Das Mädchen sah ihn geradezu flehend an. Es war das erste Mal, dass sie Blickkontakt mit uns aufnahm.

»Nicht das, was Sie jetzt meinen«, versicherte sie errötend und sofort wieder blass werdend. »Signor Benetti hat mir ständig Fragen nach Lady Epperstone gestellt, die ich nicht beantworten konnte. Ich weiß nicht, warum er mir nicht geglaubt hat, dass ich das alles nicht wusste.«

»Beispielsweise?«, fragte Holmes, mit nur mühsam unterdrückter, nervöser Unruhe.

»Er wollte wissen, ob sie gute Freunde besessen hatte, wer sie zu Hause besucht hat und mit wem sie segeln gegangen ist«, erklärte das Mädchen mit leicht bebender Stimme. »Ich konnte dazu aber gar nichts sagen, denn die Lady hat mich immer weggeschickt, wenn sie Besuch empfangen hat, und nach Livorno habe ich sie auch nie begleitet.«

»Hatten Sie den Eindruck, dass Adriano Benetti in Lady Epperstone verliebt gewesen war?«, fragte Holmes vorsichtig.

Obwohl wir allein im Raum waren, drehte sich Gianna argwöhnisch nach allen Seiten um. Ihr schmales, blasses Gesicht war angespannt, und in ihren Augen lag weiterhin Furcht. »Das habe ich damals jedenfalls vermutet. Schließlich haben es alle behauptet«, gestand sie mit gedämpfter Stimme. Nach dieser Enthüllung sank sie förmlich in sich zusammen, und wieder blickte sie sich um. »Aber ich bin mir inzwischen nicht mehr sicher. Nachdem ich diese Stelle angenommen habe, bin ich Signor Benetti einmal zufällig auf der Straße begegnet, und was glauben Sie, was er gemacht hat? Er hat wieder versucht, mich auszufragen! Diesmal wollte er alles über Mister Wilson wissen!«

»Wieder ein Hinweis darauf, dass er ein Erpresser war«, kommentierte ich leise auf Englisch.

Bevor Holmes widersprechen konnte, klopfte es an der Tür. Sie öffnete sich einen Spaltbreit, und der Hausherr spähte herein.

»Meine Frau benötigt die Dienste des Mädchens«, teilte er uns schlecht gelaunt mit. »Werden Sie noch lange …«

»Keinesfalls«, unterbrach Holmes. »Wir haben von ihr alles

erfahren, was wir wissen wollten.« Wenigstens sprach Holmes höflichkeitshalber in der Mehrzahl, obwohl ich kein Wort zu dem Mädchen gesagt hatte. »Wenn Sie vielleicht in einer Minute wiederkommen würden?«

Mister Wilson sah einen Augenblick lang so aus, als ob er die Tür wütend zuknallen würde, aber er beherrschte sich. Ich fragte mich, ob seine Frau tatsächlich im Hause war oder ob er sie nur vorgeschoben hatte. Es war schon merkwürdig, dass wir sie niemals zu Gesicht bekamen. Vielleicht war sie ihm längst weggelaufen, zum Beispiel mit einem Maler? Außerdem wollte ihre angebliche Putzwut meiner Auffassung nach nicht recht zu einer Pianistin passen.

»Sollte Ihnen noch einmal jemand Fragen zu Ihren Arbeitgebern oder zu deren Freunden stellen, dann informieren Sie bitte unverzüglich Mister David Tristram«, sagte Holmes so leise zu dem Mädchen, dass Mister Wilson nicht mithören konnte, selbst wenn er an der Tür gelauscht hätte. Dann drückte er ihr einen Zettel in die vor Aufregung zitternde Hand, auf dem meine Adresse stand. Holmes sah ihr fest in die Augen. »Ich wiederhole nochmals: Melden Sie sich bitte unverzüglich, falls irgendjemand Sie ausfragen möchte, egal wer.«

Holmes sagte dies so eindringlich, dass das arme Mädchen noch blasser wurde, als es ohnehin schon war.

»Es ist nur eine Vorsichtsmaßnahme«, fügte Holmes, dem die Wirkung seiner Worte nicht entgangen sein konnte, in einem geradezu väterlichen Tonfall hinzu. Dann stand er auf und geleitete das Mädchen hinaus.

Als Holmes die Türklinke herunterdrückte, war ich gespannt darauf, ob Mister Wilson draußen stand, aber ich hatte ihm offenbar Unrecht getan: Keine Menschenseele befand sich im Flur, der sich vor dem Salon erstreckte.

Die Tür zum Innenhof war geöffnet. Draußen sangen Vögel, und der Wind trug den Geruch von Thymian und Rosmarin herein. Das Geräusch, mit dem das Wasser eines Springbrunnens herabplätscherte, erschien mir wie eine Melodie ohne Anfang und ohne Ende. Offenbar hatte es der Hausherr verstanden, den kleinen Innenhof in eine Oase in der Steinwüste des Florentiner Zentrums zu verwandeln. Nur das Poltern von Rädern auf dem Kopfsteinpflaster, das von der Straße hereindrang, störte etwas die Idylle.

Gianna eilte unverzüglich die Treppe hinauf, und der Hausherr kam wenige Augenblicke später aus dem gegenüberliegenden Raum geschossen.

»Ich gehe davon aus, dass sich das Gruppenporträt wieder in Ihrem Palazzo befindet«, stellte Holmes sachlich fest, bevor Mister Wilson auch nur den Mund öffnen konnte.

»Woher wissen Sie das?«

Mister Wilson wirkte gleichermaßen beeindruckt und beunruhigt, Letzteres wahrscheinlich, weil wir noch immer keinerlei Anstalten machten, sein trautes Heim zu verlassen.

»Darauf weisen nicht zuletzt die nicht unerheblichen baulichen Veränderungen an ihrem Palazzo hin«, erklärte Holmes in einem gelangweiltem Tonfall. »Ich würde übrigens das Gemälde gern noch einmal betrachten.«

Wenn ich an Mister Wilsons Stelle gewesen wäre, so hätte ich mich jetzt langsam gefragt, wer hier eigentlich der Herr im Haus war

»Wie Sie wünschen!«, entgegnete der Kunstkritiker widerwillig. »Es hängt in unserem Speisezimmer.«

Als ich das Gemälde an seinem angestammten Platz sah, musste ich widerwillig zugeben, dass es sich dort nicht schlecht machte, wenn auch der vergoldete Rahmen im Neurokoko-Stil viel zu bombastisch war. Er passte außerdem überhaupt nicht zu den zurückhaltenden, alten Möbeln im Raum. Die Galeristen pflegten nämlich damals moderne Gemälde durch diese protzigen Rahmen optisch aufzuwerten, aber häufig ertrank das Bild geradezu in der goldenen Pracht. In diesem Fall ließ der strahlende Rahmen die Schlammfarben, deren sich Adriano Benetti bediente, noch trister wirken. Trotzdem missfiel mir das Gruppenporträt im Palazzo des Kunsthändlers weit weniger als in Hoppers Villa.

Holmes deutete auf ein Detail. »Wissen Sie zufällig, was dieser gelbe Fleck auf Sir Epperstones Brust zu bedeuten hat?«

»Nein«, erwiderte Mister Wilson so bestimmt, dass es verdächtig war. »Da muss ich passen. Er ist mir niemals aufgefallen, aber das Bild hängt schließlich erst seit Kurzem wieder in unserem Hause. Warum fragen Sie nicht Sir Epperstone?«

»Er weiß dies auch nicht«, log Holmes, »aber wir dachten, Sie könnten mit dem Maler darüber gesprochen haben. Schließlich ist es Ihr Gemälde.«

»Ich habe niemals ein Gespräch im eigentlichen Sinn des Wortes mit Adriano Benetti geführt!«, insistierte der Kunstkritiker in einem Tonfall, als ob dies eine ehrenrührige Unterstellung sei. »Ich habe ihm das Gemälde abgekauft. Das war alles.«

Auch Holmes wirkte mittlerweile gereizt, wahrscheinlich, weil er schon lange keine Pfeife mehr geraucht hatte. Mir hingegen drehte sich noch immer der Boden unter den Füßen, und mein Magen begann deutlich vernehmbar zu knurren.

»Ich habe Sie also richtig verstanden, dass Sie sich weder mit Adriano Benetti noch mit Sir Epperstone über das Gemälde unterhalten haben?«, fragte Holmes so inquisitorisch, dass ich an Mister Wilsons Stelle alles gestanden hätte.

»Nein! Warum sollte ich dies getan haben? Ich finde, ein Gruppenporträt bietet nicht viel Gesprächsstoff, vor allem, wenn man es mit einem Verächter der modernen Kunst zu tun hat, dem es nicht gefällt!«

Gerade die verblüffende Heftigkeit, mit der Mister Wilson uns diese Worte entgegenschleuderte, straften ihn – zumindest meiner Meinung nach – Lügen.

»Sie haben auch nicht über die Gründe gesprochen, warum es Sir Epperstone nicht gefiel?«, bohrte Holmes nach.

Mister Wilson schüttelte verblüfft den Kopf. »Das ist doch offensichtlich. Für seinen etwas konventionellen Geschmack ist es viel zu modern gemalt.«

»Sie gestatten doch sicherlich, dass ich mir die Rückseite des Bildes anschaue?«, fragte Holmes und hob, ohne die Antwort abzuwarten, das Porträt von seinem Haken ab.

Glücklicherweise war der Esstisch lang genug, um das großformatige Gruppenporträt darauf zu legen. Seine Rückseite war verblüffend schäbig und schmutzig für ein Gemälde, das erst vor wenigen Wochen gemalt worden war. Ich vermutete, dass dies daran lag, dass es in der vollgekrempelten Villa von Mortimer Hopper gehangen hatte.

Holmes begann, die Innenkante des Rahmens zu betasten, ein alarmierter Mister Wilson schaute ihm dabei über die Schulter.

»Wonach suchen Sie eigentlich?«, fragte er mindestens eine halbe Oktave höher als gewöhnlich.

»Nach einem Geheimversteck.«

Mister Wilson und ich schauten uns gegenseitig an. Ich zuckte mit den Schultern, um zu signalisieren, dass ich keine Ahnung hatte, worauf Holmes hinauswollte.

»Wer um Himmels willen sollte denn etwas in dem Rahmen versteckt haben?«, wagte ich schließlich zu fragen.

»Adriano Benetti«, erklärte Holmes, während seine Finger weiterhin die Innenkante des Rahmens entlangfuhren. »Der Einbruchsversuch in ihren Palazzo war so dilettantisch, dass wir einen Berufsverbrecher ausschließen können. Ein Vergleich des Stofffetzens, den ihr Hund erbeutet hatte, mit der Garderobe des Malers brachte den Beweis, dass dieser der Täter war. Aber es fehlte mir bisher das Motiv. Da ich es erstaunlich fand, dass der Einbrecher seine Beute wegen eines Mopses kampflos zurückgelassen hatte, stellte ich die Hypothese auf, dass er es nicht auf das Gemälde selbst abgesehen hatte, sondern auf einen Gegenstand – zum Beispiel einen Zettel – der im Rahmen versteckt war.«

Ich sah Holmes verblüfft an. Immer wieder bewunderte ich seine kühnen Schlüsse. Dergleichen wäre mir niemals in den Sinn gekommen. Mister Wilson hingegen war bei den Worten »wegen eines Mopses« sichtbar zusammengezuckt.

»Leider habe ich aber bisher keinerlei Hinweise gefunden, die dazu geeignet wären, diese Theorie zu zementieren«, brummte Holmes in sich hinein, während er mit gerunzelter Stirn und zusammengekniffenen Augen die Rückseite des Keilrahmens befühlte, über den das Gemälde gespannt war, aber nach seinem Gesichtsausdruck zu schließen, fand er auch hier nicht, wonach er suchte.

Ich überlegte, was für eine Botschaft dies gewesen sein könnte, die dem Maler so wichtig gewesen war, dass er ihretwegen kriminell geworden war. Wahrscheinlich hatte es etwas mit seinem Erpressergewerbe zu tun.

»Es gibt noch eine Sache, die mich interessiert«, meinte Holmes nach einer Weile, der noch immer fast mit der Nase den Rahmen berührte. »An dem Tag, als sie das Gruppenporträt zum ersten Mal gesehen haben, gab es damals einem bestimmten Grund, warum Sie Sir Epperstone besucht haben?«

»Das will ich wohl meinen«, erwiderte Mister Wilson. Er baute sich stolz neben Holmes auf, beide Daumen in die Jackentasche gestemmt. »Lady Rutherford, Miss Dowland, Mister Hopper und ich sind gemeinsam nach Fiesole gefahren, um uns das Gemälde anzuschauen, für das wir Modell gesessen hatten. Und, wie ich schon mehrfach gesagt habe, fand Sir Epperstone das Gemälde grässlich, während ich davon so angetan war, dass ich es spontan erworben habe.«

»Mich wundert, dass Sir Epperstone es im Nachhinein zu bereuen scheint, Ihnen das Bild überlassen zu haben?«, fragte Holmes.

»Er ist manchmal etwas wankelmütig«, erwiderte Mister Wilson, und ich konnte mich des Verdachtes nicht erwehren, dass der Kunstkritiker Sir Epperstone nicht mochte. »Er wollte das Bild augenblicklich loswerden, während der Maler gar nicht glücklich über den Besitzerwechsel war. Mir ist schleierhaft, warum, denn meiner Meinung nach hätte er doch froh darüber sein müssen, dass ich Sir Epperstone das Bild abgekauft habe, denn ich war der Einzige, dem es gefiel.«

»Haben Sie Sir Epperstone den vollen Kaufpreis erstattet?«, wollte Holmes wissen.

Mister Wilson lachte zufrieden in sich hinein. »Wo denken Sie hin? Er hat mir freiwillig einen Rabatt von fünfundzwanzig Prozent angeboten. Es ist ihm noch nicht einmal aufgefallen, dass das Bild einen Rahmen aus dem achtzehnten Jahrhundert besitzt, der allein weit mehr wert ist als der Betrag, den ich für das gerahmte Gemälde bezahlt habe.«

»Der Rahmen ist echt?«, rief ich verblüfft aus, da ich ihn bisher für einen besonders scheußlichen Vertreter des Neurokoko-Stils gehalten hatte.

Auch Holmes war vor Überraschung einen Schritt zurückgetreten. Dann drehte er das Gemälde mit einer entschlossenen Bewegung um.

»Warum haben Sie mir dies nicht schon vorher gesagt?«, fragte er ziemlich konsterniert. »Das gibt der Geschichte eine ganz neue Wendung.«

Mister Wilson schnappte hörbar nach Luft. Offensichtlich war er so kurz vor einem Wutanfall, wie es ein defensiver, phlegmatischer Mann, wie er es war, nur sein konnte.

»Erstens sieht man dies auf einen Blick, zumindest, wenn man sich ein klein wenig auskennt.« Der Kunstkritiker warf uns einen vernichtenden Blick zu, »und zweitens haben Sie mich niemals nach dem Rahmen gefragt, sondern immer nur nach dem Gemälde.«

Holmes nahm einen Stift und schob seine Spitze vorsichtig zwischen Rahmen und Leinwand.

»Sind Sie wahnsinnig?«, rief Mister Wilson aus. »Beschädigen Sie nicht mein Gemälde! Jetzt, wo Adriano Benetti tot ist, ist es völlig unersetzlich.«

»Schauen Sie sich das selbst an!«, forderte Holmes den ängstlichen Eigentümer des Bildes auf. »Sie glauben es mir sonst nicht.«

Mister Wilson trat neben Holmes, und ich folgte ihm. Mit zusammengekniffenen Augen schaute er auf den Stift.

»Das Porträt ist auf eine alte Leinwand gemalt!«, entfuhr es ihm, »und ich habe für ein neuwertiges Gemälde bezahlt!«

»Damit sollte der Fall eigentlich klar sein«, stellte Holmes fest. »Ich fürchte, das Gemälde ist gestohlen, und zwar mit an Sicherheit grenzender Wahrscheinlichkeit bei Sir Epperstone …«

»Also das geht eindeutig zu weit! Ich habe das Bild ehrlich erworben!«, fuhr Mister Wilson Holmes mit hochrotem Kopf an. »Ich …«

»Sie haben mich falsch verstanden«, unterbrach Holmes.

»Nicht Sie haben es gestohlen, sondern Signor Benetti. Er hat ein altes Gemälde übermalt, das ihm nicht gehörte.«

Mister Wilson, der begreiflicherweise nichts verstand, wollte Holmes unterbrechen, aber dieser brachte ihn mit einer abwehrenden Handbewegung zum Verstummen, kaum, dass der Kunstkritiker den Mund geöffnet hatte. Auch meine benebelten Sinne hatten Schwierigkeiten, dem geistigen Höhenflug von Holmes zu folgen.

»Mit diesem Delikt haben Sie nicht das Geringste zu tun, sehr geehrter Mister Wilson. Es stellt sich aber natürlich nun die Frage, woher das Altmeistergemälde stammt. Meine Vermutung ist, dass Adriano Benetti es zufällig in der Villa von Sir Epperstone gefunden hat, beispielsweise auf dem Speicher, im Keller oder in einer Abstellkammer. Möglicherweise war es sogar noch verpackt, und ganz bestimmt hat es Lady Epperstone erworben. Ihr Gatte hat dies entweder nicht mitbekommen oder das Gemälde entsprach so wenig seinem eigenem Geschmack, dass er es in den hintersten Winkel seiner Villa verbannt hat.«

»Sir Epperstone war es, der versucht hat, bei mir einzubrechen?«, fragte Mister Wilson mit der Stimme eines Mannes, der seinen eigenen Worten nicht traut.

Holmes lachte. »Selbstverständlich nicht! Wie ich vorhin schon sagte: Es war Adriano Benetti. Und endlich kenne ich auch sein Motiv: Er wollte sich auf diesem Weg sein Diebesgut zurückholen. Ich vermute, er hat vorher versucht, Ihnen das Gruppenporträt abzukaufen.«

Mister Wilson plusterte sich auf. »In der Tat! Er hat mir sogar das Doppelte des Preises geboten, zu dem ich es gekauft habe. Aber ich wollte davon natürlich nichts wissen. Dies ist sein absolutes Meisterwerk, und ich werde mich um nichts in der Welt davon trennen!«

Ich fragte mich, ob ich im Tollhaus gelandet war. »Haben Sie nicht selbst den Einbrecher als jemanden charakterisiert, der im Juweliergeschäft die Nachtdekoration stiehlt?«, wandte ich vorsichtig ein.

»Weil auf dem Kunstmarkt Renaissance-Gemälde weit höhere Preise erzielen würden«, knurrte mich Mister Wilson an. »Aber die Zeit wird kommen, in der man die Qualität dieses Meisterwerks der modernen Malerei anerkennen wird.«

»Aber unter dem Gemälde befindet sich ein wertvolles Gemälde eines anderen Meisters, das Adriano Benetti übermalt hat, um es unbemerkt aus der Villa von Sir Epperstone schmuggeln zu können«, wandte Holmes ein, der langsam die Geduld zu verlieren begann.

»Hat er gesagt, dass er ein Bild vermisst?«, fragte Mister Wilson misstrauisch zurück.

»Nein, aber ...«

»Sehen Sie! Dann brauchen wir uns auch keine Gedanken über Sir Epperstone zu machen!« Der üblicherweise so ängstlich wirkende Kunstkritiker war plötzlich nicht wiederzuerkennen. In seinen Augen leuchtete ein geradezu kriegerisches Feuer, als er Holmes Paroli bot. »Das Gruppenbild gehört mir! Ich habe es rechtmäßig erworben. Niemand kann mir einfach mein Gemälde wegnehmen!«

»Trotzdem gehören der – wie Sie selbst schon zugegeben haben – wertvolle Rahmen und das möglicherweise noch wertvollere Gemälde unter der oberen Farbschicht Sir Epperstone. Sie sollten mit ihm reden.«

»Einen Teufel werde ich! Sir Epperstone wäre zuzutrauen, dass er dieses Hauptwerk der modernen Malerei aus schnödem Gewinnstreben vernichtet!« Mister Wilson warf dem Gruppenporträt einen geradezu verliebten Blick zu. »Ich will ihnen etwas ganz im Vertrauen sagen: Sir Epperstone hat nicht mehr Kunstverstand als seine Gäule. Er braucht nicht erst als Pferd wiedergeboren zu werden, um ein kompletter Banause zu sein, der einen Raffael nicht von einem Rembrandt unterscheiden kann! Er missbraucht Kunstwerke als reine Dekorationsobjekte. Daher kauft er Gemälde, die zu seiner Reitkleidung und der Farbe seiner Hunde passen! Und dann diese kindische Abneigung gegen christliche Themen! Nur über meine Leiche überlasse ich ihm meinen Benetti!«

Einige Augenblicke lang starrten sich die beiden Kontrahenten wortlos an: Mister Wilson breitbeinig vor Holmes aufgebaut, Holmes mit vor der Brust verschränkten Armen auf ihn herabschauend. Dann wandte er – den erbosten Kunstkritiker ignorierend – seine Aufmerksamkeit erneut dem Gemälde zu.

Ich nutzte die Gunst der Stunde, um etwas zu formulieren, was mir die ganze Zeit durch den Sinn gegangen war. »Adriano Benetti hat sicherlich das Gemälde in großer Eile anfertigen müssen, da er nicht von Sir Epperstone überrascht werden wollte, der vermutlich seine Villa für einige Tage verlassen hatte. Meiner Meinung nach erklärt dieser Zeitdruck die äußerst flüchtige Ausführung.« Ich beherrschte mich mühsam, nicht »schlampig« zu sagen. »Könnte es nicht sogar sein, dass er absichtlich ein schlechtes Bild gemalt hat, damit Sir Epperstone sich weigert, dafür Geld auszugeben? Denn dies war die Voraussetzung dafür, dass er sein Diebesgut seelenruhig mit nach Hause nehmen konnte. Dazu passt auch, dass Sie den Eindruck hatten, dass der Maler gar nicht glücklich darüber war, dass Sie Sir Epperstone das Gruppenbildnis abgekauft haben.«

»Was heißt hier ›schlechtes Bild‹?«, fuhr Mister Wilson mich an. »Sie haben ja gar keine Ahnung. Endlich hat Adriano Benetti seinen reifen Stil gefunden. Dieses Gemälde hat einen Abstraktionsgrad erreicht, der beispiellos in der Malerei der Macchiaioli ist.«

Holmes betrachtete noch immer den Rahmen. »Wie sagt man so schön: Über Geschmack kann man nicht streiten, aber Mister Tristram hat wahrscheinlich nicht unrecht. Adriano Benetti hat es möglicherweise darauf angelegt, dass sein Kunde das Gemälde ablehnt.«

»Und was hätte er – Ihrer Meinung nach – getan, wenn Sir Epperstone von seinem Werk so begeistert wie ich gewesen wäre?«, fragte Mister Wilson nachdenklich.

Offenbar hatten wir ihn endlich überzeugt.

»Ein Blick auf die Gemälde, die in dessen Villa hingen, wird Adriano Benetti genügt haben, um zu erkennen, dass diese Gefahr nicht bestand. Sie sagten vorhin selbst, dass Sir Epperstone einen eher konventionellen Kunstgeschmack besitzt«, erklärte Holmes.

»Es hat mich sowieso erstaunt, dass er Benetti diesen Auftrag erteilt hat, zumal es diese Gerüchte gibt … wegen, na ja … Sie wissen schon …«

»Ja, auch wir haben davon gehört«, unterbrach Holmes sein Gestammel, »und es ist davon auszugehen, dass Sir Epperstone mit dieser großzügigen Geste demonstrieren wollte, dass es sich tatsächlich nur um Gerüchte handelte.«

Mister Wilson schaute sich vorsichtig um, wie es vorhin sein ängstliches Dienstmädchen getan hatte. »Ich will ja nicht indiskret sein, Mister Baker Radcliffe, aber es sind keinesfalls nur Gerüchte!«

»Haben Sie die beiden in flagranti erwischt?«, fragte ich voller Sensationsgier.

Der Hausherr schüttelte den Kopf. »Das nicht, aber alle im Club waren darüber einer Meinung, da hilft gar kein Leugnen und kein Dementieren!«

Dieser Höllenfeuer-Club schien wirklich die reinste Schlangengrube zu sein.

»Schauen Sie hier!«, sagte Holmes zu mir, auf einen Schmutzpartikel deutend, der so klein war, dass ich ihn zuvor nicht bemerkt hatte. »Das ist der Rest des Netzes einer winzigen Spinne, deren lateinischer Name mir momentan nicht präsent ist, aber sie lebt nicht in völlig finsteren Räumen, da dort ihre kleinen Beutetiere nicht herumfliegen und sich in ihrem Netz verfangen. Wir können also präzisieren, dass Signor Benetti das Gemälde wahrscheinlich nicht in einem Keller, sondern eher auf einem Dachboden entdeckt hat.«

Bevor der Hausherr etwas erwidern konnte, verabschiedete Holmes sich mit einem angedeuteten Nicken von ihm. »Sehr geehrter Mister Wilson! Der Einbruchsversuch in Ihre Villa ist damit also aufgeklärt! Wir möchten daher Ihre Zeit nicht länger in Anspruch nehmen.«

Holmes wandte sich zum Gehen, aber Mister Wilson trat ihm in den Weg. Was hatte er vor? Wollte er Brutus auf ihn hetzen?

»Mister Baker Radcliffe! Ich schulde Ihnen noch Ihr Honorar!«, erklärte er dann unerwarteterweise, während er nach seiner Brieftasche fingerte. »Sie akzeptieren doch einen Scheck?«

Ich hätte mich geweigert, da ich Mister Wilson nicht mehr über den Weg traute, aber Holmes äußerte keinen Einwand.

Der Kunstkritiker füllte den Scheck mit zittrigen Händen aus und überreichte ihn Holmes. »Versprechen Sie mir, dass Sie Sir Epperstone nicht über ihre Entdeckung informieren! Schließlich bin ich Ihr Klient.«

Holmes machte eine beschwichtigende Geste. »Ich unternehme nichts in dieser Angelegenheit, ohne vorher mit Ihnen zu sprechen.«

Die angespannte Haltung von Mister Wilson lockerte sich etwas. »Nichts für ungut, Mister Baker Radcliffe, aber ich habe das Gemälde ehrlich erworben!«

»Guten Tag, Mister Wilson«, erwiderte Holmes ohne den Anflug eines Lächelns. »Wir finden allein hinaus.«

Ich murmelte einen Gruß vor mich hin, und wir verließen den Palazzo, ohne die Bekanntschaft von Brutus oder von Mrs. Wilson gemacht zu haben.

Es tat mir gut, mir etwas die Füße zu vertreten, und ich wurde allmählich wieder völlig nüchtern. »Holmes! Das war eine Meisterleistung«, entfuhr es mir, als wir um die nächste Ecke gebogen waren. »Ich hätte niemals vermutet, dass der Wert des hässlichen Bildes darin besteht, dass ein schönes daruntersteckt!«

Holmes blickte mich amüsiert von der Seite an.

»Aber etwas beschäftigt mich noch«, fuhr ich fort. »Ist nicht auch Sir Epperstone unser Klient?«

»Das macht es ja so schwierig«, stimmte mir Holmes zu. »Aber da Mister Wilson der Erste war, der mich um Hilfe gebeten hat, bin ich geneigt, ihm gegenüber eine größere Loyalität zu verspüren.«

»Aber vielleicht entgeht der Menschheit nun ein Meisterwerk der Barockmalerei!«, protestierte ich.

»Vielleicht hat aber auch Mister Wilson recht, und das Gruppenporträt ist ein Meilenstein der modernen Malerei, der nicht vernichtet werden darf«, gab Holmes zu bedenken. »Die Tatsache, dass er den Scheck auf exakt die vereinbarte Summe ausgestellt hat, spricht zu seinen Gunsten. Er hat folglich kein schlechtes Gewissen.«

Ich verkniff mir den Kommentar, dass ich dem guten Gewissen Mister Wilsons das schlechte Sir Epperstones vorzog, wenn dieses bewirkte, dass er sich uns gegenüber so großzügig zeigte. »Ich weiß nicht recht, was ich von der Befragung des Dienstmädchens halten soll«, sagte ich nach einer Weile.

Offenbar steuerte Holmes keine Trattoria an, sondern die Wohnung von Signora Rossi. »Adriano Benetti hat wahrscheinlich versucht, den Tod von Lady Epperstone aufzuklären«, meinte Holmes. »Seltsam ist nur, dass er sich auch für Mister Wilson interessiert hat.«

»Seine Neugier könnte eine Bestätigung meiner Theorie sein, nämlich, dass er ein gemeiner Erpresser war und sein Mörder eines seiner Opfer gewesen ist«, insistierte ich. »Mister Wilson zum Beispiel hatte – nach unserem letzten Besuch in seinem Palazzo – genug Zeit, um sich in die Kirche zu schleichen, während wir seelenruhig in der Trattoria saßen.«

»Ich fürchte, auch ein unaufmerksamer Betrachter würde Mister Wilson schwerlich als schlank bezeichnen«, verbesserte mich Holmes. »Außerdem ist Ihre Erpresser-Theorie nur eine wilde Spekulation. Unser Ansatzpunkt sollte die folgende Frage sein: Wer hatte Interesse am Tod des Malers?«

Während wir durch die Gassen der Altstadt schlenderten, ließ ich im Geist die Mitglieder des Höllenfeuerclubs Revue passieren. »Erstens: Mister Wilson und zwar aus Angst, man könne ihm sein geliebtes Gruppenporträt wegnehmen. Zweitens: Sir Epperstone, aus Eifersucht, weil der Maler ein Verhältnis mit seiner Frau gehabt hat. Drittens: Mortimer Hopper, um den Wert der Bilder Adriano Benettis zu steigern, die sich in seinem Besitz befinden«, zählte ich an den Fingern auf, »und natürlich alle anderen, die er erpresst hat.«

»Verabschieden Sie sich doch bitte endlich von der fixen Idee, dass Adriano Benetti ein Erpresser war!«, rügte mich Holmes. »Tatsachen sind es, die wir brauchen! Tatsachen! Daher werden wir nicht umhinkommen, uns noch einmal der

Analyse der Zeitungen zu widmen, die wir im Salon des Malers gefunden haben.«

Ich fragte mich, ob die veralteten Provinz-Zeitungen aus Leghorn tatsächlich ein Geheimnis besaßen, das man ihnen mit noch so großem Scharfsinn entlocken konnte. Schließlich lagen auch bei den Boldoni ganze Stapel von Zeitungen herum, aber sie zeugten nur davon, dass mein Schwager Andrea sie aufhob, weil er vorhatte, sie ein andermal zu lesen, aber dann doch lieber mit Freunden auf der Piazza herumstand und palaverte.

13. Alte Zeitungen

Als Holmes die Tür der Wohnung von Signora Rossi aufschloss, war seine Wirtin gerade dabei, ihren Sohn Salvatore lautstark auszuschimpfen, der schluchzend vor ihr stand und schuldbewusst auf den Boden starrte. Sonnenlicht erfüllte die Diele durch die offen stehenden Zimmertüren, es roch nach frisch gewaschener Wäsche, die vor den Fenstern aufgehängt war.

»Seien Sie nicht zu streng zu ihm«, sagte ich im Vorbeigehen, da ich schon ahnte, dass Holmes dem armen Jungen diesen Ärger eingebrockt hatte.

»Stellen Sie sich vor, er hat gesagt, dass er zur Polizei gehen möchte, wenn er groß ist«, beklagte sich Signora Rossi. »Ich möchte wissen, von wem er das hat?«

»In seinem Alter hat das nicht viel zu bedeuten«, beteuerte Holmes, sich nach der Familientragödie umdrehend. »Ich wollte zum Beispiel eigentlich immer Naturwissenschaftler werden.«

»Das ist Ihr schlechter Einfluss«, bemerkte ich halb im Scherz auf Englisch und schaute Holmes dabei von der Seite an.

»Der Junge wird meinem schädlichen Einfluss nicht mehr lange ausgesetzt sein«, erwiderte Holmes unerwartet ernst. »Mir bleiben nur noch wenige Tage, um den Mörder Adriano Benettis zu entlarven.«

Ich fragte mich, was Holmes tun würde, wenn der zeitliche Rahmen, den er sich gesteckt hatte, nicht ausreichen sollte. Würde er trotzdem nach Indien aufbrechen? Ich konnte mir dies eigentlich nicht vorstellen, denn es musste doch gegen sein Berufsethos verstoßen, einen ungelösten Fall in Florenz zurückzulassen.

»Signora Rossi, würde es Ihnen etwas ausmachen, für meinen äußerst hungrigen Kollegen und für mich einen kleinen Imbiss zuzubereiten?«, rief Holmes seiner Wirtin auf Italienisch über die Schulter zu, und ich glaubte einen Augenblick lang, dass ich mich verhört haben musste. Hatte Holmes tatsächlich an unser leibliches Wohl gedacht?

»Möchten Sie nicht in der Küche essen?«, fragte Signora Rossi zurück. »Ihr Raum ist schließlich viel zu …« Offenbar suchte die Wirtin nach einer höflichen Umschreibung von unordentlich. »... klein, um zu zweit darin zu speisen.«

»Wir werden schon ein geeignetes Plätzchen finden«, erklärte Holmes, und ich verkniff mir jeden Kommentar, denn ich befürchtete, er könnte es sich anders überlegen und mich verhungern lassen.

Als ich die Zimmertür öffnete, kollidierte ich fast mit einer Schiefertafel, die mit Zahlenkolumnen bedeckt war und die mich an die Schultafel in der Wohnung Adriano Benettis erinnerte.

»Die Daten der Liste mit der Überschrift *Livorno*«, kommentierte Holmes und rückte die Tafel aus dem Türbereich. »Wie oft soll ich Signora Rossi eigentlich noch sagen, dass sie in diesem Raum absolut nichts verändern soll! Aber wahrscheinlich muss ich ihr noch dankbar sein, dass sie die Tafel nicht gewischt hat. Es muss ihr förmlich in den Fingern gejuckt haben, dies zu tun.«

»Wieso habe ich diese Schiefertafel heute Morgen nicht bemerkt? Sie ist schließlich alles andere als klein«, fragte ich mich.

»Weil sie vor dem Bett stand, und ich einige Kleidungsstücke darüber geworfen hatte«, bemerkte Holmes. Aber ich vermutete, dass mich wohl eher seine Maskerade als Schornsteinfeger derart abgelenkt hatte, dass mir dieses Ensemble entgangen war.

Zeitungen lagen überall auf dem Boden herum und ließen das Zimmer wie das Quartier einer Gruppe von Stadtstreichern erscheinen. Da sich auf dem einzigen Stuhl, den ich sah, alte Bücher stapelten, setzte ich mich notgedrungen auf das ungemachte Bett.

»Ich hoffe, ihr Schwager steht noch in Kontakt mit dem geschickten Vetter seines Nachbarn, der meinen neuen Pass angefertigt hat?«, fragte Holmes, während er das Heft aufschlug, das er im Pfarrhaus gefunden hatte, und ich war ihm dankbar dafür, dass er das Wort »Fälscher« nicht in den Mund genommen hatte.

»Ich glaube schon, mir ist jedenfalls nichts Gegenteiliges bekannt«, antwortete ich vorsichtig. »Sie sind hoffentlich mit dem Dokument zufrieden?«

Holmes lachte. »Doch! Ich bin damit außerordentlich zufrieden. Ich stelle diese Frage aus einem anderen Grund: Ich gehe doch sicher recht in der Annahme, dass dieser Vetter des Nachbarn über informelle Kontakte zur Polizei verfügt?«

»Da muss ich leider passen«, erwiderte ich und fragte mich, worauf Holmes hinauswollte, denn mir schwante nichts Gutes.

»Falls dem so sein sollte, wäre ich diesem Herrn sehr verbunden, wenn er sich bei der Polizei nach Adriano Benetti erkundigen würde.«

»Aha!«, rief ich hocherfreut aus, »Sie haben sich also endlich meiner Meinung angeschlossen, dass er ein gemeiner Erpresser war?«

Holmes rollte die Augen. »Himmel, nein! Aber es könnte sein, dass er ein Polizeispitzel war. Offenbar hat er die Mitglieder des Höllenfeuer-Clubs observiert. Vielleicht war dies auch der Grund dafür, dass er Lady Epperstone Unterricht erteilt hat.«

»Sie meinen also, dass er nicht ihr Liebhaber war?«, entfuhr es mir.

»Das schließt sich ja wohl nicht aus.« Holmes legte seine Fingerspitzen aneinander, wie er es zu tun pflegte, wenn er nachdachte, und blickte mich dann fragend an.

»Ich werde mit Andrea sprechen«, versprach ich widerwillig, obwohl ich es nur ungern zuließ, dass Holmes meinen biederen Schwager in seine manchmal recht unorthodoxen Ermittlungsmethoden einspannte. »Wahrscheinlich beschäftigt die Polizei hier sehr viele Spitzel, denn angeblich gab es in keiner italienischen Stadt so viele Anarchisten wie in Florenz.«

Holmes nickte nachdenklich, und einige Augenblicke lang herrschte Schweigen. Die Stimmen der Wirtin und ihres Sohnes drangen durch die Tür, die sich offenbar noch immer nicht über den künftigen Beruf des Jungen geeinigt hatten, denn ich schnappte die Worte »Arzt« und »Anwalt« auf.

»Ich habe mich in den letzten Tagen schon eingehend mit diesen Zeitungen beschäftigt, aber leider bin ich noch nicht recht schlau daraus geworden«, erklärte Holmes, als wieder Ruhe in der Diele herrschte, dabei anklagend auf das Altpapier deutend.

»Vielleicht hat der Maler alle Zeitungen aufgehoben, in denen über den Tod von Lady Epperstone berichtet wird«, vermutete ich.

»Selbstverständlich«, erwiderte Holmes leicht befremdet. »Sie haben ein Talent für das Offensichtliche. Der Maler hat die entsprechenden Artikel sorgfältig ausgeschnitten, mit einem Datum versehen und in einem braunen Umschlag aufbewahrt, der auf seinem Nachttisch lag.«

»Und den Sie mitgenommen haben«, ergänzte ich den Satz.

Holmes deutete wortlos auf seinen Nachttisch, wo ein Umschlag unter einer alten Schwarte hervorlugte, auf den die Beschreibung passte. »Aus den Zeitungen in seiner Wohnung waren auch keine Artikel ausgeschnitten.«

Ich ärgerte mich, dass ich dies nicht bemerkt hatte. »Sind es immer die Ausgaben desselben Wochentages?«, fragte ich nach, ein Gedanke, der mir in diesem Augenblick erstmals in den Sinn gekommen war.

»Selbstverständlich! Es ist mir bereits auf der Rückfahrt aus Leghorn aufgefallen, dass die meisten – aber nicht alle – der Zeitungen Montagsausgaben sind«, belehrte mich Holmes mit einer irritierten Miene, die erkennen ließ, dass er dies für eine ziemlich banale Frage hielt.

Trotzdem war ich noch immer davon überzeugt, dass wir nur unsere Zeit mit dieser langweiligen Arbeit verschwendeten. »Könnte es nicht sein, dass der Maler sie aus einem ganz alltäglichen Grund aufgehoben hat«, begann ich daher vorsichtig. »Zum Beispiel weil er an den Cricket-Ergebnissen interessiert war …?«

»Kein Italiener interessiert sich für Cricket!«, unterbrach Holmes meinen Redefluss, und ich ärgerte mich, dass er meinen Vorschlag so wörtlich genommen hatte.

»Oder er hat die fehlenden Zeitungen mittlerweile zum Ausstopfen nasser Schuhe verwendet«, schlug ich vor.

Holmes blickte mich fassungslos an. »Erstens regnet es hier nicht so häufig wie zu Hause, und daher wäre der Stapel in diesem Fall sehr viel höher. Und zweitens sind diese Zeitungen an exakt den Tagen erschienen, die auf der Livorno-Liste verzeichnet sind. Damit dürfte hinlänglich bewiesen sein, dass die Zeitungen aus Leghorn wichtig für unsere Ermittlungen sind.«

Ich war ehrlich beeindruckt.

»Dies werden Sie sicherlich schon bemerkt haben?«

Einen Augenblick lang erwog ich zu nicken, aber ich wagte

es nicht, da ich zuvor noch die Vermutung geäußert hatte, dass irgendwelche beliebigen, alten Zeitungen bei Adriano Benetti herumgelegen hatten. »Leider habe ich nicht so darauf geachtet«, gab ich also zu.

»Das dachte ich mir schon«, brummte Holmes in sich hinein. »Wir sollten also untersuchen, ob es eine Gemeinsamkeit gibt, die sie verbindet, ein Thema, das in jeder dieser Zeitungen behandelt wird, eine Kleinanzeige, die immer wieder auftaucht, irgendetwas in der Art.«

Dann sammelte er einige Exemplare vom Boden auf und drückte sie mir in die Hand. Ich stand also vor der Wahl, entweder meine Kleidung oder das Betttuch mit Druckerschwärze zu verschmutzen, und ich entschied mich für die Bettwäsche der leidgeprüften Signora Rossi.

Mittlerweile hatte Holmes ungefähr die gleiche Anzahl an Provinzzeitungen neben sich auf den Fußboden gelegt.

Im gleichen Augenblick wurde die Türklinke von außen heruntergedrückt, und Signora Rossi schob sich durch die Tür. Sie balancierte ein Tablett mit zwei Portionen dampfender Spaghetti, zwei Gläsern, einer Wasserkaraffe und einer Flasche Rotwein in den Händen. Endlich machte Holmes Platz auf seinem Tisch, indem er die Gegenstände, die dort lagen, auf den Schrank deponierte. Dann räumte er den Stuhl auf die gleiche Weise. Seine Wirtin schleppte – mit einem tadelnden Seitenblick auf die alten Zeitungen im Bett – einen zweiten Stuhl herbei, und so konnten wir einigermaßen zivilisiert unsere Pasta vertilgen. Zumindest wenn man davon absah, dass kalter Rauch sich mittlerweile auf jeder Oberfläche und in jeder Spalte des Raums festgesetzt hatte. Signora Rossi würde noch monatelang diesen Gestank als Erinnerung an ihren Untermieter zurückbehalten.

Nach einer Weile klopfte es zaghaft an der Zimmertür.

»Herein!«, rief Holmes, und Signora Rossi öffnete die Tür mit dem Ellbogen.

Sie trug ein Tablett herein, von dem ich zuerst annahm, dass es leer sei. Dann bemerkte ich, dass ein Brief darauf lag.

»Ich habe vorhin ganz vergessen, dass Sie Post haben«, sagte sie, Holmes den Brief überreichend. Dann stapelte sie Geschirr und Bestecke auf das Tablett und zog sich wieder zurück.

»Es hat ausgezeichnet geschmeckt, Signora Rossi!«, rief ich ihr nach, denn ich dachte mir, dass für Holmes zu kochen ein Albtraum sein musste.

Ein Blick in das Gesicht von Holmes genügte, und ich kannte den Absender des Schreibens. »Elisabeth Dowland?«, fragte ich.

»Ebendiese«, erwidere Holmes, während er den Umschlag mit seinem Degen aufschlitzte.

Er las den Brief mit finsterer Miene. Dann brach er unvermittelt in schallendes Gelächter aus. »Sie lädt uns morgen Abend um acht Uhr zu einer Séance ein!«, verkündete er. »Hören Sie selbst: *Lady Rutherford, unser bewährtes Medium, ist überraschend nach Florenz zurückgekehrt. Dies bietet uns die lang ersehnte Gelegenheit, endlich wieder eine spiritistische Sitzung in meiner Wohnung veranstalten zu können.*« Holmes faltete den Brief sorgfältig zusammen und steckte ihn in seine Westentasche.

Ich fand es enttäuschend, dass er ihn mir nicht vorher zum Lesen überlassen hatte. »Schon wieder eine ziemlich dubiose Einladung!«, bemerkte ich. »Ich hätte nicht vermutet, dass wir plötzlich in das gesamte gesellschaftliche Leben des Höllenfeuer-Clubs einbezogen werden.«

»Das könnte aber recht aufschlussreich sein!«, meinte Holmes mit einem optimistischen, geradezu euphorischen

Gesichtsausdruck. »Lady Rutherford ist die einzige der auf dem Gruppenbildnis dargestellten Personen, die wir noch nicht kennen gelernt haben. Ich wäre Ihnen daher sehr verbunden, wenn Sie sich morgen die Lady aus der Nähe anschauen würden.«

»Sie kommen nicht mit?«, rief ich befremdet aus, denn mir waren spiritistische Sitzungen nicht geheuer, genauso wenig wie die Dame, die sie veranstaltete. »Sie können mich doch nicht allein zu Miss Dowland schicken! Das können Sie mir wirklich nicht antun! Sie wissen doch, dass diese Einladung in Wahrheit nur Ihnen gilt. Meine Anwesenheit nimmt diese exaltierte Dichterin allenfalls notgedrungen in Kauf, damit Sie sie mit ihrer Anwesenheit beglücken!«

Holmes schüttelte lächelnd den Kopf. »Mister Tristram, Sie werden sicherlich verstehen, dass ich Elisabeth Dowland keinen Anlass zum Verfassen weiterer romantischer Gedichte geben möchte«, stellte er in einem Tonfall fest, der keinen Widerspruch duldete.

»Sie wird aber sehr enttäuscht sein, wenn nur ich ihrer Einladung Folge leiste«, gab ich in einem letzten Versuch ihn umzustimmen zu bedenken.

»Noch enttäuschter wäre sie, wenn auch Sie die Einladung ausschlagen«, meinte Holmes, was ich aber bezweifelte. »Sagen Sie ihr, dass ich nicht an Geister glaube und mich daher außerstande sehe, an ihrer spiritistischen Sitzung teilzunehmen, zumal ich davon ausgehe, dass dabei keine Zaungäste geduldet werden.«

»Aber auch ich glaube nicht an diesen Hokuspokus!«, machte ich mir lautstark Luft.

»Ich weiß, sonst würde ich nicht mit Ihnen zusammenarbeiten«, erwiderte Holmes nicht unfreundlich, »aber Ihnen wird Miss Dowland den Aberglauben eher abnehmen als mir, da sie sich bisher keine großen Gedanken über Sie gemacht haben wird. Sie werden also der Einladung Folge leisten?«

»Wenn es denn sein muss«, erwiderte ich fatalistisch, während ich vor meinem inneren Auge das Haifischgrinsen Mortimer Hoppers sah.

Ich fragte lieber nicht nach, ob seine Teilnahme an der Séance zu befürchten stand, denn ich musste mich so oder so in das Unvermeidliche fügen. Dann fiel mir plötzlich ein, dass die Jagd bei Sir Epperstone ebenfalls am folgenden Tag auf dem Programm stand. »In diesem Falle würde ich es vorziehen, nicht an der Jagd teilnehmen zu müssen«, erklärte ich daher. »Zwei derart anstrengende Dinge an einem Tag sind einfach zu viel!«

»Etwas frische Luft wird Ihnen bestimmt nicht schaden!«, meinte Holmes, ohne den Blick von seiner Zeitung zu heben. »Sie sahen heute Mittag gar nicht gesund aus.«

»Das liegt daran, dass ich auf nüchternen Magen einen Whisky getrunken habe!«, protestierte ich.

»Wozu Sie niemand gezwungen hat«, entgegnete Holmes und machte eine einladende Geste in Richtung meines Zeitungsstapels. »Ich habe bereits die Kriminalberichterstattung in allen Zeitungen gründlich studiert, konnte aber keinerlei brauchbare Anhaltspunkte finden. Welcher Sparte möchten Sie sich nun widmen?«

»Ich nehme das Feuilleton!«, erklärte ich kurz entschlossen und verkniff mir mühsam den Kommentar, dass mir der Whisky mit einer entsprechenden Grundlage trefflich bekommen wäre.

Die Tür wurde wieder geöffnet, aber diesmal nicht von der Wirtin, sondern das pausbäckige, vor Aufregung gerötete Gesicht Salvatores lugte durch den Türspalt. »Darf ich bei der Suche nach dem Mörder helfen?«, fragte er mit leuchtenden Augen.

»Das habe ich kommen sehen«, sagte ich auf Englisch zu Holmes, »Sie haben keinen guten Einfluss auf ihn!«

»Ein andermal, dieser Fall ist bereits so gut wie gelöst!«, vertröstete Holmes den Jungen, dem die Enttäuschung ins Gesicht geschrieben stand. Holmes stand auf, ging zur Zimmertür, gab Salvatore einen freundschaftlichen Schubs und schloss die Tür. Dann ließ er sich auf seinen Stuhl fallen, um seinen Zeitungsstapel zu studieren.

Auch ich wandte meine Aufmerksamkeit dem mir zugeteilten Stoß zu. Schon im Kulturteil der ersten Zeitung, die ich öffnete, fand sich eine kurze Notiz über die Restaurierungsarbeiten in Santa Trinità, in der allerdings der Name des Malers unerwähnt blieb. Vielleicht war dies des Rätsels Lösung? Hatte Adriano Benetti alle Zeitungen aufgehoben, in denen von seinen Aktivitäten berichtet wurde? Voller Spannung öffnete ich die nächste Zeitung, aber groß war die Enttäuschung, dass sie keinerlei Neuigkeiten über die Sanierungsarbeiten enthielt. »Ich hätte gar nicht vermutet, dass Leghorn mehrere Theater besitzt«, murmelte ich vor mich hin, während ich nach diesem Fehlschlag deren Spielpläne studierte, und mir fiel in diesem Augenblick ein, dass ich im Lexikon gelesen hatte, dass Mascagni, dessen Oper *Cavalleria Rusticana* ich in Rom gesehen hatte, in Leghorn geboren war, aber dies hatte natürlich nichts mit unseren Ermittlungen zu tun.

»Haben Sie übrigens mitbekommen, dass gestern schon wieder bei einem reichen Florentiner eingebrochen wurde?« Diese Frage hatte ich Holmes schon vorher stellen wollen, aber ich hatte es immer wieder vergessen. »Es gäbe also auch nach Aufklärung unseres Falls noch genug Arbeit für Sie.«

Ohne auf diesen Vorschlag einzugehen, deutete Holmes auf die mir zugewiesene Arbeit, und ich setzte mit einem leisen Seufzer die Lektüre fort.

Nachdem ich mich durch die Theaterprogramme gearbeitet hatte, nahm ich mir die Kunstausstellungen vor, und auch hier wurde den Einwohnern Leghorns mehr geboten als erwartet. Schon wollte ich die Vermutung äußern, dass Adriano Benetti die Zeitungen aufgehoben hatte, weil er ein Kunstfreund war, aber im letzte Augenblick fiel mir glücklicherweise noch ein, dass die Daten der Liste mit den Erscheinungsdaten der Zeitungen korrespondierten, und so machte ich mich nicht noch einmal zum Narren.

»Hier habe ich etwas Interessantes gefunden!« erklärte ich, auf eine Kleinanzeige deutend. »Diese Bekanntschaftsanzeige war bisher in jeder Zeitung veröffentlicht, hören Sie selbst: Treffpunkt am Hafen, aha! Warte um zehn unter der Gaslaterne, hmmm!«

»Es wird die Geschäftsanzeige einer Prostituierten sein«, vermutete Holmes.

»Ich würde zu gern einen Blick in die Ausgaben dieses Blattes werfen, die nach dem Tode Benettis erschienen sind«, murmelte ich vor mich hin. »Ob diese Anzeige auch dort zu finden ist.«

»Ich habe sie selbstverständlich besorgt«, entgegnete Holmes und verblüffte mich wieder einmal. Er stand auf, zog drei Zeitungen unter dem Bett hervor, legte sie auf den Tisch, und ich schlug die Kleinanzeigen auf.

»Da ist sie schon wieder!«, rief ich aus, als ich die Bekanntschaftsanzeige entdeckte.

»Dies beweist nur, dass nicht der Maler die Anzeigen aufgegeben hat«, kommentierte Holmes, »und das hat auch niemand vermutet.«

Ich ließ mich durch diesen Fehlschlag nicht entmutigen, sondern arbeitete mich weiter durch die Anzeigen. »Auch diese Werbung für Korallen erscheint in jeder Zeitung«, bemerkte ich nach einer Weile.

»So sind sie nun einmal, die Geschäftsleute«, erklärte Holmes gelangweilt. »Mister Tristram, ich habe den Eindruck, Sie sind keine besonders große Hilfe beim Auswerten der Zeitungen«, fügte er in einem erstaunlich sachlichen Tonfall hinzu. »Vielleicht könnten Sie sich woanders nützlich machen. Ich wäre Ihnen zum Beispiel sehr verbunden, wenn Sie noch heute Abend mit ihrem Schwager sprechen könnten.«

Jedem anderen hätte ich diesen unhöflichen Kommentar verübelt oder mich dagegen verwehrt, einfach weggeschickt zu werden, aber von Holmes war ich dergleichen gewohnt. Klaglos verließ ich Holmes also früher als gewöhnlich und erreichte das Haus meines Schwagers am frühen Abend. Ich fand ihn im eifrigen Gespräch mit seinen beiden Gesellen. Wie ich den Gesprächsfetzen, die ich aufschnappte, entnahm, hatte die Steinmetzwerkstatt einen Großauftrag erhalten. Mein Schwager Andrea trug, wie immer bei der Arbeit, eine fleckige Schürze über der unordentlichen Kleidung. Als er meine Schritte hörte, drehte er sich um, und Enttäuschung spiegelte sich in seinem runden Gesicht. Offenbar hatte er auf einen Kunden gehofft.

»Ich wollte dich nur kurz etwas fragen«, sagte ich etwas unspezifisch, da alle Augen – und leider auch Ohren – auf mich gerichtet waren, »aber ich habe Zeit, ich werde warten, bis du fertig bist.«

Mein Schwager brummte etwas von »das will ich auch hoffen« und »manche Leute müssen eben arbeiten«, vor sich hin und drehte mir demonstrativ den Rücken zu.

Um nicht in der Werkstatt herumstehen zu müssen, wischte ich mit dem Handrücken die oberste Staubschicht von einem kippligen Stuhl, der in der Ecke herumstand. Als ich es mir darauf gemütlich gemacht hatte, ließ ich meinen Blick über die Skulpturen schweifen, die auf den Verkaufsregalen der Käufer harrten. Es waren lange Reihen der bei den Touristen beliebten Büsten schöner Mädchen im Stil der Frührenaissance, die eine Spezialität des verstorbenen Werkstattgründers Lorenzo Boldoni gewesen waren, sowie ein gutes Dutzend Engel, an denen eher die italienische Kundschaft Gefallen fand. Dazu kam eine Kompanie verkleinerter Kopien des David von Michelangelo, die – nach ihrer Anzahl zu schließen – offenbar der neueste Verkaufsschlager waren. Sie wurden nicht nur aus Marmor und Alabaster angeboten, sondern auch aus bemaltem Gips für den kleinen Geldbeutel. Wie sie so in Reih und Glied nebeneinander standen als seien sie dem Albtraum eines Betrunkenen entsprungen, fragte ich mich, was wohl Andreas Vater dazu gesagt hätte, dass seine Werkstatt offenbar zu einer reinen Souvenir-Produktionsstätte verkommen war.

Endlich fand die Besprechung ein Ende, und Pietro, der ältere der beiden Gesellen, machte sich lustlos an die Arbeit, während Paolo sich verabschiedete und ein Lied vor sich hinpfeifend die Werkstatt verließ.

»Wir können uns in der Küche unterhalten«, rief Andrea mir quer durch die Werkstatt zu.

Ich erhob mich von meinem Platz, verabschiedete mich von dem Gesellen, der einen Gruß in sich hineinbrummte, und folgte meinem Schwager durch die Diele.

»Was ist Pietro denn über die Leber gelaufen?«, fragte ich, kaum dass wir die Werkstatt verlassen hatten, denn ich kannte den Gesellen bisher nur als äußerst umgänglichen Mann.

Andrea zog ein verdrießliches Gesicht. »Es war nur eine

Frage der Zeit, dass es so kommen würde«, meinte er resigniert, während er die Klinke der Küchentür herunterdrückte.

Giovanna stand vor dem Herd und rührte in einer Kasserolle herum. Der Blick, den sie uns zuwarf, ließ keinen Zweifel daran, dass wir sie bei der Arbeit störten. Ein Geruch nach geschmortem Fleisch und nach frischen Kräutern lag in der Luft, und mir lief das Wasser im Munde zusammen. Um nicht den Zorn der resoluten Haushälterin auf mich zu laden, wartete ich vorsichtshalber draußen, während Andrea eine Flasche Wein aus der Vorratskammer und zwei kleine Gläser aus dem Schrank holte.

»Du wirst sicher bemerkt haben, dass Pietro schon seit Langem ein Auge auf unser Hausmädchen Vittoria geworfen hat?«, fragte er, nachdem er die Tür wieder geschlossen hatte.

Ich nickte. »Das ist unübersehbar!«

Andrea zog einen der Stühle im Esszimmer vom Tisch zurück und nahm darauf Platz.

»Vittoria hat seit Kurzem einen Verehrer, aber erzähl bitte nicht weiter, dass dir dies verraten habe«, erklärte Andrea finster, während er unsere Gläser zur Hälfte füllte. »Ich fände es sehr bedauerlich, wenn sie uns verlassen würde.«

»Vielleicht solltest du sie selbst heiraten«, rutschte es mir spontan heraus, aber glücklicherweise nahm mein Schwager den Kommentar nicht übel.

»Dann müsste ich trotzdem ein neues Hausmädchen suchen, und so tüchtige Dienstboten wie Vittoria sind nicht leicht zu finden«, meinte er lachend, »aber du wolltest mich doch etwas fragen?«

Ich räusperte mich, denn ganz plötzlich erschien mir meine Frage doch recht seltsam. »Mister Baker Radcliffe möchte wissen, ob du noch Kontakt zu diesem Vetter deines Nachbarn hast, der seinen neuen Ausweis angefertigt hat.«

»Der Kupferstecher?«

»Ja, genau der!«

»Nicht direkt, aber wenn ich den Nachbarn frage …« Andrea klang nicht besonders entgegenkommend. Er schaute mich skeptisch über den Rand seines Weinglases hinweg an. Wahrscheinlich vermutete er, dass Holmes etwas auf dem Kerbholz hatte und deshalb in Florenz untergetaucht war. »Was möchte denn Mister Baker Radcliffe von ihm? Braucht er schon wieder einen neuen Pass?«

»Keinesfalls«, beruhigte ich meinen Schwager, »aber er lässt nachfragen, ob der Kupferstecher zufällig jemanden von der Polizei kennt.«

Wieder lachte Andrea auf, und fast hätte er sich verschluckt. »Er kennt wohl eher Gefängniswärter.«

»Ist er vorbestraft?«, fragte ich mit gemischten Gefühlen zurück.

»Wenn nicht, dann ist es nur eine Frage der Zeit«, murmelte mein Schwager, und ich erzählte ihm, worum es sich handelte.

»Adriano Benetti?«, murmelte Andrea nachdenklich vor sich hin. »Der Name ist mir vor Kurzem untergekommen.«

»Er ist vor wenigen Tagen tödlich verunglückt«, erklärte ich. »Vielleicht hast du davon in der Zeitung gelesen?«

»Schon möglich«, sinnierte Andrea und blickte nachdenklich in sein leeres Weinglas. Dann schüttelte er bedächtig den Kopf. »Morgen muss ich dringend nach Volterra, um neuen Alabaster für die Werkstatt einzukaufen, aber ich werde mich vorher beim Nachbarn erkundigen«, erklärte er dann überraschenderweise und schob mir einen herumliegenden Notizzettel zu. »Schreib mir doch bitte den Namen dieses Malers auf, damit ich ihn nicht vergesse.«

Ich notierte mit Großbuchstaben ADRIANO BENETTI, um

sicherzugehen, dass der Adressat dieser Zeilen nicht aus Faulheit behauptete, meine Schrift nicht lesen zu können, über die sich meine Frau immer beklagte. »Mister Baker Radcliffe meint, dass er vielleicht ein Polizeispitzel sei«, sagte ich und überreichte Andrea die Notiz.

»Einen Polizeispitzel könnte der Kupferstecher vielleicht tatsächlich kennen«, meinte mein Schwager, während er den Zettel zusammenfaltete und anschließend in seiner Hosentasche verschwinden ließ.

»Das ist sehr nett von dir«, sagte ich, leerte mein Glas und stand auf, um im ersten Stock nachzusehen, ob meine Frau zurückgekehrt war, die eine Freundin besuchen gegangen war.

»Nächste oder übernächste Woche brauche ich mal wieder deine Dienste«, rief mir mein Schwager nach. »Es müssen einige Briefe auf Englisch geschrieben werden.«

»Das ist gar kein Problem. Bis dahin sind unsere Ermittlungen so oder so beendet«, versprach ich, und es wurde mir bei dem Gedanken ganz elend zumute, dass Holmes mit an Sicherheit grenzender Wahrscheinlichkeit zu diesem Zeitpunkt bereits über alle Berge sein würde.

14. Die Jagd

Sir Epperstone musterte mich mit einem abschätzigen Blick, der keinen Zweifel daran ließ, dass er mir am liebsten wegen meiner unpassenden Kleidung untersagt hätte, an seiner Jagdgesellschaft teilzunehmen. Da ich nämlich sonst nicht in Kreisen verkehrte, in denen derart kostenintensive Hobbys gepflegt wurden, besaß ich weder einen roten Mantel noch einen dieser charakteristischen runden, schwarzen Hüte. Daher hatte ich mich mit einem bequemen Tweedanzug begnügen müssen. Holmes hingegen war – wie immer – dem Anlass entsprechend perfekt gekleidet.

»Eigentlich wird Tweed bei der Jagd nur von Minderjährigen getragen«, klärte mich Mortimer Hopper auf, dessen charakteristische Stimme ich sofort erkannte, obwohl sie von hinten zu mir drang.

Zwar hätte ich mir denken können, dass ich bei einem gesellschaftlichen Ereignis, das eines seiner Club-Mitglieder veranstaltete, dem Kunsthändler begegnen würde, aber trotzdem ärgerte ich mich darüber, dass dies tatsächlich der Fall war. »Haben Sie Ihre Hunde mitgebracht?«, fragte ich ihn, da ich einen Augenblick lang vermutete, diese könnten der Grund dafür sein, dass er an der Jagd teilnahm. Ich hatte mich nämlich am Abend des Vortags über die Fuchsjagd informiert und erfahren, dass zuerst die Meute die Umgebung durchstöbert und den Fuchs aufscheucht. Die Erwähnung von Hunden hatte mich sofort an den Kunsthändler denken lassen.

Hopper schaute mich einen Augenblick fassungslos an. Dann brach er in schallendes Gelächter aus. »Natürlich nicht! Sie haben offenbar gar keine Ahnung! Man setzt schließlich bei der Fuchsjagd keine Schäferhunde ein! Sir Epperstone besitzt eine vortreffliche Meute von englischen Foxhounds. Sie sind als Spürhunde unschlagbar und trotzdem klein genug, um in den Fuchsbau einzudringen.«

»Sir Epperstone ist ein ganz ausgezeichneter Schütze!«, bemerkte ein drahtiger Herr mit einem großen Schnurrbart, der stocksteif auf seinem Pferd saß. Er war ein unangenehmer Zeitgenosse. Ich jedenfalls verspürte auf den ersten Blick eine unüberwindliche Abneigung gegen ihn.

»Das kann man wohl sagen!«, stimmte Hopper ihm zu. »Er hat einmal einen Fuchs aus hundert Schritt Entfernung getroffen.« Das scharfe Sonnenlicht ließ die Falten deutlich werden, die das gewohnheitsmäßige Grinsen in sein Gesicht eingegraben hatte.

Noch war die Luft frischer und klarer als am Vortag, aber der strahlend blaue Himmel kündigte bereits wieder einen drückend heißen Tag an.

»Wo wir gerade vom Schießen reden: Hoffentlich hält mein Wildhüter Sie nicht für einen Wilddieb! Denken Sie daran, was ich Ihnen bei Ihrem letzten Besuch gesagt habe: Ich habe ihm den Befehl gegeben, auf jeden Eindringling ohne Vorwarnung zu schießen«, erklärte Sir Epperstone unvermittelt, der offenbar noch immer über meine Aufmachung echauffiert war.

Bevor ich gegen diese rüden Sitten protestieren konnte, deutete der Hausherr auf einen grobknochigen Reitknecht, der ein braunes Pferd heranführte. »Dieses Ross wird sicherlich das passende für Sie sein.«

Leider verstand ich nicht genug von Pferden, um zu wissen, was ich von diesem Kommentar halten sollte. Hilfe suchend sah ich Holmes an, der neben mir stand. Dieser nickte mir aufmunternd zu, wobei er die Augen wegen des gleißenden Sonnenlichts zusammenkniff, und ich hoffte daher, dass er das Tier für ungefährlich hielt. »Soviel ich weiß, endet bei uns in England die Jagdsaison spätestens im Mai«, wandte ich ein, mehr aus Ärger über Sir Epperstones unverschämte Kommentare, als dass es mich wirklich gekümmert hätte.

»Aber wir sind hier in Italien«, bemerkte der Hausherr herablassend.

Fast hätte ich gefragt, warum er dann eine Fuchsjagd veranstaltete, aber ich wollte nicht unverschämt sein, und außerdem kannte ich die Antwort bereits: Für viele meiner Landsleute gehörte dieser blutige Sport zur guten alten Tradition, die sie daher auch in der Fremde pflegten.

Als ich im Begriff war, nach den Zügeln des Pferdes zu greifen, flog ein Schwarm Vögel über uns hinweg. »Sind das nicht Rauchschwalben?«, sagte ich mehr zu mir selbst.

»Ich kenne an Vögeln nur Fasane, Rebhühner und Wachteln«, bemerkte Sir Epperstone mit blasierter Miene und schaute seinerseits zum Himmel hinauf. Dann drehte er sich belustigt zu mir um. »Sie sind wohl vom Lande?«

»Nein, ich komme aus Birmingham.«

»Und dort gibt es Rauchschwalben?«, fragte Sir Epperstone belustigt zurück, machte sich aber nicht die Mühe, meine Antwort abzuwarten, sondern wandte sich Holmes zu. »Jetzt brauchen wir nur noch für Sie das richtige Ross. Vielleicht sollten wir gemeinsam meine Stallungen aufsuchen!«

Seit ich bei meinem ersten Besuch des Anwesens den Kuppelbau von der Straße aus gesehen hatte, war ich ganz begierig darauf gewesen, Sir Epperstones Pferdestall zu besichtigen. Daher ließ ich den Reitknecht, der noch immer das für mich bestimmte Pferd am Zügel hielt, einfach stehen und schloss mich Holmes an. Beim Näherkommen erkannte ich, dass sich neben dem kuppelbekrönten Gebäude aus Marmor ein großer Hundezwinger befand, der aber momentan leer war. Seine einfache und funktionale, um nicht zu sagen geradezu spartanische Gestaltung ließ erkennen, dass der Hausherr niemals erwogen hatte, dass er als Hund wiedergeboren werden könnte.

Die Dreiecksgiebel über den Fenstern und dem Portal der großartigen Stallungen waren mit Skulpturen von Hirschen, Füchsen und Hunden geschmückt. Als ich eintrat, bemerkte ich staunend, dass das Innere des Baus nicht gegen die aufwändige Gestaltung des Äußeren abfiel. Die Decke wurde von Säulen aus echtem Carrara-Marmor getragen, zwischen denen sich die Boxen befanden, die bestimmt hundert Pferde aufnehmen konnten. Aber momentan scharrten nicht mehr als dreißig Tiere darin ungeduldig mit den Hufen.

Jemand, dem hier zu begegnen ich nicht erwartet hatte, striegelte geradezu liebevoll eines dieser Pferde. Und zwar handelte es sich um niemand anderes als Miss Dowland! Zwar wusste ich, dass sie eine sportliche Frau war, die dem Segelsport frönte, aber da ich bisher außer Mortimer Hopper kein bekanntes Gesicht auf dem Anwesen gesehen hatte, hatte ich daraus geschlossen, dass Sir Epperstone nicht alle Mitglieder seines esoterischen Clubs eingeladen hatte.

Als die Dichterin uns bemerkte, beendete sie augenblicklich ihre Arbeit. Sie flüsterte ihrer braunen Stute etwas ins Ohr. Dann verließ sie die Box und kam uns mit langsamen Schritten entgegen, was vielleicht zu einer ihrer dramatischen, schwarzen Roben gepasst hätte, aber in der saloppen Reitkleidung nicht einer gewissen Komik entbehrte. Trotzdem fand ich sie attraktiver als jemals zuvor, denn der rote Mantel stand ihr gut, und ich meinte sogar, einen Hauch von Rouge in ihrem Gesicht zu bemerken. Oder hatte die gesunde Landluft ihre Wangen gerötet?

»Schön, dass Sie kommen konnten, Mister Baker Radcliffe und Mister David Tristram!«, begrüßte sie uns in einem feierlichen Tonfall. »Ich war es übrigens, der Sir Epperstone gebeten hat, Sie zu dieser Jagdgesellschaft einzuladen.«

Das erklärte einiges, denn ich hatte bisher nicht recht gewusst, was ich von dieser Einladung halten sollte.

Holmes erweckte den Eindruck, als ob er den Stall am liebsten sofort wieder verlassen hätte. Er murmelte einige unverständliche Worte in seinen nicht vorhandenen Bart, wurde aber von Sir Epperstone unterbrochen.

»Ist die Fuchsjagd nicht ein wunderbarer Sport!«, erklärte dieser mit einem Seitenblick auf die Dichterin: »Das Aufspüren der Beute, der Nervenkitzel bei der Verfolgung des Wilds, die Freude am Überlisten des schlauen Fuchses, der Sieg!«

»Wenn Sie es sagen«, murmelte Miss Dowland und machte Anstalten, in ihre Box zurückzukehren.

Holmes hingegen ließ mit gerunzelter Stirn seinen Blick durch die Stallungen schweifen, als ob es ihn in den Dschungel verschlagen hätte.

»Gehen Sie gern auf die Jagd, Mister Baker Radcliffe?«, hakte Sir Epperstone nach, als sein Gegenüber nichts erwiderte.

»Durchaus, aber ich bevorzuge andere Arten von Beute«, erklärte Holmes in einem kühlen Tonfall.

»Aber auf einer Fuchsjagd kann so viel passieren! Sie steckt voller ungeahnter Überraschungen.« Sir Epperstone bedachte ihn mit einem undefinierbaren Lächeln. »Das Allerwichtigste ist daher, dass man stets berücksichtigt, aus welcher Richtung der Wind weht.«

Wieder streifte sein Blick Miss Dowland, die mit geübten Griffen ihre Stute sattelte, und ich fragte mich, was um Himmels willen Sir Epperstone mit seinen Worten andeuten wollte. Sollte dies eine Drohung sein, und wenn ja, an wen war sie gerichtet? War Sir Epperstone darüber amüsiert, dass Elisabeth Dowland ein Auge auf Holmes geworfen hatte? Oder war er am Ende sogar eifersüchtig, weil Holmes ihn in der Gunst der Dichterin ausgestochen hatte?

»In der Tat«, kommentierte Holmes lakonisch.

»Sie dürfen sich ein Pferd auswählen, Mister Baker Radcliffe!«, erklärte Sir Eppestone gönnerhaft, und Holmes, den ich um diese Aufgabe nicht beneidete, ging von einem Pferd zum anderen, jedes aufmerksam betrachtend, und fast erwartete ich, dass er seine Lupe aus der Tasche zog.

»Ich nehme dieses«, erklärte er unerwartet schnell, auf einen Rappen deutend, der ungeduldig in seiner Box herumtänzelte.

»Eine wahrhaft vortreffliche Wahl, Mister Baker Radcliffe! Einer der Reitknechte wird ihn für Sie satteln«, sagte Sir Epperstone, und ich hatte den Eindruck, dass Holmes schlagartig in seiner Gunst gestiegen war. »Spielen Sie Polo, Mister Baker Radcliffe?«

Bevor Holmes etwas entgegnen konnte, trat ein vierschrötiger, finster dreinblickender Mann mittleren Alters an Sir Epperstone heran und sagte so leise etwas zu ihn, dass ich kein Wort verstand, obwohl ich nach besten Kräften zu lauschen versuchte. Daher sollte ich leider niemals erfahren, ob Holmes Polo spielte, aber ich traute es ihm ohne Weiteres zu.

»Meine Herren, Sie werden mich einen Augenblick entschuldigen«, meinte der Hausherr zu Holmes gewandt, »ich muss kurz mit meinem Wildhüter sprechen.«

Ohne etwas zu erwidern, schritt Holmes zum Ausgang, denn dies war ein höflich formulierter Rausschmiss, und ich folgte ihm, drehte mich aber in der Tür noch einmal um, weil ich mich fragte, ob es sich bei dem Neuankömmling um den schießwütigen Wildhüter handelte, der jeden Gast, der nicht die traditionellen Farben trug, für einen Wilderer hielt. Die beiden Männer bedachten mich mit vorwurfsvollen Blicken. Ich zuckte hilflos mit den Schultern, denn ich war mir keinerlei Schuld bewusst.

Vor den Stallungen tummelte sich bereits eine Meute von rund dreißig kräftigen Hunden mittlerer Größe, die lange Ohren und Lefzen besaßen und ihre Ruten aufrecht trugen. Ihr kurzhaariges Fell war am Körper braun, an den Beinen und der Schnauze hingegen weiß, und sie ähnelten einander, als gehörten sie alle zum selben Wurf.

»Es gibt Regen«, hörte ich einen älteren Herrn sagen, bei dem es sich nur um einen ehemaligen Pfarrer halten konnte. »Das kann ich förmlich riechen.«

Irritiert betrachtete ich den strahlend blauen Himmel, an dem sich selbst am Horizont kein Wölkchen zeigte, und ich kam zu dem Ergebnis, dass diese Gespräche über das schlechte Wetter meinen Landsleuten so in Fleisch und Blut übergegangen sein mussten, dass sie ganz automatisch dergleichen sagten, wenn eine peinliche Stille eintrat.

»Vielleicht hätten wir uns einen Imbiss mitbringen sollen«, bemerkte ich angesichts der beunruhigenden Tatsache, dass ich nirgends Picknickkörbe sah.

»Eine Fuchsjagd besteht aus schnellen Ausritten auf vorbereiteter Strecke, wobei die eigentliche Verfolgungsjagd meist weniger als eine Stunde dauert. Normalerweise findet die Jagd auf offenem Farmland statt. Hier auf dem Anwesen von Sir Epperstone ist der Platz begrenzt, was auch die Dauer der Jagd weiter verkürzen dürfte«, beruhigte mich Holmes, und ich wunderte mich über den großen Aufwand für ein recht kurzes Vergnügen – falls es denn ein Vergnügen sein sollte, eine Hundemeute einen Fuchs aufstöbern zu lassen, der in seinem Bau schläft, um ihm dann hinterherzureiten.

Im gleichen Augenblick kam der Hausherr aus dem Stall geschossen und steuerte uns zielstrebig an. Ihm folgte der Reitknecht von vorhin, der den gesattelten Rappen am Zügel führte, den Holmes ausgewählt hatte.

»Ich habe bisher sträflich versäumt, Sie mit den anderen Gästen bekannt zu machen, Mister Baker Radcliffe!«, meinte der Hausherr, als er uns erreicht hatte, unerwartet leutselig und schritt mit Holmes von einem Gast zum anderen, um ihn vorzustellen, während ich leicht indigniert auf der Stelle stehen blieb, an der Sir Epperstone Holmes angesprochen hatte.

Als der Hausherr mit Holmes die Runde gemacht hatte, saßen alle auf, und ich tat es ihnen gleich. Die Felle der Pferde glänzten in der Sonne, und die roten Röcke der Reiter bildeten einen auffälligen Kontrast zum saftigen, grünen Gras.

Sir Epperstone blies in sein Horn. Die Hunde rannten los, und kurze Zeit später wurde ein zweites Signal geblasen, das offenbar den Beginn der Jagd signalisierte, denn nun preschten die Jagdteilnehmer vorwärts.

Ich nahm mir vor, am Ende des Pulks zu reiten, denn dies schien mir die ungefährlichste Position zu sein. Zu meinem Erstaunen verfuhr Holmes ebenso, obwohl ich schon auf den ersten Blick bemerkte, dass er – ganz im Gegensatz zu mir – ein ausgezeichneter Reiter war, der nicht befürchten musste, abgeworfen und von den nachfolgenden Pferden niedergetrampelt zu werden. Vielleicht war sein Ziel, Miss Dowland aus dem Weg gehen, die im vorderen Drittel der Jagdgesellschaft ritt.

Die Reiter folgten den Hunden, die um den formalen Garten herumrannten, und ich begriff, dass das Anwesen Sir Epperstones noch viel ausgedehnter war, als ich vermutet hatte, denn der Garten ging in eine weitläufige Wiese über, die von Maulwurfshügeln übersät war. Der Mohn war bereits verblüht, aber noch immer flogen die Insekten von Blüte zu Blüte, und die warme Luft roch angenehm nach Gras.

Angeführt von einem Foxhound mit besonders guter Nase, den man Kopfhund nannte, lief die Meute mit gesenkten Köpfen und erhobenen Ruten durch das hohe Gras der Wiese, bis sie an einem kleinen Pinienhain anlangte. Ehe ich mich versah, waren die Hunde im Unterholz verschwunden, und die Reiter dirigierten ihre Pferde behände zwischen Astwerk und Gesträuch hindurch, während ich vorsichtshalber meinen Braunen zügelte und das Terrain sondierte.

Die Brombeerhecken am Waldrand waren mit unzähligen, weißen Blüten überzogen, aber ihre Stacheln flößten mir einen großen Respekt ein. Das Wäldchen selbst war nicht ausgedehnt, doch einzelne Pinien erhoben sich majestätisch gegen den blauen Himmel, und hier und da hingen noch vereinzelt Früchte des Vorjahrs an den Zweigen. Am Boden lagen abgefallene Äste, teilweise überwuchert von Pflanzen und Moos. Ich würde vorsichtig reiten müssen, weil ich keine Erfahrungen mit Ritten durch ein so schwieriges Gelände hatte.

Plötzlich erregte ein Geräusch meine Aufmerksamkeit: Ich hörte ein leises Rascheln im Unterholz, von dem ich glaubte, dass es die Anwesenheit eines Fuchses ankündigte, zumal das Jagdhorn in diesem Augenblick ein Signal gab, das ich aber leider nicht zu deuten wusste. Angestrengt versuchte ich, in der schattigen Vegetation unter den Pinienstammen irgendein Tier zu orten. Dann entnahm ich zu meinem Erstaunen den Gesprächsfetzen, die der Wind zu mir herübertrug, dass die Hunde bereits auf der Wiese einen Fuchs aufgestöbert hatten, den sie nun verfolgten. Zweifelsohne hatten sie längst das Anwesen von Sir Epperstone verlassen und trabten mit ihren Pferden durch die toskanische Landschaft.

Ich gab mir einen Ruck und sagte mir, dass es die anderen auch geschafft hatten, den Hain lebend zu verlassen. Jedoch ließ ich mich nicht vom allgemeinen Jagdfieber anstecken, sondern ritt ganz langsam zwischen den Baumstämmen hindurch und vergrößerte so den ohnehin beträchtlichen Abstand zu Holmes, der mit fast unverminderter Geschwindigkeit zwischen den Pinien hindurchgeprescht war. Das Knacken von Zweigen unter den Hufen meines Pferdes, war nun das einzige laute Geräusch in der Umgebung, da sich der eigentliche Pulk weit vor mir befand. Ich ermahnte mich weiterhin zur Vorsicht und versuchte, im Licht- und Schattenspiel der Blätter gefährliche Äste rechtzeitig zu erkennen.

Plötzlich vergegenwärtigte ich, dass ich den Anschluss verloren hatte, und mir wurde leicht mulmig zumute. Schließlich war ich nun allein im Wald und hatte keine Ahnung, wohin die anderen verschwunden waren. Angestrengt schaute ich zwischen den Pinienstämmen hindurch und bemerkte zu meiner Erleichterung, dass sich in einiger Entfernung etwas Rotes bewegte. Dies musste Holmes sein! Ich gab meinem Pferd die Sporen, um wieder aufzuholen, und hatte bald das Ende des Pinienhains erreicht. Die Sonnenstrahlen, die zwischen den letzten Bäumen herabfielen, blendeten mich, und ich beschattete mir die Stirn mit der Hand.

Dann sah ich endlich Holmes, der sein Pferd über einen am Waldrand liegenden Baumstamm springen ließ. Obwohl das Hindernis nicht hoch war, zügelte er auf der anderen Seite sein Pferd mit einem halbunterdrückten Fluch. Es blieb derart abrupt stehen, dass Holmes fast vom Pferd fiel, und ich fragte mich, was dies bedeuten mochte, denn der Sprung war für einen guten Reiter nicht kompliziert gewesen.

Ich spornte mein Pferd an, um Holmes rascher zu erreichen, was mir glücklicherweise gelang ohne meinerseits zu verunglücken. Ich saß ab, denn Holmes stand mittlerweile neben seinem nervös schnaubenden Pferd, das er abgesattelt hatte, und begutachtete seinen schweren Ledersattel, den er auf den Baumstamm gelegt hatte. Offenbar war der Sattel bei dem Sprung beschädigt worden.

»Was ist passiert?«, fragte ich besorgt, obwohl ich doch alles mit eigenen Augen beobachtet hatte.

»Sehen Sie!«, erklärte Holmes in die Hocke gehend und auf den Sattelgurt deutend, der zu meinem namenlosen Schrecken durchgerissen war. »Der Gurt ist ansonsten in gutem Zustand. Außerdem sind die Kanten der beiden Teile zu gerade, als dass der Sattelgurt gerissen sein könnte. Da hat eindeutig jemand nachgeholfen!«

»Sir Epperstone!«, entfuhr es mir. »Er hat uns nur zu dieser Jagd eingeladen, um uns heimtückisch zu ermorden!«

Wortlos ging Holmes zu meinem Pferd und überprüfte den Sattel. Dann nickte er zufrieden und schaute mich an. »Ihr Sattel wurde nicht manipuliert. Nur ich sollte also bei dieser Jagd verunglücken«, teilte er mir erstaunlich emotionslos mit.

»Zwei Reitunfälle an einem Vormittag wären auch zu auffällig gewesen!«, bemerkte ich in einem Anfall von Galgenhumor.

Holmes nickte. »Wir sollten augenblicklich zum Stall zurückkehren. Vielleicht findet sich dort noch ein Hinweis auf den Täter.«

Aus der Ferne hörte man kläffende Hunde, die Hufe der Pferde und den warmen Klang des Jagdhorns. Holmes lauschte mit angespanntem Gesicht und betrachtete dabei eine Pflanze am Waldrand, von der ich nur zu sagen vermochte, dass sie ein Doldengewächs war.

»Was ist das?«, fragte ich neugierig.

»Schierling! Er ist weit verbreitet auf Sir Epperstones Grundstück!«, erklärte Holmes, von der Pflanze hochblickend. Wieder gab das Jagdhorn ein Signal. »Die Jagdgesellschaft hat den Fuchs so gut wie gestellt und kehrt bald zurück. Ich wäre Ihnen daher sehr verbunden, wenn Sie mir Ihr Pferd zur Verfügung stellen könnten. Nur so erreiche ich den Stall vor den anderen.«

»Selbstverständlich!«, erwiderte ich, obwohl ich keinerlei Neigung verspürte, per pedes das gesamte Anwesen Sir Epperstones zu durchqueren. Außerdem war ich darüber enttäuscht, dass ich zu spät kommen würde, um der Entlarvung Sir Epperstones beizuwohnen.

Holmes schwang sich also auf den Sattel meines Braunen und trabte davon, während ich mich – seinen Rappen am Zügel hinter mir herführend – zu Fuß auf den Weg machen musste. Dabei fühlte ich mich höchst unwohl in meiner Haut, da ich jeden Augenblick erwartete, dass der Wildhüter aus dem Hinterhalt auf mich schoss, weil ich keinen roten Mantel trug. Auch bestand die Gefahr, dass aus den gleichen Gründen die anderen Jäger mich oder mein Pferd als Wild verkannten. Vielleicht hätte ich mich doch nicht von der Truppe entfernen sollen? Aber es war zu spät für derartige Überlegungen: Ich musste so schnell wie möglich das offene Gelände erreichen.

Beunruhigt hastete ich also mit dem Rappen durch den schattigen Pinienhain, bis ich endlich die Wiese erreichte, wo die Jäger mich von einem Hirsch unterscheiden können sollten. Außerdem hoffte ich, dass der schießwütige Wildhüter beachtete, dass Wilderer meist keine Pferde am Zügel führten.

Trotzdem haderte ich noch immer mit meinem Schicksal, weil ich die ganze Strecke zu Fuß zurücklegen musste, wofür mein Schuhwerk denkbar ungeeignet war. Missmutig stapfte ich daher, schutzlos der Sonne ausgesetzt, durch das kein Ende nehmen wollende hohe Gras. Ich konnte nur hoffen, dass ich in kein Tellereisen trat, denn ich traute dem jagdbegeisterten Sir Epperstone zu, überall auf seinem Grundstück Tierfallen ausgelegt zu haben.

Als ich endlich die Stallungen erreichte, war die Jagdgesellschaft noch immer nicht zurückgekehrt.

»Was haben Sie mit dem Pferd gemacht?«, fuhr mich eine scharfe Stimme an, kaum dass ich die hochherrschaftliche Stalltür geöffnet hatte. Sie gehörte dem groben Menschen, der vor der Jagd mit Sir Epperstone gesprochen hatte und den ich für den Wildhüter hielt. Offenbar hatte er in einer dunklen Ecke herumgelungert, und ich wunderte mich, dass er nicht an der Jagd teilgenommen hatte. Wenn ich dies gewusst hätte, wäre ich viel entspannter über die Wiese gewandert!

»Nichts habe ich gemacht! Es ist alles völlig in Ordnung …«, stammelte ich, aber bevor ich die Sache erklären konnte, kam mir Holmes zur Hilfe.

Er hatte im Gang vor der Box seines Pferdes gekniet und hielt seine Lupe in der Rechten, mit der er eben noch den Boden eingehend begutachtet hatte. »Ich war es, der dieses Pferd geritten hat«, erklärte er und erhob sich, damit er sich auf gleicher Höhe mit dem Wildhüter befand. »Sehen Sie sich doch bitte selbst seinen Sattel an! Dann wissen Sie, warum Mister Tristram das Pferd am Zügel zurückführen musste.«

Der ungeschlachte Geselle warf mit einem ziemlich grantigen Gesichtsausdruck einen widerwilligen Blick auf das Corpus delicti. »Was haben Sie mit einem der besten Sättel von Sir Epperstone angestellt?«, fragte er dann, Holmes einen vernichtenden Blick zuwerfend.

Dieser schüttelte ungläubig den Kopf. »Was für eine unglaubliche Verkehrung der Sachlage! Jemand hat den Sattel meines Reittiers manipuliert, damit ich vom Pferd falle und mir das Genick breche, und Sie beschuldigen mich allen Ernstes, den Sattel beschädigt zu haben?«

Ohne auf diesen vernünftigen Einwand einzugehen, nahm mir der Wildhüter, der es noch immer nicht für nötig befunden hatte, sich vorzustellen, die Zügel aus der Hand. Er führte den verschwitzten Rappen, unter dessen glänzendem Fell sich seine Muskeln abzeichneten, durch die hintere Stalltür hinaus ins Freie.

»Wie stehen die Aktien? Legen Sie endlich Sir Epperstone das Handwerk? Oder war es doch Mortimer Hopper?«, fragte ich, kaum dass der unsympathische Mensch außer Hörweite war.

Holmes deutete auf den mit Heu übersäten Boden aus gestampfter Erde, der von den kleinen Fenstern des herrschaftlichen Baus recht unzureichend beleuchtet wurde. »Leider sind die Pferde der Jagdteilnehmer über jeden einzelnen Inch des Stallbodens hinweggetrampelt, aber es ist noch ein klein wenig zu erkennen: Diese Stiefelabdrücke habe ich selbst verursacht. Diese stammen vom Stallknecht, und hier sehen Sie die Spur eines Stiefels, die in der Box meines Pferdes endet. Sie dürften von Sir Epperstone stammen, denn ich habe bemerkt, dass das Profil seiner Schuhe nicht sehr ausgeprägt ist.«

»Wie ich vermutet habe!«, rief ich aus. »Es war Sir Epperstone!«

»Aber wir standen doch selbst daneben, als er das Pferd begutachtet hat. Es wäre befremdlich gewesen, wenn er keine Spuren hinterlassen hätte«, bremste Holmes meinen Enthusiasmus. »Aber schauen Sie nur: Abdrücke eines weiteren, vierten Stiefels sind hier am Rande der Box zu erkennen. Leider werden sie sich aber nicht identifizieren lassen, da sich nirgends das Profil des ganzen Fußes erhalten hat.«

»Und was folgern Sie daraus?«, wollte ich wissen.

»Bis jetzt habe ich noch nicht genug Informationen gesammelt, um irgendetwas folgern zu können. Dies ist einer der merkwürdigsten Fälle, die ich jemals bearbeitet habe«, erwiderte Holmes frustriert.

Der Wildhüter öffnete die Tür, passierte mit schnellen Schritten die Boxen und verließ, ohne uns eines Blickes zu würdigen, den Stall durch den zweiten Eingang. Unser Gespräch verstummte, bis er außer Hörweite war.

»Ein höchst verdächtiges Verhalten«, meinte ich, und Holmes schüttelte den Kopf.

»Wir sollten unverzüglich nach Florenz zurückkehren, denn wir haben bereits viel zu viel Zeit bei dieser Jagd verloren«, erklärte er unvermittelt. »Zeit, die wir für wichtigere Dinge gebraucht hätten.«

»Aber wollen Sie denn nicht wenigstens vorher mit Sir Epperstone sprechen?«, rief ich erstaunt aus.

»Wir werden nicht umhinkommen, dies zu tun«, erklärte Holmes. »Schließlich muss er uns eine Droschke zur Verfügung stellen.«

»Ich habe eigentlich gemeint, dass Sie ihn wegen des Mordanschlags zur Rede stellen sollten!«, protestierte ich, obwohl ich sicher war, dass Holmes mich absichtlich falsch verstanden hatte.

»Zeitverschwendung.«

Dieser Kommentar verblüffte mich, aber ich kam zu dem Ergebnis, dass Holmes im Gegensatz zu mir bereits wusste, wer seinen Sattel beschädigt hatte, aber diese Information wie gewöhnlich zurückhielt, bis er den Täter entlarven konnte.

»Und denken Sie daran, dass Sie heute noch diese spiritistische Sitzung bei Miss Dowland besuchen wollen«, riss mich Holmes aus meinen Gedanken.

Nur mit Mühe hielt ich mich zurück, zu erwidern, dass ich dies keinesfalls wollte. Aber ich musste Holmes zustimmen, dass wir bei der Séance vielleicht interessante Informationen erhalten könnten. »Ich mache zehn Kreuze, wenn wir das Gelände von Sir Epperstone lebend verlassen haben«, sagte ich stattdessen, mich im düsteren Halbdunkel der weitläufigen Stallungen umschauend. »Schließlich läuft hier ein Mörder frei herum. Außerdem ist mir dieser unverschämte Wildhüter nicht geheuer, und an den Herrn dieser Pracht will ich lieber gar nicht denken.«

»Damit dürften Sie recht haben«, bemerkte Holmes. »Wir sind vor nichts sicher, bevor wir Florenz erreicht haben.«

Nach dieser Äußerung, die nicht gerade dazu angetan war, meine angespannten Nerven zu beruhigen, warteten wir noch einige Minuten auf einer Gartenbank neben den Stallungen, bis Hufgetrappel und Hundegebell die Rückkehr der Jagdgesellschaft ankündigten und schließlich die Reiter herangesprengt kamen.

Der Erste, der von uns Notiz nahm, war Mortimer Hopper. »Raten Sie mal, wer den Fuchs erlegt hat?«, fragte er in einem Tonfall, der vermuten ließ, dass nicht er der Glückliche gewesen war.

»Sir Epperstone?«, fragte ich, während Holmes seinen Grundsätzen folgend keine Vermutungen äußerte.

»Nein, ausgerechnet unsere liebe Elisabeth Dowland«, erklärte er, während er von seinem Pferd absaß. »Bestimmt wird sie eine Ode zu diesem Thema verfassen, die sie uns bei unserem nächsten Treffen vortragen wird.« Der ironische Gesichtsaudruck des Kunsthändlers ließ keinen Zweifel daran, dass er nicht viel von Miss Dowlands Werken hielt.

»Ich sollte noch mal mit unserer Dichterin reden. Vielleicht findet sie Gefallen an einer marmornen Tierkampfgruppe aus der Zeit des Hellenismus?«

Endlich befreite uns der Hausherr von der Gesellschaft des geschäftstüchtigen Kunsthändlers. Ich fragte mich, warum sich Hopper beim Herannahen Sir Epperstones augenblicklich entfernte.

»Was musste ich von meinem Stallmeister hören? Man hat Ihnen einen defekten Sattel gegeben? Das ist wirklich unverzeihlich!«, erklärte er in einem beiläufigen Plauderton, der nicht recht zu seiner in Falten gelegten Stirn passen wollte. »Es beruhigt mich aber, mich mit eigenen Augen davon überzeugen zu können, dass Ihnen nichts zugestoßen ist. Selbstverständlich werde ich der Sache unverzüglich nachgehen.«

Sir Epperstone und Holmes tauschten noch einige mit Bosheiten gewürzte Höflichkeitsfloskeln aus, von denen ich nur die Hälfte verstand. Dann bat Holmes den Hausherrn für meine Begriffe ziemlich unerwartet um eine Unterredung unter vier Augen, und ich war sehr überrascht, als Sir Epperstone nickte und Holmes mit einer Geste aufforderte, ihm in den Park zu folgen.

Aus der Ferne beobachtete ich, wie Holmes unserem Gastgeber etwas mit ernstem Gesichtsausdruck einschärfte. Sir Epperstone brach in schallendes Gelächter aus. Dann schüttelte er den Kopf. Holmes insistierte und Sir Epperstone gab nach. Jedenfalls widersprach er nicht mehr, und die beiden Männer kamen einträchtig zurück.

Unser Gastgeber begleitete uns zu seiner Droschke, die vor dem Herrenhaus wartete, und gab endlich dem Kutscher den Auftrag, uns nach Florenz zu fahren.

»Ich kann mich auf Sie verlassen?«, fragte Holmes, nachdem wir uns verabschiedet hatten.

»Aber selbstverständlich«, erwiderte Sir Epperstone für seine Begriffe äußerst ernsthaft. »Ich nehme an, Sie besuchen heute Abend die kleine Séance, die Miss Dowland veranstaltet?«

»Leider bin ich verhindert. Außerdem widerstrebt meiner Bohemienseele jede Art von Gemeinschaft«, erklärte Holmes, »aber Mister Tristram wird mir alles berichten.«

»Sie wissen gar nicht, was Ihnen entgeht«, erklärte Sir Epperstone mit undefinierbarer Miene und wandte dann seine Aufmerksamkeit seinen anderen Gästen zu.

Wir legten die Rückfahrt nach Florenz schweigend zurück. Ich war darüber verstimmt, dass Holmes mich allein zu diesem obskuren Treffen schickte, während Holmes mit geschlossenen Augen dasaß und ich nicht zu sagen vermochte, ob er vor sich hindöste oder über etwas nachdachte.

»Wollen Sie nicht bei den Boldoni zu Mittag essen?«, fragte ich, als wir endlich die Piazza Santa Croce erreicht hatten. »Sie wissen, dass Giovanna Sie eingeladen hat und vielleicht hat Andrea mittlerweile etwas über Adriano Benetti herausgefunden. Er war gestern Abend außer Haus, und es würde mich nicht wundern, wenn er bereits mit dem Kupferstecher gesprochen hätte.«

»Es fragt sich nur, ob dieser bereits die Polizei konsultiert hat«, entgegnete Holmes, aber er verließ mit mir die Droschke.

Ich gab dem Kutscher ein stattliches Trinkgeld, um mich bei ihm in guter Erinnerung zu halten, denn man konnte nie wissen, wann es uns wieder zu dem arroganten Adligen verschlug.

Als Vittoria unsere Hüte entgegennahm, bemerkte ich, dass sie verweinte Augen hatte. Vielleicht würde sich mein Schwager doch kein neues Hausmädchen suchen müssen.

»Ich habe Neuigkeiten für Sie!«, rief Andrea durch die offene Tür des angrenzenden Raums, und wir folgten seiner Stimme.

Nachdem wir uns gegenseitig begrüßt hatten, begann er zu erzählen: »Der Kupferstecher hat mit gesagt, dass er keinen Kontakt zur Florentinischen Polizei hat, aber er kennt einen Polizisten in Volterra. Er stammt nämlich von dort, was ich bisher auch noch nicht wusste. Er hat mir erzählt, dass er dort noch immer ein Häuschen außerhalb der Stadt besitzt.«

Es war Holmes deutlich anzusehen, dass er Andrea am liebsten aufgefordert hätte, endlich zur Sache zu kommen.

»Wie das Leben so spielt, hatte ich selbst in Volterra geschäftlich zu tun. Also habe ich dort die Empfehlungen des Kupferstechers an den Polizisten ausgerichtet, dessen Namen er mir genannt hatte, und dieser Polizist hat an die Questura in Florenz telegraphiert, ob sie einen Adriano Benetti kennen. Sie wissen schon, Amtshilfe und so!« Andrea machte eine Kunstpause, und sein Blick wanderte von mir zu Holmes. »Dieser Adriano Benetti scheint ein ziemlich verschrobener Zeitgenosse gewesen zu sein. Er war bei der hiesigen Polizei geradezu berüchtigt, weil er fast jede Woche ein paar Engländer anzeigen wollte. Er hat behauptet, einer Bande von Kriminellen auf der Spur zu sein, die unter dem Deckmäntelchen eines Clubs in Florenz ihr Unwesen treibt.«

»Hieß dieser Club *Nuovo Circolo del Fuoco d'Inferno?*«, fragten Holmes und ich zugleich.

Andrea dachte kurz nach und nickte dann. »Ja, genau, das war der Name«, erklärte er, »und raten Sie mal, wen er für den Anführer der Bande gehalten hat?«

»Mortimer Hopper?« Holmes hatte geantwortet, bevor ich Sir Epperstone ins Spiel bringen konnte.

»Ja, genau der! Wenn das mein Vater mitbekommen hätte!«, bestätigte Andrea grinsend und verschwand dann im Esszimmer.

Wir mussten beide lachen, und Holmes sah mich von der

Seite an. »Jetzt wissen wir auch, warum der Maler die Fotografie markiert hat. Damit wollte er den Kunsthändler sozusagen herausheben! Und Sie haben geglaubt, Adriano Benetti hätte die Clubmitglieder erpresst!«

»Ich fand, dass alle Indizien darauf hinwiesen. Konnte ich denn ahnen, dass er sie observiert hat?«, verteidigte ich mich.

»Es ist ein seltsamer Zufall, dass sowohl Ihr Schwager als auch der Vetter des Nachbarn Kontakte nach Volterra haben«, bemerkte Holmes auf Englisch, und ich war alarmiert, denn dies hörte sich so an, als ob Holmes Andrea verdächtigen würde, ein Krimineller zu sein.

»Das finde ich gar nicht!«, protestierte ich daher lautstark. »Ein Blick in die Werkstatt genügt, um sich davon überzeugen, dass die Firma Boldoni neuerdings auch Alabasterarbeiten produziert. Und bekanntlich wird Alabaster in Volterra im großen Stil abgebrochen. Was den Kupferstecher betrifft, so vermutete ich, dass seine Ortskenntnis der Etruskerstadt in Zusammenhang mit der Tatsache steht, dass in der alten Medici-Festung von Volterra seit einiger Zeit ein Gefängnis für Staatsgefangene untergebracht ist!«

»Ich habe schon zweimal gerufen! Das Essen wird langsam kalt, aber ...«, platzte Giovanna dazwischen. Ich schrak zusammen, denn ich hatte sie nicht kommen hören. Die Haushälterin ihrerseits verstummte mitten im Satz, als sie Holmes erblickte. »Guten Tag, Signor Baker Radcliffe! Ich wusste gar nicht, dass Davide Sie mitgebracht hat.«

Sie musterte Holmes von Kopf bis Fuß, aber glücklicherweise verzichtete sie auf die Feststellung, dass er von Tag zu Tag magerer wurde, und wir nahmen an der gedeckten Tafel im Esszimmer Platz.

15. Die Spiritistische Sitzung

Als ich zur vereinbarten Stunde die Treppe des Miethauses hochstieg, in der die Dichterin logierte, war meine grundsätzliche Abneigung gegen jede Art von Okkultismus schierer Sensationsgier gewichen. Ob ich wohl Zeuge werden würde, wie Sir Epperstone die Geister berühmter Pferde zu beschwören suchte? Was erhofften sich wohl die anderen Teilnehmer von dieser spiritistischen Sitzung? Die Erscheinungen der Geister Verstorbener, Schemen die durch den Raum schwebten oder körperlose Stimmen aus dem Jenseits?

Der einzige Wermutstropfen war, dass ich zu gern gewusst hätte, was Holmes in der Zwischenzeit unternahm. Leider hatte er aber darüber nicht die geringste Andeutung gemacht. Trotzdem hatte ich keinen Zweifel daran, dass er ohne mich ermittelte.

Elisabeth Dowland öffnete erst beim dritten Läuten, und es war unübersehbar, dass sie eine miserable Schauspielerin war. Denn sie vermochte nur mühsam ihre Enttäuschung darüber verbergen, dass ich ohne Holmes vor ihrer Wohnungstür stand. Ich richtete seine Entschuldigung aus, und die Dichterin bat mich mit einer wahren Leidensmiene herein.

Ihr Haar hatte sie zu einer kunstvollen Renaissance-Frisur aufgesteckt, aber es wirkte etwas zerzaust, als sei sie mit der Hand hindurchgefahren. Sie trug ein pfirsichfarbenes Satinkleid, das am Hals und an den Ärmeln mit etwas dunkleren Samtstreifen besetzt war. Dieses Gewand war kleidsamer als die nonnenhaften Kleidungsstücke, die sie bei unserer ersten Begegnung getragen hatte, aber nicht so körperbetont wie die Aufmachung bei unserem letzten Besuch.

»Vielleicht hätten wir ihn auf unsere Seite ziehen können«,

behauptete sie mit einem verschwörerischen Unterton in der Stimme, und ich hatte das ungute Gefühl, dass dies ihr Ernst war, »ein Mann mit einer derart ausgeprägten Willenskraft wie Mister Baker Radcliffe muss doch den Wunsch verspüren, sich die geheimen Naturkräfte dienstbar zu machen, die dem Unkundigen auf ewig verborgen bleiben.«

»Ich glaube, er zieht es vor, diesen Naturkräften mittels chemischer Experimente auf die Spur zu kommen«, widersprach ich der Dichterin, aber ich fragte mich, ob sie Holmes' wahre Identität kannte.

Durch die Tür des Salons drang die mokante Stimme des Kunsthändlers, und ich dachte, dass ich auf die Diskretion Mortimer Hoppers keinen Centesimo verwetten würde. Also wussten wahrscheinlich alle Anwesenden Bescheid.

Das Mädchen nahm meinen Hut entgegen, und als ich mich zu ihm umdrehte, sah ich durch die offene Küchentür auf der Anrichte ein Tablett mit mehreren hohen Gläsern, die mit einer grünlichen Flüssigkeit gefüllt waren. Ich hoffte, dass die Gastgeberin mir keines davon im Laufe des Abends anbieten würde, so seltsam sah ihr Inhalt aus. Daneben standen einige kleine Einmachgläser, die wohl Konfitüre enthalten mochten.

Elisabeth Dowland geleitete mich in den Salon, der eigentlich viel zu klein für die Gesellschaft war, die immerhin mich eingerechnet elf Personen umfasste. Mortimer Hopper gab gerade einige Anekdoten aus seinem bewegten Leben zum Besten, während der ängstliche Mister Wilson mit professioneller Miene das einzige Gemälde im Raum begutachtete, das in dilettantischer Malweise die Rialto-Brücke zeigte. Die restlichen Gäste, die in Kleingruppen dicht gedrängt herumstanden und plauderten, waren mir unbekannt, denn keiner von ihnen hatte an der Fuchsjagd teilgenommen. Nachdem ich mich bereits auf die Beschwörung der Pferde berühmter Helden aus grauer Vorzeit gefreut hatte, war ich sehr darüber enttäuscht, den exaltierten Sir Epperstone nirgendwo zu entdecken. Inständig hoffte ich, dass dieser noch eintreffen möge.

»Da drüben ist unser geschätztes Medium Lady Rutherford«, erklärte die Gastgeberin, dabei auf eine der beiden Frauen deutend, die mir den Rücken zuwandten. »Ich werde Sie miteinander bekannt machen.«

»Hat sie eigentlich eine Wohnung in Florenz gemietet, obwohl sie offenbar nicht dauerhaft hier lebt?«, fragte ich, da Holmes mich gebeten hatte, Informationen über das Medium zu sammeln.

»Das nicht«, erwiderte die Gastgeberin, »aber man hält im Hotel Medici immer ein Zimmer für sie bereit.«

Als Elisabeth Dowland sich ihren Weg durch den Salon bahnte, wichen die Gäste instinktiv vor ihr aus, so als ob sie den körperlichen Kontakt mit ihr um jeden Preis vermeiden wollten. Nur Lady Rutherford blieb wie angewurzelt stehen, wahrscheinlich weil sie die Gastgeberin nicht sehen konnte.

»Lady Rutherford, darf ich Ihnen Mister David Tristram vorstellen?«, fragte die Dichterin mit zuckersüßer Stimme.

Die Lady drehte sich um, und ich war einen Augenblick lang sprachlos, denn sie sah aus wie dem Gemälde Benettis entsprungen: Die lange, hagere Gestalt, das eckige Gesicht, das goldene Brillengestell mit den runden Gläsern, das Tweedkostüm mit dem Pelzbesatz, die kleinen, runden Ohrringe, all dies hatte der Maler ohne den Versuch, seinem Modell zu schmeicheln, minutiös wiedergegeben. Langsam wuchs mein Respekt vor Adriano Benetti. Vielleicht war er tatsächlich ein begnadeter Künstler gewesen, wie Mister Wilson versichert hatte.

Die Lady nickte mir gravitätisch zu und bedachte mich mit

einem Blick, den sie sicherlich für huldvoll hielt.

»Lady Rutherford! Es ist mir eine Ehre, Sie kennen zu lernen«, erklärte ich mit einer angedeuteten Verbeugung.

»Ganz meinerseits, Mister Tristram«, erwiderte die Lady mit einer überraschend tiefen Stimme, die nicht zu ihrem Maiglöckchenparfüm passen wollte. »Wo habe ich nur Ihren Namen schon einmal gehört? … Ah, ich erinnere mich: Sind Sie nicht der Assistent des Gespensterjägers?«

Offenbar war Holmes mittlerweile eine regelrechte Berühmtheit im Höllenfeuer-Club. »Ja, ich habe Mister Baker Radcliffe bei der Aufklärung dieses Falls geholfen«, bemerkte ich so beiläufig wie möglich.

Mühsam verkniff ich mir den Kommentar über das Gruppenporträt, der mir bereits auf der Zunge lag, denn ich befürchtete, das Gemälde könnte ihr aus nahe liegenden Gründen missfallen.

Die Lady wandte sich wieder ihren vorherigen Gesprächspartnern zu und gab mir damit unmissverständlich zu verstehen, dass sie nicht mehr mit mir zu plaudern geruhte. Dies ärgerte mich nicht wenig, denn Holmes hatte mir aufgetragen, mit Lady Rutherford einen Termin zu vereinbaren, an dem er mit ihr sprechen konnte. Schließlich war auch sie auf dem verhängnisvollen Gruppenporträt abgebildet.

Elisabeth Dowland stellte mich den übrigen Gästen vor, deren Namen ich aber leider später nicht vollständig referieren konnte, denn es waren viel zu viele. Dann blickte die Dichterin mit einem leisen Seufzer auf die kunstvoll gearbeitete, gusseiserne Uhr im gotischen Stil, die auf dem Kaminsims stand. Sie zeigte an, dass es mittlerweile bereits Viertel nach acht war.

»Wo bleibt nur Sir Epperstone?«, rief Miss Dowland ungeduldig aus. »Es erstaunt mich sehr, dass er sich verspätet.

Man kann ihm nachsagen, was man will, aber Unpünktlichkeit gehört nicht zu seinen Lastern.«

Am liebsten hätte ich Miss Dowland gefragt, ob sie ihm vielleicht zufällig nach der Jagd ein Liebesgedicht zugesteckt hatte. In diesem Fall hätte sie es sich selbst zuzuschreiben, dass er ihrer spiritistischen Sitzung fernblieb.

»Sind Sie denn sicher, dass er kommen wollte?«, fragte Lady Rutherford und warf der Gastgeberin einen missbilligenden Blick aus ihren grauen, durchdringenden Augen zu. Unmöglich, diese abweisende Person um einen Gesprächstermin zu ersuchen!

Die Dichterin nickte gedankenverloren. »Ganz sicher, zumal ich versprochen habe, ihm ein Probeglas dieser vorzüglichen Orangenkonfitüre mitzugeben, die ich aus Sussex beziehe.«

»Er hat mich übrigens heute Mittag auf die spiritistische Sitzung angesprochen«, schaltete ich mich ein, froh etwas zum Gespräch beitragen zu können, »zu diesem Zeitpunkt hatte er jedenfalls fest vor, daran teilzunehmen.«

Die Umstehenden blickten mich an, als ob ich etwas Unpassendes gesagt hätte, aber ich war mir keinerlei Schuld bewusst. In diesem Augenblick fühlte ich mich in meiner Haut derart unwohl, dass ich fast bedauerte, nicht wie Holmes Pfeife zu rauchen. Denn dann hätte ich wenigstens etwas gehabt, womit ich meine Hände hätte beschäftigen können.

»Wir sollten noch ein Viertelstündchen auf ihn warten«, erklärte Miss Dowland, die Ungeduld ihrer Gäste ignorierend.

»Warum servieren Sie uns nicht in der Zwischenzeit diesen Cocktail, den Sie uns in Aussicht gestellt haben?«, schlug Mortimer Hopper in einem ziemlich impertinenten Tonfall vor.

Damals hatte ich keine Ahnung, was dieser »Hahnenschwanz« sein mochte. Ich ahnte nur, dass es sich um die seltsame Flüssigkeit in den Gläsern handelte, die in der

Küche herumstanden, aber inzwischen weiß ich, dass Cocktails eine Mischung verschiedener, meist alkoholischer Getränke sind und dass Miss Dowland deren Zubereitung von einer durchreisenden Amerikanerin erlernt hatte.

»Das kommt gar nicht infrage, mein Lieber! Kein Alkohol vor einer spiritistischen Sitzung«, entgegnete Miss Dowland unerwartet streng, und statt uns endlich aufzufordern, schon einmal am Tisch Platz zu nehmen, ging sie unruhig im Salon hin und her.

So musste ich weitere fünfzehn Minuten, die mir sehr lang vorkamen, im Raum herumlungern. Obgleich ich von einer Kleingruppe zur anderen schlenderte, nahmen nämlich die anderen Gäste keine Notiz von mir. Offenbar war dieser Verein eine verschworene Gemeinschaft, die Außenstehenden gegenüber äußerst reserviert war.

Noch nicht einmal Mortimer Hopper oder Mister Wilson – die einander offenbar schnitten, wie ich vermutete wegen des Gruppenporträts – gaben mit ihrem Verhalten zu erkennen, dass sie mich kannten. Dies war mir aber gar nicht so unlieb, denn ich hatte schon befürchtet, einer von beiden könnte den Versuch unternehmen, mich für ihren Höllenfeuer-Club zu werben. Trotzdem ärgerte ich mich über die Arroganz der anderen Gäste und fragte mich, worauf sie sich so viel einbildeten.

Erneut fluchte ich innerlich darüber, dass Holmes mich nicht begleitet hatte. Seine Anwesenheit hätte der Situation viel von ihrer Peinlichkeit genommen. Außerdem hätte er dann selbst versuchen können, die abweisende Lady Rutherford auszufragen.

Als ich zum dritten Mal innerhalb von nur fünf Minuten an Lady Rutherford vorbeiging – ohne dass sich die Gelegenheit bot, ein paar Worte mit ihr zu wechseln –, hörte ich mit halbem Ohr etwas von einer Vereinbarung, die sie mit der Seele eines Toten getroffen habe. Doch ich war mir nicht sicher, ob ich mich nicht verhört hatte.

»Ich bezweifle mittlerweile, dass Sir Epperstone noch kommen wird. Wir müssen wohl ohne ihn beginnen!«, erklärte Elisabeth Dowland schließlich.

»Ich finde, er hätte uns zumindest darüber informieren können, dass er verhindert ist«, beschwerte sich eine junge Frau mit einem hellen Strohhut, deren Name mir entfallen ist.

»Er wird unsere Séance schlicht vergessen haben«, meinte Elisabeth Dowland mit resignierter Miene.

Mir erschien dies äußerst unwahrscheinlich, denn Sir Epperstone hatte auf mich immer den Eindruck eines hochintelligenten Mannes gemacht, und im Zweifelsfall hätte ihn sein Kammerdiener an den Termin erinnert.

Endlich wies Miss Dowland uns unsere Plätze an dem runden Tisch in der Raummitte zu, wobei sie darauf achtete, dass immer ein Mann zwischen zwei Frauen zu sitzen kam. Aber dies ging nicht ganz auf, denn es gab einen Frauenüberschuss, wohl verursacht durch die Abwesenheit von Holmes und Sir Epperstone.

»Vielleicht sollten wir uns in Zukunft jede Woche an einem bestimmten Tag zusammenfinden. Damit könnten wir derartige Missverständnisse vermeiden«, schlug unsere Gastgeberin vor, und ich traute meinen Ohren kaum.

Hatte nicht Sir Wilson behauptet, dass sich die Mitglieder des Höllenfeuer-Clubs jeden Dienstag trafen? Entweder hatte der Kunstkritiker gelogen, oder Elisabeth Dowland gehörte nicht zum inneren Kreis ihres Clubs. Über den Tisch hinweg suchte ich Blickkontakt mit Mister Wilson, aber dieser schaute demonstrativ in eine andere Richtung, und ich wusste nicht recht, wie ich dies interpretieren sollte.

Die Dichterin blickte von einem ihrer Gäste zum anderen, aber falls diese über ihren Vorschlag erstaunt waren, so ließen sie es sich jedenfalls nicht anmerken. Doch erweckte niemand von ihnen den Eindruck, als sei er von der Vorstellung, jede Woche eine Séance zu veranstalten, besonders angetan.

»Sie wollen doch den Spiritismus nicht zu einer Freizeitbeschäftigung wie die Fuchs-Jagd degradieren«, brummte Lady Rutherford schließlich, und die versteinerten Mienen der Anwesenden entspannten sich wieder.

»Lasst uns endlich beginnen«, meinte Mortimer Hopper mit einem vorwurfsvollen Seitenblick auf die laut tickende Uhr, und zum ersten Mal, seit ich ihn kannte, fand ich, dass er völlig recht hatte.

Mit der Miene einer Tragödin, die sich anschickte, ihren großen Monolog ins Publikum zu deklamieren, erhob sich Elisabeth Dowland von ihrem Stuhl. Sie ging mit langsamen Schritten im Salon herum und löschte sämtliche Kerzen, bis sich der Raum in tiefer Dunkelheit befand. Nur der blasse Schein der Gaslaternen auf der Piazza spendete ein ganz klein wenig Licht durch den Spalt zwischen den Vorhängen, und ich hoffte, dass die Dichterin nicht auf die Idee kam, auch die schweren Samtvorhänge vorzuziehen.

Unvermittelt streifte ein Lichtkegel von hinten durch den Raum. Er war vom Dienstmädchen verursacht worden, das die Zimmertür geöffnet hatte und nun fragend hereinschaute. Wahrscheinlich hielt sie ihre Herrin und deren Gäste zumindest für ziemlich exaltiert, wenn nicht für völlig übergeschnappt.

Elisabeth Dowland instruierte sie so leise, dass ich leider kein Wort verstand. Dann schloss sich die Tür geräuschlos von außen, und die Dichterin nahm wieder Platz – und zwar neben Mortimer Hopper.

»Wessen Geister sollen diesmal angerufen werden?«, fragte Lady Rutherford mit grimmiger Miene.

Es wurden von allen Seiten Vorschläge unterbreitet. Meist handelte es sich um verstorbene Familienmitglieder der Teilnehmer. Als der scharfe Blick der Lady auf mir ruhte, nannte ich aufs Geratewohl meinen Schwiegervater Lorenzo Boldoni, was mir einen boshaften Blick Mortimer Hoppers einbrachte. Er seinerseits brachte Michelangelo ins Spiel, und ich fragte mich, ob dies ein Scherz sein sollte. Aber niemand lachte darüber.

Ohne ein Wort zu sagen, legten die Gäste beide Hände mit den Handflächen nach unten auf den Tisch, und ich tat es ihnen gleich. Lady Rutherford starrte mit angespanntem Gesichtsausdruck in die Dunkelheit, und ich fragte mich, wie sie sich ohne den Genuss von Alkohol oder von Drogen in einen extatischen Zustand versetzen wollte. Überhaupt entsprach sie ganz und gar nicht meiner Vorstellung von einem Medium. Ich hätte eher eine leicht hysterische, hypersensible, alte Jungfer erwartet als eine bodenständige Adlige aus dem südenglischen Hinterland.

Lady Rutherford schloss die Augen. Für einen Augenblick glaubte ich, sie sei eingeschlafen, aber dann wäre ihr sicher der Kopf auf die Brust gesunken. Sie schien zu erstarren und wirkte wie gelähmt. Ein verbissener Zug breitete sich auf ihrem Gesicht aus. Niemand sprach, niemand bewegte sich, und so vergingen einige Minuten, in denen nichts besonders Bemerkenswertes geschah. Ich fragte mich schon, ob sich die Kontakte mit den Geistern vielleicht auf nonverbaler Ebene abspielten, als Lady Rutherford die Augen ganz plötzlich wieder aufriss.

»Ohne Sir Epperstone ist der Kreis nicht geschlossen«, erklärte sie unvermittelt.

Noch immer wirkte sie auf mich eher wie eine Hobbygärtnerin als wie ein charismatisches Medium.

»Versuchen Sie es doch bitte noch einmal!«, bettelte eine jüngere Frau, die mir als Tochter eines Glasgower Fabrikanten vorgestellt worden war und der die Aufregung ins sommersprossige Gesicht geschrieben war.

Lady Rutherford atmete tief durch, schloss dann erneut die Augen und hob den Kopf zur Decke. Auch einige der anderen Gäste schauten nun nach oben, einige mit verzückten Mienen, andere – wie Mister Wilson – eher gelangweilt, während Mortimer Hopper süffisant grinste. Wieder vergingen einige Minuten in qualvoller Stille. So unauffällig wie möglich versuchte ich, meinen Blick schweifen zu lassen. Was ich sah, fand ich so unfreiwillig komisch, dass ich Mühe hatte, nicht zu lachen.

Plötzlich ging ein sichtbarer Ruck durch Lady Rutherfords hagere Gestalt. Krampfhafte Zuckungen schüttelten sie, aber wieder öffnete sie ganz plötzlich die Augen und hob die Hände vom Tisch. Ich spürte ein Prickeln in den Handflächen und ballte meine Hände automatisch zu Fäusten. Wie betäubt saß ich auf meinem Platz. Die anderen Mitglieder der Runde starrten die Lady erschrocken an.

»Es ist völlig zwecklos! Die Geister sprechen heute Abend nicht zu mir«, erklärte Lady Rutherford kategorisch und strich sich mit einer fahrigen Handbewegung über die Stirn, um eine graue Strähne zurückzuschieben, die sich aus ihrer Frisur gelockert hatte. Die Fabrikantentochter war enttäuscht, und in den Gesichtern der anderen Gäste konnte ich dasselbe lesen. Lady Rutherford fixierte mich mit ihren kalten, grauen Augen, was ihr leider ein Leichtes war, da ich ihr gegenübersaß. »Dies ist auch kein Wunder, denn bekanntlich wird ein sympathetischer Kreis unterbrochen oder kommt gar nicht erst zustande, wenn sich ein Skeptiker unter den Teilnehmern befindet.«

Diese Feststellung führte zu noch größerer Aufregung unter den Anwesenden. Vielleicht hätte ich jetzt beteuern sollen, kein Skeptiker zu sein, doch ich brachte dies nicht über mich. Zu willkommen war mir die unverhoffte Gelegenheit, diese seltsame Veranstaltung augenblicklich zu verlassen, zumal ich immer noch darüber enttäuscht war, dass Sir Epperstone uns im Stich gelassen hatte.

Eine Entschuldigung vor mich hinmurmelnd erhob ich mich, und niemand versuchte mich aufzuhalten. Als ich die Salontür öffnete, bemerkte ich, dass Elisabeth Dowland mir folgte. Glücklicherweise brannte im Flur eine Gaslampe, und so musste ich nicht im Dunkeln nach meinem Hut suchen, denn das Dienstmädchen ließ sich nicht blicken.

»Ich gebe dem Mädchen immer frei, wenn ich spiritistische Sitzungen veranstalte. Vertraulichkeit ist einer der Gründe, warum die Menschen sich von mir die Karten legen lassen«, erklärte die Dichterin, als ob sie meine Gedanken gelesen hätte, und ich fragte mich, ob dies an Angebot geschäftlicher Natur sein sollte.

»Auf Wiedersehen, Miss Dowland!«, sagte ich, ohne auf die Kartenlegerei einzugehen. »Vielen Dank für die Einladung. Ich hoffe, ihre anderen Gäste nehmen es mir nicht übel, dass ich nicht an das Reich der Geister glaube.«

»Leben Sie wohl, Mister Tristram«, erwiderte sie mit belegter Stimme. »Bitte übermitteln Sie meine Empfehlungen an Mister Baker-Radcliffe.«

Kaum, dass die Dichterin die Wohnungstür zugezogen hatte, drang durch die Wand ein gellender Schrei, der nichts Menschliches an sich hatte.

»Etwas Schreckliches ist vorgefallen!«, rief Lady Rutherford einen Augenblick später, die es wohl gewesen war, die den Schrei ausgestoßen hatte.

Alarmiert zog ich am Klingelzug, um meine Hilfe anzubieten, aber niemand öffnete mir die Tür. Ich schlug mit der Faust gegen die etwas morsch wirkende, hölzerne Wohnungstür, doch nichts geschah. Ich wartete noch eine Weile unschlüssig im Treppenhaus. Jedoch aus der Wohnung kamen keinerlei Geräusche mehr.

Mit einem Schulterzucken beschloss ich, dass ich wohl nur der akustische Zeuge einer Geisterbeschwörung gewesen war, auch wenn es sich so angehört hatte, als sei in der Wohnung ein Verbrechen begangen worden. Ich stieg also die Treppe hinunter und verließ das Miethaus, dessen andere Bewohner ich wegen der nächtlichen Ruhestörung bedauerte.

Im Dunkel war das Glühen von Holmes' Pfeife zu sehen, sonst wäre ich sicher mit ihm zusammengestoßen, da er vor der Haustür stand. »Schön, Sie wohlbehalten wiederzusehen!«, begrüßte er mich hörbar erleichtert. »Dieser Schrei hat mich doch etwas beunruhigt.«

Nachdem ich Holmes alles berichtet hatte, was in der Wohnung der Dichterin vorgefallen war, schüttelte dieser nachdenklich den Kopf. »Mir gefällt gar nicht, dass Sir Epperstone auf sich hat warten lassen. Sicherlich hat dies auch die Gastgeberin beunruhigt?«, bemerkte Holmes mit angespannter Miene.

»Das kann man wohl sagen«, bestätigte ich. »Sie war völlig außer sich.«

»Haben Sie Lady Rutherford ausgerichtet, dass ich mit ihr sprechen möchte?«

Mir graute es schon die ganze Zeit vor dieser Frage, und doch war es unausweichlich, dass sie kommen würde.

»Leider nicht«, gab ich zu. »Sie war so unnahbar wie ein Granitblock. Unmöglich, ein privates Wort mit ihr zu wechseln!«

»Wie bedauerlich«, brummte Holmes in sich hinein.

Dann brachen wir auf, Holmes zu seiner Wirtin, ich zum Haus der Boldoni, aber es blieben noch einige Häuserblocks, bevor sich unsere Wege trennten.

»Stellen Sie sich vor, ausgerechnet der kleine Salvatore hat mir bei der Lösung des Rätsels der Livorno-Liste geholfen«, sagte Holmes unterwegs mit geradezu provozierender Beiläufigkeit.

»Tatsächlich? Und das sagen Sie jetzt erst!«, entfuhr es mir, und ich blieb automatisch stehen.

»Das liegt daran, dass dies passiert ist, während Sie der Séance beigewohnt haben«, erklärte Holmes und setzte seinen Weg wieder fort. »Als ich vorhin kurz bei Signora Rossi vorbeigeschaut habe, war diese gerade bei einer Nachbarin zu Besuch. Ihr Sohn hat mir schon wieder seine Hilfe aufgedrängt, und ich dachte, es kuriert ihn von seiner Begeisterung für die Detektivarbeit, wenn ich ihn die Immobilien-Anzeigen studieren lasse. Aber er hat offenbar nicht gewusst, was Immobilien sind, denn ich sah ihn kurze Zeit später Berichte über Schiffe lesen. Als ich ihn auf seinen Irrtum hinweisen wollte, fiel mein Blick zufällig auf das Wort *Livorno*. Sie erinnern sich doch sicher, dass dies die Überschrift der Liste ist, die uns solange beschäftigt hat?«

Ich nickte.

»Livorno ist nicht nur der Name einer Stadt, sondern auch der eines Handelschiffes, das regelmäßig zwischen Marseille und Leghorn verkehrt.«

»Haben Sie dies bereits überprüft?«, fragte ich verblüfft.

»Selbstverständlich! Es ist tatsächlich in allen Zeitungen, die Adriano Benetti aufgehoben hat, von der Ankunft dieses Handelsschiffs die Rede.«

»Denken Sie daran, dass der Maler unter Verfolgungswahn litt!«, gab ich zu bedenken. »Vielleicht hat er die Livorno für ein Piratenschiff gehalten?«

Holmes schüttelte nachsichtig den Kopf. »Immerhin hat ihn jemand so ernst genommen, dass er ihn umgebracht hat.«

»Und was hat es Ihrer Meinung nach mit dem Schiff für eine Bewandtnis?«, wollte ich wissen. »Ich kann mir gar keinen Reim darauf machen.«

»Ich habe durchaus eine Hypothese, aber es wird sich noch erweisen, ob diese zutreffend ist«, erklärte Holmes, und ich bemerkte enttäuscht, dass wir die Straßenkreuzung erreicht hatten, an der sich Holmes von mir verabschieden würde.

»Macht es Ihnen etwas aus, morgen früh um acht vor der Stazione Santa Maria Novella zu sein?«, fragte er mich überraschend.

»Keinesfalls«, antwortete ich spontan, »aber ...«

»Und könnten Sie für sich einen Satz alter Kleidungsstücke mitbringen?«

»Selbstverständlich«, erwiderte ich in der Hoffnung, dass Holmes mir einige weitere Informationen zum Programm des folgenden Tages geben würde, aber er wünschte mir nur eine gute Nacht und verschwand ins nächtliche Florenz.

16. Die Livorno

Am nächsten Morgen herrschte ein trübes, diffuses Licht. Es war schwül, und ein Sturm kündigte sich an. Die Sonne zeigte sich nur kurz am bleiernen Himmel, um bald ganz hinter grauen Wolken zu verschwinden. Als ich mit meiner Reisetasche zum Bahnhof ging, hätte ich zu gern gewusst, wozu genau ich die darin verstauten alten Kleidungsstücke benötigen würde. Natürlich besaß ich eine grobe Vorstellung davon, was Holmes bezweckte, aber mir lagen diese verdeckten Einsätze nicht.

Schon von Weitem erkannte ich die lange, hagere Gestalt von Holmes, die sich schwarz vor dem hellen Stein des Bahnhofs abzeichnete, und daneben bemerkte ich – sehr zu meinem Missfallen – eine zweite, kleinere Silhouette, die zweifelsohne zu Salvatore Rossi gehörte, dem Sohn seiner Vermieterin.

»Nicht schon wieder!«, protestierte ich auf Englisch, als ich die beiden erreichte. »Halten Sie doch bitte den Jungen aus den Ermittlungen heraus! Die arme Signora Rossi möchte schließlich, dass einmal etwas aus ihm wird. Deshalb soll er später Medizin studieren.«

Eine wahre Flut von Touristen ergoss sich in diesem Augenblick durch das Hauptportal des Bahnhofs. Offenbar war gerade ein Zug aus dem Norden angekommen.

»Salvatore besitzt eine große Begabung für das Detektivhandwerk. Auch hat er sich noch niemals über Hitze oder Hunger beklagt«, widersprach Holmes, und ich tat so, als ob ich mich nicht bemerkt hätte, dass diese Spitze gegen mich gerichtet war. »Während wir beide nach Leghorn fahren, kann der Junge einige Besorgungen in Florenz machen«, fügte Holmes auf Italienisch hinzu und drückte Salvatore, dessen Wangen vor Aufregung gerötet waren, einen Zettel in die Hand.

»Warum haben Sie mir nicht schon gestern gesagt, dass wir nach Leghorn fahren?«, protestierte ich und ärgerte mich im selben Augenblick über mich selbst, dass ich nicht genug Phantasie besessen hatte, aus dem vereinbarten Treffpunkt zu schließen, dass Holmes eine Zugfahrt geplant hatte, die uns nach menschlichem Ermessen eigentlich nur nach Leghorn führen konnte.

»Es war gestern leider noch nicht abzusehen, ob wir genügend Zeit dafür haben«, entgegnete Holmes und stellte seinen unglaublich schäbigen Koffer auf den Boden. Mit der rechten Hand auf das Knie gestützt, beugte er sich zu dem Jungen hinunter, um diesem in die Augen blicken zu können. »Hast du alles verstanden?«

»Ja natürlich, Signor Becce Redcliffee!«, versprach Salvatore treuherzig, und ehe ich noch einen Kommentar zum Thema Kinderarbeit abgeben konnte, war er bereits wie ein Wiesel in den Touristenscharen verschwunden, die sich mittlerweile auf dem gesamten Bahnhofsvorplatz ausgebreitet hatten.

»Wir haben viel zu viel Zeit mit Reden verschwendet. Jetzt sollten wir endlich den Zug besteigen«, forderte Holmes mich auf. »Sonst fährt er noch ohne uns ab.«

Also rannten wir zum Fahrkartenschalter, Holmes kramte das abgezählte Fahrgeld aus der Hosentasche und übergab es dem Bahnbeamten. »Zwei Rückfahrkarten erster Klasse nach Livorno!«, verlangte er, »leider haben wir es eilig, denn wir möchten den nächsten Zug noch bekommen!«

Aber der Schalterbeamte ließ sich nicht hetzten, sondern zählte das Geld bedächtig nach, bevor er uns endlich zwei Fahrkarten aushändigte.

Wir hasteten mit unserem Gepäck zum Gleis und hätten trotzdem um ein Haar den Zug verpasst. Kaum hatten wir die hohen Stufen des Waggons erklommen, setzte sich die Lok bereits mit einem Ruck in Bewegung. Schwer atmend schloss ich die Tür zum Abteil und ließ mich neben einem dicken Mann in weiten Hosen nieder, der mich belustigt musterte.

Holmes, dem die schnelle Gangart weniger zugesetzt hatte als mir, hob seinen Pappkoffer, der mit einem Gürtel geschlossen war, ins Gepäcknetz. Dann inspizierte er den Inhalt meiner Reisetasche, in der sich eine verbeulte Hose, ein geflicktes Hemd und eine speckige Weste befanden. Er nickte zufrieden, schloss die Tasche, deponierte sie ebenfalls im Gepäcknetz und ließ sich endlich auf dem Sitz nieder, der dem meinen gegenüberlag.

Der Zug war selbst für italienische Verhältnisse recht voll, aber trotzdem waren wir die einzigen Ausländer. Bei den anderen Fahrgästen mit ihren hohen, weißen Kragen, dem glatt gekämmten Haar und der dunklen Kleidung handelte es sich offenbar um toskanische Geschäftsreisende.

Im Abteil war die Luft zum Schneiden. Ich betupfte mir die verschwitzte Stirn mit dem Taschentuch und zog dann, da mir dies keine Kühlung verschaffte, das Fenster im Abteil herunter. Die zischende Lok stieß Rauch in die Luft, und der Fahrtwind schlug mir schwarzen Ruß entgegen. Schneller und schneller schraubte sich der Zug über die schnurgeraden Gleise.

»Also mir ist das nicht geheuer«, sagte ich zu Holmes, während ich das Fenster wieder hochschob. »Diese Züge erreichen eine Geschwindigkeit von bis zu fünfundvierzig Meilen die Stunde. Das kann doch nicht gesund sein?«

»Dies gehört zu den Segnungen unserer Zeit! Anderenfalls

könnten wir keinen Tagesausflug nach Leghorn unternehmen, da wir abends noch etwas sehr Dringendes zu erledigen haben«, meinte Holmes in einem sachlichen Tonfall.

»Und was für ein dringendes Geschäft führt uns momentan nach Leghorn?«, fragte ich endlich nach, da Holmes mir dies offenbar nicht freiwillig mitzuteilen geruhte.

»Ach, ich vergaß, dass Sie dies noch nicht wissen! Heute Mittag legt die *Livorno* in Leghorn an, und ich möchte es nicht versäumen, dies aus der Nähe zu betrachten.«

»Was erwarten Sie zu sehen?«, fragte ich und vermied es beim Formulieren meiner Frage sorgfältig, die Worte »vermuten« oder »annehmen« zu verwenden, um mir nicht eine der Lieblingsrepliken von Holmes einzuhandeln.

»Die Bestätigung meiner These, was das Interesse des Malers an diesem Schiff betrifft.«

Die Enttäuschung über diese magere Antwort musste sich in meinem Gesicht widergespiegelt haben, denn Holmes gab freiwillig weitere Details über den geplanten Verlauf der Untersuchungen preis: »Wir werden mit einem Fischerboot vor die Küste fahren. Ich habe Signorina Ventura – die junge Dame, deren Bekanntschaft wir bei unseren letzten Besuch in Leghorn am Hafen gemacht haben – telegraphisch gebeten, dies für uns zu organisieren.«

Nach einer ereignislosen Fahrt erreichten wir Leghorn am späten Vormittag. Signorina Ventura erwartete uns bereits am Bahnsteig, und der dicke Mann, neben dem ich gesessen hatte, schaute mit dem Ausdruck großen Erstaunens zwischen der eleganten jungen Dame und uns hin und her, wobei sein Blick an dem schäbigen Pappkoffer haften blieb, den Holmes in der Hand hielt, als enthielte er die Kronjuwelen.

Signorina Ventura trug zu einem duftigen, weißen Musselinkleid einen breitkrempigen, mit Blumen garnierten Strohhut und lange, weiße Spitzenhandschuhe. Über ihren linken Arm hatte sie den Griff eines Sonnenschirms gelegt. In der rechten hielt sie einen großen Picknick-Korb, aus dem eine Flasche Wein herausschaute. In dieser sommerlichen Aufmachung sah die junge Frau aus wie einem der besseren Gemälde der Macchiaioli entsprungen. Nur wollte das Wetter nicht recht zu ihrer Garderobe passen.

Als wir den Bahnhof verließen, sah ich sie erstmals aus der Nähe. Selbst im matten Gegenlicht konnte ich erkennen, dass Holmes sie wohl richtig eingeschätzt hatte, als er gemeint hatte, dass sie bereits Ende zwanzig sei.

Wir bestiegen eine bereits vor dem Bahnhof wartende Droschke und fuhren durch das Stadtzentrum zum Hafen, wo barfüßige Fischverkäufer mit hochgekrempelten Ärmeln und fleckigen Schürzen hinter ihren mit Fisch beladenen Körben standen und ihre Ware lautstark anpriesen. Wimpel flatterten im Wind, und es erstaunte mich, dass viel mehr Betrieb herrschte als bei unserem letzten Besuch des Hafens. Dann erst fiel mir ein, dass es damals Sonntag war. Wir passierten das große Öl-Lagerhaus der Bottini dell'Olio und die klassizistische Porta San Marco, von deren mit Buckelquadern verkleideter Feldseite der Markuslöwe herunterblickte. Hier bogen wir in die Uferstraße ein, der wir folgten, bis wir die verschiedenen Hafenanlagen hinter uns gelassen hatten.

Als Holmes verkündet hatte, dass er gern die Ankunft der *Livorno* mit eigenen Augen sehen wollte, war ich mit der größten Selbstverständlichkeit davon ausgegangen, dass wir dazu den Hafen aufsuchen würden. Nun fragte ich mich ernsthaft, was Holmes bezweckte. Im Gegensatz zu mir war der Kutscher offenbar in Holmes' Plan und Signorina Venturas Durchführung desselben eingeweiht, da er keinerlei Instruktionen von Holmes erhalten hatte.

Wir erreichten einen Küstenabschnitt mit sanft ansteigendem Ufer, auf dessen ockerfarbener Erde nur wenig Vegetation gedieh. Ein starker Wind aus Südwest bewegte das blassgrüne Gras und die vereinzelten Laubbäume und Kiefern. Trotz der Seebrise war die Luft schwül und drückend. Weiße Wellenkämme rollten über das graue Meer auf das Land zu, und am Horizont waren die bräunlichen Segel eines Schiffes zu sehen.

Langsam war mir die Sache nicht mehr geheuer, denn immer noch polterte die Kutsche an der Küste entlang, bis wir endlich nach etwa einer Viertelstunde eine einsame Bucht erreichten und die Droschke vor einer morschen Fischerhütte aus grob gefügten Planken anhielt.

Wir stiegen aus, und ich musterte die trostlose Umgebung: Hinter der Bruchbude führte ein Holzsteg ins Meer, an dem eines jener kleinen Segelboote im Wasser schaukelte, die die ärmeren Fischer benutzten. Ansonsten war weit und breit kein anderes Schiff oder Boot zu sehen. Erst auf den zweiten Blick erkannte ich, dass sich in dem Segelboot ein Mann befand, da dieser fast vom hellen Leinensegel verdeckt war. Ansonsten gab es in der Bucht außer uns nur ein einziges lebendes Wesen: einen struppigen Hund, der schnüffelnd die Büsche durchstöberte.

»Bitte warten Sie auf uns, egal, wie lang wir fortbleiben«, schärfte Holmes dem Kutscher mit Nachdruck ein. Was für eine gefährliche und anstrengende Mission mir wohl bevorstand? Bisher hatte ich die Fahrt nach Leghorn für eine Art bezahlten Ausflug gehalten.

Außerdem war die äußere Erscheinung des Mannes auf dem Kutschbock wenig vertrauenserweckend: Sein Atem roch nach Rotwein, die Taschen seiner Jacke waren ausgebeult, sein wilder Vollbart ungepflegt und die Haare leicht fettig. »Das hat mir die Signorina bereits aufgetragen«, brummte er ziemlich unwirsch zurück, während er sich eine billige Zigarette anzündete. Sein verschlossenes Gesicht konnte aber nicht verbergen, dass ihm die einsame Gegend missfiel.

»In diesem Schuppen sollten wir einen Krug mit Wasser und eine Waschschale vorfinden. Damit können wir uns nach unserem Ausflug etwas frisch machen«, meinte Holmes, als er dessen alte Holztür aufstieß, deren Angeln laut quietschten. »Hier sollten wir jetzt auch unsere Kleidung wechseln.«

Als wir den Schuppen wieder verließen, sahen wir in unserer abgetragenen, aber unverkennbar städtischen Aufmachung eher wie Bettler aus, als dass wir dem Fischer mit seiner einfachen, aber sauberen, weißen Kleidung ähnelten, der uns mit stoischer Miene in seinem Boot erwartete.

Während Holmes in das schwankende Fischerboot einstieg, eilte ich zur Kutsche zurück, wo ich mir von Signorina Ventura ihren Picknickkorb aushändigen ließ. Dann kletterte auch ich etwas mühsam in das schaukelnde Boot. Ein plötzlicher Windstoß blähte das Segel auf.

»Sollten wir in drei Stunden nicht wieder zurück sein, so benachrichtigen Sie bitte die Questura«, rief Holmes der jungen Frau zu, die noch immer am Ufer stand, und mir wurde ganz mulmig zumute.

Am liebsten hätte ich das Boot schleunigst wieder verlassen, aber es war zu spät: Der Fischer setzte das Segel – offenbar brauchte er wie der Kutscher keine weiteren Instruktionen – und wir legten ab. Signorina Ventura winkte uns noch eine Weile anmutig nach. Dann schlenderte sie zur Droschke zurück, nahm darin Platz und schlug die Tür laut hinter sich zu. Einen Augenblick lang befürchtete ich, die Kutsche könnte doch ohne uns in die Stadt zurückkehren, und ich beruhigte mich, dass ich wenigstens den Picknickkorb mit an Bord genommen hatte. Aber die Droschke bewegte sich nicht von der Stelle, wie Holmes gefordert hatte.

Ich wandte meine Aufmerksamkeit wieder dem Fischerboot zu: Holmes saß vorn im Bug. Die warme, aber heftige Seebrise pfiff ihm entgegen und brachte sein dunkles Haar durcheinander. Der Sturm hatte mittlerweile die Wolkendecke aufgerissen, und das strahlende Blau des Himmels war nur noch ab und zu von ein paar Schäfchenwolken durchsetzt. Die Sonnenstrahlen brachten die Wasseroberfläche zum Funkeln, und die Luft roch nach Salz und Teer.

Obwohl mir nach wenigen Minuten das Meersalz in den Augen brannte, hätte ich den Bootsausflug sicherlich genossen, wenn Holmes nicht die Bemerkung über die Questura gemacht hätte.

Als wir uns von der Küste entfernten, leuchtete das Meer türkisblau, und der Wind kräuselte seine Oberfläche zu Wellen, deren weiße Kämme sich überschlugen. Möwen kreisten schreiend über unseren Köpfen. Immer wieder stürzten sie blitzartig auf die Wasserfläche herunter und durchstießen sie lautlos, um einen Fisch zu fangen. Ich warf einen vorsorglichen Blick auf unseren Picknickkorb, aber dieser bestand aus festem Holz und würde einer Attacke der gierigen Vögel standhalten.

»Wir haben Glück, das Schiff ist äußerst pünktlich. Ich hatte befürchtet, hier längere Zeit in der prallen Sonne auf seine Ankunft warten zu müssen«, erklärte Holmes nach einer guten Viertelstunde und deutete auf ein rauchendes Blechungetüm, das sich am Horizont abzeichnete. Offenbar war die *Livorno* eines dieser neumodischen Dampfschiffe.

Mit großer Geschwindigkeit fuhr es auf uns zu, und so

konnte ich bald Einzelheiten erkennen: Es handelte sich um einen langgestreckten Zweimaster mit einem hohen, dicken Schornstein auf der Mitte des Decks, der schwarzen Rauch in den mediterranen Himmel blies.

Ich wollte schon nachfragen, worauf ich eigentlich mein Augenmerk richten sollte, als ein Fischerboot die Nachbarbucht, die wir nicht einsehen konnten, verließ und der *Livorno* entgegensteuerte. Es war viel größer als unseres, eigentlich handelte es sich eher um einen Fischkutter als um ein Boot, und es behielt seinen Kurs bei, bis es die *Livorno* erreicht hatte. Diese verlangsamte ihre Fahrt, und ich beobachtete mit angehaltenem Atem, wie zwei Matrosen Holzkisten unterschiedlicher Größe an Seilschlingen die hohe, metallene Bordkante hinabließen. Die Fischer – oder wer auch immer an Bord des Kutters sein mochte – lösten die Kisten mit großer Geschicklichkeit aus den Schlingen und verstauten sie in im Rumpf ihres Schiffes, sowie in einem Beiboot, das sie mittlerweile ins Wasser gelassen hatten. Bald waren Kutter und Beiboot randvoll beladen.

Ich konnte mir keinen rechten Vers aus dem Weiterreichen der Kisten machen, und mein Blick wanderte von Holmes, der mir den Rücken zuwandte zum Besitzer unseres Bootes, dessen ruhiger Gesichtsausdruck darauf schließen ließ, dass ihn die Transaktion, der er beiwohnte, nicht im Mindesten überraschte.

Das ganze Schauspiel hatte nur wenige Minuten gedauert, als der Kutter plötzlich abdrehte und die *Livorno* ziemlich unvermittelt ihre Fahrt wieder aufnahm und uns wie eine schwimmende Festung entgegenkam.

»Fahren Sie sofort zurück!«, rief Holmes in den Wind, aber der Fischer hatte bereits Kurs auf die Küste gesetzt.

Ich merkte, dass der Bootsbesitzer Angst hatte, denn flackernde Unruhe lag plötzlich in seinen Augen. Auch die Stirn von Holmes war in Falten gelegt, als sein Blick über das Meer streifte. Ob uns der Kapitän der *Livorno* verfolgte, da wir Zeuge seiner fragwürdigen Machenschaften geworden waren? Ich schaute mich mit einem flauen Gefühl im Magen nach dem Dampfer um, aber die Gefahr war gebannt. Die *Livorno* fuhr nicht mehr auf unser Fischerboot zu, sondern steuerte den Hafen an.

»Was hatte das alles zu bedeuten?«, fragte ich Holmes, nachdem die Anspannung wieder etwas von mir gewichen war, »was um Himmels willen machen die Fischer nun mit diesen Kisten?«

»Das Ganze nennt man Schmuggel«, erklärte Holmes, und die Andeutung eines Lächelns huschte über sein Gesicht. »Die *Livorno* legt jetzt im gleichnamigen Hafen an und passiert dort ganz ordnungsgemäß den Zoll. Später liefern die Fischer die Pakete gegen eine angemessene Belohung wieder ab, und man verkauft deren Inhalt in Leghorn, ohne Einfuhrzoll dafür gezahlt zu haben. Denken Sie daran, dass Italien seit einigen Jahren geradezu protektionistische Zölle auf französische Waren erhebt.[17] Der Zoll auf manche Luxusgüter beträgt immerhin stolze fünfundzwanzig Prozent.«

Holmes drehte sich nach dem Fischkutter um, der gerade in die benachbarte Bucht verschwand. Holmes starrte ihm grimmig nach. Offenbar war er mit dem Verlauf unseres merkwürdigen Ausflugs nicht recht zufrieden.

»Ich habe nicht mit einem so großen Schmugglerschiff gerechnet. Daher habe ich unsere Aktion vorzeitig abgebrochen. Eigentlich hatte ich vorgehabt, dem Boot zu folgen, um herauszufinden, ob wir vielleicht einen der Schmuggler kennen.«

[17] Dieser Zollkrieg mit Frankreich sollte noch bis 1897 andauern.

»Ich kenne bestimmt keine Schmuggler«, beteuerte ich im Brustton der Überzeugung, und Holmes lachte über meine Reaktion.

»Wer weiß! Wenn man den Verbrechern immer an der Nasenspitze ansehen könnte, welches Geschäft sie betreiben, so wäre die Polizei bald überflüssig. Immerhin haben unsere heutigen Beobachtungen bestätigt, dass Adriano Benetti tatsächlich einer Schmugglerbande auf der Spur war. Wir können ihn also nicht als übereifrigen Hobbydetektiv aburteilen, der in jedem Engländer einen Verbrecher wittert, wie die Polizei dies etwas vorschnell getan hat.« Holmes schaute mich mit einem schwer zu deutenden Gesichtsausdruck an. »Daher war unser heutiger Ausflug nach Leghorn kein völliger Misserfolg.«

Seine Stimme klang aber so skeptisch, als wollte er sich selbst vom Wahrheitsgehalt seiner Worte überzeugen, während mir erst jetzt die volle Tragweite dessen, was ich gesehen hatte, aufging. »Meinen Sie, dass Adriano Benetti ermordet worden ist, weil er diesen Schmugglern auf die Schlichte gekommen ist?«, fragte ich verblüfft zurück, denn auch ich hatte geglaubt, dass der Maler unter Verfolgungswahn litt. Deshalb war ich mit der größten Selbstverständlichkeit davon ausgegangen, dass dieser einem Eifersuchtsdrama zum Opfer gefallen war oder dass er ein Erpresser war, dem eines seiner Opfer das Handwerk gelegt hatte.

»Das ist durchaus eine ernsthaft zu erwägende Möglichkeit«, erwiderte Holmes, gab aber – wie so häufig – keine weiteren Erklärungen ab.

Noch immer beschäftigte mich die Frage, wieso Holmes vermutet hatte, dass ihm die Schmuggler schon zuvor begegnet sein könnten, denn ich zumindest kannte keine Menschenseele in Leghorn. Ich erwog einen Augenblick, ob Lady

Epperstone die herrschaftliche Haushaltskasse durch Schmuggel aufgebessert haben könnte, aber ich verwarf diesen Gedanken, zumal die Lady bereits im vergangenen Jahr gestorben war.

»Und wenn die Kisten illegale Güter enthalten?«, entfuhr es mir einer plötzlichen Eingebung folgend, »vielleicht Waffen, um Anarchisten damit zu beliefern? Oder Aufständische im Mezzogiorno?«

»Das habe ich auch schon erwogen«, entgegnete Holmes, während er seinen Blick über das Meer schweifen ließ, »aber derart brisante Güter werden bestimmt nicht am helllichten Tag vor der toskanischen Küste verladen. Das sieht mir eher nach einem Kavaliersdelikt aus, bei dem die Küstenpolizei mitkassiert.«

Kurze Zeit später erreichte das Fischerboot die einsame Bucht, von der wir aufgebrochen waren, und ich war erleichtert, endlich wieder festen Boden unter den Füßen zu haben. Wie vereinbart, wartete die Droschke vor dem morschen Schuppen. Der Kutscher hing mit einer Zigarette im Mundwinkel schlafend auf dem Bock, während Signorina Ventura sich mit einem gelangweilten Gesichtsausdruck in der Fahrgastkabine mit einem schönen, handbemalten Fächer kühle Luft zuwedelte.

Holmes entlohnte den Fischer, der sich dreimal bedankte, und wir wechselten erneut unsere Kleider. Als Holmes und ich den Schuppen verließen, war das Fischerboot bereits wieder verschwunden.

Während die Droschke uns zum Bahnhof zurücktransportierte, vertilgten Signorina Ventura, Holmes und ich den aus kaltem Huhn, belegten Broten, Äpfeln und einer Flasche guten Chianti bestehenden Inhalt des Picknickkorbes.

Zum Abschied drückte Holmes der jungen Frau einen

Scheck in die Hand, den diese mit einem freundlichen Lächeln quittierte. »Wenn Sie wieder meine Dienste benötigen sollten, haben Sie ja meine Adresse!«, erklärte sie, bevor sie sich zum Gehen wandte, und ich hätte für mein Leben gern gewusst, auf welche Summe der Scheck ausgefüllt war. Aber ich wagte es nicht, Holmes danach zu fragen.

17. Lady Rutherford

Holmes hatte an diesem Tag noch vor, dem Hotel einen Besuch abzustatten, in dem Lady Rutherford logierte, da er meinte, dass es unerlässlich sei, mit allen Personen zu sprechen, die auf dem Gruppenporträt Adriano Benettis dargestellt waren. Meinen nicht ganz selbstlosen Einwand, dass die ungesellige Lady doch nur ein seltener Gast der englischen Gemeinde in Florenz war, fegte er mit einer abwehrenden Handbewegung vom Tisch.

»Sie wird sicherlich nicht vor fünf Uhr nachmittags in ihr Zimmer zurückkehren«, meinte Holmes, als wir den Bahnhof verließen. »Also bleibt uns genug Zeit, um bei Sir Epperstone nach dem Rechten zu schauen.«

Beim Klang des Namens Sir Epperstone erinnerte ich mich daran, dass man den Pferdenarren am Vorabend bei der spiritistischen Sitzung vermisst hatte, und mir wurde erst in diesem Augenblick schlagartig bewusst, dass wir den zweiten Teil des vereinbarten Honorars nicht erhalten würden, falls unsere Klient das Zeitliche gesegnet haben sollte.

»Hoffentlich ist Sir Epperstone nichts zugestoßen!«, entfuhr es mir daher. »Es gefällt mir gar nicht, dass er nicht zu Miss Dowland gekommen ist, obwohl er dies fest versprochen hatte!«

Holmes wandte sich mit einer belustigten Miene nach mir um. »Falls sich Sir Epperstone heute Morgen nicht mit seinen kindischen alchimistischen Experimenten selbst umgebracht haben sollte, erfreut er sich wahrscheinlich weiterhin bester Gesundheit.«

»Warum um alles in der Welt glauben Sie, dass er in der Zwischenzeit experimentiert hat?«, wollte ich wissen.

»Weil er mir gegenüber erwähnt hat, dass er für einige Tage einen Laborplatz auf der Universität gemietet hat, um dort seinen alchimistischen Neigungen nachzugehen«, antwortete Holmes mit dem leicht überheblichen Ausdruck, den sein Gesicht immer annahm, wenn er das Wort »Alchimie« in den Mund nahm.

Ich hätte zu gern gewusst, wann und wo dieses Gespräch stattgefunden haben mochte. »Warum experimentiert er eigentlich nicht zu Hause?«, fragte ich einen Augenblick später. »Schließlich gibt es in seiner Villa genügend Zimmer, Kellerräume, Dachböden ...«

»Nur keine Apparaturen«, erwiderte Holmes und schnaubte verächtlich. »Nein, er macht es sich ganz leicht und mietet zeitweilig einen voll eingerichteten Laborplatz. Daran erkennt man wieder einmal den Dilettanten! Nicht nur, dass Sir Epperstones alchimistische Experimente an und für sich die reinste Scharlatanerie sind, sondern wahrscheinlich hat er überhaupt keine Ahnung von den Prinzipien und den Methoden der seriösen Chemie! Wenn er im Stadtzentrum wohnen würde, wäre mir wohler. Und dann noch diese Experimente!«

Holmes unterbrach seine Ausführungen für einen Augenblick, weil wir an einer stark befahrenen Straße angekommen waren, die unsere ungeteilte Aufmerksamkeit forderte.

»Kennen Sie wenigstens die Adresse dieses Labors, in dem er herumwerkelt?«, gab ich zu bedenken, als wir endlich die Straße überqueren konnten.

»Selbstverständlich! Zwar sind die Institute der Florentiner Universität über das gesamte Stadtzentrum verteilt, aber ich habe zum Glück bereits zuvor der Naturwissenschaftlichen Fakultät einen Besuch abgestattet«, erklärte Holmes mit der größten Selbstverständlichkeit. »Wir haben Glück, denn es liegt sozusagen auf dem Weg zum Hotel.«

Bald erreichten wir einen Renaissancebau, den ein blank poliertes Messingschild als zur Universität gehörig auswies. Ohne den Pförtner nach dem Weg zu fragen, schoss Holmes durch den Korridor und riss eine massive, aber schlecht schließende Eichentür auf, durch deren Schlitz ein unangenehmer, beißender Geruch in die Diele drang.

Hinter der Tür befand sich ein Labor, in dem fünf weiß bekittelte Studenten unter Anleitung eines breitschultrigen Assistenten mit Bauchansatz und schütterem Haar ein Experiment mit einer besonders übel riechenden Chemikalie durchführten. Auf ihren Tischen standen Glasgefäße aller Größen, und an den Wänden hingen Schautafeln mit chemischen Formeln. Durch das offene Fenster drangen die warmen Strahlen der späten Nachmittagssonne, die auf dem glatten Steinboden tanzten und die bewirkten, dass sich die Gesichter der Studenten in den Glasoberflächen spiegelten. Diese waren derart in ihre Arbeit vertieft, dass sie uns keines Blickes würdigten. Mit zusammengekniffenen Augen sah ich mich im Raum um, vermochte aber nirgends Sir Epperstone auszumachen.

Holmes durchquerte den Raum, gesellte sich zu dem ältlichen Assistenten und beobachte einige Minuten lang mit fachmännischen Blicken die experimentierenden Studenten. Dann sprach er den Assistenten an und erkundigte sich nach Sir Epperstone.

»Ah, der blasse Signore, der hier einen Arbeitsplatz gemietet hat?«, fragte dieser strahlend zurück, und ich wunderte mich, warum Sir Epperstone hier so beliebt war. Holmes nickte. »Ich glaube, er ist auf der Suche nach dem Stein der Weisen, ist es nicht so?«, fragte der Assistent mit mokanter Miene.

»Genau der!«, bestätigte Holmes ohne den geringsten Anflug eines Lächelns.

Sein Blick wanderte zu einem Tisch in der dunkelsten Ecke des Labors, auf dem das schiere Chaos herrschte: Flaschen, Tiegel, Mörser, Pfannen, Kolben und Gerätschaften, deren Namen ich nicht kannte, waren übereinandergestapelt. Eine der Flaschen war nicht ordentlich verschlossen, weshalb ihr ein bläuliches Gas entwich. Mit dem Gesichtsausdruck eines Virtuosen, der die dilettantischen Bemühungen eines Anfängers über sich ergehen lassen muss, starrte Holmes auf das Szenario.

Trotzdem erstaunte mich, dass Holmes offenbar am desolaten Zustand dieses Arbeitsplatzes Anstoß nahm, denn schließlich war sein Zimmer bei Signora Rossi mindestens genauso unordentlich.

»Er hat hier immer so ein Durcheinander hinterlassen«, brummte der etwas schwerfällige Assistent.

Mit einem finsteren Gesichtsausdruck schritt Holmes zu Sir Epperstones Laborplatz, und ich folgte ihm.

»Meinen Sie, dass er tatsächlich den Stein der Weisen finden wird?«, fragte ich scherzhaft auf Englisch, und Holmes warf mir einen missbilligenden Blick zu.

»Bitte nicht so laut, sicher versteht man uns! Wollen Sie alle Engländer als Scharlatane in Misskredit bringen?«

»Ich glaube nicht, dass wir allein es schaffen, den Eindruck zu revidieren, den Sir Eppestone hier hinterlassen hat«, entgegnete ich mit gedämpfter Stimme.

Nachdem Holmes die qualmende Flasche verschlossen hatte, las er mit kritischer Miene ihr Etikett. Dann stellte er sie so behutsam auf den Tisch, als ob ihr Inhalt explosiv sei. In den nächsten Minuten nahm er einen Glasbehälter nach dem anderen in die Hand, studierte ihn und stellte ihn anschließend wieder zurück. Zum Schluss sah der Arbeitsplatz professionell und ordentlich aus, aber Holmes musterte noch immer das Arrangement mit gerunzelter Stirn und vor der Brust überkreuzten Armen.

»Also, wenn ich es nicht besser wüsste, würde ich sagen, dass dies das Labor eines Giftmischers ist, und ein paar Drogen sind auch dabei. Kein Wunder, dass Sir Epperstone immer so ungesund aussieht!«

»Schrecklich, nicht wahr?«, erklärte einer der Studenten, der sich zu uns gesellt hatte, auf Italienisch, und ich fragte mich einen Augenblick lang, ob er die Bemerkung von Holmes verstanden hatte, aber ich kam zu dem Ergebnis, dass er nur den Zustand des Arbeitsplatzes kommentiert hatte.

Ich betrachtete die Glasflaschen, die mir vorhin noch so banal erschienen waren, mit einem ganz neuen Respekt. Ob sie am Ende Arsen und Zyankali enthielten?

»Falls ich richtig informiert bin, wollte Sir Epperstone heute hier arbeiten?«, bemerkte Holmes beiläufig, während er zu dem Assistenten zurückschlenderte.

»Ja, das stimmt«, bestätigte dieser, ohne von seiner Arbeit aufzuschauen. »Heute morgen um elf ist er kurz hier erschienen. Aber er hat kurze Zeit später eine ziemlich lange Mittagspause gemacht, aus der er ziemlich aufgewühlt zurückgekommen ist. Zuerst ist er eine Weile im Labor auf und ab gegangen und hat damit meine Studenten von ihrer Arbeit abgelenkt. Ich wollte ihn schon deshalb zurechtweisen, aber eine halbe Stunde später ist er freiwillig wieder verschwunden.«

»Sie wissen nicht zufällig, wohin?«, fragte Holmes und beugte sich interessiert über einen Kolben, der eine grünliche Flüssigkeit enthielt.

»Wo denken Sie hin, Signore? Dies ist ein Universitätsinstitut und kein Polizeikommissariat!«, erklärte der Assistent empört. »Ich war froh, als er gegangen ist, und habe ihm natürlich keine Fragen gestellt!«

Holmes bedankte sich überschwänglich für die freundliche Auskunft, wobei dem Assistenten offenbar der leicht ironische Unterton in seiner Stimme entging, denn er erwiderte einige Höflichkeitsfloskeln im gleichen Tonfall.

»Sollte Sir Epperstone zurückkommen«, meinte Holmes, »mein Name ist übrigens Baker Radcliffe, dann richten Sie ihm doch bitte aus, dass ich in der nächsten Stunde im Hotel Medici zu finden bin. Ich wäre ihm sehr verbunden, wenn er sich unverzüglich mit mir in Verbindung setzt.«

Der Assistent versicherte uns, dies zu tun, und wir verließen das Labor mit seinen brodelnden Chemikalien, ohne Schaden an Leib und Seele genommen zu haben.

»Was waren das für Gifte und Drogen, die Sir Epperstone dort zusammengebraut hat?«, fragte ich, kaum dass wir draußen auf der Straße waren.

»Das ist höhere Chemie«, meinte Holmes leicht herablassend. »Das kann ich Ihnen leider nicht auf die Schnelle erklären. Entweder ich habe Sir Epperstone unterschätzt, oder jemand hat ihm geholfen.«

Holmes zog seine Uhr aus der Tasche. Es war mittlerweile schon halb fünf. »Ich glaube, wir können es jetzt wagen, nach Lady Rutherford im Hotel zu fragen«, verkündete er dann.

Wie es der Zufall wollte, handelte es sich um das Hotel Medici, dem wir bereits bei unserem letzten Fall einen Besuch abgestattet hatten. Aber vielleicht war der Zufall nicht ganz so groß, wenn man bedachte, dass dieses Hotel bei reichen, ausländischen Gästen beliebt war.

Ich hätte, wenn ich allein gewesen wäre, sicherlich eine Droschke genommen, wagte aber nicht, Holmes dies vorzuschlagen, da es nur eine Distanz von einer knappen Meile war. Auf dem Weg überquerten wir eher zufällig die Piazza della Signoria und passierten dabei den vor etwa zwanzig

Jahren errichteten Palazzo delle Assicurazioni Generali di Venezia, der auf wenig überzeugende Art und Weise den Renaissancestil der benachbarten Gebäude imitierte. Davor standen zwei Zeitungsverkäufer, die den Passanten ihre Blätter aufzunötigen versuchten. Ich schenkte ihnen zuerst keine weitere Beachtung, da wir eine Tageszeitung abonniert hatten, in der ich aber meist nur die Kriminalberichterstattung las. Außerdem hatten mir die Lokalzeitungen aus Leghorn für einige Jahre die Zeitungslektüre verleidet, aber im Vorbeigehen streifte mein Blick ein Plakat mit der Schlagzeile *Englische Hellseherin nach Geisterbeschwörung gestorben*.

Ich blieb wie elektrisiert stehen, denn es konnte sich bei dem unglücklichen Opfer nach menschlichem Ermessen eigentlich nur um Lady Rutherford handeln, auch wenn diese keinesfalls eine Hellseherin war! Ein Seitenblick auf Holmes bestätigte mir, dass auch er die Schlagzeile gelesen hatte.

»Wenn etwas auf der ersten Seite der Zeitung erscheint, dann muss man immer mit dem Schlimmsten rechnen«, meinte Holmes, »denn ein Einbruch lockt heutzutage keinen italienischen Straßenjungen mehr von der Piazza weg.«

Wir eilten zu den Zeitungsverkäufern, die mittlerweile das Blatt lautstark anpriesen, und Holmes kaufte ein Exemplar.

Die Nachricht war der Zeitung so wichtig erschienen, dass sie diese auf der ersten Seite brachte. Mit angehaltenem Atem betrachtete ich über den angewinkelten Arm von Holmes hinweg den Stich, der den Artikel illustrierte, und meine Vermutung wurde aufs Schrecklichste bestätigt. Das Bild zeigte eine idealisierte, weniger pferdegesichtige Lady Rutherford mit hellbraunen Locken, sozusagen eine italienische Zwillingsschwester des Mediums. Es mochte nach ihrem Passbild angefertigt worden sein.

Zwar hätte ich bei unserer einzigen Begegnung Stein und Bein geschworen, dass ich dieser abweisenden Person keine Träne nachweinen würde. Trotzdem schockierte es mich, nur einen Tag später von ihrem plötzlichen Tod zu erfahren. Innerlich schaudernd erinnerte ich mich an den Schrei, den ich durch die verschlossene Wohnungstür gehört hatte. »Wann ist das Unglück passiert?«, wollte ich wissen, denn Holmes hielt die Zeitung in einer Weise, dass ich nicht mitlesen konnte.

»Am frühen Morgen, wenige Stunden nach der spiritistischen Sitzung, ist Lady Rutherford ganz plötzlich gestorben.« Holmes blickte mit einem verärgerten Gesichtsausdruck von der Zeitung auf. »Im Grunde genommen enthält der Artikel auch nicht mehr Informationen als die Schlagzeile. Es war eine reine Zeit- und Geldverschwendung, dieses Blatt gekauft zu haben.«

»Dann hat der Schrei, den Lady Rutherford ausgestoßen hat, also nichts mit ihrem Tod zu tun«, sinnierte ich.

»Wohl kaum, denn sie starb in ihrem Hotelzimmer. Es ist trotzdem äußerst bedauerlich, dass Sie nicht bis zum Ende der Séance geblieben sind«, bemerkte Holmes trocken. »Dann wüssten wir sicherlich mehr über die Sache.«

»Es war nicht meine Schuld, dass ich diese seltsame Sitzung vorzeitig verlassen musste!«, stellte ich erbost richtig. »Wie ich Ihnen bereits berichtet habe, hat man mich förmlich hinausgeworfen! Angeblich hat mein Skeptizismus den Kontakt mit den Geistern verhindert! Dass ich nicht lache! Ich möchte nicht wissen, was Lady Rutherford erst zu Ihnen gesagt hätte, wenn Sie anwesend gewesen wären.«

»Wie gut, dass ich davon Abstand genommen habe.« Holmes lächelte, dann sah er mich einen Augenblick lang nachdenklich an. »Trotzdem hätte ich gern mehr Informationen! Es könnte nämlich durchaus sein, dass Lady Rutherfords Tod in Zusammenhang mit ihrer letzten Geisterbeschwörung steht.«

»Wurde sie am Ende gar vergiftet?«, fragte ich, noch immer völlig verblüfft über die schlechte Nachricht, denn die Lady hatte auf mich einen kerngesunden Eindruck gemacht. Unwillkürlich stieg vor meinem inneren Auge Sir Epperstones Arbeitsplatz auf, den wir gerade besucht hatten.

Holmes zuckte resigniert mit den Schultern. »Die Polizei tappt noch völlig im Dunkeln! Der Artikel sagt: Man hat Lady Rutherford um elf Uhr morgens leblos in ihrem Hotelzimmer gefunden. Der Tod muss irgendwann in den späten Abendstunden eingetreten sein.« Holmes schaute empört von der Zeitung auf. »Das ist ja unglaublich präzise!« Er senkte seinen Blick wieder auf den Artikel. »Weiter hinten im Text heißt es, die genaue Todesursache sei bisher unbekannt, aber da Lady Rutherford – laut Auskunft ihres Hausarztes – eine todkranke Frau war, schließt die Polizei ein Fremdverschulden aus.«

In diesem Augenblick war ich heilfroh, dass ich nicht laut ausgesprochen hatte, dass Lady Rutherford auf mich einen gesunden Eindruck gemacht hatte, aber schließlich war ich kein Arzt wie Doktor Watson.

»Lady Rutherford galt als begabtes spiritistisches Medium. Jedoch war sie nach dem Herbeirufen der Geister stets in einem Zustand völliger körperlicher und geistiger Erschöpfung, weshalb der Arzt ihr aufs energischste von derartigen Séancen abgeraten hatte«, las Holmes aus der Zeitung vor.

»Ob sie etwas dafür verlangt hat?«, wollte ich wissen.

»Sir Epperstone meinte, dass Elisabeth Dowland unter den Gästen eine Guinee pro Kopf zu sammeln pflegt, aber es ist die Frage, ob sie das Geld an Lady Rutherford weitergereicht hat«, erklärte Holmes in einem skeptischen Tonfall. »Irgendwer hat jedenfalls aus der Neugier der anderen Club-Kameraden Kapital geschlagen. Mich würde noch nicht einmal wundern, wenn es Sir Epperstone war, denn sein Geldbedarf …«

Holmes beendete seine Litanei ziemlich abrupt, und ich ging um ihn herum, um endlich den Artikel selbst lesen zu können. Schon auf den ersten Blick sprang mir das Wort *Schornsteinfeger* geradezu ins Auge, und ich verstand augenblicklich, was Holmes die Sprache verschlagen hatte.

Ich las den dazugehörigen Satz mit angehaltenem Atem: »*Die Hausangestellten von Sir Epperstone, eines Freundes der Verstorbenen, berichten, dass zwei Tage zuvor zwei verdächtig aussehende Schornsteinfeger sich Einlass in die herrschaftliche Villa verschafft haben. Nachforschungen haben ergeben, dass es sich um Hochstapler gehandelt hat, die jedoch glücklicherweise dank der Aufmerksamkeit des Butlers nicht dazukommen sind, etwas zu stehlen.*« Unwillkürlich musste ich lachen, wurde aber bald wieder ernst. »Was ist, wenn man Sie wiedererkennt?«, fragte ich bang.

Holmes schüttelte energisch den Kopf. »Nur einen Tag nach dem Auftritt der … Wie lautet noch die genaue Formulierung? … *verdächtig aussehenden Schornsteinfeger* waren wir schließlich zu Gast bei Sir Epperstone, und keiner seiner Bediensteten hat irgendetwas bemerkt«, erklärte er. »Die Hausangestellten sind keine Gefahr für mich. Das Einzige, was mir an der Sache nicht gefällt, ist, dass ich den Sohn von Signora Rossi mitgenommen habe.«

»Meine Rede!«, rief ich triumphierend aus, und Holmes warf mir einen belustigten Blick zu, während ich endlich den kompletten Artikel las. Kaum hatte ich geendet, nahm Holmes mir die Zeitung wieder aus der Hand. Er riss den Artikel heraus und warf den Rest der Zeitung in die nächste Mülltonne. Dann machte er sich mit entschlossener Miene auf den Weg.

»Gehen wir jetzt trotzdem zum Hotel?«, rief ich ihm nach, denn Holmes hatte mir nicht mitgeteilt, wie sich die Nachricht von Lady Rutherfords Tod auf unseren Tagesplan auswirken würde. »Schließlich ist es nun der Tatort eines Verbrechens!«

»Sie neigen zu voreiligen Schlüssen. Wir wissen nicht einmal, ob ein Verbrechen stattgefunden hat, geschweige denn wo. Die Tatsache, dass Lady Rutherford in ihrem Hotelzimmer gefunden wurde, ist noch lange kein Beweis dafür, dass sie dort gestorben ist«, ermahnte mich Holmes und bedeutete mir mit einer Handbewegung, mich etwas zu beeilen.

Es gelang mir aber nur mit Mühe, Schritt zu halten. Bei diesem Tempo ließen wir bald die Touristenströme rund um die Piazza della Signoria hinter uns. Mittlerweile begegneten uns nur noch Lieferanten sowie Arbeiter, die ihre Karren schoben.

»Wer hätte diese Wendung erwartet?«, murmelte ich vor mich hin. »Dieser Fall wird immer komplizierter.«

»In gewisser Weise erleichtert Lady Rutherfords Tod unsere Ermittlungen«, widersprach Holmes, »denn von fünf möglichen Mitspielern hat nun einer die Bühne verlassen. Es ist nur schade, dass es mir nicht vergönnt war, Lady Rutherford kennen zu lernen.«

Holmes warf mir einen vorwurfsvollen Seitenblick zu, den ich geflissentlich ignorierte.

»Mich schaudert es noch immer, wenn ich nur an diesen Schrei denke«, entfuhr es mir nach einer Weile, zumal ich mich ärgerte, dass sich Holmes zuerst geweigert hatte, mich zu dieser Geisterbeschwörung zu begleiten und mir anschließend dann noch Vorwürfe machte, dass ich nicht geblieben war.

»Wer weiß, was für ein bösartiger Geist ihr aus dem Jenseits eine Botschaft übermittelt hat?«, meinte Holmes mit mildem Sarkasmus.

»Aber warum um Himmels willen bringt jemand ein

Medium um?«, fragte ich und fügte mit einem Blick auf Holmes, der zum Protest bereits den Mund öffnete, hinzu: »Ich weiß, dass sie möglicherweise eines natürlichen Todes gestorben ist. Das ist also eine rein theoretische Frage. Meinen Sie, dass Lady Rutherford etwas mitbekommen hat, das sie nichts anging?«

»Das ist ziemlich unwahrscheinlich, wo sie doch erst seit einem Tag in Florenz weilte, aber es ist nicht auszuschließen. Und dazu kommen noch die üblichen Gründe, jemanden zu ermorden, als da wären Habgier, Eifersucht, Rache und dergleichen Gemeinplätze.«

Kurz vor fünf betraten wir das repräsentative Entree des Hotels Medici mit seinen goldenen Vorhängen, seinen rotbraunen Wänden, den Kronleuchtern und den echten Perserteppichen.

Hinter der Rezeption warteten ein älterer Mann mit grauem Haar und ein etwa fünfzehnjähriger Hotelpage. Es beruhigte mich, dass es nicht dieselben Angestellten waren, mit denen wir bei unserem letzten Besuch gesprochen hatten. Denn es hätte sicherlich ihren Argwohn geweckt, wenn wir schon wieder nach Gästen des Hauses gefragt hätten.

»Wir würden gern unsere Freundin Lady Rutherford besuchen«, sagte Holmes zu dem Rezeptionisten, der bei unserem Anblick ein einstudiertes Lächeln aufsetzte. »Ich hoffe Sie ist auf ihrem Zimmer?«

Augenblicklich verdüsterte sich die Miene des Hotelangestellten. »Lady Rutherford?« Der Page verschwand in den hinteren Regionen der Rezeption, und sein älterer Kollege schaute sich Hilfe suchend in der Halle um. Als er niemanden sah, an den er das Übermitteln der Hiobsbotschaft delegieren konnte, wandte er sich uns wieder zu. »Sie haben es noch nicht in der Zeitung gelesen?«

Wir schüttelten beide mit den Köpfen.

»Ich lese im Urlaub keine Zeitungen«, erklärte Holmes, und seine leicht angehobenen Augenbrauen waren ein untrügliches Zeichen dafür, dass er hoffte, dass der Hotelangestellte endlich zur Sache kam.

»Lady Rutherford ist leider heute Nacht ...«, der Rezeptionist suchte nach den richtigen Worten. Ermüdung spiegelte sich in seinem Gesicht, »... von uns gegangen.« Er schaute sich argwöhnisch in der Halle um, als ob es eine Schande für dieses erstklassige Etablissement sei, dass jemand in einem der Zimmer starb.

Im gleichen Augenblick wurden die Türen aufgerissen.

»Sie werden mich einen Augenblick entschuldigen«, murmelte der Rezepitionist mit professioneller Sachlichkeit, während ein amerikanisches Ehepaar mit der Miene von Menschen, die sich völlig zu Hause fühlten, in die Halle hereingestürmt kam. Der kräftig gebaute Mann mit dichtem Schnurrbart trug einen braunen Rock zu karierten Beinkleidern. Auch seine Frau war groß und kräftig, was durch ihre Aufmachung, bestehend aus einem weißen Rock und einer ebensolchen Bluse, die mit zahllosen Bändern besetzt war, noch betont wurde. Dem Paar schleppten zwei Gepäckträger seine schweren Koffer nach.

Der Rezeptionist begrüßte die Neuankömmlinge und betätigte die Handklingel vor sich. Sofort eilten zwei Pagen aus einem Hinterzimmer herbei, die dem Pagen an der Rezeption freundlich zunickten. Zu dritt schleppten sie die Koffer des Ehepaars in das Treppenhaus, während der ältere Hotelangestellte einige Höflichkeitsfloskeln mit den Gästen austauschte und dabei etwas im Gästebuch notierte.

Endlich verabschiedeten sich die Amerikaner, und Holmes räusperte sich. Der Rezeptionist hob den Blick, und sein überraschter Gesichtsausdruck zeigte, dass er uns völlig vergessen hatte.

»Offenbar gibt es hier zahlreiche Stammgäste?«, fragte Holmes und deutete auf das Gefolge des amerikanischen Ehepaares.

»Selbstverständlich, denn dies ist ein erstklassiges Haus, in das man immer gern zurückkehrt!«, beteuerte der Hotelangestellte.

»Das ist ja eine schreckliche Geschichte, die Sie mir eben erzählt haben! Woran ist die arme Lady Rutherford denn gestorben?«

Der ältere Hotelangestellte setzte eine professionelle Trauermiene auf, aber es war ihm anzusehen, dass ihm die Sache herzlich gleichgültig war. »Ein Zimmermädchen hat sie um elf in ihrem Zimmer tot aufgefunden. Wenn Sie mich fragen: Herzschlag. Schließlich hat Lady Rutherford jedem, der es hören wollte, erzählt, dass sie schwer krank sei. Aber wenn ein Tourist stirbt, wird gleich die Polizei alarmiert.«

»Elf Uhr?«, fragte Holmes nach. »Ist das nicht recht spät für eine Dame vom Lande?«

Der Rezeptionist zuckte mit den Schultern. »Wir kümmern uns nicht darum, wann unsere Gäste frühstücken. Wahrscheinlich stand Lady Rutherford gewöhnlich früher auf, aber es hat sie niemand im Frühstücksraum vermisst. Da sie kein *Nicht-stören*-Schild an ihre Zimmertür gehängt hatte, hat eines unserer Zimmermädchen sie dann bei ihrem üblichen Rundgang gefunden.«

Einen Augenblick lang herrschte Schweigen, und ich war gespannt darauf, wie es Holmes bewerkstelligen würde, den Tatort zu besichtigen.

»Ich habe Lady Rutherford ein Buch geliehen, das ich gern zurückholen würde«, begann Holmes in einem sehr verbindlichen Tonfall.

»Da müssen Sie sich an die Polizei wenden«, erklärte der Hotelangestellte erwartungsgemäß. »Ich habe Anweisungen erhalten, niemandem Zutritt zu Lady Rutherfords Zimmer zu gewähren.

»Es genügt mir, einen Blick in das Zimmer zu werfen. Ich sehe sofort, ob das Buch auf dem Nachttisch liegt«, erwiderte Holmes und schob einen Geldschein, den er offenbar die ganze Zeit über in der Hand gehalten hatte, unter das Gästebuch, »Lady Rutherford wohnte doch wie immer im ersten Stockwerk?«

Der Blick des Rezeptionisten wanderte von Holmes zu dem Gästebuch. Es war ein nicht unerheblicher Geldbetrag, der dort auf ihn wartete, und er war leicht verdient.

»Da müssen Sie sich geirrt haben, Lady Rutherford logierte stets im Parterre. Die arme Frau hatte eine schreckliche Angst vor Feuer. Sie wollte immer den Fluchtweg hinter sich wissen.«

Das hat der Armen auch nichts genutzt, ergänzte ich im Geiste.

»Sie haben völlig recht! Wie konnte ich das nur vergessen! Ich muss sie mit ihrer Schwester Anne verwechselt haben. Anne wohnt immer im ersten Stock«, erklärte Holmes, und ich erwartete fast, dass wir darüber informiert würden, dass Lady Rutherford zwar drei Brüder, aber keine Schwester besessen hatte, aber der Hotelangestellte erhob keine Einwände.

Stattdessen starrte er noch immer wie gebannt auf das Gästebuch, wohl wissend, dass er sich entscheiden musste, bevor der Page zurückkehrte. »Sie dürfen aber nichts anfassen«, erklärte er schließlich. »Sonst bekomme ich Ärger mit der Polizei.« Leicht zitternd streckte er seine Hand aus, schob sie unter das Gästebuch, umfasste den Geldschein und steckte ihn mit einer schnellen Bewegung in die Jackettasche. Dann griff er nach einem der Schlüssel, die an einem Brett hinter der Rezeption hingen, und wir folgten ihm schweigend durch den von der Halle abzweigenden Korridor. Die Zimmertür war nicht von der Polizei versiegelt worden, und so konnte der Angestellte uns ohne Weiteres aufschließen.

»Es gibt nur wenige Gäste, die diese ebenerdigen Räume bevorzugen«, erzählte er, sich in dem großen Hotelzimmer umschauend, das mit einem Schrank aus Mahagoniholz, einer Frisiertoilette und einer lederbezogenen Sitzgruppe möbliert war, aber keinen Balkon oder einen Zugang zu einer Veranda besaß. »Deshalb konnten wir auch Lady Rutherford gegenüber großzügig sein. Obwohl sie den Raum für die ganze schöne Saison für sich reserviert haben wollte, hat sie meist nur für wenige Wochen vorbeigeschaut.«

Holmes betrat den Raum, und der Rezeptionist folgte ihm wie ein aufmerksamer Wachhund. Auf dem Nachttisch lag nur die obligatorische Bibel, die in jedem italienischen Hotel den Gästen zur Verfügung stand, aber kein Buch, das Lady Rutherford gehören mochte. Offenbar war diese noch nicht dazu gekommen, persönliche Dinge wie Reiselektüre oder Familienfotos im Hotelzimmer aufzustellen.

»Sehr seltsam!«, murmelte Holmes, während sein Blick jede Einzelheit im Raum erfasste. »Sie muss mein Buch weiterverliehen haben. Hat sie zufällig gestern Abend Besuch empfangen?«

»Nein!«, erwiderte der Hotelangestellte unerwartet heftig. »Das hat die Polizei schon mehrfach gefragt! Unser Nachtportier ist sehr zuverlässig, und er versichert, dass Lady Rutherford gegen elf Uhr zurückgekehrt ist und einen sehr erschöpften Eindruck erweckt hat. Ein Gentleman hat sie in der Bar erwartet …«

»Sir Rupert Epperstone?«, unterbrach Holmes.

»Ja, ich glaube, das war sein Name. Lady Rutherford hat mit ihm einen Sherry getrunken, aber er hat ihr Hotelzimmer nicht betreten. Eine halbe Stunde später hat sie sich zurückgezogen. Danach hat niemand an der Rezeption vorgesprochen und nach ihr gefragt.«

Mein Herzschlag setzte einen Augenblick lang aus, denn diese Auskunft hatte ich nicht erwartet. Der Hotelangestellte hatte uns Sir Epperstone als Täter geradezu auf dem Silberteller präsentiert!

Holmes hingegen studierte mit unbewegter Miene die Zimmerfenster. Sie waren für italienische Verhältnisse recht groß und wiesen zur Gartenseite. Holmes durchquerte den Raum, öffnete einen Fensterflügel und schaute hinaus.

»Das Buch, das Sie Lady Rutherford geliehen haben, war wohl sehr wertvoll?«, rief ihm der Hotelangestellte hörbar alarmiert nach.

»Ein Liebhaberstück«, entgegnete Holmes, das Fenster wieder schließend, »ein Standardwerk der Spiritismus-Literatur, vom Autor persönlich signiert.«

»Ich las in der Zeitung, dass Lady Rutherford ein spiritistisches Medium war«, meinte der Hotelangestellte, und seine Augen verengten sich zu Schlitzen. »Wenn Sie mir die Bemerkung verzeihen, Sir! Das hätte ich niemals von ihr vermutet. Sie machte auf mich immer einen so vernünftigen und bodenständigen Eindruck.«

»Das will nichts heißen, Menschen aller Gesellschaftsschichten nehmen heutzutage an spiritistischen Sitzungen teil!«, erwiderte Holmes und schaute dann den Rezeptionisten in einer Art und Weise an, als ob ihm in diesem Augenblick eine Idee gekommen wäre. »Die Polizei hat nicht zufällig mein Buch beschlagnahmt?«

Der Hotelangestellte schluckte und schüttelte dann mit dem Ausdruck größten Erstaunens den Kopf. »Gott bewahre, nein! Die Polizei hat nur eine halbleere Flasche Sherry mitgenommen. Zwar stammt sie nicht aus unserem Hotel, aber trotzdem hat sich der Küchenchef bei der Polizei erkundigt … nicht, dass man sagt, dass die Getränke unseres erstklassigen Hauses schlecht bekömmlich seien! Aber der Commissario hat ihn beruhigt: Der Sherry war völlig in Ordnung, keine Spuren von Gift oder dergleichen.« Schwer atmend betupfte sich der Hotelangestellte die Stirn mit dem Taschentuch.

»Dann wollen wir Ihre Zeit nicht länger in Anspruch nehmen«, meinte Holmes, und die Erleichterung darüber, dass wir endlich gingen, stand dem müden, alten Mann ins Gesicht geschrieben.

Kaum, dass wir die Türschwelle des Gästezimmers überschritten hatten, verschloss er augenblicklich die Zimmertür und drehte den Schlüssel zweimal im Schloss herum. Holmes bedankte sich noch einmal, und wir durchquerten die Halle, ohne mit einem anderen Angestellten gesprochen zu haben.

»Das war eine gute Idee, ihm den Geldschein zuzustecken, denn ohne Bestechung hätte er uns bestimmt abgewimmelt«, meinte ich, »aber besonders kooperativ war er trotzdem nicht.«

»Der Hotelier muss noch geboren werden, dem der Ruf seines Hauses nicht wichtiger ist als die Aufklärung eines Kriminalfalls«, bestätigte Holmes.

»Das ist aus seiner Sicht auch verständlich!«, musste ich zugeben, »aber was haben Sie bei der Untersuchung des Zimmer herausbekommen?«

»Das Gras vor den Fenstern war nicht niedergetreten. Also können wir davon ausgehen, dass niemand in Lady Rutherfords Zimmer eingedrungen ist«, sagte Holmes in einem

Tonfall, als ob dies seine Vermutungen bestätige.

»Also ich glaube, dass sie vergiftet worden ist«, stellte ich fest, »Sir Epperstone hat ihr bestimmt Gift in den Sherry geschüttet. Sie haben ja selbst gesagt, dass sein Labor eine Giftküche ist.«

»Aber warum sollte er sie umgebracht haben?«, fragte Holmes zurück. »Er hatte nicht das geringste Motiv.«

»Vielleicht hat sie im Goldfischglas gesehen, dass er Adriano Benetti ermordet hat und Sir Epperstone wollte sie daher zum Schweigen bringen«, schlug ich nicht ganz ernst gemeint vor.«

Holmes lachte. »Sie vergessen, dass er nicht an der spiritistischen Sitzung teilgenommen hat«, kam die prompte Antwort.

»Vielleicht hat sie ihm dies an der Bar erzählt«, vermutete ich.

»Also jetzt betreten Sie endgültig das Reich der Spekulation«, ermahnte mich Holmes. Dann schüttelte er leicht verärgert den Kopf. »Zu Hause hätte ich in meinen Unterlagen nachsehen können! Mir ist schon einmal ein derartiger Fall untergekommen, aber ich entsinne mich leider nicht mehr der Einzelheiten.«

Erst als wir im Begriff waren, das Hotel zu verlassen, machte sich ein Hotelpage bemerkbar, der uns offenbar gefolgt war. »Sind Sie Mister Baker Radcliffe und Mister Tristram?«, rief er uns etwas atemlos nach. Als wir bejahten, erklärte der Page feierlich: »Ein englische Gentleman erwartet Sie an der Bar, Sirs!«

»Ah, Sir Epperstone hat meine Nachricht erhalten«, erwiderte Holmes gut gelaunt und gab dem Pagen ein Trinkgeld.

Wir begaben uns in die elegant eingerichtete Hotelbar, wo

wir Sir Epperstone im Gespräch mit dem Kellner vorfanden. Ich schnappte die Ausdrücke »Wahrsagerin« und »Tuberkulose im fortgeschrittenen Stadium« auf, aber als die beiden uns sahen, verebbte das Gespräch.

»Der Arzt hat den Totenschein auf Herzversagen ausgestellt«, erklärte Sir Epperstone statt eines Grußes. »Unglücklicherweise war ich der Letzte, der Lady Rutherford lebend gesehen hat. Daher hatte ich das zweifelhafte Vergnügen zwei längere Gespräche mit dem Kommissar zu führen, der mich schon zum Tod Adriano Benettis befragt hat.« Er schüttete die Hälfte seines Drinks herunter, bei dem es sich wieder um einen Whisky handeln mochte, was mich endgültig davon überzeugte, dass er ein Trinker war. Außerdem war ich, gelinde gesagt, sehr enttäuscht über die Neuigkeit, dass Lady Rutherford eines natürlichen Todes gestorben sein sollte. Denn ich hatte gehofft, dass der Mordfall Holmes motivieren könnte, seinen Aufenthalt in Florenz zu verlängern.

»Es ist sehr freundlich von Ihnen, dass Sie meiner Einladung Folge geleistet haben«, meinte Holmes, während er einen Stuhl an den Tresen schob. »Da wir uns nun einmal unter diesen misslichen Umständen treffen, wäre ich Ihnen äußerst verbunden, wenn Sie mir mitteilen könnten, was Sie gestern noch zu so später Stunde in dieses Hotel geführt hat.«

»Die Neugier!«, erwiderte Sir Epperstone unumwunden. »Ich wollte unbedingt wissen, wie die spiritistische Sitzung verlaufen ist. Leider habe ich es versäumt, rechtzeitig zu Miss Dowland aufzubrechen, da ich beim Experimentieren die Zeit vergessen habe.« Er bedachte Holmes mit einem schwer zu deutenden Blick. »Ich dachte, Lady Rutherford könnte mir berichten, was vorgefallen war. Leider war sie jedoch völlig erschöpft und am Ende ihrer Kräfte. Ich wollte augenblicklich einen Arzt rufen, aber sie wehrte ab. Sie sagte, dies sei normal. Nach den Séancen sei sie immer in diesem Zustand, weshalb sie auch Zimmer im Erdgeschoss bevorzugte. Inzwischen weiß ich, dass ich auf das Hinzuziehen eines Arztes hätte bestehen sollen. Aber hinterher ist man immer klüger. Wir haben zusammen einen Sherry getrunken, und dann ist sie in ihr Zimmer gegangen.«

»Leider hat keiner von uns beiden der Geisterbeschwörung beigewohnt«, berichtete Holmes, der mittlerweile seine Pfeife gestopft hatte. »Daher hatte ich gehofft, dass Lady Rutherford Ihnen vielleicht etwas über deren Verlauf mitgeteilt haben könnte.«

»Wem sagen Sie das!«, rief Sir Epperstone so pathetisch aus, dass sich der Kellner nach uns umdrehte. Ich nutzte die Gelegenheit um zwei Kaffees bei ihm zu bestellen. »Daher habe ich heute Mittag einer anderen Teilnehmerin der Séance einen Besuch abgestattet, ihr Name trägt nichts zur Sache bei. Das Glück war mir hold, und ich habe sie zu Hause angetroffen. Nachdem ich mir ihren Bericht angehört habe, hat es mich überhaupt nicht erstaunt, dass Lady Rutherford in der Bar so einsilbig war.« Sir Epperstone machte eine bedeutsame Pause, aber Holmes schien alles andere als beeindruckt zu sein, denn er trommelte ungeduldig mit den Fingern auf dem Tresen. »Zuerst hat unser geschätztes Medium die Botschaft eines namenlosen Geistes erhalten, dass etwas Schreckliches passiert sei, und dann hat sie ihre Inspiration völlig im Stich gelassen. Es war also weiß Gott nicht Mister Tristrams Schuld, dass sie gestern zuerst keinen Kontakt mit den Verstorbenen aufnehmen konnte, sondern sie war nicht in Form. Daraufhin sind einige Gäste unter irgendeinen Vorwand nach Hause gegangen. Die restlichen haben noch etwas geplaudert, was sicherlich im Klartext heißt, dass sie Klatsch über die abwesenden Clubmitglieder ausgetauscht haben. Schließlich haben sich Mister Hopper und Mister Wilson über das Gruppenbildnis gestritten. Die Dame, mit der ich sprach, sagte, sie habe die Spitzen der Bemerkungen des Kunsthändlers leider nicht verstanden. Daher war es ihr schleierhaft, warum Mister Wilson so wütend darauf reagiert hat.«

»Ich kann mir vorstellen, worum es ging«, meinte Holmes mit einem hintergründigen Lächeln, und einen Augenblick lang glaubte ich, er würde Sir Epperstone von dem Altmeistergemälde unter dem Gruppenporträt erzählen, aber nichts dergleichen geschah.

»Ich habe übrigens den Nachlass Benettis gekauft. Hopper meint, es sei eine gute Kapitalanlage«, sagte Sir Epperstone etwas unvermittelt, und Holmes, der mit einem gelangweilten Gesichtsausdruck den Ausführungen gelauscht hatte, wirkte plötzlich hellwach.

»Warum hat er ihn dann nicht selbst erworben?«, wollte er wissen und sprach damit einen ketzerischen Gedanken laut aus, der auch mir in den Sinn gekommen war.

»Weil er sich nichts aus Gemälden macht, so sagt er jedenfalls. Ich bezweifle, dass dies der wahre Grund war. Aber ich dachte, vielleicht stoppt es das Gerede über meine Gemahlin und den Maler, wenn ich den Nachlass Adriano Benettis kaufe.«

Holmes lehnte sich auf seinem Stuhl zurück und schloss die Augen. Nach einigen Sekunden ging ein Ruck durch seinen Körper, und er hob seine Lider wieder. »Wem haben Sie von dem Nachlass erzählt?«, fragte er und sah sein Gegenüber geradezu inquisitorisch an.

Sir Epperstone machte eine wegwerfende Handbewegung.

»Das kann ich wirklich nicht rekonstruieren, aber Mortimer Hopper wird es über kurz oder lang jedem einzelnen Mitglied der englischen Gemeinde in Florenz erzählen.«

Holmes nickte, als ob er eine gute Nachricht erhalten hätte. »Aber ich habe Sie unterbrochen«, meinte er dann mit einer aufmunternden Handbewegung.

»Da gibt es nicht mehr viel zu berichten: Der Streit hat die restliche Gesellschaft, einschließlich Lady Rutherford zum Aufbruch gewogen, und Miss Dowland hat daraufhin auch die beiden Kontrahenten sowie meine Informantin hinauskomplimentiert.«

»Was sollen wir nur damit anfangen?«, kommentierte ich den Bericht.

Holmes klopfte seine Pfeife aus und leerte seine Kaffeetasse. »Es wird Zeit, dass wir selbst die Initiative ergreifen«, meinte er und sah Sir Epperstone scharf an, »es macht Ihnen doch bestimmt nichts aus, überall zu verbreiten, dass sich im Nachlass des Malers auch sein Tagebuch befunden hat?«

»Durchaus nicht«, entgegnete Sir Epperstone mit der Andeutung eines spöttischen Lächelns, »und wessen Besuch darf ich daraufhin erwarten?«

»Es ist eine Marotte von mir, dass ich nur äußerst ungern meine Beweisführung darlege, bevor der Täter mir ins Netz gegangen ist«, gab Holmes zu. »Wenn es Ihnen nichts ausmacht, so würde ich es begrüßen, wenn Sie bereits heute mit der Verbreitung dieses Gerüchtes beginnen könnten. Sofern ich Mister Tristram richtig verstanden habe, hat Miss Dowland den Vorschlag gemacht, eine Art Stammtisch zu institutionalisieren?«

Ich nickte automatisch, obwohl niemand mich ansah. »Aber dieser Vorschlag ist bei den anderen auf wenig Gegenliebe gestoßen«, entgegnete Sir Epperstone.

»Trotzdem gehe ich davon aus, dass sie heute zu Hause ist. Sie können ja behaupten, dass Mortimer Hopper etwas in ihrer Wohnung verloren hat, das Sie ihm mitbringen wollen, ein Zigarettenetui oder dergleichen. Elisabeth Dowland wird sicherlich die Neuigkeit verbreiten helfen, dass Sie das Tagebuch erworben haben. Trotzdem kann es nichts schaden, auch Mister Wilson in Kenntnis zu setzen. Und auf dem Rückweg könnten Sie vielleicht so freundlich sein, auch bei Hopper vorbeizuschauen. Schließlich wohnt er für Sie auf dem Weg. Nehmen Sie aber unbedingt einen Dienstboten mit, und es ist von größter Wichtigkeit, dass Sie bei den Besuchen keine Speisen oder Getränke annehmen.«

Wieder lächelte Sir Epperstone, aber diesmal aufrichtig. »So hat mich seit meiner Kindheit niemand mehr herumkommandiert, aber die Sache verspricht eine interessante Abwechslung zu werden. Ich werde also Ihren Weisungen folgen.«

»Dafür wäre ich Ihnen sehr verbunden«, entgegnete Holmes und bedeutete dem Kellner mit einer Geste, die Rechnung zu bringen.

18. Die Kapelle

Am Morgen des folgenden Tages saß ich um zehn Uhr schlecht gelaunt am Frühstückstisch, denn Holmes hatte mir zu verstehen gegeben, dass er meine Mithilfe bis auf Weiteres nicht mehr benötigte, da die Festnahme von Adriano Benettis Mörder nur noch eine polizeiliche Routinearbeit sei. Lustlos schlug ich die Zeitung auf und las schon wieder von einem Einbruchsdiebstahl in Florenz. Ob es wohl möglich war, Holmes für diese in Florenz seit Monaten gehäuft auftretenden Delikte zu interessieren? Bis jetzt hatte er befremdlicherweise nicht auf meine wiederholten diesbezüglichen Andeutungen reagiert.

Während ich so vor mich hingrübelte, schob sich mein Schwager Andrea durch die Küchentür, und ich dachte mir, dass er von Tag zu Tag dicker wurde, was nicht zuletzt auf die vortreffliche Küche Giovannas zurückzuführen war, der er stets reichlich zusprach.

»Wie es aussieht, hast du heute Morgen etwas Zeit?«, fragte er mit einem missbilligenden Blick auf die Zeitung in meinen Händen.

»Ja, leider«, gab ich zu. »Ich kann mich also gern um deine Korrespondenz kümmern.«

Dies wäre mir auch gar nicht unlieb gewesen, denn die Arbeit hätte mich zumindest auf andere Gedanken gebracht.

»Das ist nicht nötig, aber du könntest vielleicht so nett sein, nach Fiesole zu fahren und dort bei Mister Hopper eine Skulptur abzugeben. Leider kann ich heute auf keinen meiner Gesellen verzichten«, erklärte Andrea, und wieder blieb sein Blick an der Tageszeitung haften.

»Selbstverständlich!«, sagte ich notgedrungen. Aber wenn

ich vorher gewusst hätte, dass ich zu Hopper fahren sollte, dann hätte ich behauptet, dringenden Geschäften nachgehen zu müssen.

Ich legte die Tageszeitung zusammen und erkannte dabei endlich, was meinen Schwager gestört hatte, nämlich dass die linke untere Ecke der Zeitung in meiner Kaffeetasse hing. Dies war in gewisser Weise seine eigene Schuld, denn wenn Andrea mit seiner ewig vorwurfsvollen Miene einen Raum betrat, wurde ich immer nervös, und dann passierten mir gehäuft derartige Missgeschicke.

Ich kippte den letzten Rest meines Kaffees herunter, legte die Zeitung zum Trocknen auf das Fensterbrett und folgte Andrea, der mit einer für seinen Körperumfang beachtlichen Geschwindigkeit in die benachbarte Werkstatt vorausgeeilt war.

Das fahle Licht des trüben Morgens ließ den Staub in der Luft tanzen und beleuchtete eine etwa zwanzig Inch große, ziemlich missglückte Kopie des David von Michelangelo, die mein Schwager skeptisch beäugte.

»Mister Hopper möchte diese Skulptur einem ausländischen Kunden anbieten, der heute Mittag bei ihm vorbeischaut«, erklärte Andrea, und mich beschlich der Verdacht, dass Hopper den David als eigenhändige Arbeit Michelangelos zu verkaufen gedachte. »Nimm bitte eine Mietdroschke, denn wir können unseren eigenen Wagen zurzeit nicht entbehren.«

»Hast du schon eine Rechnung vorbereitet?«, fragte ich, in der Annahme, dass ich dies im Zweifelsfall nachholen könnte.

»Nein, wir wissen noch nicht, ob der Kunde das Stück tatsächlich nimmt«, brummte Andrea ohne großen Optimismus, »aber lass dir bitte unbedingt von Mortimer Hopper den Empfang quittieren.«

Ich verkniff mir die Rückfrage, für wie dumm mich Andrea hielt, zumal ich vermutete, dass er vor mir verbergen wollte, dass er mit Hopper gemeinsame Sache machte.

Ich machte mich sogleich an die Arbeit: Einen summarischen Gruß in die Werkstatt rufend, schleppte ich den David zur Garderobe. Automatisch überprüfte ich meine äußere Erscheinung im Spiegel und zupfte mein Einstecktuch zurecht. Vittoria, die wieder ganz munter wirkte, reichte mir meinen Hut und öffnete die Haustür, während ich die Skulptur ins Freie transportierte.

Draußen stellte ich verärgert fest, dass die schwüle Luft, die seit dem Vortag über der Stadt hing, sich in einen Nieselregen verwandelt hatte.

Auf der Piazza Santa Croce warteten immer einige Droschken auf Touristen, und es gelang mir, eine von ihnen vor die Haustür zu winken, wo ich unter dem Balkon vor dem Regen geschützt war. Der Kutscher, ein sauber gekleideter, solide aussehender Mann um die Vierzig, öffnete den Schlag, und ich nannte ihm das Ziel. Er schien den Kunsthändler zu kennen, denn er lächelte, als ich den Namen Mortimer Hopper nannte. Dies erstaunte mich, denn jeder Kutscher fuhr gewöhnlich nur in bestimmten Stadtbezirken. Aber vielleicht war der Kunsthändler eine Berühmtheit unter den Droschkenkutschern, weil er stets stattliche Trinkgelder gab.

Während ich die Skulptur vorsichtig auf den hinteren Sitz legte, klang mir Holmes' Devise in den Ohren, man solle nicht die erste, auch nicht die zweite, sondern stets erst die dritte Droschke nehmen, und ich schmunzelte über diese Anfälle von Verfolgungswahn eines doch ansonsten so rationalen Charakters.

Die Fahrt begann, und ich hing in der gut gepolsterten, wenn auch ziemlich staubigen Fahrgastkabine meinen

Gedanken über den Fall nach, der kurz vor seiner Auflösung stand. Kaum hatten wir die Marktstände vor dem Haus passiert, knallte der Kutscher mit der Peitsche, und das Wasser stob nach rechts und links, als wir durch eine Pfütze rasten, die sich in einem Schlagloch gebildet hatte. Fast hätte die Droschke einen am Wegrand dösenden Hund überfahren, der jaulend flüchtete, und ein Lastenträger fluchte uns hinterher, wobei er seine Worte mit ausdrucksvollen Gesten begleitete.

Bald hatten wir die Piazza Santa Croce hinter uns gelassen. An der nächsten Kurve wurde mir fast schlecht, weil ich befürchtete, wir könnten mit einem entgegenkommenden Fahrzeug kollidieren. Während wir der Via dei Benci folgten hielt ich vorsichtshalber die Skulptur fest, damit sie bei dieser wilden Fahrt nicht vom Sitz fiel.

Wir näherten uns dem Arno, und ich wunderte mich über die Route, die der Fahrer gewählt hatte. Hatte er sich verfahren, oder hatte man schon wieder die Einbahnstraßenregelung[18] im Stadtzentrum geändert?

Aber nach einigen Minuten bestand kein Zweifel mehr daran, dass vor uns die kurvenreiche Landstraße lag, die zu den Villen von Fiesole führte. Trotz der weiterhin mörderischen Geschwindigkeit lehnte ich mich auf meinem Sitz zurück und begann mich gleichzeitig, für meine Ängste zu schämen. Mein Schwager hätte mich sicherlich ausgelacht und mir vorgehalten, dass ich zu viele Kriminalromane las.

Endlich erreichte ich wohlbehalten die Villa des Kunsthändlers. Glücklicherweise regnete es nicht mehr, und so konnte ich trockenen Fußes die Skulptur vor die Haustür

[18] Einbahnstraßen wurden bereits vor Erfindung des Automobils in den großen europäischen Städten für die Pferdekutschen eingeführt.

schleppen. Mein Läuten lockte einen Lakai an die Tür, den ich noch nicht kannte. Offenbar hatte Hopper Dutzende davon. Sein hochnäsiger Blick wanderte an mir herunter und blieb schließlich an meinen lehmbesprenkelten Schuhen haften, die nicht zuletzt bei der Durchquerung des Hopper´schen Grundstücks in diesen beklagenswerten Zustand gekommen waren.

»Sie sind sicher der neue Gehilfe von Andrea Boldoni. Bitte benutzen Sie das nächste Mal den Lieferanteneingang!«, erklärte der Lakai in einem herablassenden Tonfall, der allenfalls einem Hausierer gegenüber angemessen gewesen wäre, und ich ärgerte mich, dass ich nicht den Kutscher mit dem Transport der Skulptur beauftragt hatte.

»Keinesfalls!«, entgegnete ich erbost. »Sondern ich bin der Schwager des Bildhauers, und es ist eine reine Gefälligkeit, dass ich den langen Weg nach Fiesole bei diesem Wetter auf mich genommen habe.« Ich schnappte nach Luft, da ich in meiner Empörung zu atmen vergessen hatte. »Das soll ich hier abgeben«, fügte ich hinzu und überreichte dem blasierten Diener, der während meines kurzen Monologs keine Miene verzogen hatte, die hässliche Michelangelo-Kopie.

Grußlos drehte ich mich auf dem Absatz, um beleidigt abzurauschen. Erst als ich die Haustür hinter mir zuschlagen hörte, entsann ich mich der Quittung, und ich fluchte innerlich vor mich hin. So peinlich mir die Angelegenheit war, es blieb mir nichts anderes übrig, als erneut am Klingelzug zu ziehen. »Leider habe ich noch etwas vergessen«, erklärte ich höflich, aber bestimmt. »Ich benötige eine Empfangsbestätigung für die Skulptur.«

Offensichtlich überschritt dies die Kompetenzen des Dieners. Mit einer unsäglich gequälten Miene bat er mich herein, verschwand sogleich hinter eine Tür, und ich hörte leise

Stimmen. Wenige Augenblicke später kam der Hausherr mit einem strahlenden Lächeln herausgeschossen.

»Mister Tristram, schön Sie zu sehen! Es hätte mich doch sehr befremdet, wenn Sie nicht auf ein Gläschen hereingekommen wären, wo es Sie schon einmal nach Fiesole verschlagen hat«, erklärte er in einem Tonfall, als ob wir alte Freunde wären.

Ich vermutete, dass er mich nur von meinem Vorhaben ablenken wollte. Daher ließ ich mich von der ungewohnten Umgänglichkeit des Kunsthändlers nicht einlullen, sondern beharrte nochmals auf meinem Beleg.

»Wie kann man nur so misstrauisch sein!«, meinte Hopper, sein übliches Haifischgrinsen aufsetzend. »Schließlich kennen Sie mich doch!«

Eben deshalb traue ich Ihnen nicht über den Weg, hätte ich am liebsten geantwortet, aber ich begnügte mich mit einem diplomatischen: »Ich selbst bin gar nicht misstrauisch, aber mein Schwager legt größten Wert auf die Quittung.«

Schließlich füllte Hopper mit leicht beleidigter Miene einen Vordruck aus, auf dem er mir den Erhalt einer Marmorskulptur *Typ David* bestätigte.

Warum nicht gleich so, dachte ich mir.

»Sie sind nicht zufällig auf dem Hinweg bei Sir Epperstone vorbeigefahren?«, fragte der Kunsthändler mit schlecht gespielter Beiläufigkeit, als er mir das Formular aushändigte.

»Das Anwesen liegt keinesfalls auf meinem Weg«, erwiderte ich, während ich den Zettel sorgfältig zusammenfaltete und in meine Jackentasche steckte.

»Aber ich bitte Sie! Es ist doch nur ein ganz kleiner Umweg!«, widersprach Hopper unerwartet heftig. »Leider bin ich hier momentan unabkömmlich, da ich einen wichtigen Kunden erwarte.« Er zeigte auf die Skulptur, die ich ihm mitgebracht hatte, als wolle er sie in den Zeugenstand rufen. »Wollen Sie nicht wenigstens auf dem Rückweg kurz bei Sir Epperstone vorbeischauen? Sir Epperstone hat mir gestern eine höchst rätselhafte Depesche zukommen lassen, und ich fragte mich …«

Der restliche Satz rauschte an mir vorbei, so elektrisiert war ich über diese Enthüllung. Ich starrte den Kunsthändler einen Augenblick lang mit weit aufgerissenen Augen an. Es war Mortimer Hopper, der den Köder geschnappt hatte, den Holmes ausgelegt hatte! Er war unser Mann! Ich hatte es doch von Anfang an gewusst! Mir wurde ganz plötzlich bewusst, dass ich einem zweifachen Mörder gegenüberstand, der sicherlich vor einem dritten Mord keinen Augenblick zurückschrecken würde.

»Dafür fehlt mir bedauerlicherweise die Zeit. Leider bin ich nur auf einen Sprung hier! Ich bin in höchster Eile, denn mein Schwager erwartet mich!«, stammelte ich fassungslos vor mich hin, zumal sich meine Nerven noch immer nicht von der mörderischen Fahrt erholt hatten.

»Aber Sie haben doch sicherlich noch Zeit für einen guten Port?«, fragte Hopper hörbar enttäuscht, wahrscheinlich, weil er im Geiste bereits Gift in meinen Drink geschüttet hatte. Er ging kein übermäßig großes Risiko ein, denn in seinem verwinkelten Haus wäre es ein Leichtes, eine Leiche auf Nimmerwiedersehen verschwinden zu lassen, und den Kutscher brauchte er nur mit einem üppigen Trinkgeld nach Florenz zurückzuschicken, um ihn mundtot zu machen. Also schwebte ich in akuter Lebensgefahr!

Ich gab mir innerlich einen Ruck, denn je länger ich in Hoppers Diele herumstand, desto peinlicher würde der Rückzug werden.

»Nein, leider nicht! Ein andermal bestimmt wieder«, versprach ich, während ich mich umdrehte und die Diele so hastig verließ, dass es gerade nicht nach einer Flucht aussah. Als ich auf das Gartentor zueilte, überkam mich eine panische Angst vor Hoppers Hunden, und ich hoffte inständig, dass der wichtige Gast augenblicklich eintreffen möge. Dann wäre ich gerettet, denn ihm gegenüber konnte der Kunsthändler kaum sein wahres Gesicht zeigen.

»Zum Anwesen von Sir Epperstone, immer die Straße entlang!«, rief ich dem Kutscher zu, kaum dass ich endlich die rettende Droschke erreichte. Fast hätte ich hinzugefügt: »Den doppelten Fahrpreis, wenn Sie sich beeilen«, aber dann besann ich mich und beschloss, dass der Kutscher auch so mehr als schnell genug fuhr.

Zwar dauerte die Fahrt nur höchstens eine Viertelstunde, aber mir erschien sie endlos. Mein Mitteilungsdrang ließ sich kaum noch bändigen, und außerdem fieberte ich bereits der Verhaftung Mortimer Hoppers entgegen: Endlich würde dem tückischen Kunsthändler das Handwerk gelegt werden! Vor meinem inneren Auge sah ich schon, wie Mortimer Hopper in Handschellen abgeführt wurde.

Schließlich näherten wir uns unserem Ziel. Schon lugte in der Ferne das im vorderen Bereich des Grundstücks gelegene Herrenhaus zwischen den Bäumen hervor. Der Bau wurde im Herannahen immer größer, und als wir ihn fast erreicht hatten, wunderte ich mich über einen Einspänner, der unmotiviert in einer Kurve am Straßenrand parkte. Als wir diesen Wagen passierten, bemerkte ich, dass er direkt vor der Grenze zu Sir Epperstones Grundstück stand.

Ein nachlässig gekleideter Mann holte bedächtig etwas aus seinem Gefährt, was mich irritierte, da es wieder zu nieseln begonnen hatte. Mit seinem ausgeleierten Hemd, seiner verwaschenen Hose und seinen abgewetzten Schuhen erweckte er einen ziemlich abgerissenen Eindruck. Dies wurde noch dadurch verstärkt, dass seine dunkelblonden Haare ungekämmt waren und das Kinn von den ersten Anzeichen eines Bartes gekennzeichnet war. Irgendwo hatte ich den Mann schon einmal gesehen, aber ich konnte ihn nicht recht einordnen. Im Vorbeifahren drehte ich mich nochmals nach ihm um, und auf den zweiten Blick erkannte ich das unfreundliche Gesicht von Miss Dowlands Sekretär.

Was hatte er wohl bei diesem Wetter auf der Landstraße verloren? Eine Panne schien er jedenfalls nicht zu haben. Die wahrscheinlichste Erklärung war, dass er auch für andere Herren arbeitete, wenn die Dichterin seiner Dienste nicht bedurfte. Schließlich beschäftigte sie ihn nur dann und wann. Ich erwog einen Augenblick lang, anzuhalten und nachzufragen, ob der junge Mann Hilfe benötigte, aber ich unterließ es. Denn schließlich kannten wir uns kaum.

Meine Droschke brauchte erstaunlich lang, um die Straßenfront des Anwesens hinter sich zu bringen. Warum trödelte der Kutscher plötzlich, obwohl er es in Florenz noch so eilig gehabt hatte? Als wir endlich durch das Hauptportal fuhren, spähte ich neugierig in alle Richtungen. Ich bemerkte fünf oder sechs Gärtner, die trotz des schlechten Wetters den Rasen mähten, Hecken schnitten oder anderweitig im Freien herumwerkelten. Die Lektüre zahlreicher Kriminalromane hatte mich gelehrt, dass dies nur Polizisten sein konnten, die verdeckte Ermittlungen im Park betrieben.

Ich schritt die Stufen zum Portal hoch, und die Tür wurde von einem Diener geöffnet, bevor ich auch nur den Klingelzug berührt hatte. Er fragte nicht nach meinem Namen oder dem Zweck meines Besuchs, sondern forderte mich mit barscher Stimme auf einzutreten. Sir Epperstone höchstselbst stand hinter ihm am Treppenabsatz, und ein Blick in sein angespanntes Gesicht genügte, um zu erkennen, dass ich unerwünscht war.

Ehe der Hausherr mich abwimmeln konnte, erklärte ich: »Ich muss in einer sehr dringenden Angelegenheit kurz mit H… mit Mister Baker Radcliffe sprechen«, und ich fluchte innerlich, dass ich mich vor Nervosität fast versprochen hätte.

Sir Epperstone nickte dem Diener zu, der mich hereingelassen hatte, und dieser stieg wie ein aufgezogenes Blechspielzeug die Treppe hinauf. Der Hausherr dirigierte mich in einen Nebenraum, der im pompejanischen Stil eingerichtet war. Die Zimmertür ließ er offen, sodass wir das Treppenhaus einsehen konnten.

»Als ich mich leichtfertigerweise bereit erklärt habe, das Gerücht in Umlauf zu bringen, dass Adriano Benetti ein Tagebuch geführt hat, habe ich nicht erwartet, dass daraufhin tagelang in meinem Haus Belagerungszustand herrschen würde«, meinte Sir Epperstone und blickte dabei mit einem geradezu angewiderten Gesichtsausdruck aus dem Fenster. »Überall diese Polizisten! Das ist doch keine Lebensart! Ein zweites Mal würde ich nicht mein Haus für eine Ermittlung zur Verfügung stellen.«

»Vielleicht fängt man endlich den Mörder Adriano Benettis, und niemand verdächtigt Sie mehr … irgendetwas mit dem Tod des Malers zu tun zu haben.«

Bevor Sir Epperstone etwas auf meine ungeschickte Bemerkung erwidern konnte, war ein leichter Tritt auf der Treppe zu vernehmen, der seine Aufmerksamkeit in Anspruch nahm. Auch ich drehte mich um und sah, dass es Holmes war, der mit seinen langen Beinen zwei Stufen auf einmal nehmend die grandiose Freitreppe hinuntereilte, gefolgt von einem dürren Italiener, dessen selbstsicheres Auftreten in dieser Respekt einflößenden Umgebung mich vermuten ließ, dass es sich um einen Polizeiinspektor handelte. Der arme Mann unternahm nicht einmal den Versuch, mit seinen kurzen Beinen mit Holmes Schritt zu halten.

»Mein Kollege Mister David Tristram, Commissario Strozzi«, stellte Holmes uns einander vor, als der dürre Mann nachgekommen war. »Der Diener hat mir ausgerichtet, dass Sie wichtige Informationen haben?«

»Mortimer Hopper ist der Mörder des Malers!«, sprudelte ich los und berichtete dann ausführlich über meinen Besuch bei dem Kunsthändler. Als ich geendet hatte, brach Holmes in schallendes Gelächter aus.

»Das haben Sie völlig falsch verstanden!«, erklärte er in einem dozierenden Tonfall, nachdem er sich wieder beruhigt hatte, und ich sah seiner belustigten Miene an, dass ich wieder einmal seinen kaum zu befriedigenden Ansprüchen nicht gerecht geworden war. »Mortimer Hopper hat keinen Mord begangen, sondern er ist schlicht neugierig darauf, den Stand der Ermittlungen zu erfahren. Was man schließlich gut verstehen kann! Anderenfalls hätte er versucht, bei Sir Epperstone einzubrechen und hätte sich nicht damit begnügt, Sie auszufragen.«

Auf die Euphorie über meine neuen Erkenntnisse folgte wieder einmal die Ernüchterung. Warum musste Holmes jeden meiner Schlüsse sofort widerlegen und all meine schönen Hypothesen stets verwerfen?

Enttäuscht verabschiedete ich mich vom Hausherrn und von Holmes. Der Wind hatte endlich die Regenwolken weggetrieben, und ich hoffte, vor dem nächsten Schauer Florenz zu erreichen.

Ich hatte schon fast meine Droschke erreicht, die vor dem Herrenhaus wartete, als Commissario Strozzi mir quer durch den Garten nachrief: »Haben Sie zufällig auf dem Weg hierher irgendetwas Ungewöhnliches bemerkt?«

Er hatte sich den Hut ins Gesicht gezogen, und in seinem Mundwinkel hing eine Zigarette. Schon auf den ersten Blick hatte ich vermutet, dass er ein nervöser Kettenraucher war, und ich freute mich, diese Einschätzung bestätigt zu sehen.

Ich blieb stehen, damit der Polizist aufholen konnte, der in Begleitung von Sir Epperstone war. Sie waren ein seltsames Paar, der kleine dunkelhaarige Italiener und der einen halben Kopf größere, bleiche, englische Aristokrat. Während ich die beiden erwartete, überlegte ich einen Augenblick lang, was ich antworten sollte.

»Jede Kleinigkeit kann von Bedeutung sein«, präzisierte Commissario Strozzi seine Frage, als er endlich vor mir stand.

Bedauernd schüttelte ich den Kopf, denn der Kommissar meinte bestimmt nicht den gemeingefährlichen Kutscher mit seinem verhinderten Rennpferd. Aber ich hatte trotzdem das Gefühl, etwas vergessen zu haben. Ich stutzte. Plötzlich fiel es mir wieder ein, aber der Kommissar hatte sich schon zum Gehen gewandt. Er wirkte, als ob er ihn großer Eile sei.

»Commissario Pazzi«, rief ich ihm nach, ehe ich mich daran erinnerte, dass er Strozzi hieß. Das war mir etwas peinlich, da »pazzo« auf Italienisch »verrückt« heißt, aber der Polizist schien diesen Lapsus nicht übel genommen zu haben. »Commissario Strozzi«, begann ich erneut. »Da war doch etwas: Kurz vor dem Anwesen habe ich Elisabeth Dowlands Sekretär gesehen, der vor einem Einspänner im Regen herumgestanden hat«, erzählte ich, und der Polizist blickte mich fragend an. Mir wurde bewusst, dass er keine Ahnung hatte, von wem die Rede war. »Miss Dowland ist eine Dichterin. Sie ist Mitglied eines Clubs, dem auch Sir Epperstone angehört.«

»Ich habe mich immer gefragt, was sie diesem Sekretär wohl diktiert. Wahrscheinlich wohl keine Liebesgedichte!«, schaltete sich der Hausherr ein. Seine gerunzelte Stirn ließ erkennen, dass er es offenbar nicht gewöhnt war, dass man ihn nicht in ein Gespräch einbezog. »Diese Frage konnte mir auch meine Gattin nicht beantworten, obwohl sie mit Elisabeth Dowland eng befreundet war.«

»Es wird wohl ein Statussymbol sein, denn …«, begann ich, aber Commissario Strozzi ließ mich nicht ausreden.

»Könnten Sie vielleicht noch eine halbe Stunde hier bleiben?«, fragte er mich, »ich habe noch etwas mit Mister Baker Radcliffe zu besprechen. Vielleicht hat er noch eine Frage an Sie.«

»Selbstverständlich! Ich warte, bis er Zeit für mich hat«, versprach ich schon aus Neugier, und der Kommissar eilte wieder davon.

Da ich keine Neigung verspürte, dem launischen Sir Epperstone Gesellschaft zu leisten, dessen derzeitige Leutseligkeit jederzeit wieder in Arroganz umschlagen konnte, vertrat ich mir in der Zwischenzeit etwas die Beine im Garten. Ich schlenderte an einer langen Boskette vorbei, an der sich zwei wie Gärtner gekleideten Polizisten auf höchst unprofessionelle Weise zu schaffen machten. Entlang des schmalen Wegs plätscherte ein umgeleiteter Bach über ausgewaschene Platten, die so kunstvoll verlegt waren, dass alles den Anschein vollkommener Natürlichkeit besaß. Wassertropfen glitzerten an Halmen und Zweigen, aber es regnete nicht mehr, wenn auch der schlierige Himmel nichts Gutes versprach.

Ehe ich mich versah, hatte ich das Herrenhaus umrundet und war am Rand des schmalen Anwesens angelangt, dessen größter Teil sich – wie ich bei der Jagd festgestellt hatte – von der Straße aus landeinwärts erstreckte. Die hohen Pinien, die

die Gartenmauer umsäumten, ragten bedrohlich in den grauen Himmel. Zwischen den uralten Bäumen wuchs ein nahezu undurchdringliches Dickicht aus verwachsenen Büschen und verstellte den Blick auf das Nachbargrundstück. Offenbar legte Sir Epperstone einen großen Wert auf Diskretion und Abgeschiedenheit.

Während ich an der Hecke entlangspazierte, bemerkte ich eine schön blühende Blume, die ich nicht kannte. Um sie besser sehen zu können, bog ich einen Zweig zur Seite. Einen Augenblick lang hielt ich staunend in der Bewegung inne: Hinter der Hecke befand sich ein verrostetes Gartentor! Ich kam mir wie ein Schatzgräber vor, als ich diese heruntergekommene Pforte sah. Was mochte sich wohl dahinter verbergen? Mit großer Mühe gelang es mir, mich zwischen den Büschen hindurchzuzwängen, deren relativ großer Abstand voneinander verriet, dass sie einst das Portal flankiert hatten. Erwartungsgemäß waren die Angeln halb eingerostet. Dagegen überraschte es mich, dass das Gartentor nicht abgeschlossen war.

Ohne groß nachzudenken, stieß ich es auf. Zwei kleine Vögel, die ich aufgeschreckt hatte, flatterten davon, und ich durchschritt das Portal. Auf seiner anderen Seite befanden sich eine aus großen Steinen zusammengefügte, alte Kapelle und ein kleiner Schuppen. Doch waren sie eher Ruinen als nutzbare Bauten. Das winzige, verwahrloste Grundstück, auf dem sie standen, war zur Straße hin von einer verwilderten Buchsbaumhecke umgeben, weshalb mir die alten Bauten zuvor niemals aufgefallen waren.

Als ich so in einem fremden Garten herumstand, fühlte ich mich plötzlich wie ein Einbrecher. Schon wollte ich umkehren, als sich etwas auf dem Grundstück regte. Erstaunt erkannte ich, dass es niemand anderes als Elisabeth Dowland war, die einen Eimer voll Erde auf einen Lehmhaufen kippte. Sie trug ein einfaches, graues Kleid mit schwarzen Bändern, einen schwarzen Gürtel und hatte die Haare nachlässig hochgebunden. Schlagartig wurde mir klar, was ihren Sekretär bei Regen nach Fiesole geführt hatte, denn ich entsann mich, dass Sir Epperstone uns erzählt hatte, dass die Dichterin auf dem Nachbargrundstück archäologische Grabungen betrieb. Warum hatte er dies nicht Commissario Strozzi gegenüber erwähnt, als ich von der Begegnung mit dem Sekretär berichtet hatte?

Nachdem die Dichterin ihre Arbeit beendet hatte, hob sie ihren Blick und schaute in meine Richtung. Als sie mich sah, stieß sie einen halbunterdrückten Schrei aus und hätte fast den Eimer fallen lassen. »Sie haben mich ja halb zu Tode erschreckt, Mister Tristram!«, stammelte sie, »was um Himmels willen hat sie denn hierher verschlagen?« Ihr Gesicht war bleich. Um ihre Augen lag ein müder Zug, und ich bekam ein schlechtes Gewissen, dass ich ungebeten in ihrem Garten aufgetaucht war.

»Ich bin in Sir Epperstones Park spazieren gegangen und muss mich dabei verlaufen haben. Ich habe gar nicht gemerkt, dass ich sein Grundstück verlassen habe«, behauptete ich, obwohl mir diese Antwort unsäglich albern erschien.

Nach einem kurzen Zögern streckte die Dichterin mir zum Gruß die rechte Hand entgegen, blieb aber weiterhin wie angewurzelt stehen. Also machte ich einige Schritte in ihre Richtung, um ihr die Hand schütteln zu können, und bemerkte im hohen Gras einige umgekippte und überwachsene Grabsteine. Hier hatte sich also früher der Friedhof der kleinen Kapelle befunden. »Guten Tag, Miss Dowland«, erklärte ich und versuchte, dabei freundlich zu klingen. »Schön, Sie zu sehen!«

Sie erwiderte meinen Gruß, und ich wunderte mich, dass sie sich nicht nach Holmes erkundigte, wie sie es meist bei meinem Anblick zu tun pflegte. »Waren Sie erfolgreich bei ihren Grabungen?«, fragte ich, mehr um irgendetwas zu sagen, denn die Dichterin musterte mich schweigend.

»Oh, ja! In der letzten Woche habe ich ein ganz famoses etruskisches Grab gefunden!«, erklärte sie euphorisch. Ihre Züge entspannten sich, und sie lächelte mich an. »Möchten Sie es besichtigen?«

»Das Grab befindet sich doch wohl nicht unter der Hütte?«, fragte ich verblüfft, denn ich konnte nirgends auf dem Grundstück Spuren einer archäologischen Ausgrabung ausmachen.

»Nein, es liegt unter der alten Kapelle!«, entgegnete Miss Dowland, und das Lächeln verschwand wieder aus ihrem Gesicht.

»Was für ein Zufall!«, bemerkte ich trocken, da ich mich fragte, ob die Dichterin mich zum Besten hielt.

»Das ist keinesfalls ein Zufall, sondern der Bau ist auf einer uralten Kultstätte errichtet«, widersprach sie vehement. Ihre Augen blicken direkt in meine. »Das ist das Tor zur Unterwelt. Dante hat dies gewusst, als er die Höllenszenen seiner *Göttlichen Komödie* schrieb.« Ich dachte an die Möglichkeit, dass Miss Dowland den Verstand verloren haben könnte, so exaltiert erschien mir selbst für ihre Begriffe diese Bemerkung. »Also, Mister Tristram, treten Sie ein! Sie werden überrascht sein.«

Während dieser kurzen Ansprache hatte Elisabeth Dowland wieder etwas von ihrem alten Selbstbewusstsein zurückerlangt, aber ich verspürte eine geradezu körperliche Abneigung dagegen, das alte Gemäuer zu betreten, welches einem Schauerroman entsprungen sein konnte. Nur Miss

Dowland konnte auf den hanebüchenen Gedanken verfallen, dass sich das Tor zur Unterwelt in ihrem winzigen Garten befand.

»Sind Sie gar nicht neugierig auf meine Funde?«, fragte sie mit betrübter Miene, und ich suchte verzweifelt nach einer Ausrede, aber mir fiel nichts ein.

Dummerweise begann es auch noch in diesem Augenblick zu regnen. Also gab ich mir einen Ruck und schritt auf die hölzerne Kapellentür mit ihrem ringförmigen Türklopfer zu, der von einem bronzenen Löwenmaul gehalten wurde. Rechts neben dem Portal stand eine Schubkarre, während links Spaten und Schaufeln unterschiedlicher Größe gegen die fleckigen Steine der Westwand gelehnt waren.

Die Dichterin wollte mir den Vortritt lassen, aber ich machte eine einladende Geste und sagte höflich: »Bitte nach Ihnen Miss Dowland!« Denn die Sache war mir weiterhin nicht geheuer.

Als sie an mir vorbeiging, beobachtete ich ihre schnellen Bewegungen, ihre kräftigen Schultern unter dem dünnen Kleid, und ich erinnerte mich daran, dass sie eine sehr sportliche Frau war, deren Hobby das Segeln war.

In der Kapelle schlug mir ein modriger Geruch entgegen, was kein Wunder war, denn das Innere des Sakralraums bot einen trostlosen Eindruck: Die Fresken auf den Langhauswänden waren fast völlig abgeblättert. Eine dicke Staubschicht bedeckte die beiden Grabdenkmäler rechts und links des Altarraums sowie die hohe Kanzel vor der Mitte der Wand. Ansonsten besaß die Kapelle keine Möblierung mehr, nicht einmal einen Altar. Es regnete durch das undichte Dach herein. Schon hatten sich Pfützen auf den abgestoßenen Keramikfliesen gesammelt, mit denen der Boden gepflastert war. Wo mochten sich also die antiken Kunstwerke befinden? Mein Blick wanderte von den mittelalterlichen Grabplatten zu den abgetretenen Steinstufen, die vor der Apsis in einen unterirdischen Raum hinabführten. Wer konnte wissen, was dort unten alles in der Finsternis verrottete?

»Das Grab befindet sich unterhalb der Krypta. Aber möchten Sie nicht erst einmal die wunderbaren Dinge betrachten, die ich dort gefunden habe? Ich habe sie in diesen Nebenraum gebracht!«, kommentiere Miss Dowland meine suchenden Blicke.

Sie stellte den schweren Blecheimer, den sie immer noch in der Hand hielt, auf dem Boden ab, schritt eilig durch das Kirchenschiff und riss eine kleine Tür links neben dem Altarbereich auf.

In der dahinter liegenden Kammer, bei der es sich einst um eine Sakristei oder um eine Schatzkammer gehandelt haben mochte, stand ein Tapeziertisch, auf dem Fragmente etruskischer Keramik und einige Öllämpchen ausgebreitet waren. Unwillkürlich entfuhr mir ein leiser Ausruf des Erstaunens. Fasziniert betrachtete ich die Fundstücke, denn bis zu diesem Augenblick war ich der Ansicht gewesen, dass die Dichterin auf diesem öden Trümmergrundstück nichts gefunden haben konnte, was älter als Michelangelos David war. Bestimmt würde Sir Epperstone sich sehr darüber ärgern, dass nur wenige Fuß neben seinem Anwesen ein etruskisches Grab gefunden worden war.

Ein knirschendes Geräusch riss mich aus meinen Betrachtungen, und ich drehte mich erschrocken um die eigene Achse. Irritierte stellte ich fest, dass ich allein im Raum war. Erneut hörte ich das metallische Geräusch, das mich beunruhigt hatte und diesmal erkannte ich, dass es ein Riegel war, der vor ein Schloss geschoben wurde.

Einen Augenblick lang blieb ich fassungslos stehen. Wie

betäubt musste ich tatenlos zuhören, dass ein dritter Riegel sich schloss. Warum hatte Miss Dowland das getan? Entsetzt blickte ich mich im Raum um, musste aber feststellen, dass die Gitter des Fensters in einem weit besseren Zustand waren, als die restliche Kapelle. Ganz offensichtlich waren sie in jüngster Vergangenheit ausgewechselt worden. Außer mir vor Wut stürzte ich zur Tür.

»Miss Dowland! Ich finde das nicht komisch! Bitte lassen Sie mich augenblicklich wieder hinaus!«, rief ich so laut ich konnte.

»Warum verfolgen Sie mich?«, fragte die Dichterin mit eindringlicher Stimme.

»Ich habe Ihnen doch vorhin schon gesagt, dass ich hier zufällig vorbeigekommen bin!«, erwiderte ich empört. »Ich wollte Sie nicht stören! Wenn Sie die Tür öffnen, verschwinde ich augenblicklich wieder!«

»Das muss ich mir noch reiflich überlegen, denn ich glaube doch, dass sie mich verfolgen«, sagte sie mit sanfter Stimme, doch die Drohung, die sich dahinter verbarg, war spürbar.

Ich hatte das ungute Gefühl, ihren Charakter schlecht eingeschätzt zu haben. Offenbar war sie nicht nur exaltiert, sondern völlig übergeschnappt. Ich musste daher meine Worte sorgfältig auswählen, um sie nicht noch mehr zu provozieren. Aber ehe ich eine passende Antwort formuliert hatte, hörte ich das Schleifen von Metall auf Stein. Dies war der Blecheimer, der wieder vom Boden gehoben wurde, und ich fragte mich erschrocken, was die Dichterin damit bezweckte. »Schieben Sie sofort diese verdammten Riegel wieder auf!«, brüllte ich und trommelte in ohnmächtiger Wut mit den Fäusten gegen die mit Schmutz bedeckte Holztür, bis mir die Knöchel schmerzten. Die hämmernden Geräusche hallten durch die Gewölbe der Kapelle, aber Elisabeth Dowland kam nicht zurück. Zitternd streckte ich meine Hände aus und tastete das Holz auf der Suche nach einer losen Planke ab. Jedoch die Tür schien aus einem massiven Holzbrett gefertigt zu sein.

Aus der Kapelle drang kein Laut. Entweder Miss Dowland hatte den Bau verlassen, oder sie war in die Krypta verschwunden. Wieder rief ich ihren Namen, doch sie antwortete nicht. Noch immer war mein Verstand nicht bereit zu glauben, dass dies nicht bloß ein Missverständnis war. Daher rief ich immer wieder nach Miss Dowland, bis ich völlig heiser war.

Schließlich sank ich erschöpft zu Boden. Die Keramikplatten unter mir waren hart und schmutzig, aber ich achtete kaum darauf. Eine Woge der Verzweiflung durchflutete mich. Ich war gefangen in einer Ruine auf einem abgelegenen Grundstück, das auf keiner noch so genauen Karte verzeichnet war! Ich verfluchte meine Neugier: Warum war ich nicht sofort nach Hause zurückgekehrt, nachdem ich Andreas Auftrag ausgeführt hatte?

Ich hätte nicht zu sagen vermocht, wie lange ich völlig niedergeschlagen mit meinem Schicksal haderte, als ich plötzlich gedämpfte Wortfetzen hörte. Waren die Komplizen der Dichterin gekommen, um mich umzubringen? Ich suchte genauso verzweifelt wie vergeblich einen Ort, an dem ich mich verstecken konnte.

»Hier ist die Polizei! Die Kapelle ist umstellt«, rief eine dumpfe Männerstimme so laut, dass sie wohl durch eine Flüstertüte verstärkt sein musste. »Wir wissen, dass Sie da drin sind, Miss Dowland! Ergeben Sie sich, und kommen Sie mit erhobenen Händen heraus!«

Eine grenzenlose Erleichterung überkam mich, denn ich hatte gar nicht zu hoffen gewagt, dass die Polizei mein Verlies finden könnte. Bestimmt war es Holmes gewesen, der ihnen den Weg gewiesen hatte!

Die Dichterin antwortete nicht. Wo mochte sie wohl stecken? Eine gespenstische Stille herrschte im Inneren des heruntergekommenen Baus. Mit angehaltenem Atem lauschte ich einige Sekunden lang, aber noch immer war nichts zu hören. Trotz der schwülen, staubigen Luft in dem alten Gemäuer war mir plötzlich eisig kalt.

»Jeder Widerstand ist zwecklos. Das Haus ist umstellt«, schallte es von draußen in das alte Gemäuer. »Wenn Sie nicht freiwillig herauskommen, stürmen wir die Kapelle!«

Wieder vergingen einige Sekunden in qualvoller Stille.

Dann hörte ich laute Stimmen. Die Stimmen kamen immer näher und mit ihnen das Tappen von Füßen auf dem Keramikboden.

»Kommen Sie sofort aus der Krypta!«, befahl eine schroffe Stimme, die dem Kommissar gehören mochte.

Die Dichterin antwortete mit sich fast überschlagender Stimme, aber ich konnte ihre Worte nicht verstehen, da sie offenbar aus der Tiefe kamen.

»Ist Mister Tristram unten bei ihnen?«, fragte Holmes, aber wieder konnte ich die Antwort nicht verstehen.

»Ich bin in dem linken, kleinen Raum!«, brüllte ich so laut ich konnte durch die Tür.

Nochmals wurde die Dichterin aufgefordert herauszukommen, aber diesmal nicht von Holmes, sondern von einem Polizisten, und im gleichen Augenblick hörte ich Schritte vor der Kammer, in der ich gefangen war. Jemand machte sich an der Tür zu schaffen, und wenige Augenblicke später erkannte ich Holmes im Türrahmen.

»Schnell raus hier!«, forderte er mich auf, bevor ich selbst etwas sagen konnte. »Die ganze Krypta ist voller Dynamit. Die Kapelle kann jeden Augenblick in die Luft gehen.«

»Und Miss Dowland?«, fragte ich erschrocken.

»Weigert sich, die Krypta zu verlassen, obwohl dort alles feucht und klamm ist! Und jetzt raus hier«, fuhr Holmes mich an, und diesmal folgte ich seinem Befehl.

Wir stürmten durch den leeren Kirchenraum ins Freie, wo es noch immer nieselte. Im selben Augenblick hörte ich hinter mir eine Detonation, einen dumpfen Schrei, das Klirren von zerborstenem Glas. Der Knall tönte so laut in meinen Ohren, dass es schmerzte.

Erschrocken drehte ich mich um: Das Glas der Seitenschiffsfenster zersplitterte, die Holztür zerbrach, und Rauch quoll in dicken Schwaden aus den leeren Maueröffnungen heraus. Hustend wandte ich mich wieder ab, denn der Qualm brannte mir in den Augen. Schwer atmend flüchtete ich so schnell meine Beine mich trugen.

Eine zweite Explosion, die mich halb betäubte zerriss die Luft, und ich warf mich ohne groß nachzudenken auf den Boden. Flammen flackerten durch die Fensteröffnungen, und aus der Kapelle drang ein scharfer Brandgeruch. Erst jetzt wurde mir bewusst, dass ich um ein Haar in diesem Inferno umgekommen wäre. Entsetzt schaute ich mich nach Holmes um, der sich weiter von der Kapelle entfernt hatte als ich. Seine schwarze Kleidung war schmutzig, und er hatte Staub im aschfahlen Gesicht.

Übelkeit stieg in mir hoch, und ich glaubte, mich übergeben zu müssen. Es ist vorbei, sagte ich zu mir, um mich zu beruhigen, endlich ist alles vorbei. Aber noch immer raste mein Puls.

»Was um Himmels willen ist geschehen?«, fragte ich, nachdem ich mich wieder vom aufgeweichten Boden aufgerappelt hatte, obwohl ich am ganzen Körper zitterte.

»Miss Dowland war im Begriff, einen Tunnel zur Villa von Sir Epperstone zu graben. Dafür hatte sie größere Mengen

Sprengstoff im der Krypta gelagert. Ihr war offenbar nicht bekannt, dass Dynamit nur in trockener Umgebung gelagert werden sollte. Feuchtes Dynamit verliert rasch seinen Nitroglyzerinanteil, der sich dann unbemerkt auf dem Boden sammelt und unversehens explodiert. Es hat heute immer wieder durch das undichte Dach der Kapelle geregnet. Daher ist es zur Katastrophe gekommen.«

Ich verstand nur, dass Miss Dowland die Explosion nicht selbst herbeigeführt hatte, wovon ich bisher ausgegangen war. »Es war also ein tragisches Unglück?«, fragte ich daher ziemlich verunsichert nach.

Der Wind trug den beißenden Geruch zu uns, der noch immer den Fensteröffnungen entwich. Holzsplitter und tausende Glasscherben lagen vor der Ruine auf der Wiese, und ich erwartete jeden Augenblick, dass die traurigen Überreste der Kapelle wie ein Kartenhaus zusammenstürzen würden, aber nichts dergleichen geschah.

»Das werden wir wohl niemals erfahren. Vielleicht war es ein Unfall. Vielleicht hat aber Elisabeth Dowland die Explosion auch absichtlich verursacht, da sie im wahrsten Sinne des Wortes in die Enge getrieben war.«

Noch konnte ich mir nicht vorstellen, dass die exaltierte Dichterin der Mörder war, den wir suchten.

»Aber warum der Aufwand? Wollte sie Sir Epperstone berauben? Elisabeth Dowland wird doch wohl kaum Adriano Benetti umgebracht haben?«, entfuhr es mir daher.

»Doch, das hat sie!«, entgegnete Holmes mit Nachdruck, »aber ich sehe, Commissario Strozzi will mit uns sprechen!«

Bis jetzt hatte der magere Kommissar mit sorgenvoller Miene die geschwärzte Kirchenruine aus der Ferne betrachtet, vielleicht in der Hoffnung, die Dichterin könnte doch noch aus dem türlosen Portal herausspaziert kommen. Nun hatte er sich mit einer Zigarette im Mundwinkel zu uns gesellt. Sein Gesicht verdüsterte sich merklich, als ich mich ihm zuwandte. »Sind Sie eigentlich lebensmüde? Sie hätten uns über dieses Gebäude informieren sollen, statt einfach hineinzugehen«, rügte er mich, ohne sich groß mit Höflichkeitsformeln aufzuhalten.

»Es tut mir schrecklich leid«, entschuldigte ich mich, »aber ich habe keinen Zusammenhang zwischen Miss Dowlands Ausgrabungen und dem Nachlass des Malers gesehen.«

Der Kommissar fasste sich an den Kopf. »Und dann noch einen Raum mit vergitterten Fenstern betreten! Sie können von Glück reden, dass Mister Baker Radcliffe so schnell reagiert hat. Als ich ihm mitgeteilt habe, dass Sie den Sekretär von Miss Dowland nahe des Anwesens gesehen haben, hat er dieser Beobachtung große Wichtigkeit beigemessen. Wenn er ihnen nicht augenblicklich nachgeeilt wäre, hätten wir nichts mehr für Sie tun können.«

»Die Spur, die Mister Tristam im Garten zurückgelassen hat, hätte ein Blinder bei Neumond gefunden«, wiegelte Holmes bescheiden ab. »Aber Sie sollten sich noch um den sogenannten Sekretär kümmern. Draußen auf der Landstraße steht möglicherweise noch ein Einspänner, der einem übel aussehenden Burschen gehört. Er ist der Komplize der Dichterin.«

Der Kommissar befahl seinen Polizisten, die Ruine weiter umstellt zu halten, sie aber auf keinen Fall zu betreten, da weitere Detonationen nicht auszuschließen seien. Dann inspizierte er die Straße, aber die Kutsche des Sekretärs war verschwunden.

»Wenn Sie uns beizeiten informiert hätten, wäre er uns nicht entwischt«, brummte Commissario Strozzi mich nach seiner Rückkehr an.

Meine Knie schlotterten noch immer, und ich hielt mich an einem Baumstamm fest. Erst jetzt wurde mir bewusst, dass ich völlig verschwitzt war. Außerdem hatte ich mir für diesen Tag genug Vorwürfe angehört. »Ich glaube, auf den Schreck brauche ich einen Cognac«, erklärte ich an Holmes gewandt, »und dann wäre ich Ihnen sehr verbunden, wenn Sie etwas Licht in das Dunkel dieses Falls bringen würden. Ich verstehe nämlich noch immer gar nichts.«

»Wir alle könnten jetzt einen Drink gebrauchen«, stimmte Holmes zu, »und sicherlich wird es Sir Epperstone ein wahres Vergnügen sein, uns zu bewirten. Er hat nämlich schon befürchtet, einen nicht nur tage-, sondern wochenlangen Belagerungszustand seitens der Polizei in seiner Villa erdulden zu müssen.«

19. Der Abschied

Eine Viertelstunde später saß ich mit einem Glas Sherry in der Hand auf der Terrasse des Herrenhauses. Leider hatte Sir Epperstone behauptet, keinen Cognac im Hause zu haben. Auch waren die ungepolsterten Stühle so unbequem, dass der Hausherr sich darauf verlassen konnte, dass seine Gäste ihm nicht zu lang zur Last fielen.

Der Regen hatte endlich sein Gastspiel beendet, diesmal wohl für den Rest des Tages, denn die Luft war wieder frisch und klar. Sie war erfüllt von Vogelgesang, und es roch nach frisch geschnittenem Gras. Gierig sog ich den Geruch in mich ein, so froh war ich, noch einmal davongekommen zu sein. Langsam begannen meine Lebensgeister wieder zu erwachen, und ich wollte mit Sir Epperstone auf das Ende der Ermittlungen anstoßen, aber der Hausherr hatte das Glas schon zu den Lippen geführt.

Holmes hingegen hatte sein Glas auf dem etwas überdimensionierten Gartentisch aus Tropenholz abgestellt. Vor ihm stand ein blauer Aschenbecher, der wohl aus Faenza stammte. Sir Epperstone sah Holmes neugierig an, drang jedoch nicht in ihn. Nachdem Holmes sich eine Pfeife angezündet hatte, berichtete er endlich von dem Polizeieinsatz auf dem Nachbargrundstück.

»Haben Sie geahnt, wer Ihnen in die Falle gehen würde?«, fragte ich, nachdem er geendet hatte.

»Selbstverständlich! Daran bestand nicht der geringste Zweifel«, erklärte Holmes beleidigt.

»Und Miss Dowlands Sekretär?«, fragte der Hausherr, dessen nonchalante Art darauf schließen ließ, dass er noch nicht begriffen hatte, dass man ihn um ein Haar nebst seinem glorreichen Marstall in die Luft gejagt hätte.

»Er war natürlich ihr Komplize«, meinte Holmes erstaunt. »Er wird seiner Strafe nicht entgehen, denn da seine Identität bekannt ist, wird es der Polizei ein Leichtes sein, ihn zu ergreifen. Es war übrigens die Existenz dieses Sekretärs, die zuerst meinen Argwohn geweckt hat. Dies und die Tatsache, dass der Hauswart so gefällig war, die Tür Tag und Nacht offen stehen zu lassen, damit Miss Dowlands Kunden unerkannt ihre Wohnung betreten und verlassen konnten. Ich habe daraufhin das Katasteramt konsultiert und festgestellt, dass Elisabeth Dowland die Besitzerin des gesamten Miethauses war.«

»Warum haben Sie mir das verschwiegen?«, rief ich empört aus, denn wenn ich etwas an Holmes geradezu hasste, so war es seine Geheimniskrämerei.

»Ich spreche ungern über einen Fall, bevor er abgeschlossen ist«, erklärte Holmes, und dies klang eher nach einer Feststellung, als nach einer Entschuldigung. »Die Tatsache, dass die Dichterin zu verbergen suchte, wie wohlhabend sie war, war ein Mosaiksteinchen, das nur in Zusammenhang mit anderen Beobachtungen ein Bild ergeben hat. Dieser Fall typisch englischen Understatements hätte auch ganz anders motiviert sein können, zum Beispiel durch Angst vor Einbrechern oder vor Heiratsschwindlern.«

Ich hätte lügen müssen, wenn ich behauptete, dass mich diese Argumentation überzeugte, aber ich rief mir ins Bewusstsein, dass Holmes mir zuvor das Leben gerettet hatte, und daher ließ ich den Fall auf sich beruhen.

In diesem Augenblick balancierte ein Diener ein silbernes Tablett auf die Terrasse und servierte uns auf dem Gartentisch einen Imbiss auf echtem Wegdewood-Porzellan. Ich ließ mich nicht zweimal bitten, nahm mir ein Stück Weißbrot und platzierte mit der Gabel eine Scheibe Parmaschinken darauf. Auch Holmes bediente sich mit geistesabwesender Miene und schaufelte einige Oliven auf seinen Teller.

Sir Epperstone, der sich gerade ein zweites Glas eingegossen hatte, verzog sein Gesicht zu einem süffisanten Lächeln. »Miss Dowland hatte bestimmt keine Angst vor Heiratsschwindlern. Im Gegenteil, es war ganz offensichtlich, dass sie selbst auf der Suche nach einer guten Partie war. Ich konnte mich daher auch nie des Eindrucks erwehren, dass sie es auf das Geld meiner Gemahlin abgesehen hatte.«

Ich fragte mich, ob die Dichterin Holmes für begütert gehalten hatte. Vielleicht wollte sie ihn aber nur bei seinen Untersuchungen behindern, oder Sir Epperstone hatte sich schlicht geirrt. »Warum wollte Elisabeth Dowland verbergen, dass ihr das Miethaus gehörte, in dem sie gewohnt hat?«, fragte ich, da ich langsam gar nichts mehr verstand. Noch immer hielt ich die Weißbrotscheibe in der Hand. Nun biss ich gedankenverloren hinein.

Holmes blickte nachdenklich in den Garten und blies dabei mit Hingabe Rauchkringel in die Luft.

»Mister Tristram hat recht! Erzählen Sie endlich weiter! Schließlich haben Sie in meinem Auftrag gearbeitet, und ich habe ein Recht darauf, alles zu erfahren, was Sie herausgefunden haben«, drängte der Hausherr, der offenbar langsam ungeduldig wurde. Im Vergleich zu seiner vorherigen zur Schau gestellten Gleichgültigkeit, war es, als sei eine Statue zum Leben erwacht. »Um nur mit einer Frage zu beginnen: Warum hat Elisabeth Dowland den Maler umgebracht?«

Einen Augenblick herrschte Stille.

Dann antwortete Holmes. »Wir haben die Information erhalten, dass Adriano Benetti wiederholt Engländer bei der Polizei angezeigt hat.« Holmes sah Sir Epperstone entschuldigend an. »Er hat Ihren Club für eine kriminelle Vereinigung gehalten.«

Sir Epperstone, der gerade an seinem Drink genippt hatte, verschluckte sich fast und pustete dann los. »Wie kam er denn auf diese abwegige Idee? Wir sind alle respektable Gentlemen … vielleicht abgesehen von Mortimer Hopper!«

Holmes zuckte mit den Schultern, spießte dann mit der Gabel eine grüne Olive auf und schob sie sich in den Mund. »Ich habe Ihnen doch von dieser Aufstellung erzählt, die ich in Adriano Benettis Zimmer gefunden habe?«

Der Hausherr zog eine Augenbraue hoch und nickte.

»Wir haben mittlerweile festgestellt, dass es sich um die Ankunftszeiten eines Schiffes namens *Livorno* handelt. Von diesem Schiff wurden – und werden noch immer – heimlich Kisten vor der Küste von Leghorn an Land gebracht, um den hohen Einfuhrzöllen zu entgehen, die der italienische Staat auf nicht-italienische Waren erhebt. Da Adriano Benetti sich für die *Livorno* interessierte, hat er offenbar vermutet, dass die Schmuggler Engländer sind, denn schließlich brachte er vorzugsweise unsere Landsleute vor den Kadi. Dies war der Angelpunkt, um den sich der Fall dreht. Der Maler hat, obwohl er genügend belastendes Material gesammelt hat, keine Anzeige erstattet. Daraus schloss ich, dass er einen bestimmten Täter fassen wollte.«

»Meine Gattin?«, fragte unser Gastgeber völlig verblüfft. Sein von Natur aus bleiches Gesicht wurde noch blasser.

»Wohl kaum!«, erwiderte Holmes, der ein Lächeln nicht unterdrücken konnte, aber er wurde bald wieder ernst. »Miss Dowland hat wahrscheinlich das Boot Ihrer Gattin zum Schmuggeln missbraucht, wenn diese in Florenz war. Die zwei Frauen waren zwar miteinander befreundet, und es verband sie eine Leidenschaft für das Meer. Auf Dauer war es aber unvermeidlich, dass Lady Epperstone Verdacht schöpfte. Auch gehe ich davon aus, dass Ihre Gattin, die bekanntlich Unterrichtsstunden bei Adriano Benetti genommen hat, irgendeine diesbezügliche Andeutung dem Maler gegenüber gemacht hat. Wahrscheinlich ist aber der Namen der Dichterin dabei nicht gefallen.«

»Sie verdächtigen diese wahnsinnige Elisabeth Dowland, meine Gemahlin ermordet zu haben?«, fragte Sir Epperstone in einem Tonfall, als ob er seinen eigenen Worten nicht glaubte. Seine schmale, blaugeäderte Hand krampfte sich um den Knauf seines Gehstocks.

»Eigentlich nicht«, sinnierte Holmes, »es wird wahrscheinlich wirklich ein Unfall gewesen sein.«

Sir Epperstone schaute sich nach allen Richtungen um. »Das bleibt bitte unter uns«, sagte er dann mit gedämpfter Stimme, »aber es würde mich nicht wundern, wenn meine Gattin an der Schmuggelei beteiligt gewesen ist. Man hört so einige Gerüchte darüber, wie ihre Familie zu ihrem immensen Reichtum gekommen ist.«

Das scheint Sie nicht besonders gestört zu haben, hätte ich am liebsten gesagt, und ich fragte mich, ob ihm der französische Cognac ausgegangen war, da seine Frau nicht mehr das Schmuggelgut der *Livorno* entgegennahm.

Holmes hingegen nickte, als ob eine seiner Theorien soeben bestätigt worden sei. Dann klopfte er mit äußerst konzentrierter Miene seine Pfeife aus. Er setzte seinen Bericht erst fort, als seine erloschene Pfeife wieder brannte. »Mehrere Zeugen bestätigten, dass Adriano Benetti auf eigene Faust versucht hat, Lady Epperstones Tod aufzuklären, aber bevor er sein Ziel erreicht hatte, wurde er selbst ermordet. So weit war ich mit meinen Überlegungen gekommen, als ich mich fragte, warum er nicht sofort, sondern erst ein halbes Jahr nach dem Unglück begonnen hat, den Fall wieder aufzurollen. Dafür konnte es eigentlich nur eine Erklärung geben, und die war, dass der Auftrag zu diesem unseligen Gruppenporträt den Stein ins Rollen gebracht hat. In diesem Zusammenhang fand ich es höchst aufschlussreich, dass die fünf auf dem Bild dargestellten Personen Adriano Benetti einzeln Modell gesessen haben. Während der Maler Elisabeth Dowland skizziert hat, muss diese wohl etwas gesagt haben, was seinen Argwohn erweckt hat, irgendeine Bemerkung, die ihn zusammen mit den Informationen, die Lady Epperstone ihm gegeben hatte, verriet, dass sie in illegale Aktivitäten verwickelt war.« Holmes schaute mich an. »Sie könnten in diesem einen Fall sogar zurecht vermutet haben, dass Adriano Benetti ein Erpresser war. Möglicherweise hat er von Miss Dowland Geld für sein Schweigen verlangt. Vielleicht hat er aber nur eine unvorsichtige Bemerkung gemacht, die der Dichterin gezeigt hat, dass er sie durchschaut hatte. Jedenfalls hat sie augenblicklich gehandelt. Sie hat sich in der Mittagspause an den Arbeitsplatz Adriano Benettis begeben und hat das hochgradig unprofessionelle Gerüst, auf dem der Maler arbeitete, zum Einsturz gebracht.«

»Und alles wegen etwas Schmuggelware!«, rief ich entsetzt aus.

Holmes warf mir einen der für ihn charakteristischen zwischen Amüsement und Vorwurf schwankenden Blicke zu, mit denen er mich immer bedachte, wenn ich seinen geistigen Höhenflügen nicht folgen konnte. »Natürlich nicht! Unsere Dichterin hat einer Bande von Einbrechern zugearbeitet, deren Kopf ihr angeblicher Sekretär ist. Während Elisabeth Dowland ihren betuchten Kunden die Karten gelesen hat, hat sie diese ganz nebenbei geschickt ausgefragt. Die Mitglieder ihres Clubs werden ihr auch die eine oder andere nützliche Information geliefert haben, aber sie war so klug, bei keinen von ihnen einbrechen zu lassen.«

»Warum hat sie mit ihren eigenen Händen einen Tunnel gegraben, wenn sie Chefin einer Räuberbande war?«, wollte ich wissen.

»Es sind keine Räuber, sondern Einbrecher, und sicherlich war Miss Dowland auch nicht ihr Anführer«, bemerkte Holmes mit einem angedeuteten Lächeln, »auch wenn sie es sein sollte, würde ihr wohl der gesunde Menschenverstand verbieten, ihren Kumpanen mitzuteilen, dass sie einen Mord begangen hat.«

»Vielleicht ist das Gerüst ja zufällig eingestürzt«, schlug ich vor, aber Holmes würdigte meine Bemerkung keines Kommentars.

»Damit steht wohl fest, dass es Miss Dowland war, die Ihren Sattel kurz vor der Jagd beschädigt hat«, meinte Sir Epperstone und ließ dabei seinen Blick über seinen gepflegten Garten schweifen. Dann drehte er sich mit einer jähen Bewegung zu uns um. »Aber warum wollte sie Sie ermorden? Waren Sie ihr denn damals bereits auf der Spur?«

»Selbstverständlich war ich das«, entgegnete Holmes geradezu gekränkt, »deshalb wollte sie mich aus dem Verkehr ziehen und zwar in einer Art und Weise, dass man Sie für den Täter halten musste.« Holmes sog nachdenklich an seiner Pfeife. »Aber was ist mit Ihnen? Sie haben während der Jagd mit spitzen Bemerkungen nur so um sich geworfen, die angedeutet haben, dass Sie über Miss Dowland Bescheid wussten.«

»Weil es unübersehbar war, dass Sie Miss Dowlands Beute waren«, entgegnete der Hausherr sarkastisch.

Holmes schüttelte tadelnd den Kopf. »Sir Epperstone, das war sehr leichtsinnig von Ihnen, einer Mörderin zu drohen!«

»Ich wusste schließlich nicht, dass sie eine Mörderin ist.« Der Hausherr zuckte in gespielter Gleichgültigkeit mit den Schultern, aber ich vermutete, dass er während der Jagd – wie eigentlich immer, wenn ich ihn getroffen hatte – alkoholisiert war. »Sie haben das völlig falsch verstanden!«

»Nicht nur ich habe dies falsch verstanden, sondern auch Elisabeth Dowland«, erklärte Holmes kopfschüttelnd, »Sie können von Glück reden, dass es Ihnen nicht wie der armen Lady Rutherford ergangen ist.«

»Sie wurde also auch ermordet?« erkundigte ich mich.

Holmes stieß einen lautlosen Seufzer aus. »Was Lady Rutherford betrifft, so hoffe ich, dass man ihren Leichnam genauer untersuchen wird. Sie könnte zwar durchaus eines natürlichen Todes gestorben sein, aber das wäre doch ein ziemlicher Zufall. Ich nehme eher an, dass irgendetwas, das sie bei Elisabeth Dowland zu sich genommen hat, vergiftet war.«

»Das glaube ich auch«, stimmte Lord Epperstone leicht herblassend zu. »Die Dame, die mir über den Verlauf der Séance berichtet hat, meinte, Elisabeth Dowland sei darüber befremdet gewesen, dass sich Lady Rutherford auf dem Weg zum Badezimmer einen der Cocktails genehmigt hatte. Dabei kann man der Dichterin nachsagen, was man will, aber geizig war sie bestimmt nicht, sondern …«

»Das sagen Sie jetzt erst!«, unterbrach Holmes den Hausherrn in einem verärgerten Tonfall.

Sir Epperstone hob arrogant die Augenbrauen und blickte Holmes in einer Art an, die erkennen ließ, dass dieser sich seiner Meinung nach im Tonfall vergriffen hatte. Mir gefiel dies gar nicht, denn der Hausherr hatte uns die zweite Rate unseres Honorars noch immer nicht ausgezahlt.

»Ich habe dieser Kleinigkeit keine weitere Bedeutung beigemessen«, erklärte er spitz und verließ indigniert die Veranda.

»Also wurde Lady Rutherford sozusagen aus Versehen vergiftet?«, fragte ich Holmes, da meine Neugier noch größer war als mein Drang, Sir Epperstone zu folgen, um ihn bei Laune zu halten.

»Ja, vermutlich war der vergiftete Cocktail entweder für mich selbst bestimmt oder für Sir Epperstone, der bei der Jagd mit seinen boshaften Bemerkungen suggeriert hat, dass er die Dichterin durchschaut hatte. In letzterem Fall sollte es sicher nach einem Selbstmord aussehen, und das Gift war etwas, das Sir Epperstone verwendet haben könnte, zum Beispiel Schierling. Wie wir festgestellt haben, wächst dieser reichlich auf seinem Anwesen. Seit einigen Jahren kann man das darin enthaltene Gift sogar synthetisch herstellen. Miss Dowland musste sich also noch nicht einmal die Mühe machen, einen Kräutersud herzustellen.«

»Finden Sie das nicht etwas spekulativ?«, fragte ich erstaunt nach. »Warum nicht Arsen oder Zyankali?«

»Weil es den Eindruck eines Selbstmords erwecken sollte« entgegnete Holmes gelangweilt, »und Sir Epperstone mit seiner Vorliebe für die Antike hätte dafür sicherlich Schierling gewählt.«

»Bestimmt hat Adriano Benetti versucht, Lady Epperstones Tod aufzuklären, weil er sie geliebt hat«, erklärte ich nach einer Weile, da ihr Witwer glücklicherweise außer Hörweite war.

Holmes seufzte melodramatisch. »Sie haben so einen Drang zu romantischen Geschichten«, rügte er mich, »da ist mir doch ihre Erpresser-Hypothese noch lieber.«

Ich wollte etwas erwidern, aber Sir Epperstone betrat in Begleitung des Kommissars die Terrasse. Der Polizist zog mit zusammengekniffenen Augen an der Zigarette, sodass deren Spitze rot glühte. Der Wind trug das Wiehern von Pferden zu uns, und ein Lächeln huschte über Sir Epperstones Gesicht.

»Stellen Sie sich vor, was ich soeben erfahren habe«, berichtete er dann etwas atemlos, »unter dieser winzigen Kapelle befindet sich tatsächlich ein etruskisches Grab! Ich muss unbedingt versuchen, das Nachbargrundstück zu erwerben!«

Commissario Strozzi warf ihm einen skeptischen Seitenblick zu, wohl weil er kein Wort verstanden hatte. Der Rauch seiner Zigarette mischte sich mit dem Pfeifenrauch, der auf halber Höhe in der Veranda hing.

»Ist das wahr, dass Miss Dowland ein etruskisches Grab gefunden hat?«, fragte ihn Holmes auf Italienisch.

»Ja, das stimmt«, entgegnete der Kommissar in einem beiläufigen Tonfall, der keinen Zweifel daran ließ, dass er sich nicht für Antiquitäten interessierte, »wir haben dort unten mittlerweile die Leiche von Signorina Daulande gefunden.«

Holmes und ich blickten uns an, aber ich wusste nicht, was ich sagen sollte. Ohne, dass ich dies hätte begründen können, tat die Dichterin mir leid.

»Außerdem wollte ich Ihnen mitteilen, dass es neue Erkenntnisse im Fall der ermordeten Hellseherin gibt.«

Holmes schaute ihn interessiert an.

»Die Zeitungen haben etwas vorschnell berichtet, dass die polizeilichen Ermittlungen im Fall Lady Rutherford beendet seien, aber selbstverständlich hatte ich die Obduktion der Leiche angeordnet«, begann Commissario Strozzi, einen Zettel in der Luft herumschwenkend, »und endlich liegt mir das Ergebnis vor: Lady Rutherford wurde mit Schierling vergiftet, dem man Opium beigemischt hat, um die Wirkung des Giftes weniger schmerzhaft zu machen.«

»Daran hätte ich eigentlich denken müssen«, meinte Holmes auf Englisch.

Ich hatte keine Ahnung, was er meinte und sah ihn fragend an.

»Das Opfer durfte auf keinen Fall dazu kommen, einen Arzt zu rufen. Darüber hinaus sollte die Verwendung von Opium einen Selbstmord nahe legen. Denken Sie daran, dass der Cocktail nicht für Lady Rutherford gemixt worden war, sondern für Sir Epperstone.« Holmes' Blick suchte den des Hausherrn, aber dieser zuckte nicht mit der Wimper. Wahrscheinlich hatte er in der Zwischenzeit erfahren, dass Holmes seinen Arbeitsplatz im Naturwissenschaftlichen Institut begutachtet hatte. Außerdem war der Besitz und Konsum von Opium damals noch nicht illegal.

»Und Sie meinen, dass die Einbruchsserie, die in Florenz so viel Aufregung verursacht hat, nun ein Ende finden wird?«, fragte ich erschrocken nach, da ich ganz plötzlich verstand, dass ich die Trumpfkarte verloren hatte, mit der ich Holmes ködern wollte.

»Mit Sicherheit! Die Festnahme des vermeintlichen Sekretärs wird die letzte Szene dieses Dramas sein«, entgegnete Holmes, während er mit der Gabel eine Scheibe Schinken zusammenrollte und sie sich in den Mund schob.

Mir hingegen war der Appetit vergangen, so groß war meine Enttäuschung über den bevorstehenden Abschied. Etwas davon musste sich in meinem Gesicht widergespiegelt haben, denn Holmes blickte mich aufmunternd an.

»Im Teatro della Pergola tritt heute Abend ein berühmter Violinenvirtuose auf. Ich habe eine Loge für uns reserviert. Vorher haben wir noch genügend Zeit, um in einem guten Lokal zu speisen. Sie können mir doch sicherlich eines empfehlen?«

Ich nickte, ohne etwas zu sagen.

»Das wäre ein würdiger Abschluss meines Aufenthaltes in Florenz.«

KBV HISTORISCH

Jürgen Ehlers

DIE NACHT VON BARMBECK

Taschenbuch, 355 Seiten
ISBN 978-3-940077-26-4
9,50 EURO

Hamburg in den frühen 1920er Jahren. Einbrüche und Raubüberfälle sind an der Tagesordnung. Wilhelm Berger und seine Kollegen von der Kripo sehen sich einer gut organisierten Bande von Kriminellen gegenüber.

Ihr Anführer Julius Adolf Petersen, genannt der »Lord von Barmbeck«, ist kein Gentleman-Verbrecher, sondern ein gefährlicher Gewalttäter. Gewalt gibt es allerdings auch anderswo: Hunger-Unruhen, Kapp-Putsch - die junge deutsche Republik steckt in einer schweren Krise. Schon bald zeigt sich: Um Petersen das Handwerk zu legen, geht die Polizei bis an die Grenzen des Rechtsstaats - und darüber hinaus ...

»Jürgen Ehlers liefert eine atmosphärisch dichte Schilderung jener unruhigen Jahre und der kriminellen Protagonisten der Hansestadt. Er zeichnet das konturenscharfe Bild eines Verbrechers, der zur Legende wurde ...« (Uetersener Nachrichten)

»Ein guter Krimi muss vor allem spannend und mitreißend sein. Ein guter historischer Krimi muss zusätzlich noch authentisch wirken und erfordert präzise Recherche. Jürgen Ehlers gelingt es, alle diese Qualitäten zusammenzuführen.« (Media-Mania.de)